追忆与铭记

追忆鲁迅

贾鸿昇 编

泰山出版社·济南·

图书在版编目（CIP）数据

追忆鲁迅 / 贾鸿昇编 . — 济南：泰山出版社，2021.10

ISBN 978-7-5519-0675-3

Ⅰ.①追… Ⅱ.①贾… Ⅲ.①传记文学－中国－当代 Ⅳ.① I25

中国版本图书馆 CIP 数据核字（2021）第 211558 号

ZHUIYI LU XUN

追忆鲁迅

编　　者	贾鸿昇
责任编辑	武良成
特约编辑	史俊南
装帧设计	观止堂＿未　氓

出版发行	泰山出版社
	社　　址　济南市泺源大街 2 号　邮编　250014
	电　　话　综 合 部（0531）82023579　82022566
	市场营销部（0531）82025510　82020455
	网　　址　www.tscbs.com
	电子信箱　tscbs@sohu.com
印　　刷	天津画中画印刷有限公司
成品尺寸	155 毫米 ×230 毫米　16 开
印　　张	30
字　　数	340 千字
版　　次	2022 年 2 月第 1 版
印　　次	2022 年 2 月第 1 次印刷
标准书号	ISBN 978-7-5519-0675-3
定　　价	89.00 元

凡 例

一、将原书繁体竖排改为简体横排,并参照不同版本,订正书中明显的错讹。

二、原则上保留原著作中出现的外国人名、地名等的旧式译法,订正个别极易引起歧义的译法。

三、不改变原书体例,酌情删改个别表述不规范的篇章或文字。

四、原书中文字尽量尊重原著,通假字及当时习惯用法(如"他""她"不分,"的""地""得"不分)而与现在用法不同者,一般不做改动。人名、字号、地名、书名等专有名词,酌情保留繁体和异体字形。

五、参照现行出版规范,对原书中标点符号进行适当修改,新中国成立后的日期等情况统一采用公元纪年法表示。

目 录
contents

为什么要研究鲁迅和怎样研究鲁迅	废　名	001
鲁迅的少年时代	废　名	008
断片的回忆——访鲁迅先生	吴曙天	020
鲁迅访问记	陆　蠡	023
关于鲁迅	周作人	027
关于鲁迅之二	周作人	037
要学习的工作精神	丽　尼	046
忆鲁迅先生	叶以群	048
我所知道的鲁迅先生	沈兼士	054
悼鲁迅先生	傅东华	057
鲁迅先生的"义子"	章锡琛	061
记鲁迅先生轶事	蔡元培	065
鲁迅先生全集序	蔡元培	067
我和鲁迅	朱自清	069
鲁迅·艺术家	孙福熙	071
忆鲁迅先生	范文澜	074

我对于鲁迅之认识	陈独秀	077
回忆鲁迅	郁达夫	079
永在的温情——纪念鲁迅先生	郑振铎	102
鲁迅先生并不偏狭	郑振铎	109
鲁迅与中国古版画	郑振铎	112
鲁迅先生与版画——作为补充木枫先生的大作《鲁迅先生与木刻画》	陈烟桥	118
忘却不了的教诲——回忆鲁迅片断	陈烟桥	126
鲁迅先生是并没有死的	周文	133
鲁迅先生和"左联"	周文	142
"万年青"	萧红	148
回忆鲁迅先生	萧红	151
忆鲁迅先生	靳以	189
回忆鲁迅先生	靳以	192
鲁迅先生九周年祭	柳亚子	198
漫忆鲁迅先生	田汉	205
忆鲁迅先生	司徒乔	207
党最亲密的战友——回忆鲁迅先生	邹鲁风	210
鲁迅的德行	许寿裳	217
怀亡友鲁迅	许寿裳	221
鲁迅的生活	许寿裳	234
回忆鲁迅	许寿裳	256

鲁迅的精神	许寿裳	261
鲁迅和青年	许寿裳	268
鲁迅的人格和思想	许寿裳	274
片段的记述	许广平	282
最后的一天	许广平	287
元旦忆感	许广平	293
我 怕	许广平	296
关于鲁迅先生的病中日记和宋庆龄先生的来信	许广平	300
鲁迅和青年们（节选）	许广平	305
青年人与鲁迅	许广平	332
鲁迅先生与海婴	许广平	339
鲁迅先生的晚年	许广平	362
鲁迅先生的日常生活——起居习惯及饮食嗜好等	许广平	366
鲁迅先生与家庭	许广平	376
鲁迅先生的娱乐	许广平	380
鲁迅先生的写作生活	许广平	388
鲁迅先生的私生活	许广平	392
鲁迅与中国木刻运动	许广平	396
忘记解	许广平	412
鲁迅先生与香烟——纪念鲁迅先生逝世九周年	许广平	415
在欣慰下纪念	许广平	419
鲁迅的生活	许广平	424

秋白同志和鲁迅相处的时候…………………… 许广平 427

鲁迅先生怎样对待写作和编辑工作…………… 许广平 430

景云深处是吾家…………………………………… 许广平 439

鲁迅回忆录（节选）……………………………… 许广平 444

为什么要研究鲁迅和怎样研究鲁迅

废 名

我们真应该来研究鲁迅。毛主席在《新民主主义论》里告诉我们:"鲁迅的方向,就是中华民族新文化的方向。"我们如果真正懂得了这句话,换句话说,我们如果对鲁迅有了正确的认识,那对我们自己真不知要增加多大的力量,给了我们多大的修养!原来我们做的这项工作,正是马克思列宁主义联系中国实际的一个生动的课题。

鲁迅在他的青年时代,受严复翻译的《天演论》的影响非常大。鲁迅的《狂人日记》,在五四运动前夕,对于当时一切进步的知识分子,其影响更是非常之大的。大家到这时真真感到中国给封建统治太久了,封建道德是吃人的东西,非推翻它不可。这么一件大事,确实是给一篇《狂人日记》提醒了的。严复翻译的《天演论》只是使中国少数知识分子警惕起来,怕中国要受"淘汰",因为"优胜劣败"是"天演公例"。这种思想当时并不能摇撼中国的封建文化,一般国粹主义者照样鄙视"夷人"。孙中山领导了辛亥革命,中国也确实推翻了清统治,但正如毛主席说的,"三民主义是和教育界、学术界、青年界没有多大联系的"。鲁迅的《狂人日记》,是首先在文艺界竖立起反封建的旗帜,使中国教育界、学术界、青年界有了礼教吃人的认识，从而有推翻旧道德的要求。《狂人日记》于一九一八年在《新青年》杂志上发表，在五四运动前一年。它的影响，只是由于时代的限制，在当时还不可能普及到工农群众中去。

鲁迅在当时是个反封建的革命的战士，他迫切希望中国革命，他认为社会进步关键在于个性解放，他相信进化，将来会比现在好。（封建主义是不相信进化的，一切是今不如古，旧礼教是道德最好的标准！）但由于时代的限制，他同一般生物进化论者一样，在那时候还不懂得马克思列宁主义，不知道革命是阶级斗争。在半封建半殖民地的中国，革命爱国主义者鲁迅在五四前后要求个性解放，相信进化论，其启蒙作用、反封建作用还是非常之大的。但也因看不见革命的道路而彷徨，他的第一部小说集叫做"呐喊"，第二部小说集便叫做"彷徨"，用屈原"路漫漫其修远兮，吾将上下而求索"的话作了卷头语。这是一九二四年至一九二六年的事。这期间鲁迅在北京孤军奋斗，坚决同那些与帝国主义北洋军阀相勾结的反动知识分子作斗争。其实"十月革命一声炮响，给我们送来了马克思列宁主义"，一九二一年中国共产党已经成立了。鲁迅彷徨的日子也并不久，一九二七年在广州看见大屠杀以后他觉悟了，他开始认识"只信进化论的偏颇"。《二心集》上《关于小说题材的通信》，是答两个青年的，信上有这样的话："然而两位都是向着前进的青年，又抱着对于时代有所助力和贡献的意志，那时也一定能逐渐克服自己的生活和意识，看见新路的。"这是他当时向两位小资产阶级青年作家说的话，鲁迅自己已逐渐转变到无产阶级的立场上来了。他也一定"逐渐克服自己的生活和意识",所以他看见"新路"。这便是"吾将上下而求索"的过程,是革命的实践。在《二心集》序言上他对自己便有了科学的论断:"只是原先是憎恶这熟识的本阶级,毫不可惜它的溃灭,后来又由于事实的教训,以为惟新兴的无产者才有将来,却是的确的。"鲁迅便这样走进了无产阶级的阵营。自此以后一直到死,便是毛主席在《新民主主义论》里所说的中国文化革命的第三个时期,这时期国民党反动政权对中国共产党发动了两种"围剿",军事"围剿"之外又是文化"围剿",毛主席一面说"共产党在国民党统治区域内的一切文化机关中处于毫无抵抗力的地位",一面说"共产主义者的鲁迅,却正在这一'围剿'中成了中国文化革命的伟人"。

根据以上所说,所以我们应该研究鲁迅,鲁迅与五四运动有那么大的关系,鲁迅与中国共产党与中国新民主主义革命有那么大的关系。"鲁迅的方向,就是中华民族新文化的方向。"

怎样研究鲁迅呢?一句话,要用马克思主义的阶级观点和历史分析方法。

我们还是以《狂人日记》为例。《狂人日记》在中国文化革命运动中起了那么大的反封建作用,它叫一向听惯了"仁义道德"的中国人忽然发生反省,一下子就相信"仁义道德"正是"吃人"的护身符,这是因为中国已经发生了资本主义经济,中国社会已逐渐改变了它的性质,不是完全的封建社会,进步的知识分子,尤其是青年学生界,到这时很容易接受进化论,要求个性解放,鲁迅的振臂一呼,就使得天下响应了。谁都不能否认,中国文化革命史上鲁迅的这一篇声讨封建文化的檄文是要大书特书的。这就是说，提倡进化论和要求个性解放，在历史上反封建运动启蒙时期是革命的。可是，在半殖民地半封建社会的中国，中国人民的最强大的敌人是国外帝国主义和国内封建买办资产阶级的反动统治，中国问题只有中国共产党的成立与工人运动的展开才能获得解决，什么个性解放的话头在革命实践当中只能算是空谈。一九二一年至一九二七年期间，便是毛主席所谓中国文化革命第二个时期，其时中国在南方已经煽起了伟大的农民革命斗争，马克思列宁主义与中国革命实践结合的指导思想是毛主席的理论。像鲁迅的《狂人日记》那样的议论，鲁迅自己便说："现在倘再发那些四平八稳的'救救孩子'似的议论，连我自己听去，也觉得空空洞洞了。"（《答有恒先生》）"救救孩子"是《狂人日记》最后的一句话。岂但空空洞洞，像"书上写着这许多字，佃户说了这许多话，却都笑吟吟的睁着怪眼睛看我。我也是人，他们想要吃我了！"的话，从农民革命斗争看来，还嫌敌我不分哩，把统治阶级的历史与被剥削的"佃户"混为一谈。然而我们不能用这样的阶级观点来低贬《狂人日记》的价值，那样就不符合历史观点了。我们要记住《狂人日记》是在五四文化革命的前夕写的，当时国内的人们还不可能用阶级观点来看问题，而它在反对封建礼教运动当中是建立了伟大的功劳的。我们便这样来研究鲁迅，就是把作品创作的年代和作品在当时所起的作用联系起来看，不是用现在的理论水平来批评它。这是运用历史分析方法。

当我们运用历史分析方法的时候，我们已掌握了阶级观点。必须掌握阶级观点，才能正确地运用历史分析方法。我们更须说明阶级观点。阶级观点是马克思主义武装我们的头脑的法宝，我们用来研究鲁迅，真真是一个生动的课题，我们将发现鲁迅的思想原来是伟大的毛主席的理论的旁证。毛主席在一九二六年写了《中国社会各阶级的分析》，以科学的预见规定了中国革命的路线，后来的事实证明中国革命便是遵循这条伟大的路线取得胜利，它的主要意义是工人阶级为领导，最广大和最忠实的同盟军是农民。从总结中国过去历史的经验说，便是原来有的农民起义，加上现代有的先进的阶级即工人阶级的领导，结果中国历史乃发生了质变。革命，更包括了建设。我们大家现在再回头来学习毛主席这一篇最早的文章，《中国社会各阶级的分析》，才体会到什么叫做科学的预见性。鲁迅在一九二五年写了几篇杂文，都是关心中国的未来的，从过去整个历史谈起，迫切要求中国革命，要求革命后的建设。我们举《再论雷峰塔的倒掉》为例。鲁迅先写了一篇《论雷峰塔的倒掉》，那是拿雷峰塔的倒掉来比喻中国封建社会的溃灭，他一听说杭州雷峰塔倒掉了，便写了这一篇优美的文章，"现在，他居然倒掉了，则普天之下的人民，其欣喜为何如？"鲁迅真是兴会淋漓。后来因为报纸上一篇通信里说，"雷峰塔之所以倒掉，是因为乡下人迷信那塔砖放在自己的家中，凡事都必平安，如意，逢凶化吉，于是这个也挖，那个也挖，挖之久久，便倒了"，他乃写《再论雷峰塔的倒掉》，明确地说出他对中国历史的看法。他说中国历史上有两种破坏，一种是"寇盗式的破坏"，一种是"奴才式的破坏"。寇盗式的破坏"是狂暴的强盗，或外来的蛮夷"，"结果只能留下一片瓦砾，与建设无关"；奴才式的破坏如乡下人的挖去雷峰塔砖，"结果也只能留下一片瓦砾,与建设无关"。"我们要革新的破坏者,因为他内心有理想的光。我们应该知道他和寇盗奴才的分别;应该留心自己堕入后两种。这区别并不烦难,只要观人,省己,凡言动中,思想中,含有借此据为己有的朕兆者是寇盗,含有借此占些目前小便宜的朕兆者是奴才,……"鲁迅这些话,指出对革命有害的两种破坏,指出中国革命所需要的革新的、为了建设的破坏。这种理论,对于当时国内军阀的破坏和一般贪小便宜者的破坏,是具有战斗作用的。因此,这篇文章在当时是有它的现实意义的。但要是进一步问怎样进行建设的破坏,在这篇文章里就没有答复。鲁迅在当时还没有掌握马克思列宁主义,对这个问题不可能有具体的答复。只有毛主席在《中国社会各阶级的分析》里才解决了这个问题,以工人阶级为领导,以工农联盟为基础的革命,才能进行为了建设的破坏。这也就是说,半封建半殖民地的中国,它的革命的主力在哪里?它的敌人究竟是谁?必须要从阶级上分清敌我,然后革命才有目标,自己才有队伍!我们于此格外懂得马克思列宁主义是行动的指南,毛主席《中国社会各阶级的分析》对中国革命的意义之重大!从这里,我们肯定鲁迅的《再论雷峰塔的倒掉》的战斗作用,也指出他缺乏阶级观点的局限性。我们对于鲁迅在掌握马克思列宁主义以前的作品,就是这样来研究的。我们再要研究鲁迅在革命实践中,怎样由进化论和个性解放论转变到马克思列宁主义,认识到鲁迅真正的伟大。

以上是说怎样研究鲁迅。

在《热风》里鲁迅曾说:

> 所以我时常害怕，愿中国青年都摆脱冷气，只是向上走，不必听自暴自弃者的话。能做事的做事，能发声的发声，有一分热，发一分光，就令萤火一般，也可以在黑暗里发一点光，不必等候炬火。
>
> 此后如竟没有炬火，我便是唯一的光。倘若有了炬火，出了太阳，我们自然心悦诚服的消失，不但毫无不平，而且还要随喜赞美这炬火或太阳，因为他照了人类，连我都在内。

这是五四前一年鲁迅的话，这话里充满着渴望革命、准备把自己的一切献给革命的精神。正像鲁迅说的，中华民族已经有了炬火，出了太阳，那便是毛主席指导中国革命的最正确的理论。中国在共产党和毛主席的正确领导下，由新民主义革命而过渡到社会主义的建设。鲁迅如果活着，他该是怎样的欢喜，他一定领导我们学习中国共产党的党史和党的政策，学习毛主席的著作，说着："太阳照了人类，连我都在内。"

选自《跟青年谈鲁迅》，中国青年出版社 1956 年 7 月版

鲁迅的少年时代

废　名

鲁迅,这是笔名。他的真姓名是周树人。母亲姓鲁,故用了这样的笔名。

鲁迅在《俄文译本〈阿Q正传〉自叙传略》开首第一句写道:"我于一八八一年生在浙江省绍兴府城里的一家姓周的家里。"在《英译本〈短篇小说选集〉自序》里有这样的话:"我生长于都市的大家庭里,从小就受着古书和师傅的教训。"同序里又说:"但我母亲的母家是农村,使我能够间或和许多农民相亲近。"这里告诉我们三件事,一、他生长在绍兴这个都市里;二、他小时所受的教育;三、他同农民亲近。

一

在《女吊》这一篇的开头,鲁迅这样写:

> 大概是明末的王思任说的罢:"会稽乃报仇雪耻之乡,非藏垢纳污之地!"这对于我们绍兴人很有光彩,我也很喜欢听到,或引用这两句话。……

这一篇《女吊》，是鲁迅最后写的文章，一九三六年九月十九—二十日写的，比作为遗嘱而写的那篇《死》还要后半个月。写的是复仇的"女性的吊死鬼"。一下笔便联想到"会稽乃报仇雪耻之乡，非藏垢纳污之地"这两句话，不，这两句话就是他写这篇文章的中心思想，要报仇，因为中国尚未解放，"女吊"乃是这个思想的形象化。他认为绍兴人"在戏剧上创造了一个带复仇性的，比别的一切鬼魂更美，更强的鬼魂。这就是'女吊'。"鲁迅在最后写这一篇文章，意义甚大，等于屈原的《国殇》，表现他不忘记绍兴，不忘记绍兴的人民，将复仇的真理记录下来，作为遗教。绍兴是他的故乡，实在除了被压迫者居住的地方，鲁迅是没有另外的故乡的。在他的小说《故乡》里，主要是写贫苦的农民闰土。他的文章里不着重写风景，但他真能写出地方的色彩，是充满了斗争意志的人民的地方。他怎能不爱这些人民，他怎能不爱这个地方！换句话说，鲁迅是爱中国呵！他在《女吊》里给我们介绍"目莲戏"开场的"起殇"，他这样写：

> "起殇"者，绍兴人现已大抵误解为"起丧"，以为就是召鬼，其实是专限于横死者的。《九歌》中的《国殇》云："身既死兮神以灵，魂魄毅兮为鬼雄"，当然连战死者在内。明社垂绝，越人起义而死者不少，至清被称为叛贼，我们就这样的一同招待他们的英灵。在薄暮中，十几匹马，站在台下了；戏子扮好一个鬼王，蓝面鳞纹，手执钢叉，还得有十几名鬼卒，则普通的孩子都可以应募。我在十余岁时候，就曾经充过这样的义

> 勇鬼，爬上台去，说明志愿，他们就给在脸上涂上几笔彩色，交付一柄钢叉。待到有十多人了，即一拥上马，疾驰到野外的许多无主孤坟之处，环绕三匝，下马大叫，将钢叉用力的连连刺在坟墓上，然后拔叉驰回，上了前台，一同大叫一声，将钢叉一掷，钉在台板上。我们的责任，这就算完结，洗脸下台，可以回家了，……

这里写得多么有声有色，是鲁迅心中的故乡，他怎能不爱它！读者又怎能不跟着他爱它！在中国革命胜利了的今天，农村中剥削阶级彻底消灭了，我们大家的思想意识都经过改造了，我们再来回头看看毛主席《在延安文艺座谈会上的讲话》以前的文艺作品，连古人的集子在内，像鲁迅这样生动有力的文章是不多的。我们读着能得到很大的教育，原因便在于他是革命爱国主义者，对中国人民寄以极大的希望，他的写作都是通过他的斗争意志的。像鲁迅这样的人才配得上叫做爱故乡。

我们还应该抄他写"女吊"的两段：

> 这之后，就是"跳女吊"。自然先有悲凉的喇叭；少顷，门幕一掀，她出场了。大红衫子，黑色长背心，长发蓬松，颈挂两条纸锭，垂头，垂手，弯弯曲曲的走一个全台，内行人说：这是走了一个"心"字。为什么要走"心"字呢？我不明白。我只知道她何以要穿红衫。看王充的《论衡》，知道汉朝的鬼的颜色是红的，但再看后来的文字和图画，却又并无一定颜色，而在戏

文里,穿红的则只有这"吊神"。意思是很容易了然的;因为她投缳之际,准备作厉鬼以复仇,红色较有阳气,易于和生人相接近,……绍兴的妇女,至今还偶有搽粉穿红之后,这才上吊的。……

她将披着的头发向后一抖,人这才看清了脸孔:石灰一样白的圆脸,漆黑的浓眉,乌黑的眼眶,猩红的嘴唇。听说浙东的有几府的戏文里,吊神又拖着几寸长的假舌头,但在绍兴没有。不是我袒护故乡,我以为还是没有好;那么,比起现在将眼眶染成淡灰色的时式打扮来,可以说是更彻底,更可爱。不过下嘴角应该略略向上,使嘴巴成为三角形:这也不是丑模样。假使半夜之后,在薄暗中,远处隐约着一位这样的粉面朱唇,就是现在的我,也许会跑过去看看的,但自然,却未必就被诱惑得上吊。她两肩微耸,四顾,倾听,似惊,似喜,似怒,终于发出悲哀的声音,慢慢地唱道:

"奴奴本是杨家女,

呵呀,苦呀,天哪!"

这真是"比别的一切鬼魂更美,更强的鬼魂",鲁迅是多么爱她!我们说鲁迅的《女吊》等于屈原的《国殇》,是就他们对祖国的忠诚说的,究其实鲁迅是人民革命时代的先觉,通过中国共产党,他已经知道人民的力量,有意借这一个女魂写出被压迫者复仇的美丽形象,告诉人民要争取胜利。这个美丽的形象是他的故乡绍兴给他的。

二

再说鲁迅小时所受的教育。在《朝华夕拾》里有一篇《五猖会》,从这篇文章里我们可以知道鲁迅七岁时读书的情形。一天清早,他家里的人正准备带他去看赛会,是坐船去。

> 昨夜预定好的三道明瓦窗的大船,已经泊在河埠头,船椅、饭菜、茶炊、点心盒子,都在陆续搬下去了。我笑着跳着,催他们要搬得快。忽然,工人的脸色很谨肃了,我知道有些蹊跷,四面一看,父亲就站在我背后。
>
> "去拿你的书来。"他慢慢地说。
>
> 这所谓"书",是指我开蒙时候所读的《鉴略》。因为我再没有第二本了。我们那里上学的岁数是多拣单数的,所以这使我记住我其时是七岁。
>
> 我忐忑着,拿了书来了。他使我同坐在堂中央的桌子前,教我一句一句地读下去。我担着心,一句一句地读下去。
>
> 两句一行,大约读了二三十行罢,他说:——
>
> "给我读熟。背不出,就不准去看会。"
>
> 他说完,便站起来,走进房里去了。
>
> 我似乎从头上浇了一盆冷水。但是,有什么法子呢?自然是读着,读着,强记着,——而且要背出来。

> 粤自盘古,
> 生于太荒,
> 首出御世,
> 肇开混茫。
>
> 就是这样的书,我现在只记得前四句,别的都忘却了;那时所强记的二三十行,自然也一齐忘却在里面了……

后来家里又把他送到书塾里去上学,这个书塾便是《朝华夕拾》里所描写的三味书屋。他这样描写他第一天上学的情形:

> 出门向东,不上半里,走过一道石桥,便是我的先生的家了。从一扇黑油的竹门进去,第三间是书房。中间挂着一块匾道:三味书屋;匾下面是一幅画,画着一只很肥大的梅花鹿伏在古树下。没有孔子牌位,我们便对着那匾和鹿行礼。第一次算是拜孔子,第二次算是拜先生。

那时孩子第一次上学先要对着孔子牌位拜孔子,没有牌位心目中也依然当做有孔子牌位那样对着拜,拜了孔子再拜老师,所以鲁迅这样写。鲁迅在书塾里算是一个年龄较大的学生,在《朝华夕拾》第三篇《二十四孝图》里有这样的叙述:

> 我们那时有什么可看呢,只要略有图画的本子,就

要被塾师,就是当时的"引导青年的前辈"禁止,呵斥,甚而至于打手心。我的小同学因为专读"人之初性本善"读得要枯燥而死了,只好偷偷地翻开第一叶,看那题着"文星高照"四个字的恶鬼一般的魁星像,来满足他幼稚的爱美的天性。昨天看这个,今天看这个,然而他们的眼睛里还闪出苏醒和欢喜的光辉来。

这说的是他的"小同学",开蒙读《三字经》的同学,可见他自己年龄较大程度较高了。总之这是当时封建教育的一幅图画。

鲁迅在他的《二十四孝图》里是记他当时看二十四孝图的情形,其中他特别对"老莱娱亲"和"郭巨埋儿"两图发生反感,他这样记着:

我至今还记得,一个躺在父母跟前的老头子,一个抱在母亲手上的小孩子,是怎样地使我发生不同的感想呵。他们一手都拿着"摇咕咚"。这玩意儿确是可爱的,北京称为小鼓,盖即鼗也,朱熹曰:"鼗,小鼓,两旁有耳;持其柄而摇之,则两耳还自击。"咕咚咕咚地响起来。然而这东西是不该拿在老莱子手里的,他应该扶一枝拐杖。现在这模样,简直是装佯,侮辱了孩子。我没有再看第二回,一到这一叶,便急速地翻过去了。

那时的《二十四孝图》,早已不知去向了,目下所有的只是一本日本小田海仙所画的本子,叙老莱子事云:"行年七十,言不称老,常著五色斑斓之衣,为婴儿戏于亲侧。又常取水上堂,诈跌仆地,作婴儿啼,以娱亲意。"大约旧本也差不多,而招我反感的便是"诈跌"。无论忤逆,无论孝顺,小孩子多不愿意"诈"作,听故事也不喜欢是谣言,这是凡有稍稍留心儿童心理的都知道的。

接着另叙"郭巨埋儿"的事情云:

> 至于玩着"摇咕咚"的郭巨的儿子,却实在值得同情。他被抱在他母亲的臂脯上,高高兴兴地笑着;他的父亲却正在掘窟窿,要将他埋掉了。说明云,"汉郭巨家贫,有子三岁,母尝减食与之。巨谓妻曰,贫乏不能供母,子又分母之食。盍埋此子?"但是刘向《孝子传》所说,却又有些不同:巨家是富的,他都给了两弟;孩子是才生的,并没有到三岁。结末又大略相像了,"及掘坑二尺,得黄金一釜,上云:天赐郭巨,官不得取,民不得夺!"
>
> 我最初实在替这孩子捏一把汗,待到掘出黄金一釜,这才觉得轻松。然而我已经不但自己不敢再想做孝子,并且怕我父亲去做孝子了。家景正在坏下去,常听到父母愁柴米;祖母又老了,倘使我的父亲竟学了郭巨,那么,该埋的不正是我么?如果一丝不走样,也掘出一釜黄金来,那自然是如天之福,但是,那时我虽然

年纪小,似乎也明白天下未必有这样的巧事。

在这篇文章的结末鲁迅还作着总结道:

> 彼时我委实有点害怕:掘好深坑,不见黄金,连"摇咕咚"一同埋下去,盖上土,踏得实实的,又有什么法子可想呢。我想,事情虽然未必实现,但我从此总怕听到我的父母愁穷,怕看见我的白发的祖母,总觉得她是和我不两立,至少,也是一个和我的生命有些妨碍的人。

这些就是鲁迅做孩子时受封建教育的情况。封建教育给与孩子心灵上的毒害,从这里就可以明显地看出来。鲁迅在少年时期就非常敏感,也可从这里看出来。

鲁迅小时喜欢看图,喜欢看旧小说上面的"绣像",而且喜欢描画这些绣像,这件事我们也应该注意,因为这件事与后来鲁迅创作小说很有关系。鲁迅写小说的方法,当然吸收了外国小说的长处,但他对中国民间的艺术懂得特别深,而且酷爱其一点,即是不要背景。他在《我怎么做起小说来》这一篇文章里说道:"中国旧戏上,没有背景,新年卖给孩子看的花纸上,只有主要的几个人(但现在的花纸却多有背景了),我深信对于我的目的,这方法是适宜的,所以我不去描写风月,对话也决不说到一大篇。"鲁迅的小说正是"只有主要的几个人",以这几个人提出当时中国社会的问题。这个方法,在五四初期,一般的读者知其然不知其所以然。鲁迅自始至终"注意于中国旧书上的绣像和画本，以及新的单张的花纸"（《连环图画辩护》），他是有深意的，他爱好中国民间的艺术，他创造小说默默地有取于它，他做儿童时就喜欢过它。在《朝华夕拾》里有好几篇都写着鲁迅小时看图画的事，把那一个小孩子的欢喜的光辉完全保留在纸上。我们且抄《从百草园到三味书屋》这一篇里面的话：

> 我是画画儿，用一种叫做"荆川纸"的，蒙在小说的绣像上一个个描下来，像习字时候的影写一样。读的书多起来，画的画也多起来；书没有读成，画的成绩却不少了，最成片段的是《荡寇志》和《西游记》的绣像，都有一大本。

所以我们谈到鲁迅小时所受的教育，他喜欢看图画这件事是应该加以注意的。

三

我们再说少年鲁迅同农民的关系。无疑的，我们研究鲁迅，了解这种关系是非常重要的。鲁迅生长在都市，后来又在南京四年，在日本七年多，他开始写小说的时候已是在北京住了六年，然而鲁迅主要的小说不是写都市，从鲁迅谈他自己创作的话来分析他的思想意识，他丝毫没有想到要表现产业工人。他关心"下层社会的不幸"，这下层社会是中国的农村。他渴望中国革命，而本着他所熟悉的中国农村来看中国革命如何能成功,他便来写小说,用他自己的话,"提出一些问题而已"(《英译短篇自序》)。他从一开始就把问题放在农民身上,以及城市里小市民身上。他同五四新文学运动另外几个发起的人之所以不同,其关键便在于革命爱国主义者鲁迅关心农民,描写农民的生活。他从小就熟悉农村生活。"但我母亲的母家是农村,使我能够间或和许多农民相亲近",鲁迅这样说,是他自己指出这个意义。

在鲁迅的小说里,虽像《一件小事》那样写一个具有优秀品质的人力车夫,但主要的小说是写农民的。像《社戏》里面的人物是写得朴质可爱的,《社戏》便是鲁迅以他母亲的母家作为背景的农村故事。其中双喜,阿发,桂生,都是小孩子,我们且不谈,我们且来看鲁迅怎样写八公公和六一公公罢。一群小孩子荡着八公公的船夜里去看戏,戏看完了,归途上岸偷了罗汉豆到船舱里煮了吃,在六一公公的田里各人都偷了一大捧。"吃完豆又开船,一面洗器具,豆荚豆壳全抛在河水里,什么痕迹也没有了。双喜所虑的是用了八公公船上的盐和柴,这老头子很细心,一定要知道,会骂的。"但到小说快要收结时,鲁迅这样写:"第二天,我向午才起来,并没有听到什么关系八公公盐柴事件的纠葛,下午仍然去钓虾。"

对于六一公公,当他知道孩子们偷了他田里的豆,他认为这是请客,是应该的。这时"迅哥儿"在那里钓虾。"待到母亲叫我回去吃晚饭的时候,桌上便有了一大碗煮熟了的罗汉豆,就是六一公公送给母亲和我吃的。"鲁迅就是这样描写农民的朴质的善良的性格。

我们再说一件事，关于鲁迅小说的背景。据《社戏》里说，鲁迅母亲的母家是"临河的小村庄"。准此，我们有理由推定《风波》这篇小说里所写的小村庄便是它。这村里的航船七斤在革命时（辛亥革命）进城被人剪去了辫子。准此，我们有理由推定阿Q是这航船七斤的邻村人，因为《阿Q正传》里有记载："据传来的消息，知道革命党虽然进了城，倒还没有什么大异样，……只有一件可怕的事是另有几个不好的革命党夹在里面捣乱，第二天便动手剪辫子，听说那邻村的航船七斤便着了道儿，弄得不像人样子了。"所以我们确实可以说，这一个农村，鲁迅母亲的母家，同鲁迅后来写小说是很有关系的，他在这里认识了许多农民。

选自《跟青年谈鲁迅》，中国青年出版社1956年7月版

断片的回忆
——访鲁迅先生

吴曙天

孙老头儿是一个很有趣味的人,我和S哥都喜欢同他玩。

人们都说孙老头儿是日本人,因为他是一个矮子,而且,脸上养了东洋式的胡须。当他在戏园里看戏的时候,茶房们对他啰嗦,他置之不答,于是茶房们便说:"呵,日本人是很难说话的!"

真的,孙老头儿活像个日本人!

S哥是很好吃的,我替他取了一个绰号,叫做"吃精"。他最喜欢上馆子。

然而孙老头儿的好吃,大约不亚于S哥罢,因为S哥要上馆,孙老头儿总是赞成的。

那天,是深秋的一个正午,他们俩儿又要上馆去了,我也只好同去。

大家吃饱了以后,便照例要想玩了。

"到哪里玩去?"S哥问。

"访鲁迅先生去!"孙老头儿说。

"好的！"我赞成地说。

我的脑中开始想像我理想中的鲁迅先生了。我读过他的《呐喊》，而且读过不止一次。我想像中的鲁迅先生大约是很沉闷而勇猛的罢。我觉得《呐喊》的味是辣而苦的，然而我不知道为了什么总爱读它。

在一个很僻静的胡同里我们到了鲁迅先生之居了。我们敲门，便有人来开，孙老头儿先进去报告了，我和S哥站在院里；院里有一棵枣树，是落了叶子的。

房门开了，出来一个比孙老头儿更老的老年人，然而大约也不过五十岁左右罢，黄瘦的脸庞，短胡子，然而举止很有神，我知道这就是鲁迅先生。

我们都走进鲁迅先生的卧房了。

这是一间并不宽大的卧房，房门的右边，摆了一个书架，然而书架上的书籍并不多。接着是一个桌子，这就是《呐喊》的作者的著书桌罢。桌的旁边接着摆了一只箱子，箱子上也杂乱地堆了些书籍。卧床是靠着房的后墙的，这是很简单的卧床罢，因为是用两只板凳和木板搭成的。

我和S哥坐在房的左边的椅子上，孙老头儿坐在床上。

我开始知道鲁迅先生是爱说笑话了，我访过鲁迅先生的令弟启明先生，启明先生也是爱说笑话的。然而鲁迅先生说笑话时他自己并不笑，启明先生说笑话时他自己也笑，这是他们哥儿俩说笑话的分别。

鲁迅先生端出一匣饼干来了。

"刚才吃过饭。"我说。

"吃过饭便不能吃饼干么?"鲁迅先生说。然而孙老头儿与S哥已经开始大嚼了。

因为知道我是喜欢绘画的缘故,鲁迅先生找出一册册的德国名画来。

我不懂德文,所以只能看画。

然而画上有蛇,我怕蛇,连画上的蛇也怕看。

"绘画的人是不能怕蛇的!"鲁迅先生说。

我羞惭而微笑了。

鲁迅先生对于欧洲名画大约看得很多的。他说绘画的 Design 很要紧。然而中国的绘画者大都对于 Design 不下工夫!

大家乱七八糟地谈了半天。我只深刻地记得鲁迅先生的话很多令人发笑的。然而鲁迅先生并不笑。可惜我不能将鲁迅先生的笑话写了出来。爱听笑话的人,最好亲自到鲁迅先生那里去听。

原载《京报副刊》,1925 年 1 月 4 日

鲁迅访问记

陆 蠡

满怀着仰慕和期望的情绪。去访问我国前进思想家鲁迅先生。

在一个预约好的场所,他坐在那里,已经等了一刻钟。一见面我就很不安地声述因等电车而迟延时刻的歉意。他那病容的脸上,顿时浮现出宽恕的而又自然的微笑,对我说:"这是不要紧的;不过这几天来,我的确病得很厉害,气管发炎,胃部作痛,也已经有好久居家未出,今天因为和你预先约定好的,所以不能不勉强出来履约。"听了他这些话,已足使我内心深深的感动了!

谈话一开始,首先问他对于去年"一二·九"以来全国学生救亡运动的感想。他皱起浓密的眉毛,低头沉思了一下,便说:"从学生自发的救亡运动在全国各处掀起澎湃的浪潮这一个现实中,的确可以看出,随着帝国主义者加紧的进攻,汉奸政权加速的出卖民族,出卖国土,民族危机的深重,中华民族中大多数不愿做奴隶的人们,已经醒觉的奋起,挥舞着万众的铁拳,来摧毁敌人所给予我们这半殖民地的枷锁了!学生特别是半殖民地民族解放斗争中感觉最敏锐的前哨战士,因此他们所自发的救亡运动,不难影响到全国,甚至影响到目前正徘徊于黑暗和光明交叉点的全世界。再从这次各处学生运动所表显的种种事实来看,他们已经能够很清楚的认识横梗在民族解放斗争前程一切明明暗暗的敌人,他们也知道深入下层,体验他们所需要体验的生活,组织农民工人,加紧推动这些民族解放斗争的主力军。在行动方面,譬如组织的严密,遵守集团的纪律,优越战术的运用,也能够在冰天雪地中,自己动手铺设起被汉奸拆掉的铁轨,自动驾驶火车前进,这一切,都证明这次学生运动,比较以前进步得多,这是一个可喜的现象!但缺憾和错误,自然还是有的。希望他们在今后的斗争过程中,艰苦的克服下去,同时,要保障过去的胜利,也只有再进一步的斗争下去;在斗争的过程中,才可以充实自己的力量,学习一切有效的战术。"

其次,我问到全国救国团体最近所提出的"联合战线"这问题。他很郑重的说:"民族危难到了现在这样的地步,'联合战线'这口号的提出,当然也是必要的,但我始终认为在民族解放斗争这条联合战线上,对于那些狭义的不正确的国民主义者,尤其是翻来覆去的机会主义者,却望他们能够改正他们的心思。因为所谓民族解放斗争,在战略的运用上讲,有岳飞文天祥式的,也有最正确的,最现代的,我们现在所应当采取的。究竟是前者,还后者呢?这种地方,我们不能不特别重视。在战斗过程中,决不能在战略上或任何方面,有一点忽略,因为就是小小的忽略,毫厘的错误,都是整个战斗失败的泉源啊!"

接着,他谈到文学问题,他主张以文学来帮助革命,不主张徒唱空调高论,拿"革命"这两个辉煌的名词,来提高自己的文学作品。"像《八月的乡村》《生死场》等作品，我总还嫌太少。在目前，全中国到处可闻到大众不平凡的吼声，社会上任何角落里，可以看到大众为争取民族解放而汇流的斗争鲜血，这一切都是大好题材。可是前进的我们所需要的文学作品的产量还是那么贫乏。究其原因，固然很多，如中国青年对文学修养太缺少，也是一端；但最大的因素，还是在汉字太艰深，一般大众虽亲历许多斗争的体验，但结果还是写不出来。"

话题一转到汉字上来，他的态度显得分外的慷慨和兴奋，他以坚决的语调告诉我："汉字不灭，中国必亡，因为汉字的艰深使全中国大多数的人民，永远和前进的文化隔离，中国的人民，决不会聪明起来，理解自身所遭受的压榨整个民族的危机。我是自身受汉字苦痛很深的一个人，因此我坚决主张以新文字来替代这种障碍进步的汉字。譬如说，一个小孩子要写一个生薑的'薑'字，或一个'鸞'字，到方格子里面去，能够不偏不歪不写出格子外面去，也得要化一年功夫，你想汉字麻烦不麻烦？目前，新文字运动的推行，在我国已很有成绩，虽然我们的政治当局，已经也在严厉禁止新文字的推行，他们恐怕中国人民会聪明起来，会获得这个有效的求知新武器，但这终然是不中用的！我想，新文字运动应当和当前的民族解放运动，配合起来同时进行，而进行新文字，也该是每一个前进文化人应当肩负起来的任务。"他扶病谈话，时间费去半小时以上。谈话时热烈的情绪，兴奋的态度，绝对不像一个病者，他真是个永远在文化前线上搏斗的老当益壮的战士！这次访问所给予我深刻的印象，将永恒的镌铭在我脑际。

临别时,我还祝颂他早日恢复健康,目送他踏着坚定的步伐,消失在细雨霏霏的街头。

本文抄就后,经鲁迅先生亲自校阅后付印。

原载《救亡情报》,后入登太编《鲁迅访问记》,上海长江书店1936年版

关于鲁迅

周作人

《阿Q正传》发表以后，我写过一篇小文章，略加以说明，登在那时的《晨报》副镌上。后来《阿Q正传》与《狂人日记》等一并编成一册，即是《呐喊》，出在新潮社丛书里，其时傅孟真、罗志希诸君均已出国留学去了，《新潮》交给我编辑，这丛书的编辑也就用了我的名义。出版以后大为成仿吾所挖苦，说这本小说集既然是他兄弟编的，一定好的了不得。——原文不及查考，大意总是如此。于是我恍然大悟，原于关于此书的编辑或评论我是应当回避的。这是我所得的第一个教训。不久在中国文坛上又起了《阿Q正传》是否反动的问题。恕我记性不好，不大能记得谁是怎么说的了，但是当初决定《正传》是落伍的反动的文学的，随后又改口说这是中国普罗文学的正宗者往往有之。这一笔"阿Q的旧账"至今我还是看不懂，本来不懂也没有什么要紧，不过这切实的给我一个教训，就是使我明白这件事的复杂性，最好还是不必过问。于是我就不再过问，就是那一篇小文章也不收到文集里去，以免为无论那边的批评家所援引，多生些小是非。现在鲁迅死了，一方面固然也可以如传闻乡试封门时所祝，正是"有恩报恩有怨报怨"的时候，一方面也可以说，要骂的捧的或利用的都已失了对象，或者没有什么争论了亦未可知。这时候我想来说几句话，似乎可以不成问题，而且未必是无意义的事，因为鲁迅的学问与艺术的来源有些都非外人所能知，今本人已死，舍弟那时年幼亦未闻知，我所知道已为海内孤本，深信值得录存，事虽细微而不虚诞，世之识者当有取焉。这里所说限于有个人独到之见独创之才的少数事业，若其他言行已有人云亦云的毁或誉者概置不论，不但仍以避免论争，盖亦本非上述趣意中所摄者也。

鲁迅本名周樟寿，生于清光绪辛巳八月初三日。祖父介孚公在北京做京官，得家书报告生孙，其时适有张——之洞还是之万呢——来访，因为命名曰"张"；或以为与"灶君"同生日，故借"灶君"之姓为名，盖非也。书名定为"樟寿"，虽然清道房同派下群从谱名为寿某，祖父或忘记或置不理均不可知，乃以"寿"字属下，又定字曰"豫山"，后以读音与雨伞相近，请于祖父改为"豫才"。戊戌春间往南京考学堂，始改名"树人"，字如故，义亦可相通也。留学东京时，刘申叔为河南同乡办杂志曰《河南》，孙竹丹来为拉稿，豫才为写几篇论文，署名一曰"迅行"，一曰"令飞"，至民七年在《新青年》上发表《狂人日记》，于"迅"上冠"鲁"姓，遂成今名。写随感录署名"唐俟"，唐者"功不唐捐"之唐，意云空等候也，《阿Q正传》特署"巴人"，已忘其意义。

鲁迅在学问艺术上的工作可以分为两部：甲为搜集、辑录、校勘、研究，乙为创作。今略举于下：

甲　部

一，《会稽郡故书杂集》。二，《谢承后汉书》（未刊）。三，《古小说钩沉》（未刊）。四，《小说旧闻钞》。五，《唐宋传奇集》。六，《中国小说史》。七，《嵇康集》（未刊）。八，《岭表录异》（未刊）。九，《汉画石刻》（未完成）。

乙　部

一，小说：《呐喊》，《彷徨》。二，散文：《朝华夕拾》等。

这些工作的成就有大小，但无不有其独得之处，而其起因亦往往很是久远，其治学与创作的态度与别人颇多不同，我以为这是最可注意的事。豫才从小就喜欢书画，——这并不是书家画师的墨宝，乃是普通的一册一册的线装书与画谱。最初买不起书，只好借了绣像小说来看。光绪癸巳祖父因事下狱，一家分散，我和豫才被寄存在大舅父家里，住在皇甫庄，是范啸风的隔壁，后来搬往小皋步，即秦秋渔的娱园的厢房。这大约还是在皇甫庄的时候，豫才向表兄借来一册《荡寇志》的绣像，买了些叫作"吴公纸"的一种毛太纸来，一张张地影描，订成一大本，随后仿佛记得以一二百文钱的代价卖给书房里的同窗了。回家以后还影写了好些画谱，还记得有一次在堂前廊下影描马镜江的《诗中画》，或是王冶梅的《三十六赏心乐事》，描了一半暂时他往，祖母看了好玩，就去画了几笔，却画坏了，豫才扯去另画，祖母有点怅然。后来压岁钱等略有积蓄，于是开始买书，不再借抄了。顶早买到的大约是两册石印本冈元凤所著的《毛诗品物图考》，这书最初也是在皇甫庄见到，非常歆羡，在大街的书店买来一部，偶然有点纸破或墨污，总不能满意，便拿去掉换，至再至三，直到伙计烦厌了，戏弄说，这比姊姊的面孔还白呢，何必掉换，乃愤然出来，不再去买书。这书店大约不是墨润堂，却是邻近的奎照楼吧。这回换来的书好像又有什么毛病，记得还减价以一角小洋卖给同窗，再贴补一角去另买了一部。画谱方面那时的石印本大抵陆续都买了，《芥子园画传》自不必说，可是却也不曾自己学了画。此外陈淏子的《花镜》恐怕是买来的第一部书，是用了二百文钱从一个同窗的本家那里得来的。家中原有几箱藏书，却多是经史及举业的正经书，也有些小说如《聊斋志志》《夜谈随录》，以至《三国演义》《绿野仙踪》等，其余想看的须得自己来买舔。我记得这里边有《酉阳杂俎》《容斋随笔》《辍耕录》《池北偶谈》《六朝事迹类编》《二酉堂丛书》《金石存》《徐霞客游记》等。新年出城拜岁，来回总要一整天，船中枯坐无聊，只好看书消遣，那时放在"帽盒"中带了去的大抵是游记或《金石存》，——后者自然是石印本，前者乃是图书集成局的扁体字的。《唐代丛书》买不起，托人去转借来看过一遍，我很佩服那里的一篇《黑心符》，钞了《平泉草木记》，豫才则抄了三卷《茶经》和《五木经》。好容易凑了块把钱，买来一部小丛书，共二十四册，现在头本已缺无可查考，但据每册上特请一位族叔题的字，或者名为"艺苑捃华"吧，当时很是珍重耽读，说来也很可怜，这原来乃是书估从《龙威秘书》中随意抽取，杂凑而成的一碗"拼拢坳羹"而已。这些事情都很琐屑，可是影响却颇不小，它就"奠定"了半生学问事业的倾向，在趣味上到了晚年也还留下好些明了的痕迹。

戊戌往南京，由水师改入陆师附设的路矿学堂，至辛丑毕业派往日本留学，此三年中专习科学，对于旧籍不甚注意，但所作随笔及诗文盖亦不少，在我的旧日记中略有录存。如戊戌年作《戛剑生杂记》四则云：

> 行人于斜日将堕之时，暝色逼人，四顾满目非故乡之人，细聆满耳皆异乡之语，一念及家乡万里，老亲弱弟必时时相语，谓今当至某处矣，此时真觉柔肠欲断，涕不可仰。故予有句云："日暮客愁集，烟深人语喧，皆所身历，非托诸空言也。"

> 生鲈鱼与新粳米炊熟，鱼须斫小方块，去骨，加秋油，谓之鲈鱼饭。味甚鲜美，名极雅饬，可入林洪《山家清供》。

> 夷人呼茶为槚，闽语也。闽人始贩茶至夷，故夷人效其语也。

> 试烧酒法，以缸一只猛注酒于中，视其上面浮花，顷刻迸散净尽者为活酒，味佳，花浮水面不动者为死酒，味减。

又《莳花杂志》二则云：

> 晚香玉本名士秘螺斯,出塞外,叶阔似吉祥草,花生穗间,每穗四五球,每球四五朵,色白,至夜尤香,形如喇叭,长寸余。瓣五六七不等,都中最盛。昔圣祖仁皇帝因其名俗,改赐今名。

> 里低母斯,苔类也,取其汁为水,可染蓝色纸,遇酸水则变为红,遇碱水又复为蓝。其色变换不定,西人每以之试验化学。

诗则有庚子年作《莲蓬人》七律,《庚子送灶即事》五绝,各一首,又庚子除夕所作《祭书神文》一首,今不具录。辛丑东游后曾寄数诗,均分别录入旧日记中,大约可有十首,此刻也不及查阅了。

在东京的这几年是鲁迅翻译及写作小说之修养时期,详细须得另说,这里为免得文章线索凌乱,姑且从略。鲁迅于庚戌(一九一〇年)归国,在杭州两级师范绍兴第五中学及师范等校教课或办事,民元以后任教育部佥事,至十四年去职,这是他的工作中心时期,其间又可分为两段落,以《新青年》为界。上期重在辑录研究,下期重在创作,可是精神还是一贯,用旧话来说可云不求闻达。鲁迅向来勤苦作事,为他人所不能及,在南京的时候手抄汉译赖耶尔(C.Lyell)的《地学浅说》(案即是 Principles of Geology)两大册,图解精密,其他教本称是,但因为我不感到兴趣,所以都忘记是什么书了。归国后他就开始抄书,在这几年中不知共有若干种,只是记得的就有《穆天子传》《南方草木状》《北户录》《桂海虞衡志》、程瑶田的《释虫小记》、郝懿行的《燕子春秋》《蜂衙小记》与《记海错》，还有从《说郛》抄出的多种。其次是辑书。清代辑录古逸书的很不少，鲁迅所最受影响的还是张介侯的《二酉堂》吧，如《凉州记》，段颖、阴铿的集，都是乡邦文献的辑集也。（老实说，我很喜欢张君所著书，不但是因为辑古逸书收存乡邦文献，刻书字体也很可喜，近求得其所刻《蜀典》，书并不珍贵，却是我所深爱。）他一面翻古书抄唐以前小说逸文，一面又抄唐以前的越中史地书。这方面的成绩第一是一部《会稽郡故书杂集》，其中有谢承《会稽先贤传》、虞预《会稽典录》、钟离岫《会稽后贤传记》、贺氏《会稽先贤像赞》、朱育《会稽土地记》、贺循《会稽记》、孔灵符《会稽记》、夏侯曾先《会稽地志》，凡八种，各有小引，卷首有叙，题曰：太岁在阏逢摄提格（民国三年甲寅）九月既望记，乙卯二月刊成，木刻一册。叙中有云：

> 幼时尝见武威张澍所辑书，于凉土文献撰集甚众，笃恭乡里，尚此之谓，而会稽故籍零落，至今未闻后贤为之纲纪，乃创就所见书传刺取遗篇，累为一帙。

又云：

> 书中贤俊之名，言行之迹，风土之美，多有方志所遗，舍此更不可见，用遗邦人，庶几供其景行，不忘于故。

这里辑书的缘起与意思都说的很清楚，但是另外有一点值得注意的，叙文署名"会稽周作人记"，向来算是我的撰述，这是什么缘故呢？查书的时候我也曾帮过一点忙，不过这原是豫才的发意，其一切编排考订，写小引叙文，都是他所做的，起草以至誊清大约有三四遍，也全是自己抄写，到了付刊时却不愿出名，说写你的名字吧，这样便照办了，一直拖了二十年余。现在觉得应该说明了，因为这一件小事我以为很有点意义。这就是证明他做的事全不为名誉，只是由于自己的爱好。这是求学问弄艺术的最高的态度，认得鲁迅的人平常所不大能够知道的。其所辑录的古小说逸文也已完成，定名为《古小说钩沉》，当初也想用我的名字刊行，可是没有刻板的资财，托书店出版也不成功，至今还是搁着。此外又有一部谢承《后汉书》，因为谢伟平是山阴人的缘故，特为辑集，可惜分量太多，所以未能与《故书杂集》同时刊板，这从笃恭乡里的见地说来也是一件遗憾的事。豫才因为古小说逸文的搜集，后来能够有小说史的著作，说起缘由来很有意思。豫才对于古小说虽然已有十几年的用力，（其动机当然还在小时候所读的书里，）但因为不喜夸示，平常很少有人知道。那时我在北京大学中国文学系做"票友"，马幼渔君正当主任，有一年叫我讲两小时的小说史，我冒失地答应了回来，同豫才说起，或者由他去教更为方便，他说去试试也好，于是我去找幼渔换了别的什么功课，请豫才教小说史，后来把讲义印了出来，即是那一部书。其后研究小说史的渐多，如胡适之、马隅卿、郑西谛、孙子书诸君，各有收获，有后来居上之概，但那些似只在后半部，即宋以来的章回小说部分，若是唐以前古逸小说的稽考恐怕还没有更详尽的著作,这与《古小说钩沉》的工作正是极有关系的。对于画的爱好使他后来喜欢翻印外国的版画,编选北平的诗笺,为世人所称,但是他半生精力所聚的汉石刻画像终于未能编印出来,或者也还没有编好吧。

末了我们略谈鲁迅创作方面的情形。他写小说其实并不始于《狂人日记》,辛亥冬天在家里的时候曾经写过一篇,以东邻的富翁为"模特儿",写革命的前夜的事,情质不明的革命军将要进城,富翁与清客闲汉商议迎降,颇富于讽刺的色彩。这篇文章未有题名,过了两三年由我加了一个题目与署名,寄给《小说月报》,那时还是小册,系恽铁樵编辑,承其覆信大加称赏,登在卷首,可是这年月与题名都完全忘记了,要查民初的几册旧日记才可知道。第二次写小说是众所共知的《新青年》时代,所用笔名是鲁迅,在《晨报》副镌为孙伏园每星期日写《阿Q正传》则又署名"巴人",所写随感录大抵署名"唐俟",我也有一两篇是用这个署名的,都登在《新青年》上,近来看见有人为鲁迅编一本集子,里边所收就有一篇是我写的,后来又有人选入什么读本内,觉得有点可笑。当时世间颇疑"巴人"是蒲伯英,"鲁迅"则终于无从推测,教育部中有时纷纷议论,毁誉不一,鲁迅就在旁边,茫然相对,是很有"幽默"趣味的事。他为什么这样做的呢?并不如别人所说,因为言论激烈所以匿名,实在只如上文所说不求闻达,但求自由的想或写,不要学者文人的名,自然也更不为利,《新青年》是无报酬的,《晨报》副刊多不过一字一二厘罢了。以这种态度治学问或做创作,这才能够有独到之见,独创之才,有自己的成就。不问工作大小都有价值,与制艺异也。鲁迅写小说散文又有一特点，为别人所不能及者，即对于中国民族的深刻的观察。大约现代文人中对于中国民族抱着那样一片黑暗的悲观的难得有第二个人吧。豫才从小喜欢"杂览"，读野史最多，受影响亦最大，——譬如读过《曲洧旧闻》里的"因子巷"一则，谁会再忘记，会不与《一个小人物的忏悔》所记的事情同样的留下很深的印象呢？在书本里得来的知识上面，又加上亲自从社会里得来的经验，结果便造成一种只有苦痛与黑暗的人生观，让他无条件（除艺术的感觉外）的发现出来，就是那些作品。从这一点说来，《阿Q正传》正是他的代表作，但其被普罗批评家所（曾）痛骂也正是应该的。这是寄悲愤绝望于幽默，在从前那篇小文里我曾说用的是显克微支、夏目漱石的手法，著者当时看了我的草稿也加以承认的，正如《炭画》一般里边没有一点光与空气，到处是愚与恶，而愚与恶又复厉害到可笑的程度。有些牧歌式的小话都非佳作，《药》里稍露出一点的情热，这是对于死者的，而死者又已是做了"药"了，此外就再也没有东西可以寄托希望与感情。不被礼教吃了肉去就难免被做成"药渣"，这是鲁迅对于世间的恐怖，在作品上常表现出来，事实上也是如此。讲到这里，我的话似乎可以停止了，因为我只想略讲鲁迅的学问艺术上的工作的始基，这有些事情是人家所不能知道的，至于其他问题能谈的人很多，还不如等他们来谈罢。

二十五年十月二十四日，北平

原载《宇宙风》，1936年10月24日第29期

关于鲁迅之二

周作人

我为《宇宙风》写了一篇关于鲁迅的学问的小文之后便拟暂时不再写这类文章，所以有些北平、天津、东京的新闻杂志社的嘱托都一律谢绝了，因为我觉得多写有点近乎投机学时髦，虽然我所有的资料都是事实，并不是普通《宦乡要则》里的那些祝文祭文。说是事实，似乎有价值却也没价值，因为这多是平淡无奇的，不是奇迹，不足以满足观众的欲望。一个人的平淡无奇的事实本是传记中的最好资料，但唯一的条件是要大家把他当做"人"去看，不是当做"神"，——即是偶像或傀儡，这才有点用处，若是神则所需要者自然别有神话与其神学在也。乃《宇宙风》社来信，叫我再写一篇，略说豫才在东京时的文学的修养，算作前文的补遗，因为我在那里边曾经提及，却没有叙述。这也成为一种理由，所以补写了这篇小文，姑且当作一点添头也罢。

豫才的求学时期可以分作三个段落，即自光绪戊戌（一八九八）至辛丑（一九〇一）在南京为前期，自辛丑至丙午（一九〇六）在东京及仙台为中期，自丙午至己酉（一九〇九）又在东京为后期。这里我所要说的只是后期，因为如他的自述所说，从仙台回到东京以后他才决定要弄文学。但是在这以前他也未尝不喜欢文学，不过只是赏玩而非攻究，且对于文学也还未脱去旧的观念。在南京的时候，豫才就注意严几道的译书，自《天演论》以至《法意》，都陆续购读。其次是林琴南，自《茶花女遗事》出后，随出随买，我记得最后的一部是在东京神田的中国书林所买的《黑太子南征录》，一总大约有二三十种罢。其时"冷血"的文章正很时新，他所译述的《仙女缘》《白云塔》我至今还约略记得，还有一篇嚣俄（Victor Hugo）的侦探谈似的短篇小说，叫作什么尤皮的，写得很有意思，苏曼殊又同陈独秀在《国民日日新闻》上译登《惨世界》，于是一时嚣俄成为我们的爱，读书，搜来些英日文译本来看。末了是梁任公所编刊的《新小说》。《清议报》与《新民丛报》的确都读过也很受影响，但是《新小说》的影响总是只有更大不会更小。梁任公的《论小说与群治之关系》当初读了的确很有影响，虽然对于小说的性质与种类后来意见稍稍改变，大抵由科学或政治的小说渐转到更纯粹的文艺作品上去了。不过这只是不看重文学之直接的教训作用，本意还没有什么变更，即仍主张以文学来感化社会，振兴民族精神，用后来的熟语来说，可以说是属于为人生的艺术这一派的。丙午年夏天豫才在仙台的医学专门学校退了学，回家去结婚，其时我在江南水师学堂，前一年的冬天到北京练兵处考取留学日本，在校里闲住半年，这才决定被派去学习土木工程，秋初回家一转，同豫才到东京去。豫才再到东京的目的他自己已经在一篇文章中说过，不必重述，简单的一句话就是欲救中国须从文学始。他的第一步的运动是办杂志。那时留学生办的杂志并不少，但是没有一种是讲文学的，所以发心想要创办，名字定为《新生》，——这是否是借用但丁的,有点记不清楚了,但多少总有关系。其时留学界的空气是偏重实用,什九学法政,其次是理工,对于文学都很轻视,《新生》的消息传出去时大家颇以为奇,有人开玩笑说这不会是学台所取的进学"新生"么。又有人(仿佛记得是胡仁源)对豫才说,你弄文学做甚,有什么用处?答云,学文科的人知道学理工也有用处,这便是好处。客乃默然。看这种情形,《新生》的不能办得好原是当然的。《新生》的撰述人共有几个我不大记得了,确实的人数里有一位许季黻(寿裳),听说还有袁文薮,但他往西洋去后就没有通信。结果这杂志没有能办成,我曾根据安特路朗(Andrew Lang)的几种书写了半篇"日月星之神话"。稿今已散失,杂志的原稿纸却还有好些存在。

办杂志不成功,第二步的计画是来译书。翻译比较通俗的书卖钱是别一件事,赔钱介绍文学又是一件事,这所说的自然是属于后者。结果经营了好久,总算印出了两册《域外小说集》。第一册上有一篇序言,是豫才的手笔,说明宗旨云:

> 《域外小说集》为书,词致朴讷,不足方近世名人译本,特收录至审慎,移译亦期弗失文情。异域文术新宗,由此始入华土。使有士卓特,不为常俗所囿,必将犁然有当于心,按邦国时期,籀读其心声,以相度神思之所在。则此虽大海之微沤与,而性解思惟,实寓于此。中国译界,亦由是无迟莫之感矣。己酉正月十五日。

过了十一个年头，民国九年春天上海群益书社愿意重印，豫才又加了一篇新序（此文系署我的名字，但实豫才所作，故《苦雨斋序跋文》中未曾收入）。头几节是叙述当初的情形的，可以抄在这里：

我们在日本留学的时候，有一种茫漠的希望，以为文艺是可以转移性情，改造社会的。因为这意见，便自然而然的想到介绍外国新文学这一件事。但做这事业，一要学问，二要同志，三要工夫，四要资本，五要读者。第五样逆料不得，上四样在我们却几乎全无。于是又自然而然的只能小本经营，姑且尝试。这结果便是译印《域外小说集》。

当初的计画，是筹办了连印两册的资本，待到卖回本钱，再印第三第四，以至第多少册的。如此继续下去，积少成多，也可以约略介绍了各国名家的著作了。于是准备清楚，在一九〇九年二月，印出第一册，到六月间，又印出了第二册。寄售的地方，是上海和东京。

半年过去了，先在就近的东京寄售处结了账。计第一册卖去了二十一本，第二册是二十本，以后可再也没有人买了。那第一册何以多卖一本呢？就因为有一位极熟的友人，怕寄售处不遵定价，额外需索，所以亲去试验一回，果然划一不二，就放了心，第二本不再试验了。但由此看来，足见那二十位读者，是有出必看，没有一人中止的，我们至今很感谢。

> 至于上海。是至今还没有详细知道。听说也不过卖出了二十册上下，以后再没有人买了。于是第三册只好停板，已成的书便都堆在上海寄售处堆货的屋子里。过了四五年，这寄售处不幸失了火，我们的书和纸板都连同化成灰烬。我们这过去的梦幻似的无用的劳力，在中国也就完全消灭了。

这里可以附注几句。《域外小说集》第一册印了一千本。第二册只有五百本。印刷费是蒋抑卮（鸿林）代付的，那时蒋君来东京医治耳疾，听见译书的计画甚为赞成，愿意帮忙，上海寄售处也即是他的一家绸缎庄。那个去试验买书的则是许季黻也。

《域外小说集》两册中共收英美法各一人一篇，俄四人七篇，波兰一人三篇，波思尼亚一人二篇，芬兰一人一篇。从这上边可以看出一点特性来，即一是偏重斯拉夫系统，一是偏重被压迫民族也。其中有俄国的安特来夫（Leonid Andrejev）作二篇，伽尔洵（V.Garshin）作一篇，系豫才根据德文本所译。豫才不知何故深好安特来夫，我所能懂而喜欢者只有短篇《齿痛》（*Ben Tobit*）、《七个绞死的人》与《大时代的小人物的忏悔》二书耳。那时日本翻译俄国文学尚不甚发达，比较的绍介得早且亦稍多的要算屠介涅夫，我们也用心搜求他的作品，但只是珍重，别无翻译的意思。每月初各种杂志出版，我们便忙着寻找，如有一篇关于俄文学的绍介或翻译，一定要去买来，把这篇拆出保存，至于波兰自然更好，不过除了《你往何处去》，《火与剑》之外不会有人讲到的，所以没有什么希望。此外再查英德文书目，设法购求古怪国度的作品，大抵以俄、波兰、捷克、塞尔比亚、勃耳伽利亚、波思尼亚、芬兰、匈加利、罗马尼亚、新希腊为主，其次是丹麦、瑙威、瑞典、荷兰等，西班牙、义大利便不大注意了。那时日本大谈自然主义，这也觉得是很有意思的事，但是所买的法国著作大约也只是弗罗贝尔、莫泊三、左拉诸大师的二三卷，与诗人波特莱耳、威耳伦的一二小册子而已。上边所说偏僻的作品英译很少，德译较多，又多收入勒克兰等丛刊中，价廉易得，常开单托相模屋书店向丸善定购，书单一大张而算账起来没有多少钱，书店的不惮烦肯帮忙也是很可感的，相模屋主人小泽死于肺病，于今却已有廿年了。德文杂志中不少这种译文，可是价太贵，只能于旧书摊上求之，也得了许多，其中有名叫什么 Aus Fremden Zungen（记不清楚是否如此）的一种，内容最好，书有一篇批评荷兰凡蔼覃的文章，豫才的读《小约翰》与翻译的意思实在是起因于此的。

这许多作家中间，豫才所最喜欢的是安特来夫，或者这与爱李长吉有点关系罢，虽然也不能确说。此外有伽尔洵，其《四日》一篇已译登《域外小说集》中，又有《红花》则与莱耳孟托夫（M.Lermontov）的《当代英雄》，契诃夫（A.Tchekhov）的《决斗》，均未及译，又甚喜科洛连珂（V.Komlenko），后来只由我译其《玛加耳的梦》一篇而已。高尔基虽已有名，《母亲》也有各种译本了，但豫才不甚注意，他所最受影响的却是果戈里（N.Gogol），《死灵魂》还居第二位，第一重要的还是短篇小说《狂人日记》《两个伊凡尼支打架》、喜剧《巡按》等。波兰作家最重要的是显克微支（H.Sienkiewicz），《乐人扬珂》等三篇我都译出登在小说集内,其杰作《炭画》后亦译出,又《得胜的巴耳得克》未译至今以为憾事。用幽默的笔法写阴惨的事迹,这是果戈里与显克微支二人得意的事,《阿Q正传》的成功其原因亦在于此,此盖为不懂幽默而乱骂乱捧的人所不及知者也。(《正传》第一章的那样缠夹亦有理由,盖意在讽刺历史癖与考据癖,但此本无甚恶意,与《故事新编》中的《治水》有异。)捷克有纳卢陀(Neruda)、扶尔赫列支奇(Vrchlicki),亦为豫才所喜,又芬兰乞食诗人丕佛林多(päivärinta)所作小说集亦所爱读不释者,均未翻译。匈加利则有诗人裴彖飞(Petöfi Sandor),死于革命之战,豫才为《河南》杂志作《摩罗诗力说》,表章摆伦等人的"撒但派",而以裴彖飞为之继,甚致赞美,其德译诗集一卷,又小说曰《绞手之绳》,从旧书摊得来时已破旧,豫才甚珍重之。对于日本文学当时殊不注意。森鸥外、上田敏、长谷川、二叶亭诸人,差不多只重其批评或译文,唯夏目漱石作俳谐小说《我是猫》有名,豫才俟其印本出即陆续买读,又热心读其每日在《朝日新闻》上所载的《虞美人草》,至于岛崎藤村等的作品则始终未曾过问。自然主义盛行时亦只取田山花袋的《棉被》、佐藤红绿的《鸭》一读,似不甚感兴味。豫才后日所作小说虽与漱石作风不似,但其嘲讽中轻妙的笔致实颇受漱石的影响,而其深刻沉重处乃自果戈里与显克微支来也。豫才于拉丁民族的艺术似无兴会,德国则只取尼采一人,《札拉图斯忒拉如是说》常在案头,曾将序说一篇译出登杂志上。这大约是《新潮》吧。尼采之进化论的伦理观我也觉得很有意思,但是我不喜欢演剧式的东西,那种格调与文章就不大合我的胃口,所以我的一册英译本也搁在书箱里多年没有拿出来了。

豫才在医学校的时候学的是德文，所以后来就专学德文，在东京的独逸语学协会的学校听讲。丁未年（一九〇七）同了几个友人共学俄文，有季黻、陈子英（濬，因徐锡麟案避难来东京）、陶望潮（铸，后以字行曰冶公）、汪公权（刘申叔的亲属？后以侦探嫌疑被同盟会人暗杀于上海），共六人，教师名孔特夫人（Maria Konde），居于神田，盖以革命逃至日本者。未几子英先退，独自从师学，望潮因将往长崎从俄人学造炸药亦去，四人暂时支撑，卒因财力不继而散。戊申年（一九〇八）从太炎先生讲学，来者有季黻、钱均甫（家治）、朱遏先（希祖）、钱德潜（夏，今改名玄同）、朱蓬仙（宗莱）、龚未生（宝铨），共八人，每星期日至小石川的民报社，听讲《说文解字》。丙丁之际我们翻译小说，还多用林氏的笔调，这时候就有点不满意：即严氏的文章也嫌他有八股气了。以后写文多喜用本字古义，《域外小说集》中大都如此，斯谛普虐克（Stepniak）的《一文钱》（这篇小品我至今还是很喜欢）曾登在《民报》上，请太炎先生看过，改定好些地方，至民九重印，因怕印刷为难，始将这些古字再改为通用的字。这虽似一件小事，但影响却并不细小，如写"鳥"字下面必只两点，见"榡"字必觉得讨嫌，即其一例，此所谓文字上的一种洁癖，与复古全无关系，且正以有此洁癖乃能知复古之无谓，盖一般复古之徒皆不通，本不配谈，若穿深衣写篆字的复古，虽是高明而亦因此乃不可能也。

豫才那时的思想我想差不多可以民族主义包括之。如所介绍的文学亦以被压迫的民族为主。俄则取其反抗压制也。但他始终不曾加入"同盟会",虽然时常出入民报社,所与往来者多是"同盟会"的人。他也没有入"光复会"。当时陶焕卿(成章)也亡命来东京,因为同乡的关系常来谈天,未生大抵同来。焕卿正在连络江浙会党,计画起义,太炎先生每戏呼为"焕强盗"或"焕皇帝",来寓时大抵谈某地不久可以"动",否则讲春秋时外交或战争情形,口讲指画,历历如在目前。尝避日本警吏注意,携文件一部分来寓属代收藏,有洋抄本一,系会党的联合会章,记有一条云:凡犯规者以刀劈之。又有空白票布,红布上盖印,又一枚红缎者,云是"龙头"。焕卿尝笑语曰,填给一张正龙头的票布如何?数月后,焕卿移居,乃复来取去,以浙东人的关系,豫才似乎应该是"光复会"中人了。然而又不然。这是什么缘故呢?我不知道。我所记述的都重在事实,并不在意义,这里也只是报告这么一件事实罢了。

这篇补遗里所记是丙午至己酉这四五年间的事。在鲁迅一生中属于早年而且也是一个很短的时期,我所要说的本来就只是这一点,所以就此打住了。我尝说过,豫才早年的事情大约我要算知道得顶多,晚年的是在上海的我的兄弟懂得顶清楚,所以关于晚年的事我一句话都没有说过,即不知为不知也,早年也且只谈这一部分,差不多全是平淡无奇的事,假如可取可取当在于此,但或者无可取也就在于此乎。

廿五年十一月七日在北平

原载《宇宙风》,1936 年 12 月 1 日第 30 期

要学习的工作精神

丽 尼

清早,遇见吴君,说是鲁迅先生逝世了!我呆着,不肯相信,却又不能不相信。

近来,听说先生的健康已经完全转好,差不多可以和常人一样工作,而且也听说先生已经安排在病后有许多工作要做:要写的文章,要译的名著,要编的画集,都预备要一一做起来——谁知道,先生竟是在自己的岗位上最后付出了宝贵的生命!听说在去世以前的两天,先生还在写着文章的。

青年们失去自己的导师了,文坛上失去了一位伟大的战士!在我自己,尤其痛切地感到失去了一个在工作上的榜样。

我记得,在《死魂灵》的汉译付印时,我担任初校。那原稿的洁整,全不苟且,可以证明先生在译事上是怎样慎重。最后的清样,是由先生自己看的,连遗漏了一个"了"字或者一个"的"字,也必然被看了出来,由此,又可以看出先生对于自己的工作是抱着多么仔细认真,毫不苟且的负责态度。

《死魂灵百图》的出版,《凯绥·柯勒惠支版画》的印造,先生亲自看校样至少有五次之多。《版画》的每一页,都是先生亲手折叠,亲手加上衬页的。这样的工作精神,贯穿着先生战斗的一生,几乎成了先生的个人特点。

我又记起"业余剧人"公演果戈理底《钦差大臣》以后,先生在看过以后,教我带给排演者的一些意见。先生以为,钦差大臣所住的旅馆,门该是朝里开的,所以在门外偷看的人才能一个不留神跌了进来,如果朝外开,则当然跌不进去;又说,市长的妻子以"丑扮"为好,这样,和女儿争风才有喜剧的效果,如果像"业余剧人"那样"俊扮",就可能和作者的本意有所出入;又指出了对各个人物性格的理解,如仆人大可不必那样聪明,以傻而自作聪明为好;关于服装,先生引证了《死魂灵百图》里面的绘画。像这样敏锐的观察,这样热忱的、负责的指导,正说明先生对于我们的戏剧的无微不至的关切和爱护。

在一生的工作和战斗中,先生留给了我们伟大的遗产,这是我们应当学习的,而先生在工作中那种毫不苟且的负责精神,更应当成为我们每一个青年人的榜样。

一九三六年十月十九日

选自《中国新文学大系续编》(第五集),香港文学研究社

忆鲁迅先生

叶以群

"鲁迅"这一个名字,在十几年前已经在脑子里留下了深深的印痕,但是那只是因为读过他几篇作品。而第一次和写那些作品的"人"发生一点关系的,可还只是五年前的事。那正是"一·二八"的炮火爆发的第二天,早晨,北四川路上已经断绝了交通,"友邦"的铁甲车,坦克车的队伍,正不断地在仓惶的难民当中冲撞。我挟着几件衣服,逃出了那烟硝的氛围之后,就跑到四马路一家报馆里去,想在那里打听几位朋友的消息。一进门,就碰到F,他正挥拳顿脚地在打电话,看他那样子是非常焦急的,我立刻问他:"什么事?"

"鲁迅还在北四川路底,到现在没见出来,也没有消息……"

我听了这消息,也像预感到一种异常的灾祸将要到来似地,心里突然一沉。

他结结巴巴地讲了这几句,就拉着我给他打电话给内山书店。可是摇了半天,还是接不通线——大概那时候,闸北虹口一带的电话线也早给枪炮炸弹毁掉了。

这一天,虽然不停脚地在各处奔跑,但是胸头总好像卡着一块石头似地,觉得怪不舒服,不时下意识地想着:鲁迅先生也许竟逃不出来了！也许永远见不到鲁迅先生了！不过自己一觉得有了这样的想头，就立刻又用另一种想法给它掩盖住了——"不会的，不会有这样的事的！"

直到第二天，再碰到F，才知道鲁迅先生已经平安地离开险境了。在他自己，连虚惊也没有感觉到，二十七日的下半夜，他还冷静地倚在窗口，观察隔壁日本陆战队的誓师典礼哩。

听到这消息，自己不觉失笑起来了——昨天为什么无根无据地就想得那样远，那样坏呢！

这年（一九三二年）初夏的一天，不知为着一点什么事情，跑到北四川路去。这时候，北四川路上虽然还到处残留着"一·二八"的痕迹，但是来往的行人却已经并不寥落，电车的三等车厢里挤得满满的，几乎连站的地方都没有了。车停在老靶子路的时候，夹在一群人当中，挤上一个矮矮的老头子来，褪色了的灰布长衫裹着瘦小的身子，蓬乱的短头发里夹带着不少的白丝，腮很削，颧骨显得有点高耸，一横浓密的黑须遮住暗红的上唇。他挤进了三等车厢，就屹然地站立在人堆当中，虽然矮小，却显得倔强；明锐的眼光时时扫射在同车的人们的身上，时时又定定地瞪视着远方。

这平凡而又异样的形姿，总好像在什么地方见过似的，而且很熟悉；但是，究竟是谁呢？一下子可想不起来。望望那矮小的身影，又翻翻自己脑里的熟人底名字，还是想不出来。直到我下了电车，走进内山书店杂志部，才猛然想起："这是鲁迅先生！"（是曾经见过他的像片的）可是，鲁迅先生，为什么连电车都乘三等呢？

再回头看看，那车却已经去远了。

这年底秋天，因为一位朋友的介绍，会见了鲁迅先生。

他坐在那低低的圆椅上，一面吸着卷烟，一面不停地讲着和他发生关涉的一些文人的故事。

说到他常常被人骂的事，他说：

"被骂，我是不怕的；只要骂得有道理，我一定心服。然而，总以骂得无道理的居多。譬如现在常常有人骂我是'讽刺家'，其实我说的并不是什么'讽刺'，倒都是老老实实的真话。

"平常应酬场中，问到别人的姓名籍贯，总是'贵姓'，'大名'，'府上哪里'；你说了姓名，别人不管有没有听见过，总是'久仰久仰'，你的出生地不管是怎样冷僻的乡村角落，人家总是'大地方大地方'，大家都认为老实话，其实这明明是'讽刺'。

"真的'讽刺'，不算'讽刺'，于是老实话反变成'讽刺'了！"

他毫无倦意地滔滔地说着，每一段话都像一篇经过深思的文章，但在他说来，却又都是毫不费思索的。

说话的时候，他底强有力的眼光不住地扫射在听者底脸上，似乎要看到你的心底一样。我想，如果是怀着卑鄙的意念的"心虚"的人，在他面前，是会连站都站不住的。

一两个月之后，一些爱好美术的青年们组织的"画会"请他演讲；因为那"画会"是我熟悉的，所以约定由我陪他去。

到那"画会"，要经过一条冷僻的路，那里没有电车，也没有公共汽车。陪他走出门之后，我很感到一点踌躇，难道让他走去吗？我只好说：

"乘人力车去吧？"

他楞了我一眼：

"你走不动吗？"

我倒觉得不好意思起来了，只好说：

"不是的；有一段路，恐怕您会疲倦。"

"呵，那不要紧的，我常常走路，不要紧的。"他断然地说。

我本来打算特地放慢脚步，跟着他走的；但是走开头之后，才知道这完全是多余的打算。他脚步很轻捷，一点也用不着我故意放慢。

到"画会"里，在五六十位青年画家之前，他精神奋发地一面写（黑板上），一面讲，足足讲了一点多钟，还是没有一点倦意，接着还详详细细地答复了那些热情的青年们许多问题。

走出"画会"，已经暮色苍茫了。这回，我没再提起坐车，只跟着他一路走，一路谈一些关于这"画会"的感想。

离开他之后，我心里充满兴奋地想着：

"鲁迅先生还年青得很哩！"

前年的秋天，因为有两位青年朋友遭了意外，一时生活陷入了绝境。我弄到了无法可想的时候，就找了鲁迅先生。——其实我也明晓得鲁迅是并没有多余的钱的。

在内山书店里会见了他，我就把那两位朋友的困难情形告诉了他。他立刻说：

"我这里只有十块钱，你先拿去用一下，——我现在也刚刚弄得没有钱。迟两天,可以再想点办法。"

我连忙说:

"十块钱已经很够了。"——其实,最多,我也只希望借到十块钱——"不过,您自己呢?"

"我不要紧,我不要紧。"——他坚决地说。

我拿了他的十块钱,正预备走出书店,他又叫住了我:

"一本书给你,很可以看看。"

他说着,一面解开头先提来的那个包袱,拿出一本有日本式的黄色硬纸套的、薄而结实的书,书脊上印着三个红字——"引玉集"。我接着书,打开翻了一翻,就想走了。他又连忙把书拿回去,仔细地套好,整整齐齐地包起来,套上橡皮圈,这才重复交给我。

这一次以后,我就因为一些别的事,离开了上海。在这两年中,再没有见到过他一次。这次偶然回到上海,又因为他正在病中,所以也一直没有去找他。心里总觉得见到他的机会还多着,并没有着急的必要。不想两年前的见面,竟就是最后的一次了!几年来,先后送我的五六本书,因为近两三年生活的变动,都已经散失无存,直到现在,只有那最后的一本《引玉集》还存在着;我应该怎样爱惜这一本书呵!

十九日,听到他的死讯,我是不能相信的。两三年前,他还是那样年青,现在怎么会死呢?这是不可能的!当天深夜,跑到万国殡仪馆。看着他的古铜色棉袍包裹着的瘦小的身体,看着他的浓黑的口须,看着他的微耸的颧骨,看着他的瞌着的眼睛……

一切都和从前没有多少两样，怎么说他死了呢？生命力这样强烈的人也会死，这是我所不能相信的！

然而，千万人的哀悼，千万人的凭吊，千万人的口传笔述……这一切，却使我不能不相信：他的死是真实的事实。

鲁迅先生一生精力都消耗在为民族，为大众的解放斗争中。他永远站在斗争的最前线，警醒青年们，领导青年们，向那最后的胜利的目标猛进。他揭破了一切敌人底烟幕，剥落了一切敌人底面具，动摇了一切敌人底堡垒，突破重重的阴谋，险诈，艰难，困阻，为着我们开辟了一条宽广的大路，使我们清清楚楚地看得到那即将到来的光明世界底形貌。

鲁迅先生不曾有过一丝的倦意，不曾有过一天的休息，他战斗着，战斗着，坚决英勇地战斗着，直到停止了最后的一口呼吸！

鲁迅先生是死了！然而我们却还活着。鲁迅先生底精神，鲁迅先生底意志，不容许我们哀伤，不容许我们丧志，我们只有在鲁迅先生指示给我们的大路上更坚决、更勇敢地前进，才对得起为民族、为大众战斗到死的鲁迅先生！

一九三六年十月二十五日夜

选自《忆鲁迅》，人民文学出版社 1956 年版

我所知道的鲁迅先生

沈兼士

因为我知道辅仁大学文学院院长沈兼士和鲁迅是同学,并且在一起教过书,不但对于鲁迅知道得很清楚,并且他们很要好,因此我特地以记者的资格,到那有着雕刻美的辅仁大学去访问过他。当我问他的时候,他很沉痛的对我作了下面的谈话:

在前几个月听说周(树人)病了,不久又听说好了,现在传来这个消息,真是出人意外,突如其来的事情。我和周先生认识,远在三十年前,那时他在日本仙台医学专门学校读书,暇时从事翻译,集成《域外小说集》。在他从事翻译以前,固然还有林琴南等,但是林氏的译法是另一种,不能相提并论。因此,先生在翻译西洋作品上,可说是老前辈了。

以后我和周先生同在太炎先生门下读书,不过那时除上课的时候外,见面的机会很少,有时谈谈文学,也是偶然的事情。

在民国初年,蔡元培先生任教育总长的时候,他任科长,在办公时间外,从不作无谓酬应,只作学术上的研究,他搜集外间所难见到的书籍很多，是搜集的"造像"，一般只注意"造像"之下的文字，而他搜集的"造像"则有一千余种，那是最可宝贵的。当他在厦门大学、中山大学、北京大学各校教书的时候，都曾想把所收存的"造像"捐赠给学校，但均未实现。

先生的嗜好有三种：就是吸烟、喝酒和吃糖。这三种嗜好，一般人固然也有，不过先生嗜好的程度极深，正如同他的学问一样。吸烟起初吸得很少，以后有人劝他，而他反觉得吸纸烟不过瘾，便吸起雪茄来了，他总是烟不离嘴，脸同手指熏得很黄，好像吸"鸦片"似的。酒，他不但嗜喝，而且酒量很大，天天要喝，起初喝啤酒，总是几瓶几瓶的喝，以后又觉得啤酒不过瘾，"白干""绍兴"也都喝起来。糖，一般儿童都爱吃，但几十岁的成年人不太有这种嗜好，先生则最喜欢吃糖。吃饭的时候，固然是先找糖或者甜的东西吃，就是他的衣袋里也不断装着糖果，随时嚼吃。先生身体的柔弱，与以上三种原因也不是无关的。

他在新文艺文坛上，所占的地位，人人都知道，而他对中国旧学问上，更具有深切的研究，伟大的眼光和见解，高于郭沫若等的造诣，不过先生不把他自己围在一个圈子里，而还要作更高的追求。他是最富于感情的，同时他的感情是热烈的，有的人说他"孤僻"，那又是另一种的看法，他生平最孝，对于他母亲可说孝道已尽，他母亲现八十余岁，在西城住着，她听到这个消息，还不知怎样难过呢！先生是不好应酬的一个人，他在北平时也不大和人来往，以后他去南方，后来虽然来北平在"北大""师大""辅仁"等校讲演,因为时间仓促,也没有作长久的谈话。最近几年来他还常常寄几本著作来,不想他现竟与世长辞,这真是中国和全世界文坛上的一个极大的损失!

上海《中国学生》第 3 卷第 10 期,1936 年 10 月 30 日

悼鲁迅先生

傅东华

鲁迅先生是世界的人,他的一死,使国际的精神阵容起了动摇,显然是世界文学史的一个事件。所以这事在任何个人身上引起的反应,无论是悲悼或是痛快,实在都不会有多大的意义。

但是,也请容许我讲几句私话。

第一,本刊之得以成立,鲁迅先生是主要的奠基人,本刊之得以维持将近四年的寿命,当然也全仗鲁迅先生继续的赞助。所以我以本刊同人之一的资格,应该首先代表本刊历来的读者对鲁迅先生表示深切至诚的哀悼!

这话已经够私了,然而我所不得已于表白的私情还有更私于此的。

是去年秋初,秋老虎正在肆威的时候,儿子浩进学校才一星期,突然被送回家来。是病了,热度已过四十,沉迷时甚至谵语。请了几个医生看过都不得要领,最后才断定是正伤寒,非送医院不可的。当时有人提起北四川路底的福民医院,当去托鲁迅先生介绍(因晓得他和福民的院长认识),鲁迅先生表示非常关切,立即在烈日灼晒之下亲自步行到医院接洽一切,并且亲自陪同院中的医生远道到我家来先行诊视。进院之后,他老先生又亲自到院中去探问过数次，并且时时给以医药上和看护上必要的指导。现在，我的儿子依然健昂昂的在学校读书，而他老先生的溘然长逝却不曾带去我们一丝一毫的忧虑和关切！他老先生以那么大的年纪，那么忙的写作生活，又在那么大热的天气，竟肯为了一个和他并无密切关系的十七岁的青年操那么大的心，出那么大的力，而他自己的死耗却要等隔了十小时以后的晚报才带给我们，这是多么使我们难堪的情景啊！——我们的心是将永远沉重下去了。

所以，谁要说鲁迅先生的精神成分里只有"恨"而没有"爱"，我就和他拼命！谁要把鲁迅先生的哲学解释做唯恨哲学，我就永远痛恨那个人，我就断定他自己才是个唯恨哲学者！因为，你看，一个唯恨哲学者是能这样爱我的儿子乃至于普天下人的儿子——青年们——的吗？一个唯恨哲学者的死是能引得近万的并不认识他的别人的儿女去对他的遗体表示哀悼的吗？

也有人说，鲁迅先生是"憎爱分明"的，这话我可以相信。但是他们并不曾说明鲁迅先生所憎和所爱的界限是怎么的划。关于这，我以我儿子的事件做根据，敢冒昧供给一个补充的说明：

鲁迅先生所憎的是他自己那个世代的人，乃至于在他以前的一切世代的人；他所爱的是在他以下的一个世代的人，乃至于未来的一切世代的人。这个假定，证之以我儿子的事件，似乎能自圆其说。因为，鲁迅先生对于我本人，我自己明白，是憎的成分居多，或许只有憎也说不定；然而事实已经证明，他绝不能憎我而连带憎及我的儿子；相反的，鲁迅先生之爱我的儿子，实比我自己爱他更甚。因为他的爱也是有主义的，是作为时代之一而爱的；我的爱他则只出于私情，只作为我自己的儿子而爱。

鲁迅先生对于他自己的世代，即使不完全是憎，也大概憎的居其多数。这在他那辛辣寡情的作品中可以得到充分的例证，可无庸我来细述。关于这种态度，我的肤浅的解释是：在他自己那个世代的人，鲁迅先生大概以为有权利和能力可以自爱的，然而竟多不肯自爱，于是鲁迅先生认为只配受人的憎了。至于那种不憎亦不爱的漠然态度，在鲁迅先生所曾加以"聪明"一考语的那班人当中，自然是一种自得其乐的处世妙法，然而在敏感的诗人气质的鲁迅先生，这是万万不可能的。

对于下一世代，就是我儿子所属的那个世代，鲁迅先生是普遍的爱，或甚至于溺爱。这也只消加以一个平凡的说明，就是说，那个世代是鲁迅先生的希望的唯一寄托。事实上，那些得他溺爱的下一世代人当中，或许不免有几个曾经使他失望，然而鲁迅先生至死不肯领受这种失望给予自己的情形。对于鲁迅先生的这点固执，我们当自命是"聪明人"时，难免要感到惋惜，但至今盖棺论定，才不得不承认这正是鲁迅先生的万不可及的伟大处。因为，假使他的爱不那么"普"，不那么"溺"，又何至会爱到我的儿子身上来！

儿子出院时，我曾写信给鲁迅先生，说儿子得庆更生，全仗他的力，并请他指定日期，让我率领儿子去踵门道谢。没有回信，而儿子也始终未去道谢。及今回思愧汗浃背，因为我觉得自己太卑鄙了——他老先生那里受得尽这多的谢！

得到噩耗，我当即写信给我在校中的儿子，大意是：

"你总已经得讯，去年那么出力将你从死神手里夺回来的鲁迅先生，现在他自己突然被死神劫了去了。我不晓得这消息在你的感情上激起怎样的反应。总之，你即使不曾享用过鲁迅先生所供给的精神的粮食（我知道你还没有能力去享受），也应该记得你的生命的再造，是鲁迅先生出过大力的，而天底下哪有比生命更可宝贵的东西呢！你竭诚地哀悼罢！你竭诚地追念罢！"

事实上，他向学校请了半天假，去对鲁迅先生的遗体行了三鞠躬——如是而已！

鲁迅先生之死来得这么真正的"溘然"，使人不及弥补平日对他的疚憾，那倒也还可以因其太溘然而自想自解。至于今年暑中，鲁迅先生的病耗尽人皆知，而我也竟不曾去省问过一次，又将何以自解呢？我的心将永远沉重下去了！

然而留下这一点沉重也好——留着这一点沉重永远做我自己的惩罚罢！

原载《文学》月刊第 7 卷第 5 期，1936 年 11 月 1 日

鲁迅先生的"义子"

章锡琛

谁都知道鲁迅先生有一个叫作海婴的儿子,今年是七岁了;并且,报上还登过和他母亲在一起的他的照片。可是,除海婴以外,鲁迅先生曾经有过一个"义子";不仅是"义子",而且还有一个"义媳"。

那时候,鲁迅先生住在闸北东横浜路的景云里。有一天,经过剥啄的叩门声后,进来了一位洋服不十分整齐的青年,说是从远道特地到来,求见鲁迅先生的。见了面之后,好像并不十分生疏。问他的姓名,是某大学的学生,才受先生几个月的教的。自从先生走了之后,日夜想念着先生,觉也睡不着,饭也吃不下,课,当然更没心情去上了。自己觉得,这样下去,一定会发狂,甚至到自杀为止。所以,决计抛弃了学业,抛弃了同学,抛弃了家庭,抛弃了爱人,不顾一切地独自远迢迢到上海来寻先生。倘使肯怜悯他,收容着当作一个奴仆,一天到晚伺候着先生,便是十二万分的恩典。万一不能允许,情愿在上海当一个乞丐,只要答应他每天可以到门前来望见一次颜色,也就异常的高兴了。

听了这一番话之后,不但是鲁迅先生,无论谁,都会十分感动的吧。于是,安慰着他,劝他不要这样感情激越,且缓缓地再商量。这样,这位青年大学生,就做了鲁迅先生的食客;不但供给了他的饭食,宿所,衣服,还供给了他的零用。

过了两三个星期,这位青年的爱人,也从家乡赶来了;那当然是为了离不开她的爱人的缘故。鲁迅先生既然收了一个,自然也不忍使他们分开,只好一起收容着,供给他们俩的食衣住行,以至于医药娱乐;常常在晚上十一点钟以后,双双从电影场雇车回来。

他忽然向鲁迅先生提出要求:说自己是决心一辈子做鲁迅先生的奴仆,再不作别的希望的了。可是,他的爱人,却不能为了他,抛掷宝贵的光阴,把学业荒废了的。他们已经选择了一所学校,就要进去了,请鲁迅先生帮助他们把学膳费交去。鲁迅先生的回答,是"没有钱"。

第二次的要求又来了:说先生既不肯帮助学费,能不能给他找一点工作,让他把工资积起来,送他的爱人去求学。问他要多少薪水,能做什么工作,那回答是非常恭敬:"一切凭先生斟酌。"

鲁迅先生想,自己只有同书店有点往来,便跑去和书店老板们商量。一致的回答是,"人浮于事,一时没有办法。"最后,同一家小书店商定,请他们雇用了这青年,鲁迅先生按月送三十块钱给书店,由书店送给青年作薪水。

第二天,鲁迅先生教他到那书店里去工作,告诉他已经给他找到了。出门之后,不到两小时,又回到了鲁迅先生那里。问他为什么,说不但这样琐屑麻烦的事,他万万做不来;仅仅这三十块钱,做两人的零用钱还少得多,那里能够供给她的学费。好像说,你这老头子,太不识时务了。除了苦笑,鲁迅先生再没别的话讲。

不久,又来第三次的要求:说既不肯借给学费,又不肯给找事情,这样下去,他俩的终身要被耽误了。现在,又找到了一条出路,却是非请鲁迅先生帮忙不可的。他在家乡,原有几十亩田地,为了穷,被父亲押给人家。只要鲁迅先生肯借给千数块钱,他们便可以赎回这些田产,回到乡下去耕种过活。这在先生可算是最轻便的事。鲁迅先生向他说:"我自己没有饭吃,却拿钱出来给人家去买田,你以为我该这样做么?况且,我从那里去弄到这些钱呢?"他说:"先生一年收入几万块钱的版税,何在这区区千数块钱;只要肯,有什么弄不到?"这次,鲁迅先生却严厉地回答了:"我不肯。"

渐渐地,鲁迅先生不能依他们的需求,供应零用了。但,他们俩照旧在鲁迅先生那里住着,吃着。

五六个月之后,他们对鲁迅先生说,家里有信来,叫就回去,请借给一点盘费。鲁迅先生又给了三五十块钱。第二天,鲁迅先生才起身,娘姨来说,两个人走了。走的时候,没一个人知道。家里的衣物,稍为值钱的,都不见了。

隔了一两天,鲁迅先生家里的娘姨,偶然同邻家的娘姨闲谈,那娘姨问她:"你们先生的少爷少奶奶,这几天到那里去了?"她说:"我们先生那里来的少爷!这本是陌生的客人,前天偷了许多东西逃走了。"那娘姨奇怪地说:"这样么?那女的曾好几次对我们说,他们是来给你们先生做儿子媳妇的呢!"

这故事是在景云里鲁迅先生的家里听鲁迅先生说的,说的时候,几次带着诙谐的笑声。

他对于青年,永远是热烈地爱护的。虽然遇了这一类的"义子",但决不会因此而灰了对于青年的热心。

原载《作家》第 2 卷第 2 号,1936 年 11 月 5 日

记鲁迅先生轶事

蔡元培

鲁迅先生去世,是现代文学界大损失,不但我国人这样说,就是日本与苏俄的文学家也这样说,可说是异口同声了。鲁迅先生的事迹,除自传外,各报发表的也不少,无取乎复述。我现在记他的几件轶事。

三十年以前,我在德国留学的时候,觉得学德语的困难,与留学东京的从弟国亲通信时,谈到这一点。国亲后来书,说与周豫才、岂明昆仲谈及,都说"最要紧的是有一部好字典",这是我领教于先生的第一次。后来国亲又寄给我《或外小说集》一部,这是先生与岂明合译的,大都是北欧的短篇小说,译笔古奥,比林琴南君所译的,还要古奥;只要看书名"域外"写作"或外",就可知先生那时候对于小学的热心了。

先生进教育部以后,我们始常常见面。在南京时,先生于办公之暇,常与许君季茀影抄一种从图书馆借来的善本书,后来先生所完成的有校订本魏中散大夫《嵇康集》等书,想就是那时间工作的一斑了。

先生于文学外尤注意美术,但不喜音乐。我记得在北京大学的时候,教育部废去洪宪的国歌,而恢复《卿云歌》时,曾将两分歌谱,付北平的中学生练习后,在教育部礼堂唱奏,除本部职员外并邀教育界的代表同往细听,选择一分,先生与我均在座。先生对我说:"我完全不懂音乐。"我不知道他说这句话的意思,是否把"懂"字看得太切实,以为非学过音乐不可?还是对于教育部这种办法,不以为然,而表示反抗?我后来没有机会问他。我知道他对于图画很有兴会,他在北平时已经搜辑汉碑图案的拓本。从前记录汉碑的书,注重文字;对于碑上雕刻的花纹,毫不注意。先生特别搜辑,已获得数百种。我们见面时。总商量到付印的问题。因印费太昂,终无成议。这种稿本,恐在先生家中,深望周夫人能检出来,设法印行,于中国艺术史上,很有关系。先生晚年提倡版画,印有凯绥·珂勒惠支和E.蒙克版画选集等,又与郑君振铎合选北平南纸铺雅驯的信笺印行数函,这都与搜辑汉碑图案的动机相等的。

先生在教育部时,同事中有高阳齐君寿山,对他非常崇拜,教育部免先生职后,齐君就声明辞职,与先生同退。齐君为人豪爽,与先生的沉毅不同;留德习法政,并不喜欢文学,但崇拜先生如此,这是先生人格的影响。

一九三六年十一月

选自《鲁迅回忆录》二集,上海文艺出版社1979年版

鲁迅先生全集序

蔡元培

"行山阴道上,千岩竞秀,万壑争流,令人应接不暇";有这种环境,所以历代有著名的文学家美术家,其中如王逸少的书,陆放翁的诗,尤为永久流行的作品。最近时期,为旧文学殿军的,有李越缦先生,为新文学开山的,有周豫才先生,即鲁迅先生。

鲁迅先生本受清代学者的濡染,所以他杂集会稽郡故书,校《嵇康集》,辑《谢承后汉书》,编汉碑帖,六朝墓志目录,六朝造像目录等,完全用清儒家法。惟彼又深研科学,酷爱美术,故不为清儒所囿,而又有他方面的发展,例如科学小说的翻译,《中国小说史略》,《小说旧闻钞》,《唐宋传奇集》等,已打破清儒轻视小说之习惯;又金石学为自宋以来较发展之学,而未有注意于汉碑之图案者,鲁迅先生独注意于此项材料之搜罗;推而至于《引玉集》,《木刻纪程》,《北平笺谱》等等,均为旧时代的考据家赏鉴家所未曾著手。

先生阅世既深,有种种不忍见不忍闻的事实,而自己又有一种理想的世界,蕴积既久,非一吐不快。但彼既博览而又虚衷,对于世界文学家之作品,有所见略同者,尽量的移译,理论的有卢那卡尔斯基,蒲力汗诺夫之《艺术论》等;写实的有阿尔志跋绥夫之《工人绥惠略夫》,果戈里之《死魂灵》等,描写理想的有爱罗先珂及其他作者之童话等,占全集之半,真是谦而勤了。

"借他人之酒杯,浇自己的块垒",虽也痛快,但人心不同如其面,环境的触发,时间的经过,必有种种蕴积的思想,不能得到一种相当的译本,可以发舒的,于是有创作。鲁迅先生的创作,除《坟》《呐喊》《野草》数种外,均成于一九二五至一九三六年中,其文体除小说三种,散文诗一种,书信一种外,均为杂文与短评,以十二年光阴成此多许的作品,他的感想之丰富,观察之深刻,意境之隽永,字句之正确,他人所苦思力索而不易得当的,他就很自然的写出来,这是何等天才!又是何等学力!

综观鲁迅先生全集,虽亦有几种工作,与越缦先生相类似的;但方面较多,蹊径独辟,为后学开示无数法门,所以鄙人敢以新文学开山目之。然欤否欤,质诸读者。

民国二十七年六月一日　蔡元培

我和鲁迅

朱自清

第一次记得在十三年的夏天,我从白马湖到上海。有一天听郑振铎先生说,鲁迅先生到上海了,文学研究会想请他吃饭,叫我也去,我很高兴能会见这位《呐喊》的作者。那是晚上,有两桌客。自己因为不大说话,便和叶圣陶先生等坐在下一桌上;上一桌鲁迅先生外,有郑振铎、沈雁冰、胡愈之、夏丏尊诸位先生。他们谈得很起劲,我们这桌也谈得很起劲——因此却没有听到鲁迅先生谈话。那晚他穿一件白色纺绸长衫,平头,多日未剪,长而干,和常见的像片一样。脸方方的,似乎有点青,没有一些表情,大约是饱经人生的苦辛而归于冷静了罢。看了他的脸,好像重读一遍《呐喊》序。席散后,胡愈之、夏丏尊几位到他旅馆里去。到了他住室,他将长衫脱下,随手放在床上。丏尊先生和他是在浙江时老朋友,心肠最好,爱管别人闲事;看见长衫放在床上,觉得不是地方,便和他说,这儿有衣钩,你可以把长衫挂起来。他没理会。过一会,丏尊先生又和他说,他却答道,长衫不一定要挂起来的。丏尊先生第二天告诉我,觉得鲁迅先生这人很有趣的。丏尊先生又告诉我,鲁迅先生在浙江时,抽烟最多,差不多不离口,晚上总要深夜才睡。还有,周予同在北平师大时,听过他讲中国小说史,讲得神采奕奕,特别是西王母故事。这也是席散后谈起的。

后两回会见,都在北平宫门口西三条他宅里,那时他北来看老太太的病。我们想请他讲演一次,所以去了两回。第一回他大约刚起来,在抽着水烟。谈了不多一会我就走了。他只说有个书铺要他将近来文字集起来出版叫《二心集》,问北平看到没有。我说好像卖起来有点不便似的。他说,这部书是卖了版权的。再一回看他,恰好他去师大讲演去了,朱夫人说就快回来了,我便等着。一会儿,果然回来了,鲁迅先生在前,还有T先生和三四位青年。我问讲的是什么,他说随便讲讲;第二天看报才知道是"穿皮鞋的人与穿草鞋的人"(原题记不清了,大意如此)。他说没有工夫给我们讲演了;我和他同T先生各谈了几句话,告辞。他送到门口。我问他几时再到北平来,他说不一定,也许明年春天。但是他从此就没有来,我们也再见不着他了。

《鲁迅先生轶事》,上海千秋出版社1937年版

鲁迅·艺术家

孙福熙

鲁迅这名字,应该大书在艺术史上的,却因为他在文学上的功绩,遮掩了艺术上的记录。

先生幼年就爱画,一生不见稍减,与我相见时,谈艺术的比较谈文学的更多。他在北平时代,很爱线画与黑白画,他是介绍英国 Beardsley 到中国来的第一人。以后是介绍版画,中国木刻的荣耀的前程,也是鲁迅先生开辟的。因为我想学画,大先生与二先生都很热心的指示我。我出国的时候,同学陶元庆亦到北京,绘画上很得大先生的帮助。

我于民国十四年回国后,想用法文写一部"中国故事",第一篇是关于龙的,大先生说:"我有中国最原始的龙。"于是找出他所藏汉碑拓片来看,这是我看到他的汉碑的第一次。他要我帮他整理成书。十五年春,奉军进京时,我到上海来了,大先生亦于不久往厦门大学。经过上海时,行李中有只大柳条箱,就是汉碑拓片,但整理工作终于没有开始。

先生所译爱罗先珂的《桃色的云》的封面,是云的左右连续图案,有鸟头象征,是先生自己采取碑文而设计,并不是我画的。

鲁迅先生有丰富而热烈的感情，为一个艺人所必需而难得，在艺术上比在文学上更为需要。先生的爱憎十分深厚，他只有友与敌的两极端，他的友与敌个个都是达于极点，而且随时有从这个极点变到那个极点的可能。这种性情，在人事上容易发生阻碍，于文艺上却大有裨益，他不必用笔墨与思想的夸张，在外来的感觉中即刻成为浓厚精锐的提炼品，如酒之精，铁之钢了。

他的文字与思想常被人指为绍兴人的特质，文字简练，思想深刻，在圆润轻妙中深藏锋利，似乎绍兴人确有此通性。但有一点为绍兴人所最缺乏者，即为鲁迅先生所有丰富而热烈的感情。绍兴习惯，遇事划算，预定目标以后，按步进行，越王勾践的十年生聚，十年教训，是其代表。进行是直线的，不多方并进，亦不走回头路，一切都以冷静坚忍出之。鲁迅先生的一生如长庚星，光芒四射，忽伸忽缩，没有直线，也不怕回头，于是学水师，学路矿，学医，学文，为友为敌，为敌为友，如此感情丰富而热烈的人，在绍兴先贤中，即诗人与画家，亦不见一人。绍兴的地方色彩，可以产生学术思想家，而不宜于艺人，鲁迅先生确是特殊的一人。

文艺家的任务——至少是在现代——在于去旧换新，所以文艺家以批评不良现状而引起革命为能事，于是随时树敌，虽非敌人，亦愿视为敌人，以为练习，服饰举动，亦必避免时俗，以别庸众。这不是骄傲或矫饰，实在是艺人不得已的生活。鲁迅先生以这个理由及与同盟会革命友朋相亲近的缘故，就时时招敌，或者有意的树敌。

先生对我说过：他幼年时，在乡下海塘上，用竹竿打动塘上芦苇，且打且跑，蛇从芦丛中出来，在人后追得很快，人到一个地方转弯，就见蛇向前行，几十条不断。这所谓拨草寻蛇也。这是第一个时期；第二个时期就以这方法用于恶人；到了第三个时期是对毒蛇迎头痛击了，正是法国左拉、苏联高尔基的工作开始，可恨的病夺了他去了。

他常常赞美子民先生从弟谷清先生的打狗法，他说：有狗咬来的时候，尽管对他作揖，尽管退后，退到水边不能再退的时候，呜的一声，一脚踢到水里了。

鲁迅先生虽然赞美，但绝对不用这种打狗法，他不肯打恭作揖，也不会等待与忍受，见人就直接的攻击，他眼睛中的人物无分轻重，虽小孩与疯人以及大家认为毫无理由的批评，他一样的重视，立即发出喜怒的盛情。这是大多数艺人的通病，也是难能可贵的特质。

此外关于技术上的可贵，是他观察的深刻与笔墨的简练，从来不使阅者有倦怠之感。

大家都知道，先生完全描写社会的阴暗一方面，但他的阴暗中都用美丽的色彩，比他人的光明还要美丽，这美丽使人要看，爱看，看了倾向到光明一方面去，《故乡》一篇与《野草》中最为显著，其他处处如此。这是艺术的使命，也就是鲁迅先生艺术产生伟大功绩的原因。

选自长沙《潇湘涟漪》第 2 卷第 10 期，1937 年 1 月

忆鲁迅先生

范文澜

我今年回到家乡去,有一天偶然问我的侄子:"你读过鲁迅先生的文章么?"他的答复,太使我出乎意料之外。他说:"我们的国文教员说,鲁迅的思想很不纯正,你们万万不要看他做的东西,所以我没有看。"呜呼哀哉!中国人全都思想纯正像那位国文教员,也许不会"迎头赶上"这个危亡大祸了罢!

鲁迅先生的思想,究竟是否纯正,我哪敢知道。不过,他始终是个道德高尚的学者,从我认识他起,一直到现在,没有一件事,或目见,或耳闻,可以引起我的怀疑的。民国初年,他在教育部做佥事,单身住在北京南半截胡同山会邑馆槐树院(好像长班叫做槐树院,记不清了)。暑假期中,吃罢晚饭,我同一位表弟许君,照例散步到槐树院去。我们走到的时候,他也照例正在书桌上吃晚饭。一小桶饭,一碗自己燉的肉,一碗汤,好像从不改换菜蔬似的。他对金石学兴趣浓厚,所谈的无非碑帖之类,我们年轻,听了等于不听。天快黑了,我们就告辞回去。一个暑假,几乎天天如此,很少见他出门去应酬,也从没有听说他有打牌逛胡同那些官僚该做的行事。

《新青年》时代过了,接着是《语丝》《现代评论》争霸时期。我那时候受老师宿儒的影响，想把汉学的训诂考据和宋学的性命义理融成一片，希望做个沟通汉宋的学者，对那些新思潮，认为没有多大道理。因此，心理上同当时所谓新人物疏远起来。但是经过颇长时期以后，我觉得老师宿儒，虽然学问方面有可以佩服的地方，行为却不必看与议论符合。我不便也不愿举出实例，总之，凡是口头上说些道德伦常或装扮得俨然道貌，望之肃然的人，细细查究一番，十之十被我发现人欲横流、出人意外的不道德行为。于是我灰心了，所谓满口道德仁义的老师宿儒，止是披一身吓人的道袍而已，肌肉上未免汗垢累积，到澡堂子好好洗刷一番才成。我重新想起新人物中至少像鲁迅先生的言行一致怎样也找不出使人怀疑的地方来。怪不得他有资格奋笔教训人。我对被教训者的同情心，不由得移到教训者方面了。

  他到北平的最后一次，是因为周老太太病重，想见一面被人认为思想不纯正而老太太认为孝顺的儿子。她那被人认为纯正而又是著名文学家的别一儿子，住在止隔两三条小街的地方，即使老太太病重，依然保守旧例，从不来往的。鲁迅先生冒然到北平，大家都暗中替他捏把汗。青年们以及新闻记者听说他来了，抢着去见他，白塔寺旁一条小胡同，登时热闹起来。有一次，某先生请他在私宅吃晚饭，饭后客散，某先生的小公子很惊异地问道，我老想鲁迅一定是个高大的大个子，原来是这样难看的老头儿。某先生大笑。第二天告诉鲁迅先生，也不禁呵呵大笑了。他在各学校几次公开讲演以后，觉得住下去总有些不很妥当，老太太的病也好得差不多，他赶快回上海去。后来他常常想回到北平居住，总是吃了思想不纯正的亏，没有达到自的。

我从那一次见了几面以后,更觉得世上对他思想不纯正的批评,实在怀疑。他并没有加入哪一党哪一派,想获得什么地位或权利,更没有做任何缺德不能告人的事情。熟悉他晚年历史的人只感到鲁迅先生太忠厚了,太可怜了,除了死,的确没有别的路可走。

现在他已经死去一年,希望那位国文教员依照前清皇帝的办法,臣子死后,照例颁布一道恩诏说"姑念该人现已引故,其生前一切处分,着加恩免与议处,以示朝廷宽大之德意。钦此"。呜呼哀哉,前清专制皇帝与现代国文教员!

原载开封《风雨》周刊第 6 期,1937 年 10 月 17 日

我对于鲁迅之认识

陈独秀

世之毁誉过当者，莫如对于鲁迅先生。

鲁迅先生和他的弟弟启明先生，都是《新青年》作者之一人，虽然不是最主要的作者，发表的文字也很不少，尤其是启明先生；然而他们两位，都有他们自己独立的思想，不是因为附和《新青年》作者中哪一个人而参加的，所以他们的作品在《新青年》中特别有价值，这是我个人的私见。

鲁迅先生的短篇幽默文章，在中国有空前的天才，思想也是前进的。在民国十六七年，他还没有接近政党以前，党中一班无知妄人，把他骂得一文不值，那时我曾为他大抱不平。后来他接近了政党，同是那一班无知妄人，忽然把他抬到三十三层天以上，仿佛鲁迅先生从前是个狗，后来是个神。我却以为真实的鲁迅并不是神，也不是狗，而是个人，有文学天才的人。

最后，有几个诚实的人，告诉我一点关于鲁迅先生大约可信的消息：鲁迅对于他所接近的政党之联合战线政策，并不根本反对，他所反对的乃是对于土豪劣绅政客奸商都一概联合，以此怀恨而终。在现时全国军人血战中，竟有了上海的商人接济敌人以食粮和秘密推销大批日货来认购救国公债的怪现象，由此看来，鲁迅先生的意见,未必全无理由吧!在这一点,这位老文学家终于还保持着一点独立思想的精神,不肯轻于随声附和,是值得我们钦佩的。

一九三七年十一月

原载上海《宇宙风》(散文十日刊)第52期,1937年11月21日

回忆鲁迅

郁达夫

鲁迅作故的时候,我正飘流在福建。那一天晚上,刚在南台一家饭馆里吃晚饭,同席的有一位日本的新闻记者,一见面就问我,鲁迅逝世的电报,接到了没有?我听了,虽则大吃了一惊,但总以为是同盟社造的谣。因为不久之前,我曾在上海会过他,我们还约好于秋天同去日本看红叶的。后来虽也听到他的病,但平时晓得他老有因为落夜而致伤风的习惯,所以,总觉得这消息是不可靠的误传。因为得了这一个消息之故,那一天晚上,不待终席我就走了。同时在那一夜里,福建报上,有一篇演讲稿子,也有改正的必要,所以从南台走回城里的时候,我就直上了报馆。

晚上十点钟以后,正是报馆里最忙的时候,我一到报馆,与一位负责的编辑,只讲了几句话,就有位专编国内时事的记者,拿了中央社的电稿,来给我看了;电文却与那一位日本记者所说的一样,说是"著作家鲁迅,于昨晚在沪病故"了。

我于惊愕之余,就在那一张破稿纸上,写了几句电文:"上海申报转许景宋女士:骤闻鲁迅噩耗,未敢置信,万请节哀,余事面谈。"第二天的早晨,我就踏上了三北公司的靖安轮船,奔回到了上海。

鲁迅的葬事，实在是中国文学史上空前的一座纪念碑，他的葬仪，也可以说是民众对日人的一种示威运动。工人，学生，妇女团体，以前鲁迅生前的知友亲戚，和读他的著作，受他的感化的不相识的男男女女，参加行列的，总有一万人以上。

当时中国各地的民众正在热叫着对日开战，上海的智识份子，尤其是孙夫人、蔡先生等旧日自由大同盟的诸位先进，提倡得更加激烈，而鲁迅适当这一个时候去世了，他平时，也是主张对日抗战的，所以民众对于鲁迅的死，就拿来当作了一个非抗战不可的象征；换句话说，就是在把鲁迅的死，看作了日本侵略中国的具体事件之一。在这个时候，在这一种情绪下的全国民众，对鲁迅的哀悼之情，自然可以不言而喻了；所以当时全国所出的刊物，无论那一种定期或不定期的印刷品上，都充满了哀吊鲁迅的文字。

但我却偏有一种爱冷不感热的特别脾气，以为鲁迅的崇拜者，友人，同事，既有了这许多追悼他的文字与著作，那我这一个渺乎其小的同时代者，正可以不必马上就去铺张些我与鲁迅的关系。在这一个闹热关头，我就是写十万百万字的哀悼鲁迅的文章，于鲁迅之大，原是不能再加上以毫末，而于我自己之小，反更足以多一个证明。因此，我只在《文学》月刊上，写了几句哀悼的话，此外就一字也不提，一直沉默到了现在。

现在哩！鲁迅的全集，已经出版了；而全国民众，正在一个绝大的危难底下抖擞。在这伟大的民族受难期间，大家似乎对鲁迅个人的伤悼情绪，减少了些了，我却想来利用余闲，写一点关于鲁迅的回忆。若有人因看了这回忆之故,而去多读一次鲁迅的集子,那就是我对于故人的报答,也就是我所以要写这些断片的本望。

和鲁迅第一次的见面,不知是在那一年那一月那一日,——我对于时日地点,以及人的姓名之类的记忆力,异常的薄弱,人非要遇见至五六次以上,才能将一个人的名氏和一个人的面貌连合起来,记在心里——但地方却记得是在北平西城的砖塔儿胡同一间坐南朝北的小四合房子里。因为记得那一天天气很阴沉,所以一定是在我去北平,入北京大学教书的那一年冬天,时间仿佛是在下午的三四点钟。若说起那一年的大事情来,却又有史可稽了,就是曹锟贿选成功,做大总统的那一个冬天。

去看鲁迅,也不知是为了什么事情。他住的那一间房子,我却记得很清楚,是在那两座砖塔的东北面,正当胡同正中的地方。一个三四丈宽的小院子,院子里长着三四棵枣树。大门朝北,而住屋——三间上房——却朝正南,是杭州人所说的倒骑龙式的房子。

那时候,鲁迅还在教育部里当佥事,同时也在北京大学里教小说史略。我们谈的话,已经记不起来了,但只记得谈了些北大的教员中间的闲话,和学生的习气之类。

他的脸色很青,胡子是那时候已经有了;衣服穿得很单薄,而身材又矮小,所以看起来像是一个和他的年龄不大相称的样子。

他的绍兴口音,比一般绍兴人所发的来得柔和,笑声非常之清脆,而笑时眼角上的几条小皱纹,却很是可爱。

房间里的陈设，简单得很；散置在桌上，书橱上的书籍，也并不多，但却十分的整洁。桌上没有洋墨水和钢笔，只有一方砚瓦，上面盖着一个红木的盖子。笔筒是没有的，水池却像一个小古董，大约是从头发胡同的小市上买来的无疑。

他送我出门的时候，天色已经晚了，北风吹得很大；门口临别的时候，他不晓说了一句什么笑话，我记得一个人在走回寓舍来的路上，因回忆着他的那一句，满面还带着了笑容。

同一个来访我的学生，谈起了鲁迅。他说："鲁迅虽在冬天，也不穿棉裤，是抑制性欲的意思。他和他的旧式的夫人是不要好的。"因此，我就想起了那天去访问他时，来开门的那一位清秀的中年妇人。她人亦矮小，缠足梳头，完全是一个典型的绍兴太太。

前数年，鲁迅在上海，我和映霞去北戴河避暑回到了北平的时候，映霞曾因好奇之故，硬逼我上鲁迅自己造的那一所西城象鼻胡同后面西三条的小房子里，去看过这中年的妇人。她现在还和鲁迅的老母住在那里，但不知她们在强暴的邻人管制下的生活也过得惯不？

那时候，我住在阜城门内巡捕厅胡同的老宅里。时常来往的，是住在东城禄米仓的张凤举、徐耀辰两位、以及沈尹默、沈兼士、沈士远的三昆仲；不时也常和周作人氏，钱玄同氏，胡适之氏，马幼渔氏等相遇，或在北大的休息室里，或在公共宴会的席上。这些同事们，都是鲁迅的崇拜者，而对于鲁迅的古怪脾气，都当作一件似乎是历史上的轶事在谈论。

在我与鲁迅相见不久之后，周氏兄弟反目的消息，从禄米仓的张徐二位那里听到了,原因很复杂,而旁人终于也不明白是究竟为了什么。但终鲁迅的一生,他与周作人氏,竟没有和解的机会。

本来,鲁迅与周作人氏哥儿俩,是住在八道湾的那一所大房子里的。这一所大房子,系鲁迅在几年前,将他们绍兴的祖屋卖了,与周作人在八道湾买的;买了之后,加以修葺,他们兄弟和老太太就统在那里住了。俄国的那位盲诗人爱罗先珂寄住的,也就是这一所八道湾的房子。

后来,鲁迅和周作人氏闹了,所以他就搬了出来。所住的,大约就是砖塔胡同的那一间小四合了。所以,我见到他的时候,正在他们的口角之后不久的期间。

据凤举他们的判断,以为他们弟兄间的不睦,完全是两人的误解。周作人氏的那位日本夫人,甚至说鲁迅对她有失敬之处。但鲁迅有时候对我说:"我对启明,总老规劝他的,教他用钱应该节省一点,我们不得不想想将来,但他对于经济,总是进一个化一个的,尤其是他那位夫人。"从这些地方,会合起来,大约他们反目的真因,也可以猜度到一二成了。不过凡是认识鲁迅,认识启明及他的夫人的人,都晓得他们三个人,完全是好人;鲁迅虽则也痛骂过正人君子,但据我所知的他们三人来说,则只有他们才是真正的正人君子。现在颇有些人,说周作人已作了汉奸,但我却始终仍是怀疑。所以,全国文艺作者协会致周作人的那一封公开信,最后的决定,也是由我改削过的;我总以为周作人先生,与那些甘心卖国的人,是不能作一样的看法的。

这时候的教育部,薪水只发到二成三成,公事是大家不办的，所以，鲁迅很有工夫教书，编讲义，写文章。他的短文，大抵是由孙伏园氏拿去，在《晨报》副刊上发表；教书是除北大外，还兼任着师大。

有一次，在鲁迅那里闲坐，接到了一个来催开会的通知，我问他忙么？他说，忙倒也不忙，但是同唱戏的一样，每天总得到处去扮一扮。上讲台的时候，就得扮教授，到教育部去，也非得扮官不可。

他说虽则这样的说，但做到无论什么事情时，却总肯负完全的责任。

至于说到唱戏呢，在北平虽则住了那么久，可是他终于没有爱听京戏的癖性。他对于唱戏听戏的经验，始终只限于绍兴的社戏，高腔，乱弹，目连戏等，最多也只听到了徽班。阿Q所唱的那句"手执钢鞭将你打"，就是乱弹班《龙虎斗》里的句子，是赵玄坛唱的。

对于目连戏，他却有特别的嗜好，他有好几次同我说，这戏里的穿拆，实在有许许多多的幽默味。他曾经举出不少的实例，说到一个借了鞋袜靴子去赴宴会的人，到了人来向他索还，只剩大衫在身上的时候，这一位老兄就装作肚皮痛，以两手按着腹部，口叫着我肚皮痛杀哉，将身体伏矮了些，于是长衫就盖到了脚部以遮掩过去的一段，他还照样的做出来给我们看过。说这一段话时，我记得《月夜》的著者，川岛兄也在座上，我们曾经大笑过的。

后来在上海，我有一次谈到了予倩、田汉诸君想改良京剧，来作宣传的话，他根本就不赞成，并且很幽默的说，以京剧来宣传救国,那就是"我们救国啊啊啊啊了,这行么?"

孙伏园氏在晨报社,为了鲁迅的一篇挖苦人的恋爱的诗,与刘勉己氏闹反了脸。鲁迅的学生李小峰就与伏园联合起来,出了《语丝》。投稿者除上述的诸位之外,还有林语堂氏,在国外的刘半农氏,以及徐旭生氏等。但是周氏兄弟,却是《语丝》的中心。而每次语丝社中人叙会吃饭的时候,鲁迅总不出席,因为不愿与周作人氏遇到的缘故。因此,在这一两年中,鲁迅在社交界,始终没有露一露脸。无论什么人请客,他总不肯出席;他自己哩,除了和一二人去小吃之外,也绝对的不大规模(或正式)的请客。这脾气,直到他去厦门大学以后,才稍稍改变了些。

鲁迅的对于后进的提拔,可以说是无微不至。《语丝》发刊以后,有些新人的稿子,差不多都是鲁迅推荐的。他对于高长虹他们的一集团,对于沉钟社的几位,对于未名社的诸子,都一例地在为说项。就是对于沈从文氏,虽则已有人在孙伏园去后的《晨报副刊》上在替吹嘘了,他也时时提到,唯恐诸编辑的埋没了他。还有当时在北大念书的王品青氏,也是他所属望的青年之一。

鲁迅和景宋女士(许广平)的认识,是当他在北京(那时北平还叫作北京)女师大教书的中间,前后经过,《两地书》里已经记载得很详细,此地可以不必说。但他和许女士的进一步的接近,是在三一八惨案之前,章士钊做教育部长,使刘百昭去用了老妈子军以暴力解散女师大的时候。

鲁迅是向来喜欢打抱不平的,看了章士钊的横行不法,又兼自己还是这学校的讲师,所以当教育部下令解散女师大的时候,他就和许季弗、沈兼士、马幼渔等一道起来反对。当时的鲁迅，还是教育部的佥事，故而部长的章士钊也就下令将他撤职。为此，他一面向行政院控告章士钊，提起行政诉讼，一面就在《语丝》上攻击《现代评论》的为虎作伥，尤以对陈源（通伯）教授为最烈。

《现代评论》的一批干部，都是英国留学生；而其中像周鲠生、皮宗石、王世杰等，却是两湖人。他们和章士钊，在同到过英国的一点上，在同是湖南人的一点上，都不得不帮教育部的忙。鲁迅因而攻击绅士态度，攻击《现代评论》的受贿赂，这一时候他的杂文，怕是他一生之中，最含热意的妙笔。在这一个压迫和反抗，正义和暴力的争斗之中，他与许女士便有了更进一步的认识机会。

在这前后，我和他见面的次数并不多，因为我已经离开了北平，上武昌师范大学文科去教书了。可是这一年（民十三？）暑假回北京，看见他的时候，他正在做控告章士钊的状子，而女师大为校长杨荫榆的问题，也正是闹得最厉害的期间。当他告诉我完了这事情的经过之后，他仍旧不改他的幽默态度说：

"人家说我在打落水狗，但我却以为在打枪伤老虎，在扮演周处或武松。"

这句话真说得我高笑了起来。可是他和景宋女士的认识，以及有什么来往，我却还一点儿也不曾晓得。

直到两年之后，他因和林文庆博士闹意见，从厦门大学回上海的那一年暑假，我上旅馆去看他，谈到了中午，就约他及景宋女士与在座的许钦文去吃饭。在吃完饭后，茶房端上咖啡来时，

鲁迅却很热情地向正在搅咖啡杯的许女士看了一眼,又用诚告亲属似的热情的口气,对许女士说:

"密丝许,你胃不行,咖啡还是不吃的好,吃些生果罢!"

在这一个极微细的告诫里,我才第一次看出了他和许女士中间的爱情。

从此之后,鲁迅就在上海住下了,是在闸北去窦乐安路不远的景云里内一所三楼朝南的洋式弄堂房子里。他住二层的前楼,许女士是住在三楼的。他们两人间的关系,外人还是一点儿也没有晓得。

有一次,林语堂——当时他住在愚园路,和我静安寺路的寓居很近——和我去看鲁迅,谈了半天出来,林语堂忽然问我:

"鲁迅和许女士,究竟是怎么回事,有没有什么关系的?"

我只笑着摇摇头,回问他说:

"你和他们在厦大同过这么久的事,难道还不晓得么?我可真看不出什么来。"

说起林语堂,实在是一位天性纯厚的真正英美式的绅士,他决不疑心人有意说出的不关紧要的谎。我只举一个例出来,就可以看出他的本性。当他在美国向他的夫人求爱的时候,他第一次捧呈了她一册克莱克夫人著的小说《模范绅士约翰·哈里法克斯》;但第二次他忘记了,又捧呈了她以这册 *John Halifax Gentleman*。这是林夫人亲口对我说的话,当然是不会错的。从这一点上看来,就可以看出语堂真是如何地忠厚老实的一位模范绅士。他的提倡幽默,挖苦绅士态度,我们都在说,这些都是从他的 Inferiority Complex(不及错觉)心理出发的。

语堂自从那一回经我说过鲁迅和许女士中间大约并没有什么关系之后,一直到海婴(鲁迅的儿子)将要生下来的时候,才兹恍然大悟。我对他说破了,他满脸泛着好好先生的微笑说:

"你这个人真坏!"

鲁迅的烟瘾,一向是很大的;在北京的时候,他吸的,总是哈德门牌的拾枝装包。当他在人前吸烟的时候,他总探手进他那件灰布棉袄的袋里去摸出一枝来吸;他似乎不喜欢将烟包先拿出来,然后再从烟包里抽出一枝,而再将烟包塞回袋里去。他这脾气,一直到了上海,仍没有改过,不晓是为了怕麻烦的原因呢,抑或为了怕人家看见他所吸的烟,是什么牌。

他对于烟酒等刺激品,一向是不十分讲究的;对于酒,也是同烟一样。他的量虽则并不大,但却老爱喝一点。在北平的时候,我曾和他在东安市场的一家小羊肉铺里喝过白干;到了上海之后,所喝的,大抵是黄酒了。但五加皮,白玫瑰,他也喝,啤酒,白兰地他也喝,不过总喝得不多。

爱护他,关心他的健康无微不至的景宋女士,有一次问我:"周先生平常喜欢喝一点酒,还是给他喝什么酒好?"我当然答以黄酒第一。但景宋女士却说,他喝黄酒时,老要量喝得很多,所以近来她在给他喝五加皮。并且说,因为五加皮酒性太烈,她所以老把瓶塞在平时拔开,好教消散一点酒气,变得淡些。

在这些地方,本可看出景宋女士的一心为鲁迅牺牲的伟大精神来;仔细一想,真要教人感激得下眼泪的,但我当时却笑了,笑她的太没有对于酒的知识。当然她原也晓得酒精成分多少的科学常识,可是爱人爱得过分时,常识也往往会被热挚的真情,掩蔽下去。我于讲完了量与质的问题，讲完了酒精成分的比较问题之后，就劝她，以后，顶好是给周先生以好的陈黄酒喝，否则，还是喝啤酒。

这一段谈话过后不久，忽而有一天，鲁迅送了我两瓶十多年陈的绍兴黄酒，说是一位绍兴同乡，带出来送他的。我这才放了心，相信以后他总不再喝五加皮等烈酒了。

我的记忆力很差，尤其是对于时日及名姓等的记忆。有些朋友，当见面时却混得很熟，但竟有一年半载以上，不晓得他的名姓的，因为混熟了，又不好再请教尊姓大名的缘故。象这一种习惯，我想一般人也许都有，可是，在我觉得特别的厉害。而鲁迅呢，却很奇怪，他对于遇见过一次，或和他在文字上有点纠葛过的人，都记得很详细，很永固。

所以，我在前段说起过的，鲁迅到上海的时日，照理应该在十八年的春夏之交；因为他于离开厦门大学之后，是曾上广州中山大学去住过一年的；他的重回上海，是在因和顾颉刚起了冲突，脱离中山大学之后；并且因恐受当局的压迫拘捕，其后亦曾在广州闲住了半年以上的时间。

他对于辞去中山大学教职之后，在广州闲住的半年那一节事情，也解释得非常有趣。他说：

"在这半年中，我譬如是一只雄鸡，在和对方呆斗。这呆斗的方式，并不是两边就咬起来，却是振冠击羽，保持着一段相当距离的对视。因为对方的假君子，背后是有政治力量的，你若一经示弱，对方就会用无论那一种卑鄙的手段，来加你以压迫。

"因而有一次，大学里来请我讲演，伪君子正在庆幸机会到了，可以罗织成罪我的证据。但我却不忙不迫的讲了些魏晋人的风度之类，而对于时局和政治，一个字也不曾提起。"

在广州闲住了半年之后，对方的注意力有点松懈了，就是对方的雄鸡，坚忍力有点不能支持了；他就迅速地整理行囊，乘其不备，而离开了广州。

人虽则离开了，面对于代表恶势力而和他反对的人，他却始终不会忘记。所以，他的文章里，无论在那一篇，只教用得上去的话，他总不肯放松一着，老会把这代表恶势力的敌人押解出来示众。

对于这一点，我也曾再三的劝他过，劝他不要上当。因为有许多无理取闹，来攻击他的人，都想利用了他来成名。实际上，这一个文坛登龙术，是屡试屡验的法门；过去曾经有不少的青年，因攻击鲁迅而成了名的。但他的解释，却很彻底。他说：

"他们的目的，我当然明了。但我的反攻，却有两种意思。第一，是正可以因此而成全了他们；第二，是也因为了他们，而真理愈得阐明。他们的成名，是烟火似的一时的现象，但真理却是永久的。"

他在上海住下之后，这些攻击他的青年，愈来愈多了。最初，是高长虹等，其次是太阳社的钱杏邨等，后来则有创造社的叶灵凤等。他对于这些人的攻击，都三倍四倍地给予了反攻，他的杂文的光辉，也正因了这些不断的搏斗而增加了熟练与光辉。他的《全集》的十分之六七，是这种搏斗的火花，成绩俱在，在这里可以不必再说。

此外还有些并不对他攻击，而亦受了他的笔伐的人，如张

若谷,曾今可等;他对于他们,在酒兴浓溢的时候,老笑着对我说:

"我对他们也并没有什么仇。但因为他们是代表恶势力的缘故,所以我就做了堂·克蓄德,而他们却做了活的风车。"

关于堂·克蓄德这一名词,也是钱杏邨他们奉赠给他的。他对这名词并不嫌恶,反而是很喜欢的样子。同样在有一时候,叶灵凤引用了苏俄讥高尔基的画来骂他,说他是"阴阳面的老人",他也时常笑着说:"他们比得我太大了,我只恐怕承当不起。"

创造社和鲁迅的纠葛,系开始在成仿吾的一篇批评,后来一直地继续到了创造社的被封时为止。

鲁迅对创造社,虽则也时常有讥讽的言语,散发在各杂文里;但根底却并没有恶感。他到广州去之先,就有意和我们结成一条战线,来和反动势力拮抗的;这一段经过,恐怕只有我和鲁迅及景宋女士三人知道。

至于我个人与鲁迅的交谊呢,一则因系同乡,二则因所处的时代,所看的书,和所与交游的友人,都是同一类属的缘故,始终没有和他发生过冲突。

后来,创造社因被王独清挑拨离间,分成了派别,我因一时感情作用,和创造社脱离了关系。在当时,一批幼稚病的创造社同志,都受了王独清等的煽动,与太阳社联合起来攻击鲁迅,但我却始终以为他们的行动是越出了常轨,所以才和他计划出了《奔流》这一个杂志。

《奔流》的出版,并不是想和他们对抗,用意是在想介绍些真正的革命文艺的理论和作品,把那些犯幼稚病的左倾青年,稍稍纠正一点过来。

当编《奔流》的这一段时期，我以为是鲁迅的一生之中，对中国文艺影响最大的一个转变时期。

在这一年当中，鲁迅的介绍左翼文艺的正确理论的一步工作，才开始立下了系统。而他的后半生的工作的纲领，差不多全是在这一个时期里定下来的。

当时在上海负责在做秘密工作的几位同志，大抵都是在我静安寺路的寓居里进出的人；左翼作家联盟，和鲁迅的结合，实际上是我做的媒介。不过，左联成立之后，我却并不愿意参加，原因是因为我的个性是不适合于这些工作的，我对于我自己，认识得很清，决不愿担负一个空名，而不去做实际的事务；所以，左联成立之后，我就在一月之内，对他们公然的宣布了辞职。

但是暗中站在超然的地位，为左联及各工作者的帮忙，也着实不少。除来不及营救，已被他们杀死的许多青年不计外，在龙华，在租界捕房被拘去的许多作家，或则减刑，或则拒绝引渡，或则当时释放等案件，我现在还记得起来的，当不只十件八件的少数。

鲁迅的热心于提拔青年的一件事情，是大家在说的。但他的因此而受痛苦之深刻，却外边很少有人知道。象有些先受他的提拔，而后来却用攻击的方法以成自己的名的事情，还是彰明显著的事实，而另外还有些"挑了一担同情来到鲁迅那里，强迫他出很高的代价"的故事，外边的人，却大抵都不晓得了。在这里，我只举一个例：

在广州的时候，有一位青年的学生，因平时被鲁迅所感化而跟他到了上海。到了上海之后，鲁迅当然也收留他一道住在景云里那一所三层楼的弄堂房子里。但这一位青年，误解了鲁迅的意思，以为他没有儿子——当时海婴还没有生——所以收留自己和他住下，大约总是想把自己当作他的儿子的意思。后来，他又去找了一位女朋友来同住，意思是为鲁迅当儿媳妇的。可是，两人坐食在鲁迅的家里，零用衣饰之类，鲁迅当然是供给不了的；于是这一位自定的鲁迅的子嗣，就发生了很大的不满，要求鲁迅，一定要为他谋一出路。

鲁迅没法子，就来找我，教我为这青年去谋一职业，如报馆校对，书局伙计之类；假使是真的找不到职业，那么亦必须请一家书店或报馆在名义上用他做事，而每月的薪水三四十元，当由鲁迅自己拿出，由我转交给这书局或报馆，作为月薪来发给。

这事我向当时的现代书局说了，已经说定是每月由书局和鲁迅各拿出一半的钱来，使用这一位青年。但正当说好的时候，这一位青年却和爱人脱离了鲁迅而走了。

这一件事情，我记得章锡琛曾在鲁迅去世的时候写过一段短短的文章；但事实却很复杂，使鲁迅为难了好几个月。从这一回事情之后，鲁迅就爱说"青年是挑了一担同情来的"趣话。不过这仅仅是一例，此外，因同情青年的遭遇，而使他受到痛苦的事实还正多着哩！

民国十八年以后，因国共分家的结果，有许多青年，以及正义的斗士，都无故而被牺牲了。此外，还有许多从事革命运动的青年，在南京，上海，以及长江流域的通都大邑里，被捕的，正不知有多少。在上海专为这些革命志士以及失业工人等救济而设的一个团体,是共济会。但这时候,这救济会已经遭了当局之忌,不能公开工作了;所以弄成请了律师,也不能公然出庭,有了店铺作保,也不能去向法庭请求保释的局面。在这时候,带有国际性的民权保障自由大同盟,才在孙夫人(宋庆龄女士)、蔡先生(孑民)等的领导下,在上海成立了起来。鲁迅和我,都是这自由大同盟的发起人,后来也连做了几任的干部,一直到南京的通缉令下来,杨杏佛被暗杀的时候为止。

在这自由大同盟活动的期间,对于平常的集会,总不出席的鲁迅,却于每次开会时一定先期而到;并且对于事务是一向不善处置的鲁迅,将分派给他的事务,也总办得井井有条。从这里,我们又可以看出,鲁迅不仅是一个只会舞文弄墨的空头文学家,对于实务,他原是也具有实际干才的。说到了实务,我又不得不想起我们合编的那一个杂志《奔流》——名义上,虽则是我和他合编的刊物,但关于校对,集稿,算发稿费等琐碎的事务,完全是鲁迅一个人效的劳。

他的做事务的精神,也可以从他的整理书斋,和校阅原稿等小事件上看得出来。一般和我们在同时做文字工作的人,在我所认识的中间,大抵十个有九个都是把书斋弄得乱杂无章的。而鲁迅的书斋,却在无论什么时候,都整理得必清必楚。他的校对的稿子,以及他自己的文章,涂改当然是不免,但总缮写得非常的清楚。

直到海婴长大了,有时候老要跑到他的书斋里去翻弄他的书本杂志之类;当这样的时候,我总看见他含着苦笑,对海婴说:"你这小捣乱看好了没有?"海婴含笑走了的时候,他总是一边谈着笑话，一边先把那些搅得零乱的书本子堆叠得好好，然后再来谈天。

记得有一次，海婴已经会得说话的时候了，我到他的书斋去的前一刻，海婴正在那里捣乱，翻看书里的插画。我去的时候，书本子还没有理好。鲁迅一见着我，就大笑着说："海婴这小捣乱，他问我几时死，他的意思是我死了之后，这些书本都应该归他的。"

鲁迅的开怀大笑，我记得要以这一次为最兴高采烈。听这话的我，一边虽也在高笑，但暗地里一想到了"死"这一个定命，心里总不免有点难过。尤其是像鲁迅这样的人，我平时总不会把死和他联合起来想在一道。就是他自己，以及在旁边也在高笑的景宋女士，在当时当然也对于死这一个观念的极微细的实感都没有的。

这事情，大约是在他去世之前的两三年的时候；到了他死之后，在万国殡仪馆成殓出殡的上午，我一面看到了他的遗容，一面又看见海婴仍是若无其事地在人前穿了小小的丧服在那里快快乐乐地跑，我的心真有点儿绞得难耐。

鲁迅的著作的出版者，谁也知道是北新书局。北新书局的创始人李小峰，本是北大鲁迅的学生；因为孙伏园从《晨报》副刊出来之后，和鲁迅、启明及语堂等，开始经营《语丝》之发行，当时还没有毕业的李小峰，就做了《语丝》的发行兼管理印刷的出版业者。

北新书局从北平分到上海，大事扩张的时候，所靠的也是鲁迅的几本著作。

后来一年一年的过去，鲁迅的著作也一年一年地多起来了，北新和鲁迅之间的版税交涉，当年成了一个很大的问题。

北新对著作者，平时总只含混地说，每月致送几百元版税，到了三节，便开一清单来报账的。但一则他的每月致送的款项，老要拖欠，再则所报之账，往往不十分清爽。

后来，北新对鲁迅及其他的著作人，简直连月款也不提，节账也不算了。靠版税在上海维持生活的鲁迅，一时当然也破除了情面，请律师和北新提起了清算版税的诉讼。

照北新开给鲁迅的旧账单等来计算，在鲁迅去世的前六七年，早该积欠有两三万元了。这诉讼，当然是鲁迅的胜利，因为欠债还钱，是古今中外一定不易的自然法律。北新看到了这一点，就四出的托人向鲁迅讲情，要请他不必提起诉讼，大家来设法谈判。

当时我在杭州小住，打算把一部不曾写了的《蜃楼》写它完来。但住不上几天，北新就有电报来了，催我速回上海，为这事尽一点力。

后来经过几次的交涉，鲁迅答应把诉讼暂时不提，而北新亦愿意按月摊还积欠两万余元，分十个月还了；新欠则每月致送四百元，决不食言。

这一场事情，总算是这样的解决了；但在事情解决，北新请大家吃饭的那一天晚上，鲁迅和林语堂两人，却因误解而起了正面的冲突。

冲突的原因，是在一个不在场的第三者，也是鲁迅的学生，当时也在经营出版事业的某君。北新方面，满以为这一次鲁迅的提起诉讼，完全系出于这同行第三者的挑拨。而忠厚诚实的林语堂，于席间偶尔提起了这一个人的名字。

鲁迅那时，大约也有了一点酒意，一半也疑心语堂在责备这第三者的话，是对鲁迅的讽刺；所以脸色发青，从座位里站了起来，大声的说：

"我要声明！我要声明！"他的声明，大约是声明并非由这第三者的某君挑拨的。语堂当然也要声辩他所讲的话，并非是对鲁迅的讽刺；两人针锋相对，形势真弄得非常的险恶。

在这席间，当然只有我起来做和事老；一面按住鲁迅坐下，一面我就拉了语堂和他的夫人，走下了楼。

这事当然是两方的误解，后来鲁迅原也明白了；他和语堂之间，是有过一次和解的。可是到了他去世之前年，又因为劝语堂多翻译一点西洋古典文学到中国来，而语堂说这是老年人做的工作之故，而各起了反感。但这当然也是误解，当鲁迅去世的消息传到当时寄居在美国的语堂耳里的时候，语堂是曾有极悲痛的唁电发来的。

鲁迅住的景云里那一所房子，是在北四川路尽头的西面，去虹口花园很近的地方。因而去狄思威路北的内山书店亦只有几百步路。

书店主人内山完造，在中国先则卖药，后则经营贩卖书籍，前后总已有了二十几年的历史。他生活很简单，懂得生意经，并且也染上了中国人的习气，喜欢讲交情。因此，我们这一批在日本住久的人在上海，总老喜欢到他店里去坐坐谈谈；鲁迅于在上海住下之后，也就是这内山书店的常客之一。

"一·二八"沪战发生，鲁迅住的那一个地方，去天通庵只有一箭之路，交战的第二日，我们就在担心着鲁迅一家的安危。到了第三日，并且谣言更多了，说和鲁迅同住的他的三弟巢峰（周建人）被敌宪兵殴伤了；但就在这一个下午，我却在四川路桥南，内山书店的一家分店的楼上，会到了鲁迅。

他那时也听到了这谣传了，并且还在报上看见了我寻他和其他几位住在北四川路的友人的启事。他在这兵荒马乱之间，也依然不消失他那种幽默的微笑；讲到巢峰被殴伤的那一段谣言的时候，还加上了许多我们所不曾听见过的新鲜资料，证明一般空闲人的喜欢造谣生事，乐祸幸灾。

在这中间，我们就开始了向全世界文化人呼吁，出刊物公布暴敌狞恶侵略的工作，鲁迅当然也是签名者之一；他的实际参加联合抗敌的行动，和一班左翼作家的接近，实际上是从这一个时期开始的。

"一·二八"战事过后，他从景云里搬了出来，住在内山书店斜对面的一家大厦的三层楼上；租金比较得贵，生活方式也比较得奢侈；因而一般平时要想寻出一点弱点来攻击他的人，就又像是发掘得了至宝。

但他在那里住得也并不久，到了南京的秘密通缉令下来，上海的反动空气很浓厚的时候，他却搬上了内山书店的北面，新造好的大陆新村（四达里对面）的六十几号房屋去住了。在这里，一直住到了他去世的时候为止。

南京的秘密通缉令，列名者共有六十几个，多半是与民权保障自由大同盟有关的文化人。而这通缉案呈请者，却是在杭州的浙江省党部的诸先生。

说起杭州，鲁迅绝端地厌恶；这通缉案的呈请者们，原是使他厌恶的原因之一，而对于山水的爱好，别有见解，也是他厌恶杭州的一个原因。

有一年夏天，他曾同许钦文到杭州去玩过一次；但因湖上的闷热，蚊子的众多，饮水的不洁等关系，他在旅馆里一晚没有睡觉，第二天就逃回到上海来了。自从这一回之后，他每听见人提起杭州，就要摇头。

后来，我搬到杭州去住的时候，也曾写过一首诗送我，头一句就是"钱王登遐仍如在"；这诗的意思，他曾同我说过，指的是杭州党政诸人的无理的高压。他从五代时的记录里，曾看到过钱武肃王的时候，浙江老百姓被压榨得连裤子都没得穿，不得不以砖瓦来遮盖下体。这事不知是出在哪一部书里，我到现在也还没有查到，但他的那句诗的原意，却就系指此而言。我因不听他的忠告，终于搬到杭州去住了，结果竟不出他之所料，被一位党部的先生，弄得家破人亡。这一位吃党饭出身，积私财至数百万，曾经呈请南京中央党部通缉过我们的先生，对我竟做出了比敌人对待我们老百姓还更凶恶的事情，而且还是在这一次的抗战军兴之后。我现在虽则已远离祖国，再也受不到他的奸淫残害的毒爪了；但现在仍还在执掌以礼义廉耻为信条的教育大权的这一位先生，听说近来因天高皇帝远，浑水好捞鱼之故，更加加重了他对老百姓的这一种远溢过钱武肃王的德政。

鲁迅不但对于杭州没有好感，就是对他出身地的绍兴，也似乎并没有什么依依不舍的怀恋。这可从有一次他的谈话里看得出来。是他在上海住下不久的时候,有一回我们谈起了前两天刚见过面的孙伏园。他问我伏园住在那里,我说,他已经回绍兴去了,大约总不久就会出来的。鲁迅言下就笑着说:

"伏园的回绍兴,实在也很可观!"

他的意思,当然是绍兴又凭什么值得这样的频频回去。所以从他到上海之后,一直到他去世的时候为止,他只匆匆地上杭州去住了一夜,而绝没有回去过绍兴一次。

预言者每不为其故国所容,我于鲁迅更觉得这一句格言的确凿。各地党部的对待鲁迅,自从浙江党部发动了那大弹劾案之后,似乎态度都是一致的。抗日战争前一年的冬天,我路过厦门,当时有许多厦大同学曾来看我,谈后就说到了厦大门前,经过南普陀的那一条大道,他们想呈请市政府改名"鲁迅路"以资纪念。并且说,这事已经由鲁迅纪念会(主其事的是厦门《星光日报》社长胡资周及记者们与厦大学生代表等人)呈请过好几次了,但都被搁置着不批下来。我因为和当时的厦门市长及工务局长等都是朋友,所以就答应他们说这事一定可以办到。但后来去市长那里一查问,才知道又是党部在那里反对,绝对不准人们纪念鲁迅。这事情,后来我又同陈主席说了,陈主席当然是表示赞成的。可是,这事还没有办理完成,而抗战军兴,现在并且连厦门这一块土地,也已经沦陷了一年多了。

自从我搬到杭州去住下之后,和他见面的机会,就少了下去,但每一次当我上上海去的中间,无论如何忙,我总抽出一点时间来去和他谈谈,或和他吃一次饭。

而上海的各书店,杂志编辑者,报馆之类,要想拉鲁迅的稿子的时候,也总是要我到上海去和鲁迅交涉的回数多。譬如,黎烈文初编《自由谈》的时候,我就和鲁迅说,我们一定要维持它,因为在中国最老不过的《申报》,也晓得要用新文学了,就是新文学的胜利。所以,鲁迅当时也很起劲,《伪自由书》《花边文学》集里许多短稿,就是这时候的作品。在起初,他的稿子就是由我转交的。

此外,像良友书店,天马书店,以及"生活"出的《文学》杂志之类,对鲁迅的稿件,开头大抵都是由我为他们拉拢的。尤其是当鲁迅对编辑者们发脾气的时候,做好做歹,仍复替他们调停和解这一角色,总是由我来担当。所以,在杭州住下的两三年中,光是为鲁迅之故,而跑上海的事情,前后总也有了好多次。

在他去世的前一年春天,我到了福建,这中间,和他见面的机会更加少了。但记得就在他作故的前两个月,我回上海,他曾告诉了我以他的病状,说医生说他的肺不对,他想于秋天到日本去疗养,问我也能够同去不能。我在那时候,也正在想去久别了的日本一次,看看他们最近的社会状态,所以也轻轻谈到了同去岚山看红叶的事情。可是从此一别,我就再也没有和他做长谈的幸运了。

关于鲁迅的回忆,枝枝节节,另外也正还多着;可是他给我的信件之类,有许多已在搬回杭州去之先烧了,有几封在上海北新书局里存着,现在又没有日记在手头,所以就在这里,先暂搁笔,以后若有机会,或许再写也说不定。

原载上海《宇宙风》(乙刊)第1、9、11、12期

永在的温情
——纪念鲁迅先生

郑振铎

十月十九日下午五点钟,我在一家编译所一位朋友的桌上,偶然拿起了一份刚送来的 Evening Post,被这样的一个标题"中国的高尔基今晨五时去世"惊骇得一跳。连忙读了下来,这惊骇变成了事实:果然是鲁迅先生去世了!

这消息像闷雷似的,当头打了下来,呆坐在那里不言不动。

谁想得到这可怕的恶耗竟这样的突然的来呢?

鲁迅先生病得很久了;间歇地发着热,但热度并不甚高。一年以来,始终不曾好好的恢复过;但也从不曾好好的休息过。半年以来,情形尤显得不好。缠绵在病榻上者总有三四个月。朋友们都劝他转地疗养。他自己也有此意。前一个月,听说他要到日本去。但茅盾告诉我,双十节那一天还遇见他在 lsis 看 Dobrovsky;中国木刻画展览会,他也曾去参观。总以为他是渐渐的复原了,能够出来走走了。谁又想得到这可怕的恶耗竟这样突然的来呢?

刚在前几天,他还有信给我,说起一部书出版的事;还附带的说,想早日看见《十竹斋笺谱》的刻成。我还没有来得及写回信。

谁想得到这可怕的恶耗竟这样的突然的来呢？

我一夜不曾好好的安心的睡。

第二天赶到万国殡仪馆，站在他遗像的面前，久久的走不开。再一看，他的遗体正在像下，在鲜花的包围里，面貌还是那末清癯而带些严肃，但双眼却永远地闭上了。

我要哭出来，大声的哭，但我那时竟流不出眼泪，泪水为悲戚所灼干了。我站在那里，久久走不开。我竟不相信，他竟是那样突然的便离我们而远远的向不可知的所在而去了。

但他的友谊的温情却是永在的，永在我的心上，——也永在他的一切友人的心上，我相信。

初和他见面时，总以为他是严肃的冷酷的。他的瘦削的脸上，轻易不见笑容。他的谈吐迟缓而有力，渐渐地谈下去，在那里面你便可以发见其可爱的真挚，热情的鼓励与亲切的友谊。他虽不笑，他的话却能引你笑。和他的兄弟启明先生一样，他是最可谈，最能谈的朋友，你可以坐在他客厅里，他那间书室（兼卧室）里，坐上半天，不觉得一点拘束，一点不舒服。什么话都谈。但他的话头却总是那末有力。他的见解往往总是那末正确。你有什么怀疑，不安，由于他的几句话也许便可以解决你的问题，鼓起你的勇气。

失去了这样的一位温情的朋友，就个人讲，将是怎样的一个损失呢？

他最勤于写作，也最鼓励人写作。他会不惮烦的几天几夜的在替一位不认识的青年，或一位不深交的朋友，改削创作，校正译稿，其仔细和小心远过于一位私淑的教师。

他曾和我谈起一件事：有一位不相识的青年寄一篇稿子来请求他改。他仔仔细细的改了寄回去。那青年却写信来骂他一顿，说被改涂得太多了。第二次又寄一篇稿子来，他又替他改了寄回去。这一次的回信，却责备他改得太少。

"现在做事真难极了！"他慨叹地说道。对于人的不易对付，和做事之难，他这几年来时时的深切的感到。

但他并不灰心，仍然地在做着吃力不讨好的改削创作，校正译稿的事，挣扎着病躯，深夜里，仔仔细细地为不相识的青年或不深交的朋友在工作。

这样的温情的指导者和朋友，一旦失去了，将怎样的令人感到不可补赎之痛呢！

他所最恨的是那些专说风凉话而不肯切实的做事的人。会批评，但不工作；会讥嘲，但不动手；会傲慢自夸，但永远拿不出东西来，像那样的人物，他是不客气的要摈之门外，永不相往来的。所谓无诗的诗人，不写文章的文人，他都深诛痛恶的在责骂。

他常感到"工作"的来不及做，特别是在最近一二年，凡做一件事，都总要快快的做。

"迟了恐怕要来不及了，"这句话他常在说。

那样的清楚的心境，我们都是同样的深切地感到的。想不到他自己真的便是那末快的便逝去，还留下要做的许多事没有来得及做——但，后死者却要继续他的事业下去的！

我和他第一次的相见是在同爱罗先诃到北平去的时候。

他着了一件黑色的夹外套！戴着黑色呢帽。陪着爱罗先诃到女师大的大礼堂里去,我们匆匆的谈了几句话。因为自己不久便回到南边来,在北平竟不曾再见一次面。

后来,他自己说,他那件黑色的夹外套,到如今还有时着在身上。

我编《小说月报》的时候,曾不时的通信向他要些稿子。除了说起稿子的事,别的该也没有什么。

最早使我笼罩在他温热的友情之下的,是一次讨论到"三言"问题的信。

我在上海研究中国小说,完全像盲人骑瞎马,乱闯乱摸,一点凭借都没有,只是节省着日用,以浅浅的薪入购书,而即以所购入之零零落落的破书,作为研究的资源。那时候实在贫乏得肤浅得可笑,偶尔得到一部原板的《隋唐演义》却以为是了不得的奇遇,至于"三言"之类的书,却是连梦魂里也不曾读到。

他的《中国小说史略》的出版,减少了许多我在暗中摸索之苦。我有一次写信问他《醒世恒言》《警世通言》及《喻世名言》的事,他的回信很快地便来了,附来的是他抄录的一张《醒世恒言》的全目。——这张目录我至今还保全在我的一部《中国小说史略》里。他说,《喻世》《警世》,他也没有见到。《醒世恒言》他只有半部。但有一位朋友那里藏有全书,所以他便借了来,抄下目录寄给我。

当时,我对于这个有力的帮助,说不出应该怎样的感激才好。这目录供给了我好几次的应用。

后来,我很想看看《西湖二集》(那部书在上海是永远不会见到的),又写信问他有没有此书。不料随了回信同时递到的却是一包厚厚的包裹。打开了看时，却是半部明末版的《西湖二集》，附有全图。我那时实在眼光小得可怜，几曾见过几部明版附插图的平话集，见了这《西湖二集》为之狂喜！而他的信道，他现在不弄中国小说，这书留在手边无用，送了给我吧。这贵重的礼物，从一个只见一面的不深交的朋友那里来，这感动是至今跃跃在心头的。

我生平从没有意外的获得。我的所藏的书，一部部都是很辛苦地设法购得的；购书的钱，都是中夜灯下疾书的所得或减衣缩食的所余。一部部书都可看出我自己的夏日的汗，冬夜的凄栗，有红丝的睡眼，右手执笔处的指端的硬茧和酸痛的右臂。但只有这一集可宝贵的书，乃是我书库里唯一的友情的赠与。——只有这一部书！

现在这部《西湖二集》也还堆在我最宝爱的几十部明版书的中间，看了它便要泫然泪下。这可爱的直率的真挚的友情，这不意中的难得的帮助，如今是不能再有了！

但我心头的温情是永在的！——这温情也永在他的一切友人的心上，我相信。

"九·一八"以后，他到过北平一趟，得到青年人最大的热烈的欢迎。但过了几天，便悄悄的走了。他原是去探望他母亲的病去的。我竟来不及去看他。

但那一年寒假的时候，我回到上海，到他寓所时，他便和我谈起在北平的所获。

"木刻画如今是末路了，但还保存在笺纸上。不过，也难说，保全得不会久。"他深思的说道。

他搬出不少的彩色笺纸来给我看,都是在北平时所购得的。

"要有人把一家家南纸店所出的笺纸,搜罗了一下,用好纸刷印个几十部,作为笺谱,倒是一件好事。"他说道。

过了一会,他又道:"这要住在北平的人方能做事。我在这里不能做这事。"

我心里很跃动,正想说:"那末,我来做吧。"而他慢吞吞的续说道:"你倒可以做,要是费些工作,倒可以做。"

我立刻便将这责任担负了下来,但说明搜辑而得的笺纸,由他负选择之责。我相信他的选择要比我高明得多。

以后,我一包一包的将购得的笺样送到上海,经他选择后,再一包一包的寄回。

中间,我曾因事把这工作停顿了二三个月。他来信说:"这事我们得赶快做,否则,要来不及做,或轮不到我们做。"

在他的督促和鼓励之下,那六巨册的美丽的《北平笺谱》方才得以告成。

有一次,我到上海来,带回了亡友王孝慈先生所藏的《十竹斋笺谱》四册,顺便的送到他家里给他看。

这部谱,刻得极精致,是明末版画里最高的收获。但刻成的年月是崇祯十六年的夏天,所以流传得极少。

"这部书似也不妨翻刻一下。"我提议道。那时,我为《北平笺谱》的成功所鼓励,勇气有余。

"好的,好的,不过要赶快做!"他道。

想不到全部要翻刻,工程浩大无比,所耗也不资,几乎不是我们的力量所及。第一册已出版了,第二册也刻好待印;而鲁迅先生却等不及见到第三册以下的刻成了!

对于美好的东西,似乎他都喜爱。我曾经有过一个意思,要集合六朝造象及墓志的花纹刻为一书。但他早已注意及此了。他告诉我说,他所藏的六朝造象的拓本也不少,如今还在陆续的买。

他是最能分别得出美与丑,永远的不朽与急就的草率的。

除了以朽腐为神奇,而沾沾自喜,向青年们施以毒害的宣传之外,他对于古代的遗产,决不歧视,反而抱着过分的喜爱。

他曾经告诉过我,他并不反对袁中郎;中郎是十分方巾气的,这在他文集里便可见。他所厌弃,所斥责的乃是只见中郎的一面,而恣意鼓吹着的人物。

京平刚从鲁迅先生那里得到最大的鼓励。他感激得几乎哭出来。但想不到鲁迅竟这样的突然的过去了!

第三天我在万国殡仪馆门口遇见他;他的嘴唇在颤动,眼圈在红。

从万国公墓归来后,他给我一封信道:"我心已经分裂。我从到达公墓时,就失去了约束自己的力量,一直到墓石封合了!我竟痛哭失声。先生,这是我平生第一痛苦的事了,他匆匆的瞥了我一眼,就去了——"

但他并没有去。他的温情永在我的心头——也永在他的一切友人的心上,我相信。

二十五年十月二十五日写

选自《鲁迅先生纪念集》,文化生活出版社1937年版

鲁迅先生并不偏狭

郑振铎

鲁迅先生并不偏狭，如一般不认识，不深知他的人所想像的；恰恰相反，他的心胸是最广阔的。对于文艺，他尤其抱着最宽大的精神，最正确的见解。

有些批评者称鲁迅先生为中国的高尔基。这句话并不令人抗议——虽然在相隔四个月之间相继逝去的他们，性格，工作未必完全相同。

在鼓励，奖进青年作家们这一方面，鲁迅先生和高尔基具有极相同的热忱。对于这一点，有许多的青年作家们，说起来便要流涕的追念着！

在宽大正确的文艺见解上，鲁迅先生和高尔基尤为无殊。自从高尔基回到了俄国之后，俄国的文坛方才一洗革命初期的排斥"非革命"的作品的态度。在高尔基指导之下，俄国成立了世界文学研究会一类的组织，大规模的在介绍古典的和西欧的文学。被托尔斯泰所斥责的莎士比亚，居然也重新被认识了。俄国本土的旧作品也大量的重印着。许多重要作家，像托尔斯泰的未发表的遗著，都陆续的由国家的力量替他们出版。

鲁迅先生对于文艺，其趣味也是极广泛的。他以同样的喜爱的态度，来对待《死魂灵百图》《凯绥·柯勒惠支版画》，以及《北平笺谱》《十竹斋笺谱》《陈老莲画博古牌》，他以同样的热忱来介绍爱罗先诃的童话，阿志巴绥夫的小说，来整理中国小说，来辑录唐传奇和古小说。他是收藏六朝造象最丰富的收藏家之一。他还收藏着最丰富的近代的版画。

他对一切好的，美的东西，都是喜爱的。他决不有意的排斥某一时代或一个地方或国度的美好的东西。

对于友朋或青年们，他也尽了他的最大的忍耐和温情，他知道许多人的弱点，他明明看出他们的缺点的所在，但他并不严峻的指斥他们。他知道凡是一个人决不会没有一点疵瑕的。

他对于和他往来的人们往往表示着过度的热心，以此往往的上当。但他并不灰心。他的信是由一家书店转的，但他还代青年们负转信之责；他的稿费都不是自己去取的，但他也还往往受人之托，去做支取稿费一类的麻烦的事。他天天要写稿，译稿，他有许多的工夫要做，但他仍然是热忱的为青年人看稿，复信指示他们的前途。即在病榻上，他还天天替一位故去的朋友在校对遗著，一个字一个字的细校着。

他一直忙碌到死，不曾舒畅的安心的休息过一天。

他每顿喝不多的酒；纸烟倒是不离口的，但吸的只是"美丽牌"一类的比较廉价的。此外，他似乎是别无所好了，除了买书。他的钱都用来帮助他所不认识或认识的，应该或需要帮助的朋友了。同时还自费出版些永远是亏本生意的版画集。

但他对文艺并不是一味地宽容，对人，也并不是一味的姑息。

他的爱憎是最分明，最痛快的表现着的。

他爱一切为大众而工作着的人，他爱精致的好文章，好木刻画，他爱一切伟大的美好的作品。

但他憎的是浮滑少年，是宣传"谬种"的人物，是鬼祟的阴谋者，是抱着一二部自己一知半解的古书，却以为"天下之美尽在于此矣"的可笑之人。

故他不反对袁中郎，却反对提倡或学习袁中郎者。他喜爱一切的有希望的青年，却厌恶良心已经腐烂了的鬼祟的人物。

他是最热烈的人；满腔的义愤，满腔的热情，他永远不曾"老"，也从不曾自以为"老"过。

从他坚定的徐缓的谈话里，可以看出他是一位不可摇撼的巨人。

疾风会吹倒劲草，但吹不折凌霄的孤松。

他的身体虽已埋掉，但他的精神却永远地笼罩在后来的踏着他的足迹前进的人们的身上和心上。

二十五年十月二十日写

原载上海《中流》（半月刊）第 1 卷第 5 期，1936 年 11 月 5 日

鲁迅与中国古版画

郑振铎

鲁迅先生生前对于艺术的爱好，恐怕没有别的人可以及得上，蔡孑民先生提倡以美育代宗教。中国能够培育着那末嫩弱的艺术的根芽，以蔡先生主持的力量为最大。鲁迅先生的倡导，则略在蔡先生之后。但他对于艺术的爱好，则是早年已经植下了根的。在很早的时候，他便喜欢木刻画。在北平的时候，他搜集了许多汉魏六朝的石刻画像。对于这种石刻画像的搜罗的兴趣，到了很晚年的时候还很浓厚。他在上海、厦门等地的时候，也还托友人们代为搜集汉南阳画像一类的东西。他积存了几箱的这一类画像拓本，可惜还没有来得及加以整理。

他对于中国古代版画，不仅不时的加以搜集，且还有整理，传布的计划。他很早的时候便注意于北平的诗笺，觉得像那样的彩色木刻画，是有综合的加以研究的必要。他在一九三三年二月五日给我信上说起：

去年冬季回北平，在留黎厂得了一点笺纸，觉得画家与刻印之法，已比《文美斋笺谱》时代更佳，譬如陈师曾，齐白石作诸笺，其刻印法已在日本木刻专家之上，但此事恐不久将销沉了。

　　因思倘有人自备佳纸，向各纸铺择尤各印数十至一百幅，纸为书叶形，彩色亦须更加浓厚，加上序目，订成一书，或先约同人，或成后售之好事，实不独为文房清玩，亦中国木刻史上之一大纪念耳。

　　从这时候起，我们便常常的通信，讨论着把北平笺纸编印成为一书的事。我把购到的笺纸，一包包的邮寄给他，由他来选定。他一接到我的信，便立刻答复，从来不曾延搁过一二天的。笺纸选定后，便由我到各家南纸铺里接洽印刷的事。其间经过，在我的《访笺杂记》里说得很详细。以后，便是编定目录，想好书名，和写作序文了。

　　目录由我草就，寄给鲁迅先生校定。他提供了许多重要的意见。书名也经再三的商酌，最后决定为《北平笺谱》。他的序托魏建功先生写，我的序则托郭绍虞先生写。煌煌巨著的一大套六厚本的书终于出来了，我们自己看看，也觉得很高兴。

　　这一个工作，是结束了古旧的木版画的一个纪念碑。在彩色木刻画的本身上讲，这一个时期确是相当的发达。我们把从光绪末叶到民国十几年之间的笺纸都搜集到了；觉得他们的刻者，印者，确是在进步。不过，在极盛之中，已透露出很严重的颓危的症象出来。有许多家的南纸店已经放弃了他们刻笺的事业，而代以粗劣不堪的所谓新式的锌版印的洋纸笺了。

　　我们的这个工作，也许便是北方笺纸的一个最后的总结集吧。其中有许多笺纸，都是早已不见于市上的。

《北平笺谱》最初只印一百部。每部都是我们二人亲自在版权页签名的。后来,因为要的人多,便又再版了一百部。再版本的签字却是写好了木刻的。

这部书现在也成了新的古董或善本,很不容易见得到。

我们讨论着这部书和谈及中国本版画的信差不多有五十多封。在《鲁迅书简》里发表了四十九封。(页五一九至五八四)尚有几封失落不见。最近又在陈年未经清理过的书桌抽屉里,找出了未交给许广平先生的两封信。一封是一九三五年三月二十八日的:

> 得北归消息后,即奉一函,寄海甸,想已达。兹寄上印画等款项百五十元,请便中一取,并转付。画印成后,乞每种各寄下一幅,当排定次序,并序文纸板,寄上,仍乞费神付装订也。

另一封是同年三月三十日写的:

> 笺谱附条添了几句,今寄回,闻先生仍可在北平教书,不知确否?倘确,则好极。今年似不如以全力完成《十竹斋笺谱》,然后再图其他。《北平笺谱》如此迅速的成为"新董",真为始料所不及。今在中国之售卖品,大约只有内山的五部而已——但不久也就要售去的。二十八日寄奉一函,并附商务汇款百五十元,信封上据前函所示,写了"北总布胡同一号",今看此次信

面所写,乃是"小羊宜宾胡同",不知系改了地方,还是异名同地?前信倘能收到,则更好,否则大约会退回来(因系挂号),不过印费又迟延了。

他这两封信里所说的,都是关于翻印《十竹斋笺谱》的事。《十竹斋笺谱》是明末胡曰从编的。出版的时候是甲申(崇祯十七年),是北都已为李自成所陷,而南方大难将临之时,故传本极为罕见。我在上海的时候,就想得到这书——《十竹斋画谱》翻刻本甚多,《笺谱》却于三百年间并未翻刻过——是陶兰泉藏的一部吧,却已被人转贩到日本去卖了。我们这个据为翻印的祖本,是友人王孝慈先生所藏的。这个翻印本,颇极精美,粗视之,几与原本无甚差别。但鲁迅先生未及见其全部刊成,便已下世了。

我的研究中国版画是偶然的事。为了搜集中国的小说和戏曲,便引起了对于那些"不登大雅之堂"的书里所附的木刻插图的兴趣。也偶然的得到些纯粹版画的书。

但开始对于版画作比较专门的搜集与研究,则是鲁迅先生的诱导之功。

《北平笺谱》的编印,使我们觉得中国古代版画的生命还没有完全断绝。《十竹斋笺谱》的翻刻,更使我们觉得十分精丽的作品,我们的职业的木刻家还可以愉快胜任。

我们觉得使古代艺术的精品,大量的传播出去,作为新生的创作者的"借镜"或"参考",是很重要的事业。

有了从唐代到现在的一千多年的历史,我们的木刻版画一定有其很深刻稳固的艺术上的基础，而且也有其辉煌的成就的，——我的《中国版画史图录》二十册，可以证实这个见解——我们不能忽略了这一部门的工作。

所以，鲁迅先生的主持编印《北平笺谱》，翻刻《十竹斋笺谱》，并不是"好事"，而是有深知远见的。

中国古旧的木刻版画，和中国画相同，是以线条为主的。他们的作者们有过黄金时代。细腻、精美、健全、典稚，是充满了"古典美"的好作品。可是缺乏的是力画，是活泼生动。但也有例外的。我们可以不时的遇到若干叛徒式的作品，粗枝大叶，而雄健有力。

胡曰从的工作，是一个极大的进步。他把彩色套印的木刻版画，发展到最隽美的峰巅。他使用种种的方法，以衬托，表现画面的"美"。是一个前无古人，而后启来者的大著作。鲁迅先生选择了胡氏《十竹斋笺谱》来翻刻，是具有极深邃的艺术批评家的眼光的。后来纷纷翻刻的传遍国内和海外的《芥子园画谱》，和胡氏十竹斋《画谱》《笺谱》一比，显得是十分粗气了。

木刻版画在清末以来，又有复兴的气象。陈师曾，齐白石画的笺纸，大富新趣，别具一格。刻印之工，也能够衬托出他们的好处来。以后，许多现代画人们的作品，也便翻上了笺纸，而且色彩、线条，都能不失原作的精神。更进步的是，他们不仅以线条为主干了；齐白石、陈半丁诸家的花卉，随意写生，一大堆的红花，一串串的紫藤或葡萄，决不能以传统的精巧的线条来重现的，而北平的刻工们却自出心裁地也把它们复印在笺纸上了。他们这种新颖的烘托方法，确是更进一步。

鲁迅先生的眼光也看到了这一点，故搜集晚清以来的笺纸编为《北平笺谱》一书。所谓"刻的丰碑"，确是当之无愧。

一个伟大的作家，总是心胸阔大而能高瞻远瞩的。鲁迅先生不仅介绍了中国古版画给现代的创作家们，而且，更重要的是，他也介绍了西洋的版画给他们。他还很热心的指导着好些新进的木刻家们。中国现代的木刻版画，已成为很重要的艺术的一枝。鲁迅先生的倡导之功是永远不能忘记的。关于这一方面，说起的人已经很多了。本文所谈的是他介绍工作的另一方面。——而关于这一方面，却知道的人比较的少。

一九四七年十一月

选自《鲁迅回忆录》二集，上海文艺出版社 1979 年版

鲁迅先生与版画

——作为补充木枫先生的大作《鲁迅先生与木刻画》

陈烟桥

在前一期的《光明》上,登载了一篇木枫先生的大作《鲁迅先生与木刻画》。我看过后觉得太概念一点,有添写的必要,兹特写出我个人所知道的以补充该作,我想,这定为研究鲁迅先生的人和读者们所乐于听闻吧。

鲁迅先生不单是对于木刻画认识很深,而且除了木刻画之外,版画的其他部门亦甚为熟悉。本文除了述他对于木刻画外,他对于普通版画的认识及一般理论亦在涉及。

鲁迅先生是非常爱"美"的,而且对于"美"的了解程度很深。他曾自己动手绘过封面画——图案,有古雅趣。并他的用品如信纸,信封等,很多都印上木刻画。

记得在"一八艺社"①的时候,我们是常到他的家里去玩的——当时该社地址在江湾路,离他的住宅不远,——那时他已

---

① 一八艺社:一九三〇年成立,为一般热心新艺术的青年所组织。

相当了解西洋版画艺术了。他每当从西洋买回来的书籍中，特别注意那些版头和木刻插图。他因为喜欢木刻之故，于是认识了一位日本的版画家。他偕那位版画家到"一八艺社"来讲授了一次"木刻的作法"之后，大家才开始刻起木刻来。

鲁迅先生由外国买来了三十多本"素描"集子，送给"一八艺社"。"一八艺社"后来因为经济困难而停办，集子才分散或遗失了。

与"一八艺社"现期不相上下，他着手编印《艺苑朝华》画集共五册，五册之中包含黑白画，木刻画两种。书印成后销路不好，买的人除了少数的艺术学徒外，其余的就非常少去过问了。鲁迅先生当还没有把它们付印之前，明知它们是卖不了许多的，然而为着宣传这种艺术的真谛，牺牲亦在所不计。这些书多数是送给友人的，他的心时常都为着他人，为着中国未来新艺术的抽芽，所以他在其中的一册的序上写着印书的理由："中国制版之术，至今未精，当其变相，不如且缓，一也；当革命时，版画之用最广，虽极匆忙，顷刻能办，二也。"（《新俄画集序》）

我们这一群年青的艺术学徒中，多数是曾受过他的教导和馈赠的，这，我们非常感谢！然而同时我们也因为受过他的教导而大触霉头：我们这一群人中，很少数是未曾坐过牢的；并且有几位已为木刻而死掉了！而今人人都称鲁迅先生是中华民族解放的导师，然而同时他又是叫中国青年吃苦头的一人！

作为新艺术研究的场所，我们没有了第一个，而再有第二个产生出来。这前仆后继的精神，怕是艺徒们受了鲁迅先生的启示吧！

中国木刻画自从有了雏形以来，好像老是都在幼稚的漩涡里不会变动似的，这原因是为了艺术学徒的生活环境太恶劣的缘故。鲁迅先生看透了这一层，我们的要求，他是肯尽力量帮助的。不特这样，他为着希望我们热心于学习起见，以是把他数年来所收藏的所有的版画都拿出来展览。想许多人也许会记着吧，三年前——一九三三年——的冬天，他曾借海能路日本青年会的会所开过一次苏法版画联合展览会①。而出品中苏联的作品占多数，也是他特别着重于苏联的一方面的缘故。这一次展览会的出现是中国接受苏联新艺术最早的一次。

从这次之后，一年后——一九三四年——他又在施高塔路某坊开了一次苏法德西葡等国木刻展览会，会期中我们是天天在场的。在最后的一天，他曾和我们谈了许多话，在谈话中骤然好像想起了甚么似的，马上跑回家去，一分钟后便带了两厚册英国出版的《世界近代版画集》回来了。那时他还是个身体有相当康宁的人，跑路谈话都很健稳。他追述他得到了这许多版画的故事，并且将作品逐张向我们解释。他是老早就认识了德国版画家珂勒惠支的，当他谈到梅斐尔德②的时候，曾转述了许多珂勒惠支对于梅斐尔德的批评；而又这些批评，都是珂勒惠支在答覆他的信中所说及的。

珂勒惠支在中国，鲁迅先生是研究她最早的一人，同时也是最透澈的一人。他因为喜欢她，特地从日本买来了好几张她所刻

---

① 苏法版画联合展览会：是鲁迅先生故意把这两种性质不相同的作品混在一起，以避免发生意内的事件。
② 梅斐尔德：德国青年木刻画家，士敏土插图作者。该插图共九幅，是鲁迅先生从外国买回的木刻原版中最早的，价值洋一百元。已把它们印成集子，现绝版。

的农民斗争的铜版画——都是原版，共费洋二百余元。

《引玉集》是鲁迅先生在一九三四年编成的。这书的成就，真是费了他的苦心不少。他在那后记上写着："一九三一年顷，正想校印《铁流》。偶然在《板画》（Graphika）这一种杂志上，看见载着毕斯凯莱夫刻有这书中的故事的图画，便写信托请靖华兄去搜寻。费了许多周折，会着毕斯凯莱夫，终于将本集寄下了。因为怕途中会有失落，还分寄了同样的两份。靖华兄的来信说，这木刻版画的定价不小然而无须付，苏联的木刻家多说印画莫妙于中国纸，只要寄些给他就好。……我于是买了许多中国的各种宣纸和日本的'西子内'和'鸟之子'，寄给靖华托他转致，倘有剩余，便分送别的木刻家。这一举竟得了意外的收获，两卷木刻又寄来了……还有一卷被邮局所遗失，无从访查……"

《引玉集》印得不多，共二百五十本，里头有五十本是用来送给朋友的，算起成本来，他要赔钱。

同年鲁迅先生又出版了一本《木刻纪程》，这书是将中国近代木刻作品选印的。他为着想惹起中国一般人对于木刻不至隔膜，及打破普通读者对于木刻以为有政治意味，不敢亲近的观念之故，因是也选了好几张风景，静物插进集子里。关于这一点，他曾写过信来解释："木刻还未大发展，所以我的意见，现在首先是引起一般读书界的注意，看重，于是得到赏鉴，采用，就是将那路开拓起来，路开拓了，那活动力也就增大；如果一下子即将它拉到地底下去，只有几个人来称赞阅看，这实是自杀政策。我的主张杂入静物，风景，各地方的风俗，街头风景，就是为此，现在的文学也一样，有地方色彩的，倒容易成为世界的，即为别国所注意的。打出世界去,即于中国之活动有利。可惜中国的青年艺术家大抵不以为然。况且,单是题材好,是没有用的,还是要技术;更不好的是内容并不怎样有力,却只有一个可怕的外表,先将普通读者吓退。例如这回无名木刻社的画集,封面上是一张马克思像,有些人就不敢买了。——一九三四年四月十九日——"

《木刻纪程》出版,鲁迅先生曾寄了数本给一位住在苏联的德国亡命艺术批评家——名字我已忘记了——请批评。那位批评家不久便接到并覆了信,所赞许的,还是几张技术较优的人像和风景画。

同年秋季,一位法国左翼女作家到上海来游历,顺便拜访鲁迅先生,请他无论如何要替她搜集点中国近代的较前进的艺术作品以备带到法国苏联去展览。鲁迅先生答应了她,以是托我们分头搜寻,结果共得到作品二百余幅,转送那位女作家带去了。过了两个月左右,这些作品在巴黎公开展览,颇引起彼邦人士的注意,巴黎的报纸载了不少关于作品的批评与感想的文字。到苏联时也有相当热闹。那些文字那位女作家大都把它们剪下来寄给鲁迅先生。先生当时因为我们大多数已离开了上海同时又找不到S联的关系,便把它们交给当时×联的负责人暂代管理,及把它们翻译中文找地方发表。不知×联的负责人是看轻绘画,还是为了环境的恶劣故,不久便把那些批评与感想的原文都丢掉了。鲁迅先生每谈及此便要痛惜的!那位×联的负责人不特对不起鲁迅先生,而同时也是阻碍了中国新艺术发展的一大原因。

鲁迅先生不久以前所编印的《珂勒惠支画集》亦要赔本的。据他说:大半部是送给朋友的,发卖的没有许多本,并且一下子就卖完了。后来他还着手编译《蒙克版画》《麦绥莱勒漫画集》《拈花集》，可惜事还没完成，而竟离我们而去了！

鲁迅先生对于中国版画艺术理论的建立，亦为我们不能忽视的。他曾写过一封信给广州的一位版画家，里面有这样说及：

> ……我以为宋末以后，除了山水，实在没有什么绘画。山水画的发达已到了绝顶，后人无以胜之，即使用了别的手法和工具，虽然可以见得新颖，却难于更加伟大。因为一方面也被题材所限制了。彩色木刻也是好的，但是中国，大约难以发达，因为没有鉴赏者。
>
> 说到技巧修养是最大的问题，这是不错的。现在的许多青年艺术家，往往忽略了这一点，所以他的作品，表现不出所要表现的内容来。正如作文的人，因为不能修辞，于是也就不能达意。但是，如果内容的充实，不与技巧并进，最很容易陷入徒然玩弄技巧的深坑里去的。
>
> 关于题材的问题，现在有许多人，以为应该表现国民的艰苦，国民的战斗，这自然并不错的，但如果自己并不在这样的漩涡中，实在无法表现，假如以意为之，那就不能真切，深刻，也就不成为艺术。所以以我的意见，以为一个艺术家，只要表现他所经验的就好了。当然，书斋外面是应该走出的，倘不在什么漩涡中，那么，只表现些所见的平常的社会状态也好。日本的浮世绘，何尝有什么大题目，但它的艺术价值却存在的。如果社会状态不同了，那自然也就不固定在一点上。

> 至于怎样的是中国精神，我实在不知道。就绘画而论，六朝以来，就大受印度美术的影响，无所谓"国画"了；元人的水墨山水，或者可以说是"国粹"，但这是不必复兴，而且即使复兴起来，也不会发展的。所以我的意思，是以为倘参酌汉代的石刻画像，明清的书籍插画，并且留心民间所赏玩的所谓"年画"，和欧洲的新法融合起来，也许能够创出一种更好的版画。——一九三五年二月四日——

以上的一封信的论调，显然多半都是愤懑的表现。鲁迅先生是不主张艺术家坐在书斋中大谈"现实"与"斗争"的；尤其反对人家说出"保存国粹"与"恢复固有"等混帐的话。这，想读者们定能会意。

还有他写给我的信中亦有如下的建议：

> ……至于手法和构图，我的意见是以为不必问是西洋风或中国风，只要看观者能否看懂，而采用其合宜者。先前售卖的旧法"花纸"，其实乡下人是并不全懂的，他们之买去贴起来，好像了然于心者，一半是因为习惯：这是花纸，好看的。所以例如阴影，是西法，但倘不扰乱一般观众的目光，可用时我以为也还可以用上去。睡着的人的头上放出一道毫光，内画人物，算是做梦，与西法之嘴里放出一道毫光，内写文字，算是说话，也不妨并用的。——一九三四年三月二十八日——

拿这前后两封信一比较，就可以窥见他所主张的全貌了：不偏不激，道路康庄得很！此外，他在第二回全国木刻展览会也曾说过如下的话：

……刻木刻最要紧的是素描基础打得好，作者必要天天到外面或室内练习速写才有进步。到外面去速写，是最有益的，不拘什么题材，碰见就写，写到对方一变动了原来的姿态时就停笔。现代中国木刻作者，大多数对于人物的素描基础是不够的，这点，很容易看得出来。以后希望各作者多努力于这一方面。又若作者的社会阅历不深，观察不够，那也是无法创造出伟大的艺术品来的。又艺术应该真实，作者故意把对象歪曲，是不应该的。故对于任何物体必要观察准确，透澈才好下笔；农民是纯厚的，假若偏要把他们涂上满面血污，那是矫揉造作，与事实不符。——一九三六年十月十八日——

这些文论，这些声音，我们已再也不能得到和听闻了！中国艺术青年失去了伟大的导师，而同时也是中华民族失去了未来的灿烂的文化的开发者！

一九三六年十一月十二日，上海

原载《光明》第 1 卷第 12 号，1936 年 11 月 25 日。
选自鲁迅先生纪念委员会编《鲁迅先生纪念集》1937 年版

忘却不了的教诲

——回忆鲁迅片断

陈烟桥

一

时间已经过去很久了,一九三二年起,我就与鲁迅先生通信较密,接触机会也较多。从"一八艺社"成立的时候起,我已经深知他是一位十分乐意帮助艺术青年的人,而且更因为他自一九三〇年起即担任左翼文艺运动的领导工作,党是通过他来培养我们青年一代,所以我就很愿意而又很自然地把创作情况与学习情况经常向他汇报和请教,这中间,并没有丝毫隔阂,真是比家人还要亲切体贴得多。

一九三二年,我和几位朋友搞了一些木刻作品,逐幅地附在信里寄给鲁迅先生,几乎都是得到很快的回复的;我每次都喜出望外地把复信读了又读,既感激又快慰,珍惜得不肯释手。这就养成了一种经常给他写信的热情与习惯,如果久不通信,总感到生活有些空虚,像缺少一种温暖与鼓舞似的。

一九三三年,我们的木刻创作队伍慢慢地扩大起来,作品的读者也一天比一天多起来了，但是就整个运动的处境来说，却更加困难。国民党反动派的逮捕和破坏，此伏彼起，弄得一些革命艺术团体，很难有计划有步骤地进行习作与学习。这时，鲁迅先生为了给我们鼓起学习劲头，充实业务知识，打开创作思路，提高艺术水平，沟通中外艺术的交流，特意组织安排了几个较大规模的外国版画展览会，和一桩较重大的进步美术作品对外介绍工作。也因为这样，我们同他见面的次数——也就是亲自听他具体地详尽地讲解分析版画作品与直接接受他分配任务的机会就跟着多起来了。同年秋天，在上海北四川路的千爱里，他主持了一个"德俄木刻展览会"，这个展览会的参观日期、时间、地点是事先告诉了我们的。当时我们如约前往了，他看见是一大堆人临门，显出特别的高兴，立刻对展览工作做了一个扼要的说明。我们这次的接触，除了更感到他的和蔼可亲和增加爱戴之心外，再也说不出其他的话。

会场上满挂着各式各样的来自苏联和德国的木刻原作，对于我们有多么大的吸引力量呵！当我们先巡视一遍，正在感叹着自己从来也没有看过像今天这样多的包括各种题材与各种形式的作品时，鲁迅先生会心地微笑了。接着，他谈到收集与挑选这些版画的经过；谈到某一国家的版画艺术的特点；也谈到学习艺术要广泛吸收、妥善采用，在保存地方色彩的前提下，必须发挥个人风格等许多问题。他频频以具体作品做例子来证实他的话。他谈了很长时间，吸了几支香烟，略事休息后，忽然象想起了什么似的，简单说道："你们等一等！"就走出大门去了。大约相隔二十分钟左右，我们终于看见他夹着一大包书回到会场里来，于是抢先拥到他的身边,围了一个圆圈坐下。他喘着气打开布包,拿出来的是一本英国出版的世界版画选集,一边翻开,一边断断续续地讲解着:"这是《近代木刻选集》,曾经翻印过他的作品的英国画家比亚兹莱的另一幅作品,你们看他在构图上多么严肃完整,在人物形象塑造上多么娴静妩媚。""这是德国近乎表现派的木刻,粗壮有力,不求形似,又是一种风格,代表北欧人的性格;我已经收藏了这些画家的好几幅原作。""这是十月革命成功后苏联画家创作出来的木刻,革命给艺术家带来了创造纪念碑式的作品的有利条件。它具有一种吸引人的强大的魔力。"……半个钟头很快地滑过去,他把这本书翻完了,又另取一叠画片递给我们传阅,它们大多数是作者原拓的精品。当几个人把注意力集中到凯绥·珂勒惠支的几幅作品时,他就用非常亲切的语调介绍她的战斗生涯,并强调指出:"她是为被压迫人民求解放的战士,伟大的母亲!"随后,他又捡出梅斐尔德的作品向我们讲解:"这位画家最爱刻画这一类含有革命内容的木刻,现在他虽然年轻,消磨在牢狱里的光阴倒有好几年;已经是一位久经阅历的人了。他的作风豪迈活泼,但嫌太放。"……就在这个历时大约两个钟头的动嘴动手的紧张劳动后,鲁迅先生好象有些疲乏了。在聚会结束前,他还把放在画册下面的十多份单幅印刷的毕斯凯莱夫所作的"铁流之图"样张分赠给我们,并且还托我们分带几份转交给同好;同时又关照我们顺便到壁恒书店去定购麦绥莱勒等人所作的除中国已经出版之外的其他几本木刻连续画册。

也是在一九三三年冬,有一位外国女士要求鲁迅先生代她征集一批中国左翼美术家的绘画与木刻作品,以便带到几个国家去展览。鲁迅先生自接受这个委托之后，便立刻通知我们，要我们分头负担起各方面的联络责任，共同做好作品的征集工作；我当时抱着无限兴奋的心情忙碌地做了。我每次在将征集到的作品送到内山书店当面交给他时，都向他汇报征集的经过情况。记得有一次由我交去的新作品中，以油画为最少，但他并不因此而批评我，相反的他沉默的微笑；当然，这底细我是猜得出来的：一、某些所谓"艺术大师"哪肯将作品借出？二、纵使肯借出，恐也因内容与那位外国女士所要求者有距离，因此也就算了。

二

  由于我们跟鲁迅先生之间的交往被一日比一日恶劣的客观环境所阻隔，同时我们也为了体贴他，非有必要就不情愿跑到他的身边去打扰他，于是就不能不多利用通信方式来解决问题了。何况通信方式并不会因此而减少了我们从他那里获得教益。据景宋先生告诉我，鲁迅先生无论对我们的作品要提意见也好，或对我们的工作提出建议也好，都是经过深思熟虑后才肯下结论的，这就很可以证明他通过通信方式来教诲我们，未必不如当面嘱咐更其来得实际和有效。

  到底是什么原因促成鲁迅先生跟我们之间的通信竟至如此繁密呢？这在他来讲，已经不是一桩通常的问候，而是个人革命热情与党所交下来的任务的高度结合，为了将来，在勇敢无畏地负起自己应负的指导青年的责任了；在我们来讲，是在寻求解决摆在当前的一系列在创作上、活动上存在的困难的正确思想指导，也就是在寻求应如何才能更迅速有效地使作品适合革命斗争的实际需要，没有这通信关系，在当时固然无从提高木刻创作的思想艺术水平，同时也更无法促使木刻运动得到蓬勃正常的发展。在这个通信联系中，有很多具体事例实在使人感激不已。

鲁迅先生为了使中国左翼美术家的绘画与木刻有机会传播到国外去，以争取对本国左翼美术运动有较有利条件，多么愿意和竭尽所能为那位向他征求作品的外国女士效劳。他的不辞劳苦，果然得到了一个较满意的结果。一年过去了，这批作品在外国轮流展出时，他每一次收到一些有关情况与资料后，便急忙告诉我们，如说："一个美国人告诉我，他从一个德国人那里听来，我们的绘画及木刻，在巴黎展览，很成功；又从一苏联人听来，这些作品，在莫斯科展览，评论很好云云。"自然不消说，这对我们当时渴望得到批评、得到鼓励与支持的情绪给予了很大感慰。它首先鼓起了我们的勇气，同当时所谓"艺术大师"者对版画的污蔑进行斗争；其次就是加强了我们搞创作必然会成功的信心。

一九三四年开始，我们的木刻创作情况逐渐好转了，这标志在作品数量比前多，题材主题逐步拓展，处理方法也不像以前单调无味，概括加工被提到较重要的位置上来。但是为了使它在这个基础上得到巩固，并能继续发展起见，他又写了好几封信向我们建议：要印行一本木刻期刊。《木刻纪程》的问世，就是在他的多次来信催促下，在我们的勇敢创作实践的互相配合中才完成的。这画集的出版，曾使中国木刻创作踏上新的阶段，即无论在题材上或在风格上都更趋向广阔和多样化，因而得到当时中外读者的欢迎。同时必须提起，当时我们的处境是非常困难的，设在上海美专内的"M·K木刻研究会",被某学校当局告密,成员有的被捕,有的逃亡;我与友人也因为办了两个小型画会先后被国民党密探发觉,不得不出走。但我们在潜伏的日子里仍然坚持搞木刻创作。这时所得的作品,都是经过通讯方式,由鲁迅先生的评鉴及自行修改后,大部分编入《木刻纪程》里面了。嗣后,他又积累了不少我们的和各地寄来的木刻作品,与《木刻纪程》一并寄给"全国木刻展览会筹备处"(即展出时名为"第一次全国木刻联合流动展览会")以供展出,这更加给各地许多新起的作者以莫大的鼓舞。

鲁迅先生对新木刻的积极倡导,和对青年木刻工作者的热忱的鼓励给我国新木刻运动作出了极其伟大的贡献,应该说,我国新木刻运动有今天如此巨大的成就,是与鲁迅先生的劳绩分不开的。

三

而今,鲁迅先生已经离开我们二十五个年头了,假如他至今仍然活着,在党的领导下,率领我们一起来建设社会主义文化多好;但是他却偏偏远离我们而去了。这当然是不幸!然而在他离开我们的二十五年当中,我们的国家经历了巨大的变化。鲁迅在生前曾经用以赞美社会主义的苏联时说过:"一个簇新的,真正空前的社会主义制度从地狱里涌现而出,几万万的群众自己做了支配自己命运的人。"现在,这句话成了对我们的现实的写照了!他所毕生追求而没有亲自看到它的成功的中国革命已经实现了！并且，不但簇新的、空前的社会主义制度已经建立起来，而目前正在中国共产党的坚强领导下，进行着伟大的社会主义建设的工作，这是足以向他大大告慰的。我们处在这样一个伟大的时代里，对革命的先行者为着将来的艰苦缔造，是不能忘怀的：人们一年一度地在开鲁迅先生纪念会，和广泛地在研究他的著作，以示饮水思源之意；而我们这一批直接受过他的教育的文艺工作者，因对他生前的一举一动一言一笑铭感至深，刻骨难忘，尤其应该遵循他未走完的道路，勇敢地迈步前进。的确，我们曾从他那里得到过无上的关怀，曾从他那里培植出一颗为人民而创作的火苗；有了这颗火苗，如不把它点燃起熊熊烈火，实在是辜负了他的关怀，和违背了党的期望。

让鲁迅先生在生前用生命培养出来的革命艺术之一——木刻，在毛泽东思想的光辉照耀下，在创作活动得到自由奔驰的环境中，一天比一天多地放出世界上最新最美花朵来，更好地为工农兵服务，为社会主义事业服务吧。

原载《广西日报》1961 年 9 月 23 日

鲁迅先生是并没有死的

周　文

鲁迅先生死了！这不屈不挠的伟大战士鲁迅先生死了！这爱护人类的伟大导师鲁迅先生死了！我心里的一个声音不断地这么呼喊着。

我泪眼模糊地站在他躺下的遗体面前，看见他那倔强的两道浓眉和倔强的一片胡须，仍然和往常并没有两样，倔强的两颧也还是那么锋棱地挺出；但是他的眼睛闭住了，嘴巴闭住了，不再呼吸，不再说话，不再用慈和的眼光看人，在那冰冷了的瘦而黄的脸上只表现了一个"永远"。唉，这就是"永远"了么？这不屈不挠的伟大战士，这爱护人类的伟大导师，竟真的这么永远地离开了待他哺育的大众了么？……

记得他在《写在〈坟〉的后面》这么写道：

……偏要使所谓正人君子也者之流多不舒服几天，所以自己便特留几片铁甲在身上，站着，给他们的世界上多有一点缺陷，到我自己厌倦了，要脱掉了的时候为止。

自然，这所谓"给他们的世界上多有一点缺陷"，是对黑暗势力的一种反话；而在他所爱护的人民大众这一方面看来，却是辉煌的光耀，一个身上穿了几片铁甲，站着，手拿一把通红的火炬，领着"不自由，毋宁死"的民众与黑暗搏斗的战士！

倔强地战斗了几十年，难道他竟"厌倦"了么？他竟"脱掉"他那几片铁甲而躺下了么？不，决不！当他不知道自己就要死的前两日，还不顾自己身体的衰弱，不听战友们的力劝，硬要拿起他那支"金不换"的笔来写他为人民大众呐喊的文章。他是一直到闭了他的眼睛仍然没有厌倦，一直到停了他的呼吸仍然没有脱掉他身上的铁甲的！

这作为伟大的领导人类前进的导师的他，到了这盖棺论定时固然已无遗憾；可是这无疑却是我们中华民族巨大的损失！也是全人类巨大的损失！十四个月前，在法国，我们失去了巴比塞；四个月前，在苏联，我们失去了高尔基；现在，我们又失去了第三个，这中华民族之花——鲁迅！他们都是不断的给人民把黑暗和光明划分出来，散布火种于人间，予黑暗势力以无情的打击！伟大的巴比塞死了！伟大的高尔基死了！这给予我们的悲痛已是无涯的。但作为中国人的我们，当一方面东方大盗正在加紧灭亡我们，汉奸卖国贼正在无耻地出卖我们，而另一方面不愿做亡国奴的中国大众已经在抗战或正要抗战的现在，突然一个惊雷似的失去了这特别感到骨肉般亲切的伟大战士的大导师的鲁迅先生。这损失，这悲痛，是无可比并的！

我泪眼模糊地站在他躺下了的遗体面前，禁不住忆起了那些不能磨灭的往事。是的，怎不忆起他呢——他的那些伟大的业绩以及他那慈和的影像？

　　我的第一次会见他，是在一九三三年夏天的一个创作座谈会上。按着很准确的时间，穿着灰色长裤，踏着胶底鞋子的他，在我们十几个年青人中间出现了。大家围着一个大圆桌坐了下来。他开头没有讲什么话，单是闪动着两道浓眉下含笑的眼光凝视着我们的红着脸的热烈辩论。在那时看来，他的稍为蓬乱的头发是黑的，浓眉是黑的，一片缎子似的胡须也是黑的；脸皮上，眼光里，都含蓄着饱满的精神。我们这些围着一大圈的二十岁上下的年青人是多么兴奋呵——我们居然有着这样一个令人感动的"老当益壮"的导师！在我们的辩论的纠纷中，大家都忽然一斩齐的掉过头去把他望着，都不约而同的等待着他的话语，都感到一种紧张，想："是的，我们还是来看看他的意见罢！"他严肃地开始了。他的声音是那么低沉，但每个人都可以清晰地听见；他的态度是那么诚恳，使得十几双眼睛都为之发光；他的言语是那么透辟，精警，一声声都铭刻在我们的心壁上。记得那时大家都正烦闷于偏重农村、工厂一类题材上，而且烦闷于正趋向"公式主义"的牛角尖的危机上；但是他的几句话，却把大家从那样的烦闷空气中振拔出来了。他说：农村，工厂的题材自然重要，但当中国每个角落都陷于破产的现在，别的题材也还是很需要的。一方面，我们的作者们，大半都是从旧社会出来，情形熟悉，反戈一击，易制敌人的死命；另一方面，现在能看小说的大多数，究竟还是稍为能出得起钱买书的人，我们应该怎样地使那些觉得这世界一切都很完满的人们来看看他们所处的究竟是一个什么样的世界。在这一点上，暴露的作品还是重要的。问题重要的是在怎样的看法。譬如别人写跳舞场罢,我们也未始不可以写。但我们的写法就和他们的不同,主要的是在写实。他的这种主张从来就是一贯的;尤其是在那次的谈话,影响更为重大。从那时起,作者们的视野开始扩大了,拓展了无边的生活境界,并因此使写实主义的精神弥漫了一切文化领域。数年来蓬蓬勃勃的发生、发展、进步的现象,那诱导的力量是值得深刻铭感的。

从那次以后,每次的约会,他仍然按时到场,仍然是那么稍为蓬乱的黑色头发,黑色浓眉,黑色胡须,脸皮上,眼光里,都含蓄着饱满的精神,仍然是低沉的声音,仍然是诚恳的态度,仍然是透辟精警的言语。我们把写好了的原稿送给他看,他总是第二天就把看后的意见一同送回来;我们寄信给他,他总是马上就回信;他送我们书,都要亲手包好递到你的手里;……他总是那么认真,诚恳。他诲人不倦,但他从不自居于指导家;他亲切,但却是严肃;他严肃,但使人感到的却是亲切。我们这些二十岁上下的年青人是多么兴奋呵——我们总是这么庆幸着,我们居然有着这样一个令人感动的"老当益壮"的导师!

他曾经说,他吃的是草,挤的是牛奶、血。是的,他把血液喂养了我们,喂养了全中国的大众。几十年来,中国还不至于全部灭亡,而且一天天从"亚细亚的麻木"状态中苏生起来,睁大了眼睛,敢于踏着他几十年战斗的脚迹一同挺身去探黑暗魔王的牙爪,这无比的伟绩,在大家的心壁上是永远不能磨灭的。我们常常这样私心的希望着,鲁迅先生应该永生!

可是今年二月的某一天,我的心上忽然投下来一个暗影。当时我正烦恼着属于创作方面的某一件事,借鲁迅先生的话说来,则是被"剥掉了大衫"的事件,而且因这件事的烦恼使我停笔了一些时间。我听见说,鲁迅先生为了"肠子爆了出来是否还可以打架"的问题问了一个日本军医,据日本军医的回答是:可能的。因为肚子对于受伤的感觉较为迟钝的原故。但这也并非他为了要在我的后面"煽动"要这样的去问,倒是证明他对每一个问题都关心,仔细,踏实。我因为写了一封信给他,他立刻找我谈话了。这时的他,头发有些变灰了,胡须也有些变灰了,脸色带着灰黄,眼角梢还显着深刻的鱼尾似的折皱。我心里不禁惊异的感到:鲁迅先生老了!但我知道鲁迅先生不愿想到自己老的,我也竭力想把这突然袭来的思想驱散。他微笑的说:

"我今天刚刚拿到一笔稿费,这回就让我来作东。"

可是当我们六个人(当中有两位是许广平先生和他们的爱子海婴)围着一张小圆桌坐下来喝酒的时间,我发现他把酒杯离开嘴就在轻微的咳嗽,咳嗽之后接着是喘气。我心里立刻又感到非常的难受。

"周先生最近的身体怎样?"我忍不住开始问了。

"这不要紧的,"他微笑的说,"只是常常有些发热,但现在是好多了。"

接着他就不再谈自己身体上的事,倒谈了些他从日本军医那儿得来的一点关于肚破的知识。关于我那一次的纠纷,并不如别人攻击他的是在我的后面煽动,倒是劝勉了我很多关于创作上的话。他说:"创作,应该是艰苦的,不断的,坚韧做去的工作。譬如走路,一直向前走就是。在路上,自然难免苍蝇们飞来你面前扰扰嚷嚷;如果扰嚷得太厉害了,也只消一面赶着一面仍然向前走就行。但如果你为了赶苍蝇，竟停下脚步竟转过身去用全力和它们扑打，那你已失败了，因为你至少在这时间已停滞了！你应该立刻拿起你的笔来。"

是的，我应该拿起我的笔来，我感动到战栗了呵！唉唉，他自己的身体到了这样，还老是忘掉了自己，只记挂着别人——记挂着别人的走路！

人家说他是爱战斗的。是的，我也是这样想。他的一生就是英勇战斗的结晶。但同时他更爱同伴，更爱着热望着他爱护的人类的。

但是鲁迅先生一直和黑暗搏斗，终于用完了他最后的精力，竟丢下了他所爱护的人类而躺下了！全世界又失去了一个巨人，全中国则失去了一个伟大的导师！当他的遗体停在殡仪馆那壁角周围闪着几十只阴沉的电炬的灵堂里的时候，苏联的、欧美的、日本的一些爱着真理的人们，都怅惘着各色的嘴脸，先先后后地献上花圈，在他的遗容前默默的站着，垂了头，热泪从他们的眼眶滚了出来……中国的同胞们，团体或个人，男的，女的，老年的，中年的，少年的，穿得漂亮的和穿得破旧的，成千成万都一个接一个地排成一长串，怅惘各样的嘴脸，轮流着在灵堂献上花圈或对联，在他的遗容前默默的站着，垂下头，热泪从他们的眼眶滚了出来……还有许多一对对，或个别的人从街上，从大门外就一直哭进灵堂来，红肿着眼眶，热泪横流满面，在他的遗容前默默的站着，垂下头来，放声的痛哭，肩头不断的抽搐，……有些人还留下他的吊词道："我死了母亲还不曾怎样悲痛过，可是在你的灵前我忍不住痛哭了！"……

是呵!这损失,这悲痛,是无可比并的!

送殡的那天,苏联的,欧美的,日本的一些爱着真理的人们,中国的同胞们,团体或个人,男的,女的,老年的,中年的,少年的,穿得漂亮的和穿得破旧的,成千成万的人群,波浪似的黑压压地万头攒动着,都带着一副沉痛的脸孔,含着泪,肃静地拥塞在那太阳晒着的殡仪馆的大门外和大门内,广大的草场上和阴沉的灵堂内,都在叹息地说着:鲁迅先生是至少应该再活二十年的!

但是呵!现在大家都只能带着一副悲痛的心情来给他送殡!

大家都觉得应该来帮助尽一点什么力。拿挽联么?拿花圈么?在中国,那是从古以来都当作是没出息的"下流"事,照例用钱雇所谓小瘪三之流拿的,无论是什么样人的大出丧。可是人们要求了,要为了鲁迅先生一直伴送他到墓地。

于是人喊了:

"拿挽联呵!"

成百的人自告奋勇争先恐后地拥到草场边拿去了,男的,女的,老的,少的,穿得漂亮的和穿得破旧的。最多的是工人、店员和大中学生。

人又喊了:

"拿花圈呵!"

成百的人又自告奋勇争先恐后地拥上台阶拿去了,男的,女的,老的,少的,穿得漂亮的和穿得破旧的。最多的是工人、店员和大中学生。

一长列白色的挽联走在前面,接着是一长列的花圈,十几个人高举着一张大白布的鲁迅先生的伟大的画像,成万的人悲痛地排成几里长的行列拥着装着鲁迅先生遗体的灵车,沿路上只听见不断的悲壮的挽歌声:

"哀悼鲁迅先生,

哀悼鲁迅先生,

……"

那声音呵!河流似的呜咽在满街满巷。万国公墓黑压压地挤满了人群,举行了伟大的空前的"民众葬"的仪式,在矗立着的礼堂面前,由民众的代表们以及救国团体的代表在众人的呼喊中用一幅"民族魂"三个大黑字的白绫旗覆在棺上。"鲁迅先生精神不死!"一片多么庞大的巨人似的喊声呵!那涨红着脸的太阳也都惨淡地躲下地去,苍茫的暮霭缭绕在权桠的树根间,一弯愁惨的月儿在那青苍的天边透过树梢也悲不可仰地偷偷露出她那苍白的脸。悲壮的喊声一次又一次的过去了,接着是一片抽噎的哭声,声音颤动着,响彻了整个墓场,颤抖了每枝树梢,一弯的月儿也皱起脸来哭了。大家在礼堂前围着一大圈,把装着他遗体的棺材抬起来,这是最后了呵!成千成万的人都争着伸出手来,拥挤着,抬向墓穴去,是的,这是最后了呵,大家想着慢慢的走吧,即使是多留几秒钟。人们送着,唱着悲壮而低沉的"安息歌",许多十字架向后退去了,许多墓碑向后退去了,……是的,即使多留几秒钟也好,可是呵,那无情的墓穴终于出现了,覆着"民族魂"的棺材慢慢地慢慢地离开人们,下到穴里去了。呵,这不能再见了的我们的鲁迅先生!人们痛哭了,号啕了,用着沉痛的噎不成声的颤音在苍茫月色下的暮霭中仍然不断的唱着:

"愿你安息，安息。

愿你安息在土地里，

……"

歌声低沉地洒遍林间，梦幻似的暮霭都越加苍然了！

是的，鲁迅先生是安息了！永远地，永远地！这无可挽回的损失！我无可奈何地抬起眼来望着众人，我欲问我们的鲁迅先生在那里？可是就在这一刹那我看见了，是的，我看见了，从那些成千成万悲痛的脸孔上，从那些滚滚的泪泉中，我看见了一道光。是的，那是真正的洁光，那是鲁迅先生"吃了草，挤了牛奶，血"，用那些血哺育出来的洁光！我从那洁光中看见了我们中华民族的新生，那些洁光中看见了的鲁迅先生！是的，肉体的鲁迅先生是永远地永远地安息在地母的怀抱里了，（你仁厚黑暗的地母呵，愿在你的怀抱永安他的魂灵！）而精神的鲁迅先生却仍然穿着几片铁甲活在人们的精神中，扩大到全中国以至全世界的人类！我不再哭了，我要大声的喊：

鲁迅先生是并没有死的！

一九三六年十月二十八日

原载上海《中流》（半月刊）第 1 卷第 5 期，1936 年 11 月 5 日

鲁迅先生和"左联"

周 文

> "左翼作家联盟"五六年来领导和战斗过来的,是无产阶级革命文学的运动。这文学运动,一直发展着;到现在更具体底,更实际斗争底表现发展到民族革命战争的大众文学。
>
> ——鲁迅《论现在我们的文学运动》

"左联"是领导和战斗过来的。鲁迅先生是领导和战斗过来的。我们现在回想到"左联",总无论如何会联想到鲁迅先生。"左联"和鲁迅先生这几个字是怎么也分不开的。

事实也是如此。

我参加"左联",是1932年。那时候的"左联",刚参加过"一·二八"战争之后,联盟员的成份有了很大的变动。工作方式受了影响,组织活动也发生了偏向,形成为严重的缺点。而有些同志们,对文艺工作,也发生不正确的观念。不客气的说,那时候有些同志们正犯着"左派幼稚病"的倾向。

那时候,"左联"的组织是非常严密的,这自然是一个优点,因为没有严密的组织,就不能在后来发挥出最大的战斗力量;但是组织的工作，严密到像一个党，却是一个缺点，因为"左联"究竟是一个群众组织，而且是作家的组织。记得那时候，我们参加的小组，每周要开一次小组会，每一次会上：一、时事讨论，二、工作检查，三、工作布置。这自然也不坏的。然而检查和布置的却是：散多少传单，贴多少壁报，发展多少联盟员，领导多少文艺研究会等等。这些工作，如果某一项没有完成，或完成得不够，出席的领导小组的同志就不客气的提出严厉的批评，常常弄得彼此脸孔通红。而关于文艺的理论和创作，总是放在最后，完成与否，在检查和布置上总是不大被注意。我们那时候曾感到很大的苦闷，仿佛觉得"左联"的工作，大体上无非是散散传单，贴贴壁报之类而已。

然而参加"左联"的同志，虽不一定是既成作家，或者不一定想做作家，但"左翼作家联盟"究竟是"作家"的联盟，文艺理论和创作应该是本行，而且应该精进。所以在散传单、贴壁报这些工作之余，总想提起笔来写点东西。然而有些同志却嘲笑地说了：

"哈，某某同志想做'作家'了！"这所谓的"作家"，是含有讽刺意味的。真要使你脸红。而到了小组会上，我们就要遇到这样的批评：

"鲁迅茅盾的路，是已经过去了的路，我们不应该再走他们的路！"

"为什么？"有人就提出了这样的疑问。

"因为他们只能写写文章，不能做实际工作，我们不必重复他们的路！"

这样的"理论"在当时实在是很流行的。在整个组织里，真是许多人都把散传单，参加会或行动等等，才当做是唯一的实际工作，而创作之类什么的，都认为是既不"实际"，也不"英勇的事业"，不过是"老""作家"们已经"过去了"的路而已。其结果，大有用那些政治工作来代替了本行的文艺活动的形势。

那时的"左联"，是有着这样的缺点的，而这缺点反映到文艺运动上，左翼的创作的确相当贫乏。以那时期"左联"先后出版的机关志《北斗》和《文学月报》看来，作品的确并不多，因此遭到自称"第三种人"的苏汶——即现在已经作了汉奸的杜衡——的嘲讽，所谓"左而不作"！

内部的缺点和外部的嘲讽，给予同志们以最大的苦闷和刺激。当时在同志们中发生了两种现象：一种是觉得自己是来做文学工作，而不是来散传单，贴壁报之类的，便消极地离去了；一种是觉得"左联"这种散传单贴壁报之类的工作还不够"实际"，便转入别的组织活动去了。因此当时的组织工作便发生了很大的困难。

后来，真正纠正了那缺点，扫除了那苦闷的，还是鲁迅先生。记得那是一九三三年春天，"左联"在上海东路的一个教堂的楼上，秘密地开新选出的第二届执委会，我在这里第一次看见我们所尊敬的鲁迅先生，我还记得清楚，他提出的意见是：加强培养新的作家、诗人和理论家，所谓"左"，而要"作"，才能担当起当前的斗争任务。他的意见，在现在看来当然并不是什么特别了不起的意见，然而在那时候却是非常重要的意见。它给予同志们以很深刻的印象。就是说，大家都觉得，理论创作的培养是重要了。然而在组织上却没有很快地纠正过来。

第二次,是六月间,在北四川路底鸿运楼举行的理论座谈会上,鲁迅先生仍然是这样的意见:认真创作,努力创作,多培养一些新的人出来。这次的座谈会上,可以说全是热心于理论和创作的同志,约二十余人,坐满了两圆桌。他那一对浓眉下的眼睛,炯炯地闪着仁慈而亲切的光辉,不倦地解答着每一个同志请教他的关于创作上的意见,并更进而给以热烈的鼓励。这一个会上发生了很大的影响,每个同志都兴奋地回到自己的屋里提起了他们的笔。

在过去,有的人把自己写成的作品,拿去请教于先进的同志的时候,常常是没有甚么具体批评地被退回来,我记得曾有一位参加"左联"不久的同志,请另一位比较有点修养的同志看他的作品,但那位同志看了看之后说:

"唔,你这字写得很不错!"

我们这位同志立刻满脸通红,感到受了侮辱似的,一把就将稿子塞在抽屉里,不愿再给人看,也不想再去写它。后来,另外一些同志们鼓励他,他才怀着疑虑的心情寄给鲁迅先生。然而出乎他的意外,不到几天工夫,稿子就寄回来了,里面是附了一封详细而具体的意见的回信。这给予这位同志以极大的欣慰和鼓励,增加了他无限的信心,以后就一篇又一篇地写了出来,在创作上一天一天走向成功的道路。

我这所举的,不过是当时的例子之一。那时候,可以说,凡是热心创作的同志都把稿子寄过给鲁迅先生,而每篇稿子都是毫不落空地得到具体的指示。老实说,鲁迅先生差不多把他许多时间，花在给作家们（不仅是"左翼"的）的看稿上，真正从创作上积极地起了伟大的领导作用。因此，创作的空气在组织里一天天浓厚起来，许多作品介绍到《文学》以及其他杂志上发表了，而有许多还一时无法容纳，同志们于是先后自己出版了《文艺》《春光》《作品》《无名文艺》《木屑文丛》等刊物，新兴的作品真是像雨后春笋，蔚为当时左翼文坛的壮观。这发展，使组织本身不得不克服它的缺点，改变了它的内容。因此得到了很大的发展；而对外，真正有力地粉碎了苏汶辈的所谓"左而不作"的嘲讽！

从一九三三年起，左翼文坛上真是繁星一样的灿烂，放出了无限新的异彩，开辟了广大新的视野，在文艺思想上确立了新的方向，引起了读者大众狂热的爱护。每种刊物，只要有左翼作家的作品，总是不胫而走；如果没有，读者们总是很少去碰它，让它躺在书店的架子上铺满灰尘，杜衡编的《现代》就是这么没落了的，这真是一种有力的批判。这给予出版界和办杂志的人以很大的刺激。左翼作家中，大多是青年，过去是不大被那些人看得重要的，以前每篇稿子上，他们总是称斤掂两，或者竟塞进字纸篓里，然而到了这时，几乎有不能拉到左翼的稿子，就很不容易将刊物出下去的趋势，这可见当时"左联"在文艺运动上蓬勃发展的气象；而后来更是继续更大的发展，真正奠定了中国新兴文艺运动的道路！

这种更大的发展，自然是组织工作的逐渐改善，而这改善，虽然还有些别的原因，却不能不归功于鲁迅先生积极的正确的领导。

老实说，组织上如果没有这样的改善，一定遭受不住后来一天比一天加紧的迫害；而所领导的文艺运动如果没有这样的发展，在一九三四年袭来的所谓"文化剿匪"，想突破它也就相当困难。

自然，鲁迅先生在被迫害最厉害的那几年，他曾经作了许多工作：写战斗的论文、杂文、小说，翻译，提倡木刻，此外，曾对国际反动资产阶级的摧残文化，参加世界反帝大会，发起民权保障大同盟，和民族武装自卫会等等工作。他成为无产阶级革命文学的大旗，成了首先被围剿的最大目标，这是周知的，不过，他这领导和推动"左联"本身发展了的这功绩，都是局外人很少知道的事件。

一九四〇年七月二十一日

原载《大众文艺》1940年第1卷第5期。选自《回望鲁迅·如果现在他还活着——后期弟子忆鲁迅》，河北教育出版社2000年版

▶追忆鲁迅

"万年青"

萧 红

鲁迅先生家里的花瓶,好像画上所见的西洋女子用以取水的瓶子,灰蓝色,有点从瓷油而自然堆起的纹痕,瓶口的两边,还有两个瓶耳,瓶里种的是几棵万年青。

我第一次看到这花的时候,我就问过:"这叫什么名字?屋中既不生火炉,也不冻死?"

第一次,走进鲁迅家里去,那是快近黄昏的时节,而且是个冬天,所以那楼下室稍微有一点暗,同时鲁迅先生的纸烟,当它离开嘴边而停在桌角的地方,那烟纹的卷痕一直升腾到他有一些白丝的发梢那么高。而且再升腾就看不见了。

"这花,叫'万年青',永久这样!"他在花瓶旁边的烟灰盒中,抖掉了纸烟上的灰烬,那红的烟火,就越红了,好像一朵小花似的,和他的袖口相距离着。

"这花不怕冻?"以后,我又问过,记不得是在什么时候了。

许先生说:"不怕的,最耐久!"而且她还拿着瓶口给我摇着。

我还看到了那花瓶的底边是一些圆石子,以后,因为熟识了的缘故,我就自己动手看过一两次,又加上这花瓶是常常摆在客厅的黑色长桌上；又加上自己是来自寒带的北方，对于这在四季里都不凋零的植物，总带着一点惊奇。

而现在这"万年青"依旧活着，每次到许先生家去，看到那花，有时仍站在那黑色的长桌上，有时站在鲁迅先生照像的前面。

花瓶是换了，用一个玻璃瓶装着，看到淡黄色的须根，站在瓶底。这植物从头到脚完全赤裸了。

有时候许先生一面和我谈论着，一面检查着房中所有的花草。看一看叶子是不是黄了？该剪掉的剪掉；该洒水的洒水，因为不停地动作是她的习惯。有时候就检查着这"万年青"，有时候就谈着鲁迅先生，就在他的照像前面谈着，但那感觉，却像谈着古人那么悠远了。

我第一次看到鲁迅的时候，好像看到了家乡的山水，又好像看到了儿时的保姆，因为是他一个读者的缘故，反而忘了他是一个作家。

至于那花瓶呢？站在墓地的青草上面去了，而且瓶底已经丢失！虽然丢失了也就让它空空地站在墓边。我所看到的是从春天一直站到秋天；它一直站到邻旁墓头的石榴树开了花而后结成了石榴。

从开炮以后，只有许先生绕道去过一次，别人就没有去过。当然那墓草是长得很高了，而且荒了，还说什么花瓶，恐怕鲁迅先生的瓷半身像也要被荒了的草埋没到他的胸口。

我们在这边，只能写纪念鲁迅先生的文章，而谁去努力剪齐墓上的荒草？我们是越去越远了，但无论多么远，那荒草是总要记在心上的。

一九三七年十月十八日

原载武汉《战斗》第 1 卷第 4 期"鲁迅先生周年祭特辑"

回忆鲁迅先生

萧　红

　　鲁迅先生的笑声是明朗的，是从心里的欢喜。若有人说了什么可笑的话，鲁迅先生笑得连烟卷都拿不住了，常常是笑得咳嗽起来。

　　鲁迅先生走路很轻捷，尤其使人记得清楚的，是他刚抓起帽子来往头上一扣，同时左腿就伸出去了，仿佛不顾一切的走去。

　　鲁迅先生不大注意人的衣裳，他说："谁穿什么衣裳我看不见的……"

　　鲁迅先生生的病，刚好了一点，他坐在躺椅上，抽着烟，那天我穿着新奇的大红的上衣，很宽的袖子。

　　鲁迅先生说："这天气闷热起来，这就是梅雨天。"他把他装在象牙烟嘴上的香烟，又用手装得紧一点，往下又说了别的。

　　许先生忙着家务，跑来跑去，也没有对我的衣裳加以鉴赏。

　　于是我说："周先生，我的衣裳漂亮不漂亮？"

　　鲁迅先生从上往下看了一眼："不大漂亮。"

　　过了一会又接着说："你的裙子配的颜色不对，并不是红上衣不好看，各种颜色都是好看的，红上衣要配红裙子，不然就是黑裙子，咖啡色的就不行了；这两种颜色放在一起很浑浊……你没看到外国人在街上走的吗？绝没有下边穿一件绿裙子，上边穿一件紫上衣，也没有穿一件红裙子而后穿一件白上衣的……"

鲁迅先生就在躺椅上看着我："你这裙子是咖啡色的，还带格子，颜色浑浊得很，所以把红色衣裳也弄得不漂亮了。"

"……人瘦不要穿黑衣裳，人胖不要穿白衣裳；脚长的女人一定要穿黑鞋子，脚短就一定要穿白鞋子；方格子的衣裳胖人不能穿，但比横格子的还好；横格子的胖人穿上，就把胖子更往两边裂着，更横宽了，胖子要穿竖条子的，竖的把人显得长，横的把人显得宽……"

那天鲁迅先生很有兴致，把我一双短统靴子也略略批评一下，说我的短靴是军人穿的，因为靴子的前后都有一条线织的拉手，这拉手据鲁迅先生说是放在裤子下边的……

我说："周先生，为什么那靴子我穿了多久了而不告诉我，怎么现在才想起来呢？现在我不是不穿了吗？我穿的这不是另外的鞋吗？"

"你不穿我才说的，你穿的时候，我一说你该不穿了。"

那天下午要赴一个宴会去，我要许先生给我找一点布条或绸条束一束头发。许先生拿了来米色的绿色的还有桃红色的。经我和许先生共同选定的是米色的。为着取笑，把那桃红色的，许先生举起来放在我的头发上，并且许先生很开心的说着：

"好看吧！多漂亮！"

我也非常得意，很规矩又顽皮的在等着鲁迅先生往这边看我们。

鲁迅先生这一看，他就生气了，他的眼皮往下一放，向着我们这边看着：

"不要那样装饰她……"

许先生有点窘了。

我也安静下来。

鲁迅先生在北平教书时，从不发脾气，但常常好用这种眼光看人，许先生常跟我讲，她在女师大读书时，周先生在课堂上，一生气就用眼睛往下一掠，看着他们，这种眼光是鲁迅先生在记范爱农先生的文字曾自己述说过，而谁曾接触过这种眼光的人就会感到一个旷代的全智者的催逼。

我开始问："周先生怎么也晓得女人穿衣裳的这些事情呢？"

"看过书的，关于美学的。"

"什么时候看的……"

"大概是在日本读书的时候……"

"买的书吗？"

"不一定是买的，也许是从什么地方抓到就看的……"

"看了有趣味吗？！"

"随便看看……"

"周先生看这书做什么？"

"……"没有回答，好像很难以答。

许先生在旁说："周先生什么书都看的。"

在鲁迅先生家里做客人，刚开始是从法租界来到虹口，搭电车也要差不多一个钟头的工夫，所以那时候来的次数比较少。还记得有一次谈到半夜了，一过十二点电车就没有的，但那天不知讲了些什么，讲到一个段落就看看旁边小长桌上的圆钟，十一点半了，十一点四十五分了，电车没有了。

"反正已十二点，电车也没有，那么再坐一会。"许先生如此劝着。

鲁迅先生好像听了所讲的什么引起了幻想，安顿的举着象牙烟嘴在沉思着。

一点钟以后，送我（还有别的朋友）出来的是许先生，外边下着濛濛的小雨，弄堂里灯光全然灭掉了，鲁迅先生嘱许先生一定让坐小汽车回去，并且一定嘱咐许先生付钱。

以后也住到北四川路来，就每夜饭后必到大陆新村来了，刮风的天，下雨的天，几乎没有间断的时候。

鲁迅先生很喜欢北方饭，还喜欢吃油炸的东西，喜欢吃硬的东西，就是后来生病的时候，也不大吃牛奶。鸡汤端到旁边用调羹舀了一二下就算了事。

有一天约好我去包饺子吃，那还是住在法租界，所以带了外国酸菜和用绞肉机绞成的牛肉，就和许先生站在客厅后边的方桌边包起来。海婴公子围着闹得起劲，一会把按成圆饼的面拿去了，他说做了一只船来，送在我们的眼前，我们不看他，转身他又做了一只小鸡。许先生和我都不去看他，对他竭力避免加以赞美，若一赞美起来，怕他更做得起劲。

客厅后没到黄昏就先黑了，背上感到些微的寒凉，知道衣裳不够了，但为着忙，没有加衣裳去。等把饺子包完了看看那数目并不多，这才知道许先生我们谈话谈得太多，误了工作。许先生怎样离开家的，怎样到天津读书的，在女师大读书时怎样做了家庭教师。她去考家庭教师的那一段描写，非常有趣，只取一名，可是考了好几十名，她之能够当选算是难的了。指望对于学费有一点补足，冬天来了，北平又冷，那家离学校又远，每月除了车子钱之外，若伤风感冒还得自己拿出买阿司匹林的钱来，每月薪金十元要从西城跑到东城……

饺子煮好，一上楼梯，就听到楼上明朗的鲁迅先生的笑声冲下楼梯来，原来有几个朋友在楼上也正谈得热闹。那一天吃得是很好的。

以后我们又做过韭菜合子，又做过荷叶饼，我一提议，鲁迅先生必然赞成，而我做的又不好，可是鲁迅还是在桌上举着筷子问许先生："我再吃几个吗？"

因为鲁迅先生胃不大好，每饭后必吃"脾自美"胃药丸一二粒。

有一天下午鲁迅先生正在校对着瞿秋白的《海上述林》，我一走进卧室去，从那圆转椅上鲁迅先生转过来了，向着我，还微微站起了一点。

"好久不见，好久不见。"一边说着一边向我点头。

刚刚我不是来过了吗？怎么会好久不见？就是上午我来的那次周先生忘记了，可是我也每天来呀……怎么都忘记了吗？

周先生转身坐在躺椅上才自己笑起来，他是在开着玩笑。

梅雨季，很少有晴天，一天的上午刚一放晴，我高兴极了，就到鲁迅先生家去了，跑得上楼还喘着。鲁迅先生说："来啦！"我说："来啦！"

我喘着连茶也喝不下。

鲁迅先生就问我：

"有什么事吗？"

我说："天晴啦，太阳出来啦。"

许先生和鲁迅先生都笑着，一种对于冲破忧郁心境的展然的会心的笑。

海婴一看到我非拉我到院子里和他一道玩不可，拉我的头发或拉我的衣裳。

为什么他不拉别人呢？据周先生说："他看你梳着辫子，和他差不多，别人在他眼里都是大人，就看你小。"

许先生问着海婴："你为什么喜欢她呢？不喜欢别人？"

"她有小辫子。"说着就来拉我的头发。

鲁迅先生家生客人很少，几乎没有，尤其是住在他家里的人更没有。一个礼拜六的晚上，在二楼上鲁迅先生的卧室里摆好了晚饭，围着桌子坐满了人。每逢礼拜六晚上都是这样的，周建人先生带着全家来拜访的。在桌子边坐着一个很瘦的很高的穿着中国小背心的人，鲁迅先生介绍说："这是位同乡，是商人。"

初看似乎对的，穿着中国裤子，头发剃得很短。当吃饭时，他还让别人酒，也给我倒一盅，态度很活泼，不大像个商人；等吃完了饭，又谈到《伪自由书》及《二心集》。这个商人，开明得很，在中国不常见。没有见过的，就总不大放心。

下一次是在楼下客厅后的方桌上吃晚饭，那天很晴，一阵阵的刮着热风，虽然黄昏了，客厅后还不昏黑。鲁迅先生是新剪的头发，还能记得桌上有一碗黄花鱼，大概是顺着鲁迅先生的口味，是用油煎的。鲁迅先生前面摆着一碗酒，酒碗是扁扁的，好像用做吃饭的饭碗。那位商人先生也能喝酒，酒瓶就站在他的旁边。他说蒙古人什么样，苗人什么样，从西藏经过时，那西藏女人见了男人追她，她就如何如何。

这商人可真怪，怎么专门走地方，而不做买卖？并且鲁迅先生的书他也全读过，一开口这个，一开口那个。并且海婴叫他×先生，我一听那×字就明白他是谁了。×先生常常回来得很迟，从鲁迅先生家里出来，在弄堂里遇到了几次。

有一天晚上×先生从三楼下来，手里提着小箱子，身上穿着长袍子，站在鲁迅先生的面前，他说他要搬了。他告了辞，许先生送他下楼去了。这时候周先生在地板上绕了两个圈子，问我说：

"你看他倒底是商人吗？"

"是的。"我说。

鲁迅先生很有意思的在地板上走几步，而后向我说："他是贩卖私货的商人，是贩卖精神上的……"

×先生走过二万五千里回来的。

青年人写信，写得太草率，鲁迅先生是深恶痛绝之的。

"字不一定要写得好，但必须得使人一看了就认识，年青人现在都太忙了……他自己赶快胡乱写完了事，别人看了三遍五遍看不明白，这费了多少工夫，他不管。反正这费的工夫不是他的。这存心是不太好的。"

但他还是展读着每封由不同角落里投来的青年的信,眼睛不济时,便戴起眼镜来看,常常看到夜里很深的时光。

鲁迅先生坐在××电影院楼上的第一排,那片名忘记了,新闻片是苏联纪念"五一"节的红场。

"这个我怕看不到的……你们将来可以看得到。"鲁迅先生向我们周围的人说。

珂勒惠支的画,鲁迅先生最佩服,同时也很佩服她的做人。珂勒惠支受希特拉的压迫,不准她做教授,不准她画画,鲁迅先生常讲到她。

史沫特烈,鲁迅先生也讲到,她是美国女子,帮助印度独立运动,现在又在援助中国。

鲁迅先生介绍人去看的电影:《夏伯阳》《复仇艳遇》……其余的如《人猿泰山》……或者非洲的怪兽这一类的影片,也常介绍给人的。鲁迅先生说:"电影没有什么好的,看看鸟兽之类倒可以增加些对于动物的知识。"

鲁迅先生不游公园,住在上海十年,兆丰公园没有进过。虹口公园这么近也没有进过。春天一到了,我常告诉周先生,我说公园里的土松软了,公园里的风多么柔和。周先生答应选个晴好的天气,选个礼拜日,海婴休假日,好一道去,坐一乘小汽车一直开到兆丰公园,也算是短途旅行。但这只是想着而未有做到,并且把公园给下了定义。鲁迅先生说:"公园的样子我知道的……一进门分做两条路,一条通左边,一条通右边,沿着路种着点柳树什么树的,树下摆着几张长椅子,再远一点有个水池子。"

我是去过兆丰公园,也去过虹口公园或是法国公园的,仿佛这个定义适用在任何国度的公园设计者。

鲁迅先生不戴手套,不围围巾,冬天穿着黑石蓝的棉布袍子,头上戴着灰色毡帽,脚穿黑帆布胶皮底鞋。

胶皮底鞋夏天特别热,冬天又凉又湿,鲁迅先生的身体不算好,大家都提议把这鞋子换掉。鲁迅先生不肯,他说胶皮底鞋子走路方便。

"周先生一天走多少路呢?也不就一转弯到×××书店走一趟吗?"

鲁迅先生笑而不答。

"周先生不是很好伤风吗?不围巾子,风一吹不就伤风了吗?"

鲁迅先生这些个都不习惯,他说:

"从小就没戴过手套围巾,戴不惯。"

鲁迅先生一推开门从家里出来时,两只手露在外边,很宽的袖口冲着风就向前走,腋下挟着个黑绸子印花的包袱,里边包着书或者是信,到老靶子路书店去了。

那包袱每天出去必带出去,回来必带回来。出去时带着回给青年们的信,回来又从书店带来新的信和青年请鲁迅先生看的稿子。

鲁迅先生抱着印花包袱从外边回来,还提着一把伞,一进门客厅早坐着客人，把伞挂在衣架上就陪客人谈起话来。谈了很久了，伞上的水滴顺着伞杆在地板上已经聚了一堆水。

鲁迅先生上楼去拿香烟，抱着印花包袱，而那把伞也没有忘记，顺手也带到楼上去。

鲁迅先生的记忆力非常之强，他的东西从不随便散置在任何地方。

鲁迅先生很喜欢北方口味。许先生想请一个北方厨子，鲁迅先生以为开销太大，请不得的，男佣人，至少要十五元钱的工钱。

所以买米买炭都是许先生下手。我问许先生为什么用两个女佣人都是年老的，都是六七十岁的？许先生说她们做惯了，海婴的保姆，海婴几个月时就在这里。

正说着那矮胖胖的保姆走下楼梯来了，和我们打了个迎面。

"先生，没吃茶吗？"她赶快拿了杯子去倒茶，那刚刚下楼时气喘的声音还在喉管里咕噜咕噜的，她确是年老了。

来了客人，许先生没有不下厨房的，菜食很丰富，鱼，肉……都是用大碗装着，起码四五碗，多则七八碗。可是平常就只三碗菜：一碗素炒豌豆苗，一碗笋炒咸菜，再一碗黄花鱼。

这菜简单到极点。

鲁迅先生的原稿，在拉都路一家炸油条的那里用着包油条，我得到了一张，是译《死魂灵》的原稿，写信告诉了鲁迅先生。鲁迅先生不以为希奇，许先生倒很生气。

鲁迅先生出书的校样，都用来揩着桌，或做什么的。请客人在家里吃饭，吃到半道，鲁迅先生回身去拿来校样给大家分着。客人接到手里一看，这怎么可以？鲁迅先生说：

"擦一擦，拿着鸡吃，手是腻的。"

到洗澡间去，那边也摆着校样纸。

许先生从早晨忙到晚上，在楼下陪客人，一边还手里打着毛线。不然就是一边谈着话一边站起来用手摘掉花盆里花上已干枯了的叶子。许先生每送一个客人，都要送到楼下的门口，替客人把门开开，客人走出去而后轻轻的关了门再上楼来。

来了客人还到街上去买鱼或鸡，买回来还要到厨房里去工作。

鲁迅先生临时要寄一封信，就得许先生换起皮鞋子来到邮局或者大陆新村旁边信筒那里去。落着雨天，许先生就打起伞来。

许先生是忙的，许先生的笑是愉快的，但是头发有一些是白了的。

夜里去看电影，施高塔路的汽车房只有一辆车，鲁迅先生一定不坐，一定让我们坐。许先生，周建人夫人……海婴，周建人先生的三位女公子。我们上车了。

鲁迅先生和周建人先生，还有别的一二位朋友在后边。

看完了电影出来，又只叫到一部汽车，鲁迅先生又一定不肯坐，让周建人先生的全家坐着先走了。

鲁迅先生旁边走着海婴，过了苏州河的大桥去等电车去了。等了二三十分钟电车还没有来，鲁迅先生依着沿苏州河的铁栏杆坐在桥边的石围上了，并且拿出香烟来，装上烟嘴，悠然的吸着烟。

海婴不安的来回的乱跑，鲁迅先生还招呼他和自己并排的坐下。

鲁迅先生坐在那儿，和一个乡下的安静老人一样。

鲁迅先生吃的是清茶，其余不吃别的饮料。咖啡、可可、牛奶、汽水之类，家里都不预备。

鲁迅先生陪客人到深夜，必同客人一道吃些点心。那饼干就是从铺子里买来的，装在饼干盒子里，到夜深许先生拿着碟子取出来，摆在鲁迅先生的书桌上。吃完了，许先生打开立柜再取一碟。还有向日葵子，差不多每来客人必不可少。鲁迅先生一边抽着烟，一边剥着瓜子吃，吃完了一碟，鲁迅先生必请许先生再拿一碟来。

鲁迅先生备有两种纸烟，一种价钱贵的，一种便宜的。便宜的是绿听子的，我不认识那是什么牌子，只记得烟头上带着黄纸的嘴，每五十枝的价钱大概是四角到五角，是鲁迅先生自己平日用的。另一种是白听子的，是前门烟，用来招待客人的，白听烟放在鲁迅先生书桌的抽屉里。来客人，鲁迅先生下楼，把它带到楼下去，客人走了，又带回楼上来照样放在抽屉里。而绿听子的永远放在书桌上，是鲁迅先生随时吸着的。

鲁迅先生的休息，不听留声机，不出去散步，也不倒在床上睡觉，鲁迅先生自己说：

"坐在椅子上翻一翻书就是休息了。"

鲁迅先生从下午二三点钟起就陪客人，陪到五点钟，陪到六点钟，客人若在家吃饭，吃完饭又必要在一起喝茶，或者刚刚吃完茶走了，或者还没走又来了客人，于是又陪下去，陪到八点钟，十点钟，常常陪到十二点钟。从下午两三点钟起，陪到夜里十二点，这么长的时间，鲁迅先生都是坐在藤躺椅上，不断的吸着烟。

客人一走，已经是下半夜了，本来已经是睡觉的时候了，可是鲁迅先生正要开始工作。

在工作之前，他稍微阖一阖眼睛，燃起一支烟来，躺在床边上，这一支烟还没有吸完，许先生差不多就在床里边睡着了（许先生为什么睡得这样快？因为第二天早晨六七点钟就要起来管理家务）。海婴这时在三楼和保姆一道睡着了。

全楼都寂静下去，窗外也是一点声音没有了，鲁迅先生站起来，坐到书桌边，在那绿色的台灯下开始写文章了。

许先生说鸡鸣的时候，鲁迅先生还是坐着，街上的汽车嘟嘟的叫起来了，鲁迅先生还是坐着。

有时许先生醒了，看着玻璃窗白萨萨的了，灯光也不显得怎样亮了，鲁迅先生的背影不像夜里那样黑大。

鲁迅先生的背影是灰黑色的，仍旧坐在那里。

人家都起来了，鲁迅先生才睡下。

海婴从三楼下来了，背着书包，保姆送他到学校去，经过鲁迅先生的门前，保姆总是盼咐他说：

"轻一点走，轻一点走。"

鲁迅先生刚一睡下，太阳就高起来了，太阳照着隔院子的人家，明亮亮的；照着鲁迅先生花园的夹竹桃，明亮亮的。

鲁迅先生的书桌整整齐齐的，写好的文章压在书下边，毛笔在烧瓷的小龟背上站着。

一双拖鞋停在床下，鲁迅先生在枕头上边睡着了。

鲁迅先生喜欢吃一点酒，但是不多吃，吃半小碗或一碗。鲁迅先生吃的是中国酒，多半是花雕。

老靶子路有一家小吃茶店，只有门面一间，在门面里边设座，座少，安静，光线不充足，有些冷落。鲁迅先生常到这吃茶店来，有约会多半是在这里边，老板是犹太人，也许是白俄，胖胖的，中国话大概他听不懂。

鲁迅先生这一位老人，穿着布袍子，有时到这里来，泡一壶红茶，和青年人坐在一道谈了一两个钟头。

有一天鲁迅先生的背后那茶座里边坐着一位摩登女子，身穿紫裙子黄衣裳，头戴花帽子……那女子临走时，鲁迅先生一看她，用眼瞪着她，很生气的看了她半天。而后说：

"是做什么的呢？"

鲁迅先生对于穿着紫裙子黄衣裳，戴花帽子的人就是这样看法的。

鬼倒底是有的是没有的？传说上有人见过，还跟鬼说过话，还有人被鬼在后边追赶过，吊死鬼一见了人就贴在墙上。但没有一个人捉住一个鬼给大家看看。

鲁迅先生讲了他看见过鬼的故事给大家听：

"是在绍兴……"鲁迅先生说,"三十年前……"

那时鲁迅先生从日本读书回来,在一个师范学堂里也不知是什么学堂里教书,晚上没有事时,鲁迅先生总是到朋友家去谈天。这朋友住的离学堂几里路,几里路不算远,但必得经过一片坟地。谈天有的时候就谈得晚了,十一二点钟才回学堂的事也常有。有一天鲁迅先生就回去得很晚,天空有很大的月亮。

鲁迅先生向着归路走得很起劲时,往远处一看,远远有一个白影。

鲁迅先生不相信鬼的,在日本留学时是学的医,常常把死人抬来解剖的,鲁迅先生解剖过二十几个,不但不怕鬼,对死人也不怕,所以对于坟地也就根本不怕。仍旧是向前走的。

走了不几步,那远处的白影没有了,再看突然又有了。并且时小时大,时高时低,正和鬼一样。鬼不就是变换无常的吗?

鲁迅先生有点踌躇了,倒底向前走呢,还是回过头来走?本来回学堂不止这一条路,这不过是最近的一条就是了。

鲁迅先生仍是向前走,倒底要看一看鬼是什么样,虽然那时候也怕了。

鲁迅先生那时从日本回来不久,所以还穿着硬底皮鞋。鲁迅先生决心要给那鬼一个致命的打击,等走到那白影旁边时,那白影缩小了,蹲下了,一声不响的靠住了一个坟堆。

鲁迅先生就用了他的硬皮鞋踢了出去。

那白影噢的一声叫起来,随着就站起来,鲁迅先生定眼看去,他却是个人。

鲁迅先生说在他踢的时候,他是很害怕的,好像若一下不把那东西踢死,自己反而会遭殃的,所以用了全力踢出去。

原来是个盗墓子的人在坟场上半夜做着工作。

鲁迅先生说到这里就笑了起来。

"鬼也是怕踢的,踢他一脚就立刻变成人了。"

我想,倘若是鬼常常让鲁迅先生踢踢倒是好的,因为给了他一个作人的机会。

从福建菜馆叫的菜,有一碗鱼做的丸子。

海婴一吃就说不新鲜,许先生不信,别的人也都不信。因为那丸子有的新鲜,有的不新鲜,别人吃到嘴里的恰好都是没有改味的。

许先生又给海婴一个,海婴一吃,又不是好的,他又嚷嚷着。别人都不注意,鲁迅先生把海婴碟里的拿来尝尝,果然不是新鲜的。鲁迅先生说:

"他说不新鲜,一定也有他的道理,不加以查看就抹杀是不对的。"

……

以后我想起这件事来,私下和许先生谈过,许先生说:"周先生的做人,真是我们学不了的。那怕一点点小事。"

鲁迅先生包一个纸包也要包得整整齐齐,常常把要寄出的书,鲁迅先生从许先生手里拿过来自己包,许先生本来包得多么好,而鲁迅先生还要亲自动手。

鲁迅先生把书包好了,用细绳捆上,那包方方正正的,连一个角也不准歪一点或扁一点,而后拿着剪刀,把捆书的那绳头都剪得整整齐齐。

就是包这书的纸都不是新的,都是从街上买东西回来留下来的。许先生上街回来把买来的东西一打开随手就把包东西的牛皮纸折起来,随手把小细绳圈了一个圈。若小细绳上有一个疙瘩,也要随手把它解开的。准备着随时用随时方便。

鲁迅先生住的是大陆新村九号。

一进弄堂口,满地铺着大方块的水门汀,院子里不怎样嘈杂,从这院子出入的有时候是外国人,也能够看到外国小孩在院子里零星的玩着。

鲁迅先生隔壁挂着一块大的牌子,上面写着一个"茶"字。

在一九三五年十月一日。

鲁迅先生的客厅里摆着长桌,长桌是黑色的,油漆不十分新鲜,但也并不破旧,桌上没有铺什么桌布,只在长桌的当心摆着一个绿豆青色的花瓶,花瓶里长着几株大叶子的万年青,围着长桌有七八张木椅子。尤其是在夜里,全弄堂一点什么声音也听不到。

那夜,就和鲁迅先生和许先生一道坐在长桌旁边喝茶的。当夜谈了许多关于伪满洲国的事情,从饭后谈起,一直谈到九点钟十点钟而后到十一点钟。时时想退出来,让鲁迅先生好早点休息,因为我看出来鲁迅先生身体不大好,又加上听许先生说过,鲁迅先生伤风了一个多月,刚好了的。

但是鲁迅先生并没有疲倦的样子。虽然客厅里也摆着一张可以卧倒的藤椅，我们劝他几次想让他坐在藤椅上休息一下，但是他没有去，仍旧坐在椅子上。并且还上楼一次，去加穿了一件皮袍子。

那夜鲁迅先生到底讲了些什么，现在记不起来了。也许想起来的不是那夜讲的而是以后讲的也说不定。过了十一点，天就落雨了，雨点淅沥淅沥的打在玻璃窗上，窗子没有窗帘，所以偶一回头，就看到玻璃窗上有小水流往下流。夜已深了，并且落了雨，心里十分着急，几次站起来想要走，但是鲁迅先生和许先生一说再坐一下："十二点钟以前终归有车子可搭的。"所以一直坐到将近十二点，才穿起雨衣来，打开客厅外边的响着的铁门，鲁迅先生非要送到铁门外不可。我想为什么他一定要送呢？对于这样年轻的客人，这样的送是应该的么？雨不会打湿了头发，受了寒伤风不又要继续下去么？站在铁门外边，鲁迅先生说，并且指着隔壁那家写着有"茶"字的大牌子。"下次来记住这个'茶'，就是这个'茶'的隔壁。"而且伸出手去，几乎是触到了钉在锁门旁边的那个九号的"九"字，"下次来记住'茶'的旁边九号。"

于是脚踏着方块的水门汀，走出弄堂来，回过身去往院子里边看了一看，鲁迅先生那一排房子统统是黑洞洞的，若不是告诉得那样清楚，下次来恐怕要记不住的。

鲁迅先生的卧室，一张铁架大床，床顶上遮着许先生亲手做的白布刺花的围子，顺着床的一边折着两床被子，都是很厚的，是花洋布的被面。挨着门口的床头的方面站着抽屉柜。一进门的左手摆着八仙桌，桌子的两旁藤椅各一，立柜站在和方桌一排的墙角，立柜本是挂衣服的，衣裳却很少，都让糖盒子、饼干桶子、瓜子罐给塞满了。有一次××老板的太太来拿版权的图章花，鲁迅先生就从立柜下边大抽屉里取出的。沿着墙角往窗子那边走，有一张装饰台，桌子上有一个方形的满浮着绿草的玻璃养鱼池，里边游着的不是金鱼而是灰色的扁肚子的小鱼。除了鱼池之外另有一只圆的表，其余那上边满装着书。铁架床靠窗子的那头的书柜里书柜外都是书。最后是鲁迅先生的写字台，那上边也都是书。

鲁迅先生家里，从楼上到楼下，没有一个沙发。鲁迅先生工作时坐的椅子是硬的，休息时的藤椅是硬的，到楼下陪客人时坐的椅子又是硬的。

鲁迅先生的写字台面向着窗子，上海弄堂房子的窗子差不多满一面墙那么大，鲁迅先生把它关起来，因为鲁迅先生工作起来有一个习惯，怕吹风，他说，风一吹，纸就动，时时防备着纸跑，文章就写不好。所以屋子里热得和蒸笼似的，请鲁迅先生到楼下去，他又不肯，鲁迅先生的习惯是不换地方。有时太阳照进来，许先生劝他把书桌移开一点都不肯。只有满身流汗。

鲁迅先生的写字桌，铺了一张蓝格子的油漆布，四角都用图钉按着。桌子上有小砚台一方，墨一块，毛笔站在笔架上。笔架是烧瓷的，在我看来不很细致，是一个龟，龟背上带着好几个洞，笔就插在那洞里。鲁迅先生多半是用毛笔的，钢笔也不是没有，是放在抽屉里。桌上有一个方大的白瓷的烟灰盒，还有一个茶杯，杯子上戴着盖。

鲁迅先生的习惯与别人不同，写文章用的材料和来信都压在桌子上，把桌子都压得满满的，几乎只有写字的地方可以伸开手，其余桌子的一半被书或纸张占有着。

左手边的桌角上有一个带绿灯罩的台灯，那灯泡是横着装的，在上海那是极普通的台灯。

冬天在楼上吃饭，鲁迅先生自己拉着电线把台灯的机关从棚顶的灯头上拔下，而后装上灯泡子。等饭吃过了，许先生再把电线装起来，鲁迅先生的台灯就是这样做成的，拖着一根长的电线在棚顶上。

鲁迅先生的文章，多半是在这台灯下写的。因为鲁迅先生的工作时间，多半是下半夜一两点起，天将明了休息。

卧室就是如此，墙上挂着海婴公子一个月婴孩的油画像。

挨着卧室的后楼里边，完全是书了，不十分整齐，报纸和杂志或洋装的书，都混在这间屋子里，一走进去多少还有些纸张气味。地板被书遮盖得太小了，几乎没有了，大网篮也堆在书中。墙上拉着一条绳子或者是铁丝，就在那上边系了小提盒，铁丝笼之类。风干荸荠就盛在铁丝笼里，扯着的那铁丝几乎被压断了，在弯弯着。一推开藏书室的窗子，窗子外边还挂着一筐风干荸荠。

"吃罢，多得很，风干的，格外甜。"许先生说。

楼下厨房传来了煎菜的锅铲的响声，并且两个年老的娘姨慢重重的在讲一些什么。

厨房是家庭最热闹的一部份。整个三层楼都是静静的，喊娘姨的声音没有，在楼梯上跑来跑去的声音没有。鲁迅先生家里五六间房子只住着五个人，三位是先生的全家，余下的二位是年老的女佣人。

来了客人都是许先生亲自倒茶,即或是麻烦到娘姨时,也是许先生下楼去吩咐,绝没有站到楼梯口就大声呼唤的时候。所以整个房子都在静悄悄之中。

只有厨房比较热闹了一点,自来水花花的流着,洋瓷盆在水门汀的水池子上每拖一下磨着擦擦的响,洗米的声音也是擦擦的。鲁迅先生很喜欢吃竹笋的,在菜板上切着笋片笋丝时,刀刃每划下去都是很响的。其实比起别人家的厨房来却冷清极了,所以洗米声和切笋声都分开来听得样样清清晰晰。

客厅的一边摆着并排的两个书架,书架是带玻璃橱的,里边有朵斯托益夫斯基的全集和别的外国作家的全集,大半多是日文译本。地板上没有地毯,但擦得非常干净。

海婴公子的玩具橱也站在客厅里,里边是些毛猴子,橡皮人,火车汽车之类,里边装得满满的,别人是数不清的,只有海婴自己伸手到里边找些什么就有什么。过新年时在街上买的兔子灯,纸毛上已经落了灰尘了,仍摆在玩具橱顶上。

客厅只有一个灯头,大概五十烛光。客厅的后门对着上楼的楼梯,前门一打开有一个一方丈大小的花园,花园里没有什么花看,只有一棵很高的七八尺高的小树,大概那树是柳桃,一到了春天,喜欢生长蚜虫,忙得许先生拿着喷蚊虫的机器,一边陪着谈话,一边喷着杀虫药水。沿了墙根,种了一排玉米,许先生说:"这玉米长不大的,这土是没有养料的,海婴一定要种。"

春天,海婴在花园里掘着泥沙,培植着各种玩艺。

三楼则特别静了,向着太阳开着两扇玻璃门,门外有一个水门汀的突出的小廊子,春天很温暖的抚摸着门口长垂着的帘子,有时帘子被风打得很高,飘扬的饱满得和大鱼泡似的,那时候隔院的绿树照进玻璃门扇里边来了。

海婴坐在地板上装着小工程师在修着一座楼房,他那楼房是用椅子横倒了架起来修的,而后遮起一张被单来算作屋瓦,全个房子在他自己拍着手的赞誉声中完成了。

这屋间感到些空旷和寂寞,既不像女工住的屋子,又不像儿童室。海婴的眠床靠着屋子的一边放着,那大圆顶帐子日里也不打起来,长拖拖的好像从棚顶一直拖到地板上,那床是非常讲究的,属于刻花的木器一类的。许先生讲过,租这房子时,从前一个房客转留下来的。海婴和他的保姆,就睡在五六尺宽的大床上。

冬天烧过的火炉,三月里还冷冰冰的在地板上站着。

海婴不大在三楼上玩的,除了到学校去,就是在院里踏脚踏车,他非常喜欢跑跳,所以厨房,客厅,二楼,他是无处不跑的。

三楼整天在高处空着,三楼的后楼住着另一个老女工,一天很少上楼来,所以楼梯擦过之后,一天到晚干净得溜明。

一九三六年三月里鲁迅先生病了,靠在二楼的躺椅上,心脏跳动得比平日厉害,脸色略微灰了一点。

许先生正相反的,脸色是红的,眼睛显得大了,讲话的声音是平静的,态度并没有比平日慌张。在楼下,一走进客厅来许先生就告诉说:

"周先生病了,气喘……喘得厉害,在楼上靠在躺椅上。"

鲁迅先生呼喘的声音，不用走到他的旁边，一进了卧室就听得到的。鼻子和胡须在扇着，胸部一起一落。眼睛闭着，差不多永久不离开手的纸烟，也放弃了。躺藤椅后边靠着枕头，鲁迅先生的头有些向后，两只手空闲的垂着。眉头仍和平日一样没有聚皱，脸上是平静的，舒展的，似乎并没有任何痛苦加在身上。

"来了吗？"鲁迅先生睁一睁眼睛，"不小心，着了凉……呼吸困难……到藏书的房子去翻一翻书……那房子因为没有人住，特别凉……回来就……"

许先生看周先生说话吃力，赶快接着说周先生是怎样气喘的。

医生看过了，吃了药，但喘并未停。下午医生又来过，刚刚走。

卧室在黄昏里边一点一点的暗下去，外边起了一点小风，隔院的树被风摇着发响。别人家的窗子有的被风打着发出自动关开的响声，家家的流水道都是花拉花拉的响着水声，一定是晚餐之后洗着杯盘的剩水。晚餐后该散步的散步去了，该会朋友的会友去了，弄堂里来去的稀疏不断的走着人，而娘姨们还没有解掉围裙呢，就依着后门彼此搭讪起来。小孩子们三五一伙前门后门的跑着，弄堂外汽车穿来穿去。

鲁迅先生坐在躺椅上，沉静的，不动的阖着眼睛，略微灰了的脸色被炉里的火染红了一点。纸烟听子蹲在书桌上，盖着盖子，茶杯也蹲在桌子上。

许先生轻轻的在楼梯上走着，许先生一到楼下去，二楼就只剩了鲁迅先生一个人坐在椅子上，呼喘把鲁迅先生的胸部有规律性的抬得高高的。

"鲁迅先生必得休息的。"须藤老医生是这样说的。可是鲁迅先生从此不但没有休息,并且脑子里所想的更多了,要做的事情都像非立刻就做不可,校《海上述林》的校样,印珂勒惠支的画,翻译《死魂灵》下部;刚好了,这些就都一起开始了,还计算着出三十年集(即《鲁迅全集》)。

鲁迅先生感到自己的身体不好,就更没有时间注意身体,所以要多作,赶快作。当时大家不解其中的意思,都以为鲁迅先生加以休息不以为然,后来读了鲁迅先生《死》的那篇文章才了然了。

鲁迅先生知道自己的健康不成了,工作的时间没有几年了,死了是不要紧的,只要留给人类更多,鲁迅先生就是这样。

不久书桌上德文字典和日文字典都摆起来了,果戈里的《死魂灵》,又开始翻译了。

鲁迅先生的身体不大好,容易伤风,伤风之后,照常要陪客人,回信,校稿子。所以伤风之后总要拖下去一个月或半个月的。

瞿秋白的《海上述林》校样,一九三五年冬,一九三六年的春天,鲁迅先生不断的校着,几十万字的校样,要看三遍,而印刷所送校样来总是十页八页的,并不是统统一道的送来,所以鲁迅先生不断的被这校样催索着,鲁迅先生竟说:

"看吧,一边陪着你们谈话,一边看校样的,眼睛可以看,耳朵可以听……"

有时客人来了,一边说着笑话,一边鲁迅先生放下了笔。有的时候也说:"就剩几个字了……请坐一坐……"

一九三五年冬天许先生说:

"周先生的身体是不如从前了。"

有一次鲁迅先生到饭馆里去请客,来的时候兴致很好,还记得那次吃了一只烤鸭子,整个的鸭子用大钢叉子叉上来时,大家看这鸭子烤的又油又亮的,鲁迅先生也笑了。

菜刚上满了,鲁迅先生就到竹躺椅上吸一支烟,并且阖一阖眼睛。一吃完了饭,有的喝多了酒的,大家都乱闹了起来,彼此抢着苹果,彼此讽刺着玩,说着一些刺人可笑的话。而鲁迅先生这时候,坐在躺椅上,阖着眼睛,很庄严的在沉默着,让拿在手上纸烟的烟丝,慢慢的上升着。

别人以为鲁迅先生也是喝多了酒吧!

许先生说,并不的。

"周先生的身体是不如从前了,吃过了饭总要阖一阖眼稍微休息一下,从前一向没有这习惯。"

周先生从椅子上站起来了,大概说他喝多了酒的话让他听到了。

"我不多喝酒的。小的时候,母亲常提到父亲喝了酒,脾气怎样坏,母亲说,长大了不要喝酒,不要像父亲那样子……所以我不多喝的……从来没喝醉过……"

鲁迅先生休息好了,换了一支烟,站起来也去拿苹果吃,可是苹果没有了。鲁迅先生说:

"我争不过你们了,苹果让你们抢没了。"

有人抢到手的还在保存着的苹果，奉献出来，鲁迅先生没有吃，只在吸烟。

一九三六年春，鲁迅先生的身体不大好，但没有什么病，吃过了夜饭，坐在躺椅上，总要闭一闭眼睛沉静一会。

许先生对我说，周先生在北平时，有时开着玩笑，手按着桌子一跃就能够跃过去，而近年来没有这么做过。大概没有以前那么灵便了。

这话许先生和我是私下讲的，鲁迅先生没有听见，仍靠在躺椅上沉默着呢。

许先生开了火炉的门，装着煤炭花花的响，把鲁迅先生震醒了。一讲起话来鲁迅先生的精神又照常一样。

鲁迅先生睡在二楼的床上已经一个多月了，气喘虽然停止。但每天发热，尤其是在下午热度总在三十八度三十九度之间，有时也到三十九度多，那时鲁迅先生的脸色是微红的，目力是疲弱的，不吃东西，不大多睡，没有一些呻吟，似乎全身都没有什么痛楚的地方。躺在床上的时候张开眼睛看看，有的时候似睡非睡的安静的躺着，茶吃得很少。差不多一刻也不停的吸烟，而今几乎完全放弃了，纸烟听子不放在床边，而仍很远的蹲在书桌上，若想吸一支，是请许先生付给的。

许先生从鲁迅先生病起，更过度的忙了。按着时间给鲁迅先生吃药，按着时间给鲁迅先生试温度表，试过了之后还要把一张医生发给的表格填好，那表格是一张硬纸，上面画了无数根线，许先生就在这张纸上拿着米度尺画着度数，那表画得和尖尖的小山丘似的，又像尖尖的水晶石，高的低的一排排的站着。许先生虽然每天画，但那像是一条接连不断的线，不过从低处到高处，从高处到低处，这高峰越高越不好，也就是鲁迅先生的热度越高了。

来看鲁迅先生的人，多半都不到楼上来了，为的是请鲁迅先生好好的静养，所以把客人这些事也推到许先生身上来了。还有书、报、信，都要许先生看过，必要的就告诉鲁迅先生，不十分必要的，就先把它放在一处放一放，等鲁迅先生好些了再取出来交给他。然而这家庭里边还有许多琐事，比方年老的娘姨病了，要请两天假；海婴的牙齿脱掉一个，要到牙医那里去看过，但是带他去的人没有，又得许先生。海婴在幼稚园里读书，又是买铅笔，买皮球，还有临时出些个花头，跑上楼来了，说要吃什么花生糖，什么牛奶糖，他上楼来是一边跑着一边喊着，许先生连忙拉住了他，拉他下了楼才跟他讲：

"爸爸病啦。"而后拿出钱来，嘱咐好了娘姨，只买几块糖而不准让他格外的多买。

收电灯费的来了，在楼下一打门，许先生就得赶快往楼下跑，怕的是再多打几下，就要惊醒了鲁迅先生。

海婴最喜欢听讲故事，这也是无限的麻烦，许先生除了陪海婴讲故事之外，还要在长桌上偷一点工夫来看鲁迅先生为着病耽搁下来尚未校完的校样。

在这期间，许先生比鲁迅先生更要担当一切了。

鲁迅先生吃饭，是在楼上单开一桌，那仅仅是一个方木盘，许先生每餐亲手端到楼上去,那黑油漆的方木盘中摆着三四样小菜,每样都用小吃碟盛着,那小吃碟直径不过二寸,一碟豌豆苗或菠菜或苋菜,把黄花鱼或者鸡之类也放在小碟里端上楼去。若是鸡,那鸡也是全鸡身上最好的一块地方拣下来的肉;若是鱼,也是鱼身上最好一部份,许先生才把它拣下放在小碟里。

许先生用筷子来回的翻着楼下的饭桌上菜碗里的东西,菜拣嫩的,不要茎,只要叶,鱼肉之类,拣烧得软的,没有骨头没有刺的。

心里存着无限的期望,无限的要求,用了比祈祷更虔诚的目光,许先生看着她自己手里选得精精致致的菜盘子,而后脚板触着楼梯上了楼。

希望鲁迅先生多吃一口,多动一动筷,多喝一口鸡汤。鸡汤和牛奶是医生所嘱的,一定要多吃一些的。

把饭送上去,有时许先生陪在旁边,有时走下楼来又做些别的事,半个钟头之后,到楼上去取这盘子。这盘子装得满满的,有时竟照原样一动也没有动又端下来了,这时候许先生的眉头微微的皱了一点。旁边若有什么朋友,许先生就说:"周先生的热度高,什么也吃不落,连茶也不愿意吃,人很苦,人很吃力。"

有一天许先生用波浪式的专门切面包的刀切着面包,是在客厅后边方桌上切的,许先生一边切着一边对我说:

"劝周先生多吃些东西,周先生说,人好了再保养,现在勉强吃也是没有用的。"

许先生接着似乎问着我:

"这也是对的?"

而后把牛奶面包送上楼去了。一碗烧好的鸡汤，从方盘里许先生把它端出来了，就摆在客厅后的方桌上。许先生上楼去了，那碗热的鸡汤在方桌上自己悠然的冒着热气。

许先生由楼上回来还说呢：

"周先生平常就不喜欢吃汤之类，在病里，更勉强不下了。"

那已经送上去的一碗牛奶又带下来了。

许先生似乎安慰着自己似的。

"周先生人强，欢喜吃硬的，油炸的，就是吃饭也欢喜吃硬饭……"

许先生楼上楼下的跑，呼吸有些不平静，坐在她旁边，似乎可以听到她心脏的跳动。

鲁迅先生开始独桌吃饭以后，客人多半不上楼来了，经许先生婉言把鲁迅先生健康的经过报告了之后就走了。

鲁迅先生在楼上一天一天的睡下去，睡了许多日子就有些寂寞了，有时大概热度低了点就问许先生：

"有什么人来过吗？"

看鲁迅先生好些，就一一的报告过。

有时也问到有什么刊物来吗？

鲁迅先生病了一个多月了。

证明了鲁迅先生是肺病，并且是肋膜炎，须藤老医生每天来了，为鲁迅先生把肋膜化腐的东西用打针的方法抽净，每天抽一次，共抽了一两个礼拜。

这样的病，为什么鲁迅先生一点也不晓得呢？许先生说，周先生有时觉得肋痛了就自己忍着不说，所以连许先生也不知道，鲁迅先生怕别人晓得了又要不放心，又要看医生，医生一定又要说休息。鲁迅先生自己知道做不到的。

福民医院美国医生的检查，说鲁迅先生肺病已经二十年了。这次发了怕是很严重。

医生规定个日子，请鲁迅先生到福民医院去详细检查，要照X光的。

但鲁迅先生当时就下楼是下不得的，又过了许多天，鲁迅先生到福民医院去查病去了。照X光后给鲁迅先生照了一个全部的肺部的照片。

这照片取来的那天许先生在楼下给大家看了，右肺的上尖角是黑的，中部也黑了一块，左肺的下半部都不大好，而沿着左肺的边边黑了一大圈。

这之后，鲁迅先生的热度仍高，若再这样热度不退，就很难抵抗了。

那查病的美国医生，只查病，而不给药吃，他相信药是没有用的。

须藤老医生，鲁迅先生早就认识，所以每天来，他给鲁迅先生吃了些退热药，还吃停止肺部菌活动的药。他说若肺不再坏下去，就停止在这里，热自然就退了，人是不危险的。

在楼下的客厅里，许先生哭了。许先生手里拿着一团毛线，那是海婴的毛线衣拆了洗过之后又团起来的。

鲁迅先生在无欲望状态中，什么也不吃，什么也不想，睡觉是似睡非睡的。

天气热起来了，客厅的门窗都打开着，阳光跳跃在门外的花园里。麻雀来了停在夹竹桃上叫了三两声就又飞去，院子里的小孩们唧唧喳喳的玩耍着，风吹进来好像带着热气，扑到人的身上。天气刚刚发芽的春天，变为夏天了。

楼上老医生和鲁迅先生谈话的声音隐约可以听到。

楼下又来了客人，来的人总要问：

"周先生好一点吗？"

许先生照常说："还是那样子。"

但今天说了眼泪就又流了满脸。一边拿起杯子来给客人倒茶，一边用左手拿着手帕按着鼻子。

客人问：

"周先生又不大好吗？"

许先生说：

"没有的，是我心窄。"

过了一会鲁迅先生要找什么东西，喊许先生上楼去，许先生连忙擦着眼睛，想说她不上楼的，但左右看了一看，没有人能替代了她，于是带着她那团还没有缠完的毛线球上楼去了。

楼上坐着老医生，还有两位探望鲁迅先生的客人。许先生一看了他们就自己低了头不好意思的笑了，她不敢到鲁迅先生的面前去，背转着身问鲁迅先生要什么呢，而后又是慌忙的把毛线缕挂在手上缠了起来。

一直到送老医生下楼，许先生都是把背向着鲁迅先生而站着的。

每次老医生走,许先生都是替老医生提着皮提包送到前门外的。许先生愉快的、沉静的带着笑容打开铁门闩,很恭敬的把皮包交给老医生,眼看着老医生走了才进来关了门。

这老医生出入在鲁迅先生的家里,连老娘姨对他都是尊敬的,医生从楼上下来时,娘姨若在楼梯的半道,赶快下来躲开,站到楼梯的旁边。有一天老娘姨端着一个杯子上楼,楼上医生和许先生一道下来了,那老娘姨躲闪不灵,急得把杯里的茶都颠出来了。等医生走过去,已经走出了前门,老娘姨还在那里呆呆的望着。

"周先生好了点吧?"

有一天许先生不在家,我问着老娘姨。她说:

"谁晓得,医生天天看过了不声不响的就走了。"

可见老娘姨对医生每天是怀着期望的眼光看着他的。

许先生很镇静,没有紊乱的神色,虽然说那天当着人哭过一次,但该做什么,仍是做什么,毛线该洗的已经洗了,晒的已经晒起,晒干了的随手就把它团起团子。

"海婴的毛线衣,每年拆一次,洗过之后再重打起,人一年一年的长,衣裳一年穿过,一年就小了。"

在楼下陪着熟的客人,一边谈着,一边开始手里动着竹针。

这种事情许先生是偷空就做的,夏天就开始预备着冬天的,冬天就做夏天的。

许先生自己常常说:

"我是无事忙。"

这话很客气,但忙是真的,每一餐饭,都好像没有安静的吃过。海婴一会要这个,要那个;若一有客人,上街临时买菜,下厨房煎炒还不说,就是摆到桌子上来,还要从菜碗里为着客人选好的夹过去。饭后又是吃水果,若吃苹果还要把皮削掉,若吃荸荠看客人削得慢而不好也要削了送给客人吃,那时鲁迅先生还没有生病。

许先生除了打毛线衣之外,还用机器缝衣裳,剪裁了许多件海婴的内衫裤在窗下缝。

因此许先生对自己忽略了,每天上下楼跑着,所穿的衣裳都是旧的,次数洗得太多,钮扣都洗脱了,也磨破了,都是几年前的旧衣裳,春天时许先生穿了一个紫红宁绸袍子,那料子是海婴在婴孩时候别人送给海婴做被子的礼物。做被子,许先生说很可惜,就拣起来做一件袍子。正说着,海婴来了,许先生使眼神,且不要提到,若提到海婴又要麻烦起来了,一要说是他的,他就要要。

许先生冬天穿一双大棉鞋,是她自己做的。一直到二三月早晚冷时还穿着。

有一次我和许先生在小花园里拍一张照片,许先生说她的钮扣掉了,还拉着我站在她前边遮着她。

许先生买东西也总是到便宜的店铺去买,再不然,到减价的地方去买。

处处俭省,把俭省下来的钱,都印了书和印了画。

现在许先生在窗下缝着衣裳,机器声格答格答的,震着玻璃门有些颤抖。

窗外的黄昏,窗内许先生低着的头,楼上鲁迅先生的咳嗽声，都搅混在一起了，重续着、埋藏着力量。在痛苦中，在悲哀中，一种对于生的强烈的愿望站得和强烈的火焰那样坚定。

许先生的手指把捉了在缝的那张布片，头有时随着机器的力量低沉了一两下。

许先生的面容是宁静的、庄严的、没有恐惧的，她坦荡的在使用着机器。

海婴在玩着一大堆黄色的小药瓶，用一个纸盒子盛着，端起来楼上楼下的跑。向着阳光照是金色的，平放着是咖啡色的，他招聚了小朋友来，他向他们展览，向他们夸耀，这种玩艺只有他有而别人不能有。他说：

"这是爸爸打药针的药瓶，你们有吗？"

别人不能有，于是他拍着手骄傲的呼叫起来。

许先生一边招呼着他，不叫他喊，一边下楼来了。

"周先生好了些？"

见了许先生大家都是这样问的。

"还是那样子，"许先生说，随手抓起一个海婴的药瓶来，"这不是么，这许多瓶子，每天打针，药瓶子也积了一大堆。"

许先生一拿起那药瓶，海婴上来就要过去，很宝贵的赶快把那小瓶摆到纸盒里。

在长桌上摆着许先生自己亲手做的蒙着茶壶的棉罩子，从那蓝缎子的花罩下拿着茶壶倒着茶。

楼上楼下都是静的了，只有海婴快活的和小朋友们的吵嚷躲在太阳里跳荡。

海婴每晚临睡时必向爸爸妈妈说："明朝会！"

有一天他站在走上三楼去的楼梯口上喊着：

"爸爸，明朝会！"

鲁迅先生那时正病得沉重，喉咙里边似乎有痰，那回答的声音很小，海婴没有听到，于是他又喊：

"爸爸，明朝会！"他等一等，听不到回答的声音，他就大声的连串的喊起来：

"爸爸，明朝会，爸爸，明朝会……爸爸，明朝会……"

他的保姆在前边往楼上拖他，说是爸爸睡下了，不要喊了。可是他怎么能够听呢，仍旧喊。

这时鲁迅先生说"明朝会"，还没有说出来喉咙里边就像有东西在那里堵塞着，声音无论如何放不大。到后来，鲁迅先生挣扎着把头抬起来才很大声的说出：

"明朝会，明朝会。"

说完了就咳嗽起来。

许先生被惊动得从楼下跑来了，不住的训斥着海婴。

海婴一边笑着一边上楼去了，嘴里唠叨着：

"爸爸是个聋人哪！"

鲁迅先生没有听到海婴的话，还在那里咳嗽着。

鲁迅先生在四月里，曾经好了一点，有一天下楼去赴一个约会，把衣裳穿得整整齐齐，手下夹着黑花布包袱，戴起帽子来，出门就走。

许先生在楼下正陪客人，看鲁迅先生下来了，赶快说：

"走不得吧，还是坐车子去吧。"

鲁迅先生说："不要紧，走得动的。"

许先生再加以劝说，又去拿零钱给鲁迅先生带着。

鲁迅先生说不要不要，坚决的就走了。

"鲁迅先生的脾气很刚强。"

许先生无可奈何的，只说了这一句。

鲁迅先生晚上回来，热度增高了。

鲁迅先生说：

"坐车子实在麻烦，没有几步路，一走就到。还有，好久不出去，愿意走走……动一动就出毛病……还是动不得……"

病压服着鲁迅先生又躺下了。

七月里，鲁迅先生又好些。

药每天吃，记温度的表格照例每天好几次在那里画，老医生还是照常的来，说鲁迅先生就要好起来了，说肺部的菌已经停止了一大半，肋膜也好了。

客人来差不多都要到楼上来拜望拜望。鲁迅先生带着久病初愈的心情，又谈起话来，披了一张毛巾子坐在躺椅上，纸烟又拿在手里了，又谈翻译，又谈某刊物。

一个月没有上楼去，忽然上楼还有些心不安，我一进卧室的门，觉得站也没地方站，坐也不知坐在那里。

许先生让我吃茶，我就倚着桌子边站着。好象没有看见那茶杯似的。

鲁迅先生大概看出我的不安来了，便说：

"人瘦了，这样瘦是不成的，要多吃点。"

鲁迅先生又在说玩笑话了。

"多吃就胖了，那么周先生为什么不多吃点？"

鲁迅先生听了这话就笑了,笑声是明朗的。

从七月以后鲁迅先生一天天的好起来了,牛奶、鸡汤之类,为了医生所嘱也隔三差五的吃着,人虽是瘦了,但精神是好的。

鲁迅先生说自己体质的本质是好的,若差一点的,就让病打倒了。

这一次鲁迅先生保着了很长的时间,没有下楼更没有到外边去过。

在病中,鲁迅先生不看报,不看书,只是安静的躺着。但有一张小画是鲁迅先生放在床边上不断看着的。

那张画,鲁迅先生未生病时,和许多画一道拿给大家看过的,小得和纸烟包里抽出来的那画片差不多。那上边画着一个穿大长裙子飞散着头发的女人在大风里边跑,在她旁边的地面上还有小小的红玫瑰的花朵。

记得是一张苏联某画家着色的木刻。

鲁迅先生有很多画,为什么只选了这张放在枕边。

许先生告诉我的,她也不知道鲁迅先生为什么常常看这小画。

有人来问他这样那样的,他说:

"你们自己学着做,若没有我呢!"

这一次鲁迅先生好了。

还有一样不同的,觉得做事要多做……

鲁迅先生以为自己好了,别人也以为鲁迅先生好了。

准备冬天要庆祝鲁迅先生工作三十年。

又过了三个月。

一九三六年十月十七日，鲁迅先生病又发了，又是气喘。

十七日，一夜未眠。

十八日，终日喘着。

十九日的下半夜，人衰弱到极点了。天将发白时，鲁迅先生就像他平日一样，工作完了，他休息了。

一九三九年十月

本文完成于1939年9月22日，自注为10月。其中一部分最初发表于同年10月1日《中苏文化》第4卷第3期，题为《鲁迅先生生活散记：为纪念鲁迅先生三周祭而作》。后有部分在同年10月14、16至20日发表于新加坡《星洲日报·晨钟》，题作《鲁迅先生生活散记》。又有部分以相同篇名发表于同年11月1日武汉《文艺阵地》第4卷第1期"鲁迅纪念特辑"。最后题为"回忆鲁迅先生"，1940年7月由妇女生活出版社出版。

忆鲁迅先生

靳 以

才一转眼间，先生逝世已经一周年了。想到这一年中人事与国事的变迁，际此周年祭日，将有更多的人来纪念，来表示对先生生前言行的景仰吧？在一年前，当着先生离开我们的时节，我们都正在屈辱中过着日子，我们流着泪来哀悼他的死亡；到了今日，他已经离开我们一年，两月前我们就已经抬起了头，为了卫护祖国展开了神圣的抗战，我们将流血来怀念他的精神的永生。

先生在世之日，一直和恶势力搏斗，虽然遭受着不已的迫害，至死仍是他那一贯不屈的精神，任何人都能从这上面认识先生的伟大。在这一面，他确是为许多人所难及。他忍受了一切，不断地苦作，从来也不曾停止过那为求正义的呐喊，不顾及自己，就是最低的物质的享受也不能有，是更该使人感佩的。看到先生室内用以休憩唯一的藤制躺椅，便想到革命者和非革命者的优越的生活，那时比恰好和功业做了相反的对比。这会使人想到那些终日喂养得很好的人，每天干了些什么呢？

记得他的身材是并不高大的（由于我个人的观点，先生是矮小的），脸色很白，眼睛闪着光，并不使人生畏惧之感，每逢笑起来，样子就更为和善。他是健谈的，精神也极好。他懂得一切人间的世故，对于青年们，他却全然以坦诚的心来接待。他知道对那些有赤子的心的人们，原应以同样的心来相见，除非那些不可救药的，他才严厉地加以扫除。由他给不相识者的函简中，得知他是怎样细心地回答那些人的疑问，甚至那极琐细的，极无味的，他也一一答复。他不会使青年人失望，他一生也不曾使青年人失望。

  对于事，对于人，先生的负责的精神更该为我们师法。无论什么都是有始有终，从来不中途而止，正如他的为人一样。我知道每个陌生的人给他的信，寄给他文稿请他改正或是请代介绍到刊物上去发表，他都很负责地办理。记得先生编辑《奔流》时，每期他都要写"编后小记"，虽然没有几个字，却能扼要地说出所刊文章的精义，如是译文的话，更说出原作者的思想与文章的要点。只是这一点，就为许多负编辑责任的人望尘莫及，不只是学识的渊博，还要有那番耐性来细细玩味每篇文章，才能得到简炼的要义的精神。

  先生文章中的每一个字，都像是经过一番精炼似的，安置在那里，就显得恰到好处。真是有"一字不可多一字不可少"的紧密。他绝不是才子式的随时感怀打油，也没有一面和友人对谈一面挥毫成章的"天才"；我想今日他若健在，一定有更好的文章来发扬我们的精神，坚强我们的意志，做为我们冲锋的号角吧。可是我敢断言，他一定不会写得太多，一定每个字都为青年人所珍贵。

  可惜先生早死了一年，假如说有另外世界的话，从那一个世界望过来，他将有什么样的感想呢？大体上他定然是极兴奋的，再仔细看看，也许会皱皱眉头说："好是好了，总显得乱糟糟的。"那他也要想到若是能回到我们这个世界上，在发扬他一贯的精神之外，他又要在清除工作上费一番力气了。

先生却死了，——不，先生不曾死，他活在年青人的心上，他像明灯一样地引着年青人走着黯黑的路。一直向前，向前……

  原载上海《文摘》（战时旬刊）第 3 期，1937 年 10 月 18 日

▶追忆鲁迅

回忆鲁迅先生

靳　以

恍如昨日似的，几千送葬人的沉抑而哀痛的葬歌，仿佛还响在我的耳边。我们轻轻把鲁迅先生的棺木放到墓穴中，盖上了人民送给他的"民族魂"的长旗。那时苍茫的暮色匝地，秋风四起，小鸟绕林，无树可栖；从歌声中也听出轻微的啜泣，我自己也忍不住热泪盈眶了。我在心中不断地问着自己："难道先生真的离开了我们么？""不，不，——"紧接着我就自己回答着："他永远也不会离开我们的？"

二十年了，我更深刻而具体地体会到他从来也不曾离开我们，他将永远也不会离开我们。鲁迅先生伟大的身影，一直在我们的面前。他肩着革命文学的大旗，领着我们，在任何艰难困苦的时候我们也不敢怠慢。他那热爱祖国，热爱人民，热爱下一代，是非分明，爱憎强烈，对真理的执着和百折不挠坚韧的战斗精神，永远照耀着我们，成为我们前进的原动力。

我是在十月十九日清早就听到先生逝世的信息，仿佛一下子被丢进冰冷的海水里，我们就急忙赶到大陆新村的住处去。在我是第一次跨进那门限，原来是多么值得兴奋的，单单在那么一天，一切的兴奋化成更沉痛的悲伤了。我看见先生安静地躺在那里，一张清癯的脸容和疲弱的身体。他的眼睛闭上了，我再不能从那里得到慈和的目光，它们再也不能向敌人怒目而视了。当我看到那狭小的房间，当窗的书案和相距不到二尺的眠床，尤其是那张先生只有在休息的时间才躺上去的藤躺椅，对先生自奉菲薄的生活引起无比的崇敬。我想起先生的话："生活太安逸了，工作就被生活所累。"先生以身作则，言行一致，使我们却感到万分的不安。

当遗体送到万国殡仪馆的时候，我们是天天都去的，许多青年也像一股洪流似的不断来往，一直到举行葬仪的那一天。他们自愿地来，除开怀着悲痛的心情也需要勇气的，因为暗探特务像鬼影一样摇来晃去，说是来"保护"的马巡队挎着实弹的马枪围在我们的周遭，但那时我们都不怕，在真理和正义的面前，邪恶只能像苍蝇一样在四面嗡嗡着，先生伟大的人格，连反动派也只好束手垂头的。

我还记得在最后瞻仰遗容的时候，一只大手紧紧抓住我的肩头，我回头一望，才看到是眼睛涨满了泪水的西谛，我的心中感觉到：该以鲁迅先生的精神把我们紧密地团结起来，向着敌人猛攻吧。

其实我和鲁迅先生相识是很晚的，那是一九三五年我从北京到上海编辑《文学月刊》的时候。见面的次数也不多。有时是在展览会上，有时是在人不多的宴会上，有时我也偷偷跑到内山书店，好像是去买书。实在是想看先生一眼的。我还记得第一次看见先生的时候，好像是黄源把我领到他的面前，说出我的名字，我怯生生地伸出手去，握着先生的手，仿佛有一股热烘烘的暖流

追忆鲁迅

传到我的全身,使得我的脸更红了,话更说不出来了,那时候我还不过是一个二十几岁的青年。可是当我鼓起勇气抬起头来望他的时候,他那慈和的,好像早就认识我的亲切的笑脸深深地打动了我,使我顿时恢复了失去的勇气。尽管我不大听得懂他的话,可是他对和他走在一条大路上的青年一代的关切与挚情,我是深深地感受到了。先生对青年的态度,我不但是身受,就是后来我和青年有了更多的接触的时候,我也是在学习先生的这种爱憎分明的态度。而当我和勇往直前、充满了战斗精神的青年在一起的时候,我也觉得自己很年青,很愉快,也很有生气;使我感染到他们的朝气和战斗精神这一点,至今还使我充满了感激之情的。

当我在北京担任《文学季刊》编辑的时候,鲁迅先生就曾寄过文章来。那时候我们真高兴极了,把原稿抄了一份发排;不仅是珍贵先生的手迹,也怕被"检查官"看出了笔迹而加以扣留没收。那时的《文学季刊》的主要作用之一,就是设法发表那些在上海不能发表的稿件,有的甚至已经在上海被"检查官"扣留或抽出,又在《文学季刊》上改题换名印了出来。我们那时只得在敌人的内部矛盾中做好我们的工作。可是当南京的文化特务的魔爪伸到北京来以后,这个办法就行不通了,《文学季刊》也只好停刊,我也只得一人走上海,另闯一条新的道路了。

但更早的说起来,当我还是一个大学生,开始我的文学创作,在一阵激情之下写出的第一首诗就是投给鲁迅先生主编的《语丝》而被刊登出来。那诗实在写得不好,而且后来认识到自己没有写诗的才能,就绝不再写诗了;可是那时看到自己不像样的诗句印成了铅字,由鲁迅先生过目,经过他的手的抚摸而和他的文章在一本刊物上印出来，当时的心情的昂奋是可以想象的。后来当我快离开大学的时候，鲁迅先生以三闲书屋的名义印出了《铁流》和《毁灭》，我就是通过一位同志的手用半价预约来的。当我把这两本书捧在手中，我那兴奋的心情简直是说不出的。同时我也悔恨自己不该只用半价就得到这两本宝贵的书，因为那时我的经济情况还宽裕，不该占去穷苦青年半价购书的机会；同时也感觉到对不起鲁迅先生，使他蒙受不必要的损失。但实在说起来，那时候我也无从用另外的方法来购得这两本书。

我在中学的时候，就是鲁迅先生的热心读者，那正是《语丝》在北京大学二院创刊的时候。后来又有《莽原》。算定了出版日期，准时到传达室前，从砖头下取出一份《语丝》或《莽原》，然后把两大枚铜元放在纸盒里。此外我也订阅《京报》副刊，北新书局在北京翠花街成立以后，我更是一个经常的购书者。从初版的《呐喊》，一直到后来鲁迅先生所印的书，包括先生那时的翻译《苦闷的象征》《出了象牙之塔》我都是争先购得一本。有些文章那时说起来也不一定看得懂，可是在"三·一八"惨案之后，看到《记念刘和珍君》，我不仅看懂了，而且在我小小的心上划下了深刻的血痕，给我勇气，憎恨敌人。在那里我看到："真的猛士，敢于直面惨淡的人生，敢于正视淋漓的鲜血。"在文后，我还看到："苟活者在淡红的血色中，会依稀看见微茫的希望；真的猛士，将更奋然而前行！"那时，在凶暴的军阀统治下的天津，时时把杀下来的人头挂在中学门前的电线杆上，吓得胆小的孩子们半夜都睡不着觉。而我，最初也是感觉到了怕的，由于读了先生的文章，后来却敢于正视。但毕竟那时还是一个孩子,不是猛士,没有能更奋然前行;不过在人群之中,摇旗呐喊,打倒帝国主义和反对卖国政府,我总是不落在别人后边的。

先生小说中的人物,初看就留下不可磨灭的印象,几十年来,一直在记忆中是栩栩如生的阿Q,祥林嫂,孔乙己,吕纬甫,九斤老太、七斤嫂不必说了,《故乡》中的闰土给了我非常深刻的印象。我仿佛看到月光下海边瓜地上拿着钢叉又跑又跳十几岁的闰土,我仿佛也看到三十年后满脸皱纹,灰黄脸,红眼圈的叫着"老爷"的闰土。"一层可悲的厚障壁"隔开了他们,而我,长大起来的时候,也同样地感到鲁迅先生所感受到的悲哀。人与人之间被什么看不见的铁手扯开了,连童年时珍贵的感情也飞得无影无踪了,真是惘然若失,感觉到在过去的日子中,一天一天都在失掉些什么。

但在《藤野先生》中,鲁迅先生却也写出来从挂在北京寓居的东墙上藤野先生的照片中,得到了不倦的教诲和不尽的勇气。读到最后一节,"每当夜间疲倦,正想偷懒时,仰面在灯光中瞥见他黑瘦的面貌,似乎正要说出抑扬顿挫的话来,便使我忽又良心发现,而且增加勇气了"。我就像看到鲁迅先生丢下烟头,振笔如飞,紧握着武器,向着敌人毫不容情地投去。

过去我在经常颠沛流离的生活中也没有能常在壁间悬起先生的照相,但在我的心上,刻印着先生最美丽最神圣的肖像。每当我在困难的面前将要低头的时候,在个人的得失上摇摆不定的时候,在疲困万分渴想休息的时候,……不但先生严峻的脸和慈和的笑容都在督促着我,他的战斗的一生,一节一节地生动地显现在我的眼前。使得我的精神又振奋起来，昂首挺胸，决然前行，大踏步地紧踏着先生的道路前进。

当鲁迅先生逝世二十年的时候，我的琐细的、微不足道的回忆，不过说明一点先生生前对青年一代的关怀与热爱。而我自己，也稍稍说出来直接和间接从先生那里所受到的教诲和益处。

如果鲁迅先生还健在的话，他的笑声该更爽朗，他该笑得更好。对文学青年来说是更有福的，但对残余的邪恶的人和事，他将无情地用烈火把它们烧成灰烬！

原载《萌芽》1956 年第 8 期

鲁迅先生九周年祭

柳亚子

从鲁迅先生去世到今年,已经是九个周年了。在今年的十月十九日来纪念鲁迅先生,总有些和往年不同底感想吧。

毛泽东先生说得好:"中国前途是光明的,但道路是曲折的。"那末,鲁迅先生便是光明的大灯塔,是道路的纪程碑,无怪毛先生要称他做"中国现代的圣人"了。

鲁迅先生主张青年要"敢哭敢笑敢打敢骂"。又说,要做一个现代的中国人。就不能做出"有悖于现代中国人为人的道德"的事情来。这些话都是绝对正确的,但也是某种人所极为头痛的,所以,每逢年年鲁迅先生的忌辰,总有些不愉快的笑话闹出来。这些,大概是大家都没有忘记的吧。

鲁迅先生的遗嘱,有一条是不做空头文学家。这当然也是极度正确的。我以为空头文学家要有两种解释,一种是没有作品的文学家。这当然大家都能了解的。另外一种呢?作品倒是有的,但他除了机械的文学观以外,对于"现代中国人为人的道德",却一点都不懂得。那末,这种所谓文学家,头脑是空空的,不会思想,所以要叫他做空头文学家了。这些人,虽然著作等身,但对于国家民族和人民大众,全无好处,有时且会发生传布毒素的作用。所以鲁迅先生要誓告大家，不要做空头文学家吧。

以下，要讲我和鲁迅先生的关系了。我认识鲁迅先生，好像在一九二八年，还是北新书局老板李小峰替我介绍的。但始终见面不过三次，第一次就是小峰夫妇请客，有鲁迅先生和刘半农，自然也有我和我的太太，我请鲁迅先生写了一幅字，内容就是"横眉冷对千夫指，俯首甘为孺子牛"的一首七律诗吧；第二次是郁达夫夫妇请客，有鲁迅先生和我们夫妇，还有达夫的哥哥郁曼陀（就是上海特区法院刑庭庭长，后来给敌伪刺死的郁华先生，画家郁风女士的父亲）；至于第三次，则已在一九三二年"一·二八"事变以后，为了第三国际党人牛兰夫妇在南京狱中绝食的事情，好像由达夫发起，在一个虹口的什么酒家开了个茶话会，到的人我和鲁迅先生外，有丁玲、茅盾、田汉、洪深、陈望道、楼适夷、姚蓬子等，都是一时知名之士，大家决议打电报到南京司法院院长居觉生处去请愿，签名的三十六人，恰合梁山三十六天罡的数目。大概因为我这个时候还是国民党的中委吧，鲁迅先生便要我领衔。我说："凭学问，凭道德，凭年龄，都是你在我的上面，你何必和我客气呢？"但大家都说"还是你来"，于是我便毅然以梁山泊宋押衙自拟，而鲁迅先生却屈居于卢员外的位置了。电报是用快邮代电打去的，好像隔了半个月吧，批示来了，寄到我的寓所，有"该柳亚子等"字样，内容当然还是一片官腔，毫无结果。我把这批示函请鲁迅先生转给大家看，在信上又写道："觉生是同盟会的委员，又是南社的社友。照南社中的资格讲起来，我还是社长呢，而且彼此又是老朋友，他做了司法院长，居然'该'起我来，那真是院长不可为而可为了。"鲁迅先生给我还信，也说"只好以一叹了之"呢。自从鲁迅先生到上海以后，在最初的数年中，外间还有对他不大了解的人，像我的朋友后来在九龙被敌人打死的林庚白先生，就是一个。他作一首诗来讽刺鲁迅先生，有"渐老恐为吴蔡续"之句，我还竭力和他争论过的。但到"九·一八"和"一·二八"的时候，大家对于鲁迅先生的勇猛精进，谁也不能不五体投地地佩服了，除非像别有肺肠的苏雪林、叶青之流才是例外吧。

鲁迅先生逝世在一九三六年十月十九日，正是我神经麻木症第一次发作而又非常厉害的时候。记得在双十节左右，孙夫人为了抗日运动，有所组织，特地亲自到廖夫人的寓所，叫廖小姐亲自来我处，要我去商讨国家大计，谁知却被我坚决地拒绝了。理由呢，是这个时候我对于政治问题完全不能感觉到兴趣。记得为了这一件事，我心上当时也就非常难过，曾有一封信写给廖小姐，大意是说："我明明知道人是政治的动物，不能脱离政治而生存，因为就是你不去干预政治，政治也会来干预你的。并且，顾亭林天下兴亡匹夫有责的话头，我在发雏未燥的时候早已念得滚瓜烂熟了。但是，其如神经麻木的我，觉得世界上万事万物，除了一桌麻将牌以外，甚么都不感兴趣了。"在这种情形之下，听到了鲁迅先生的噩耗，自然又是给我以一个莫大的打击。并且，我还估计着自己的地位，到底要不要去参加丧葬呢？照我平素对于鲁迅先生的景仰，当然是应当去的，但在这个除了麻将桌子以外不感兴趣的情形下，却要我去和广大的文化群众接触，对我真是太痛苦了。结果，是叫工友送了一个花圈去。那位工友回来，对我说："孔祥熙也送了一个挺大的花圈呢。"我闭目一想，柳亚子与孔庸之比赛送花圈,当然是此"子"远不如那"之"了,当天又害我失眠了一夜。但报纸上对于鲁迅先生丧仪的记载,和出殡的群众的场面,我还是非常关心而且非常感动的。后来他们成立了一个鲁迅先生遗著委员会,好像把我的名字也列在里边,自然直到今天,我一点也没有尽到委员的责任,但在精神上,倒也不失为一种给我的安慰呢。

一九三七年下半年,抗战起来了,我神经麻木症却还是没有好,在上海过了足足三年多的活埋生活,才于一九四〇年年底到了香港。明年一九四一年十月十九日,香港文化界举行鲁迅先生五周年祭,虽然在偷偷摸摸的情形下开会,但到的人还是很多,情绪也非常热烈。我住九龙,而开会的地点在香港,我一个人不大会过海,先期约好了新文字学会秘书张英步陪我。会场上秩序节目之类,我已记不清楚,好像我也被邀起来讲话的。此时我又在神经兴奋时期,觉得对一切都有兴趣,而尤其是政治了。末一下,好像是袁水拍先生朗诵《铸剑》一节,非常的动听。散会以后,忽然有一个同姓不宗的不肖灰孙子柳雨生(这时候他叫做柳存仁,是广东人),硬要拉住我和我讲和。原来这不肖是曾在香港《国民日报》上面,发表过一封给邹韬奋、金仲华、茅盾、胡风四位先生的公开信,他信上的话,都是鲁迅先生所谓"有悖于现代中国人为人的道德"的。但他居然也来参加这五周年祭,我疑心他还是政府的暗探呢。但他还居然钉我的梢,在电车上和我大谈特谈,表示忏悔,他说这封公开信是错误的,现在已经觉悟了。他又说,他曾和已经去世的许地山先生谈过,许先生对他很了解云云。我也只好报以苦笑。因为许先生已归道山,那儿能够起之于地下而给他做证明人呢。但证明人毕竟是有的，就是他自己的行为。他在香港沦陷以后，由柳存仁摇身一变而为柳雨生，在上海俨然是敌伪文化界的要人，去东京，去南京，丑态百出，现在不知怎么样了。我想，也许他摇身再变，会变成文化界的"中兴名将，佐运动臣"了（吴晗先生《惩办汉奸国贼私议》一语），那真是上海话所谓"天晓得"了。不过，对于我八年以前发明的一句口号"反共就是汉奸"六个大字，这不肖灰孙子倒给我以一个很好的证明呢。

举行过鲁迅先生五周年祭不久以后，太平洋战事起来，香港沦陷了。一九四二年，我到了桂林，十月十九日那一天，熊佛西来看我，邀我同去出席广西艺术馆的鲁迅先生六周年祭，说是有很盛大的集会。但刚刚走出我丽君庐的门口，尹瘦石气急败坏地走来，他说，省政府禁止集会，特务队把艺术馆团团围住，欧阳予倩怕我脾气大，跑去了沉不住气，会同特务冲突，闹出乱子来，所以叫他来报信，要我千万不要去。我听了这一番报告，便像我们故乡吴江人俗语所说"长桥上骂知县"一样。站在丽君庐门口，把省当局大骂一顿，说什么叫模范城，什么叫文化城，连一个鲁迅先生的六周年祭都不许举行，还不是天下老鸦一般黑，中国，不亡，是无天理呢。佛西、瘦石也陪我骂着，骂一顿之后，总算把我一肚皮的乌气出清了，就此大吉完蛋。

又过一年，到一九四三年十月十九日，不但政治局面更坏，连我的神经麻木症也"乡下人不识走马灯"地又来了。这一天，端木蕻良来看我，要我到一个偏僻地方的茶馆内去喝茶，说有少数朋友候着，算是替鲁迅先生做七周年祭吧。我一因旧病发作，二因天雨以后。路上泥泞难行，便坚决地拒却了，这样，怕连那个非常可怜相的七周年祭，也没有举行成功吧。

一九四四年六月二十五日，桂林强迫疏散，所谓模范省和文化城，到底经不起事实的考验，狐狸尾巴一露，什么都完了。我因想参加组织东南联防政府尹的工作，开关而去八步，谁知所得到的，又是一张不兑现的支票。结果，神经麻木的老病又发作。在八步过了非常痛苦的一个时期，靠着我太太的明智和淞妹的帮忙，八月底离开八步，从平乐雇船，逆漓江而上，经过了浪得虚名的阳朔，太太被小虫咬得一塌糊涂，谁知九月八日一到桂林，桂林又在闹紧急疏散了。幸亏无忌和无垢都在重庆，得到老朋友们的帮助，搞到了两张飞机票，在最紧张的九月十二日一飞而上渝州，到了那儿，危险已过，应该非常高兴，但我心上的创伤还没有痊愈，以致不能出席十月十九日的鲁迅先生八周年祭。但后来据报纸所载，不出席也罢，也许神经麻木对我还是好的。不然，这天那些"有悖于现代中国人为人的道德"们的丑态，给我看见了，真是非把司的克来揍死几个不行的，至于自己的性命，那在神经兴奋时代，是早已置之度外的呢。

今天是十月九日，离开鲁迅先生九周年祭的日子，还有十天了。《大公晚报》小公园主编者要我写文章，但我因为万恶的凶徒，昨天下午居然把送我还家的廖仲恺先生的爱婿同时也是我的干女婿的李少石打死了，我胸中正憋着一肚子的闷气，无从发泄，如何还能够得出好文章来，所以，只好把这篇不成材的东西，供献给鲁迅先生了。

还有一个尾巴，就是鲁迅先生的生日，是满清光绪七年辛巳废历八月三日，我把他根据薛仲三和欧阳颐所辑《两千年中西历对照表》，查出就是一八八一年九月二十五日，而且凑巧得很，也就是我太太的阳历生朝，所以我曾写了一首诗：

> 禹甸尧封笔阵昌，瓣香早拜鲁灵光。
> 孔姬法乳传茅盾，瑜亮同时有鼎堂。
> 定论延京尊后圣，殊荣莱妇附周行。
> 举杯遥祝春申浦，景宋海婴尽健康。

景宋夫人和海婴公子，正是我离开上海以后五年来所最挂念的人呢。那末这首诗虽然写得不佳，也不算言之无物吧。我以为，在今年的十月十九日，我们应该突破特务匪帮的罗网，来替鲁迅先生做一次盛大的九周年祭，而明年的九月二十五日，是鲁迅先生的六十六岁生朝，我们也需要热闹一番，以纪念这不朽的战士。老实讲，与其崇拜过时的孔老二，春秋两祭，用臭牛肉去喂陈死鬼，倒不如提倡鲁迅先生的逝世纪念和生朝纪念，足以廉顽而立懦，因为他是"不悖于现代中国人为人的道德"底一位现代圣人呀！在光明的大灯塔前，在道路的纪程碑前，我们真要像咆哮般大喊着鲁迅先生万岁了！

原载重庆《大公晚报》1945 年 10 月 19、20 日

漫忆鲁迅先生

田 汉

第一次见到鲁迅先生似乎是在上海某银行公会的楼上,我们是参加一个争取自由的知识层的集会。记得那一次还有潘梓年兄弟,冯雪峰,还有被称为"懂博士"的惟键先生们。鲁迅先生那时身体似乎不甚好,由一位青年朋友扶上楼来的,但他对于这争取自由的运动却是那样真挚,对于许多青年人的意见热心倾听,反复讨论,一点也不冷淡。而且精神焕发不像个有病的。

后来在这样的会合上时常相见。

鲁迅先生五十岁生日是在上海法租界一位荷兰人开的菜馆里举行的。到的人很多,都在如茵的草地上促坐倾谈,外国朋友有斯美特莱女士之流,也有内山书店老板内山完造。那天虽然热闹,大家心里却并非轻松,因为正是政治上压迫十分严紧的时候,洪深兄主办的"学艺研究所"也受着摧残。鲁迅先生得着南京的消息赶忙告诉我,要我小心。那时据说有一张名单包括许多朋友。鲁迅先生很黯然地说到这事。他对于光明的将来虽有着坚定的展望,而于笼罩在中国新文运的暗影及可能到来的浩劫不能不表示忧虑。果然后来许多有力的文化工作者遭受惨祸,有的流了最宝贵的血。鲁迅先生所以有"忍看朋辈成新鬼,怒向刀丛觅小诗"之句。我因鲁迅先生的警告侥幸获免,而同学黄衍仁先生因为住在我的屋子里,不幸替代我受了近两年的缧绁之苦,直到"一·二八"前夜才释出来。

我们参加"艺华影片公司"的时候鲁迅先生曾有一次被邀来看试片和老戏表演,我们问他对老戏的意见,他笑着说他只晓得红脸杀进黑脸杀出。实在那时老戏改革还没有什么成绩,因而也还看不出什么前途。但他认为实际还是广大农民主要娱乐的老戏若在乡村演出还是有它的存在意义。这在他早年的散文《社戏》可以看出他的态度。他在北平看堂会戏不终席而退,但童年在绍兴撑船到几十里外的村子里看庙堂戏却感到一种诱人的美。

鲁迅先生是一切新文化运动的热心的支持者,因此也是很热心的话剧观众。曾为着《阿Q正传》的话剧征求过他的意见。那时正是大众语问题闹得起劲的时候,为着大众化的目的,人们曾主张话剧的地方语演出,我在《中华日报》上发表《阿Q正传》剧本系袁牧之兄译成绍兴话,但鲁迅先生说那不是绍兴话,还是宁波话,因为袁牧之原是宁波人。

原载上海《文萃》第5期,1945年11月6日

忆鲁迅先生

司徒乔

一九二四年我初到北京的时候,是这样一个青年:在广州受过十多年美国教会学校的奴化教育,平时把自己关在校园之内,觉得不问政治是学生的本分,相信"人格救国"那一类废话,课余时间,大部拿来练习写生。我的父母和亲戚都很穷苦,但我从来不去追问这穷和苦的根由。到了北京,因为转学之便。仍然投到美帝文化侵略基地——燕京大学。

这时的北京,正是五四运动后不久,新文学蓬勃发展的时候,就是一个意识十分模糊的人,也会被《晨报》副刊、《新青年》、《语丝》等刊物打开眼界。我逐渐接触一些新文学,特别喜爱鲁迅先生的作品和译作。我入迷地读着《呐喊》《彷徨》《热风》《坟》……我在校旁小巷里散步时,随处都看见祥林嫂、闰土、阿Q、小栓……。他们又使我想起童年在开平乡间所见到的祥林嫂、闰土……。我开始爱上他们,并痛恨那些压弯了他们的脊梁、榨干了他们血液的人吃人的制度;我便开始画,画他们的苦痛和愤怒。

一九二六年,我的画在北京中央公园展出,鲁迅先生来看了展览,也买了画,可惜开会期间我因事回广州,没有见到他,他也始终不知道这些画是在他的作品影响下画成的——当然,我接受他的影响是不够深刻的。

在这之前,我给未名社的书籍、刊物画过封面和插图,也在那儿发表过小说,却始终没有机会拜访过未名社的发起人鲁迅先生。

我第一次见到鲁迅先生,好像是在一九二七年的年底,李小蜂招请的宴席上。他对青年人的关切,使我感到无限温暖。这正是大革命失败,我从武汉退却到上海,精神上无限彷徨的时候。在这苦闷的日子里,我多次到景云里探望鲁迅先生,有时和他一同到"小有天"吃饭,有时同到附近小剧院看戏。他也到过我那巴掌般大的乔小画室看画,为我的展览写文章。当我画那天使吻着耶稣的荆冠时,心里无非是对那些为人民献出自己生命的殉难者表示景仰和悼念;但鲁迅先生却说:"那是胜利"(见《三闲集·看司徒乔君的画》)。这篇文章给我的启示极大。我在当时,由于看不见人民的力量,胜利的观念是薄弱的,先生却一语点醒。文章中还有许多婉转诱导的深意,使我终生不忘。

鲁迅先生的笔锋是那么严峻冷峭,但他对待青年,却是那么蔼然,使人如坐春风。他很少作冗长的议论,但句语富于启发性。有一次当谈及艺术修养问题,记得他说:"内容,是头等重要;可是如果画个拳头也画不出劲儿来,那也不行。"边说还边把拳头捏紧了放在桌子上比了一比。这句一针见血之言,对于行将在法国碰到五花八门的形式主义艺术的我,是可贵的。

在这段时间里,我曾给鲁迅先生画过一个速写,企图试着把捉他那既锐利又和蔼的目光,那既坚强又愉悦的神态。但并未能很好地做到。

  回国后，我一直没机会到上海，只和鲁迅先生互通过一些音讯。一九三六年到上海，他来信约我同到青年会看苏联木刻展览，并和他一家子同进午餐。席间我曾要求他挤出时间，让我给他画个油画像，他欣然答应说："好的，一定，时间定好，就通知你。"可是，那久待的通知并没有来，他不久卧病。那次一同参观，竟成了我们最后一次的会晤！

一九五六年九月二十一日于北京

原载《美术》1956 年 10 月号

党最亲密的战友

——回忆鲁迅先生

邹鲁风

一九三五年的年底,正是"一二·九"抗日救亡的风暴迅速地扩展到全国的时候,北平学联决定派我到上海去参加全国学联的筹备工作。但上海对于我却是一个完全陌生的地方,我唯恐在初到那里,当工作关系还没有接上的情况下发生什么意外,遭遇到敌人的罗网。于是我去找曹靖华先生商量:请他介绍一位熟悉上海情况的可靠的朋友,在必要时给我一些指导和帮助。曹靖华先生在略一沉思之后就说:

"把你介绍给鲁迅先生,这是再可靠不过的,一切他都会帮助你。"

这使我感到意外的高兴。不仅仅是由于像曹靖华先生所说,"这是再可靠不过的",而还在于鲁迅先生是我长期来所熟悉和崇敬的人,我为可以见到他而感到更大的高兴。当我起身向曹靖华先生告辞的时候,他却要我稍等一下,他说:

"给鲁迅先生带点小米去——鲁迅先生是很喜欢用小米煮粥吃的,这东西在上海不容易买到。"说着他走进厨房,提出了半面袋小米交给了我。曹靖华先生对于鲁迅先生生活上这种细微的关心很使我感动。几斤小米当然不是什么贵重的礼物，但正是这样却越见出他们间的超乎世俗人情的真挚而深厚的友谊。以后我才知道，鲁迅先生对于曹靖华先生的关心也正是这么细微备至。

到上海后，我就按照曹靖华先生的指示，到内山书店去访问鲁迅先生。因为怕在路上遇到检查的麻烦，曹靖华先生没有让我亲自携带他写给鲁迅先生的信件，信是由邮局寄出的。我手里提着半袋小米，向一位青年店员说，我是从北平来的，想找鲁迅先生，请他告诉我鲁迅先生的地址。那青年打量一下我的样子，大概是不怎么放心，于是说："不知道。"这回答使我不免有点窘，但我了解，他这是为了鲁迅先生的安全而应该持有的警惕。我只好退一步地向他说："那么我留下几个字，还有这半袋小米，请你一并转交给鲁迅先生可以吗？"他再一次打量一遍我的周身，又用眼扫了扫室内的别人，然后才点头说："好吧。"我匆匆写了张字条，就向那位青年店员告别了。心里微微有些失望但又怀着希望。

到了约定的时间，我再到内山书店。鲁迅先生已经坐在那里和内山先生谈天了。我兴奋地走到先生的面前，把我的名字告诉了他。像是早已很熟的相识，鲁迅先生没有丝毫客气地就让我在他的身边坐下，同时低声地说了一句："回头到外面喝茶去。"就又继续和内山先生去谈天了。我知道他这是在警告我：这里还不是宜于谈话的地方，因为在两边的书架前已有许多看书的顾客。待喝完了内山先生倒给我们的两盏茶，鲁迅先生才向内山先生告辞，我们一起走出了书店。在横过电车道的时候，鲁迅先生告我说：那站在书架前向他打招呼的穿西装的人,就是日本领事馆的特务。

这不免使我有点为鲁迅先生担心。在鲁迅先生领我进了一家咖啡馆。坐下之后,我就问鲁迅先生,他这么公开地走动会不会有什么危险,而我这样贸然地来访会不会给他带来什么麻烦。鲁迅先生笑了,他说:"没有什么。看情形,他们(指国民党)目前似乎还不想下手,他们的吵吵嚷嚷,目的是想吓得我不敢说,不敢动;真正危险倒在他们不声不响的时候——蒋介石这东西就是个流氓。"这最后的一句话鲁迅先生是用极大的轻蔑和激忿说的,虽然声音并不高,但却显得特别鲜明而响亮:仿佛是漫画家的一笔,就勾出了一个神似的肖像。

我想,鲁迅先生的估计是正确的。国民党反动派虽然把鲁迅先生看作眼中钉,在千方百计地加以迫害,但鲁迅先生在人民群众中的长久而广泛的影响以及在国际上的声誉和地位,使得希特勒式的流氓蒋介石也不能不有所顾虑。

谈话继续下去,鲁迅先生对于当前的抗日救亡运动表示极大的关心,他问我北平学生两次示威游行和学生被捕的情况。我向他详细地讲了两次示威的准备、街头上群众和军警的搏斗以及当前运动的趋势。在追述到"一二·一六"的傍晚一部分同学被大批军警围困,而许多群众却自动地给同学们送来开水和馒头的时候,自己不禁流下了几滴悲愤的眼泪。仿佛像幼年时代在外边受了强暴的欺侮,回到家里向父母诉苦时的感情。

鲁迅先生沉默地看着我,没有表示什么安慰,也没有说什么教训,只是一支接着一支不停地吸纸烟。我想:他也许是回忆到

"三·一八"的惨剧而又一度感到极大的愤怒吧。从他那无言的沉默中,我感到一种异常炽烈的同情和比语言更为有力的安慰和鼓励。

大概鲁迅先生有意识地想转变一下我的过于激动的感情,他开始把话题引到学习方面。他问我俄文学习得怎样,是不是可以看书了。我说:还差得很远,看书须化费大部时间去查字典。鲁迅先生爽朗地笑了,他说:这是必然的;在学习的过程肯于常常翻字典已经是很好了。接着他又告诉我:他正在译《死魂灵》,有时也感到很吃力,也常常要去翻字典的。从这里我深刻地体会到鲁迅先生对我的诚恳的教诲,同时也深刻地体会到他的工作的辛苦。但接着我也感到非常的惭愧:当鲁迅先生问我:"曹靖华先生不是正在给你们讲苏联小说《远方》吗?"我竟瞠目不能回答。在"一二·九"的前后我差不多已经有两个月不曾上课了,因此也就丝毫不知道曹靖华先生在给我们讲授的《远方》。鲁迅先生似乎马上也就看出了我的迟疑,他说:"这篇东西已经翻译了出来,不久就可以出版的。"

这一次和鲁迅先生的谈话时间很长,差不多有两个小时,这中间带来的纸烟吃完了,鲁迅先生曾走出去又买了一包。虽然和鲁迅先生是第一次见面,但我丝毫未感到有什么拘束或顾忌,我好像面对一个慈爱、热情的长者,自由地谈着家常。鲁迅先生也没有像他在一篇作品里所说的那样:和一个初次见面的青年常常是他谈得很少;相反地,他这天是谈得很多,而且是谈得那么坦率。这次谈话是怎样结束的,现在已经记不清了。我只还记得,他劝我安心地在上海住下去,他告诉我应该注意的一些事情。但又教我各处跑跑玩玩，不要一个人闷在旅馆里。因我告诉他，我的工作需要等另一个同学到来才能开始，已经等了三四天还不见来，我开始有些着急了。他诚恳地说：有什么事情尽管去找他——办法呢，留一张字条在内山书店。

这一次，我在上海停留了将近半月，恐怕影响鲁迅先生的工作，有五六天的时间没有去看他，但鲁迅先生却要许广平先生来看我了，看我所等待的同学是否已经到来，同时带来了几十块钱，要我一定收下，因为鲁迅先生想到我所住的那个旅馆是很贵的，而为了等人又不能移动，恐怕我自己带来的钱快用完了。这几十块钱我终于收下了，直到我回到北平以后才托曹靖华先生寄还给鲁迅先生。鲁迅先生对于青年的关心是真诚动人的，但正是这样，我没有向鲁迅先生说过感谢的话，我总觉得向他说"感谢"两个字是不恰当的。

我回到北平后不久，学联秘书长姚依林同志要我把一封重要的信送到鲁迅先生那里，请他转交给党中央。信是密写的，表面上是几张空白的信纸装在一个空白的信封里。但是为了安全起见，我仍然拆开了手提皮箱的里层，把它糊在里面了。我想这封信一定与当前的运动有关，我是在担负着一次重要的交通，我应该用生命保证这次任务的完成。（关于这封信，直到去年和一位同志谈起才知道是北方局写给中央的报告。因为当时北方局和中央失掉了联系，所以才请鲁迅先生设法转交。）

在到达上海的第二天就见到了鲁迅先生。依旧是在内山书店小坐之后又到了那个熟悉的咖啡馆。这时虽然静悄悄地没有别的客人，我还是小心地问了鲁迅先生我们在这里谈话是不是安全，等到鲁迅先生答复说：没有什么，我才说明这次来是带有一封重要的信，请先生转交给党中央。鲁迅先生马上说："可以的。"于是我从衣袋里拿出信交给了鲁迅先生，他打开随身带着的一个小包袱，把信放在一本书的上面又包了起来。

这一次我们没有谈得很久，因为这一封信是应该尽快地放到最安全的地方的。

过几天我去向鲁迅先生问回信，鲁迅先生说：信是转了过去，但回信可还是没有。这时我才感到自己的疏忽：来时竟没有问清楚，是否一定要在这里等回信，而交给我信的同志也没有把这一点向我交代。于是，我请鲁迅先生追问一下：是不是有回信和大约什么时候可以有回信。鲁迅先生说：这不大方便。看来鲁迅先生当时转递这样一封信也是有着很大困难的。

我在上海停留的时间，苏联版画正在上海展出。我去参观的那天，遇上了鲁迅先生和许广平先生，我们在同一面墙壁下相向地走近，这使我颇为踌躇起来：在这样的场合，我能够和鲁迅先生说话吗？但很快也就想到了回答：看鲁迅先生的吧，如果不妨事的话，他会先向我打招呼的。几分钟后，果然也就证明了我的想法不错：我们走得很近了，鲁迅先生迅速地接受了我的注目礼，就转向着墙上的版画了，我们当作互相不识地擦肩而过。我知道这里还不是我们可以自由说话的世界。

没有想到，这一次就是我和鲁迅先生的最后一面，过了几个月鲁迅先生就在这个不能自由说话的世界里和我们永别了！

鲁迅先生逝世的消息，我们是从第二天的报纸上看到的。当时，我们几十个青年正搭上停在北平西车站的军用货车，等待开往西安。当这消息在我们中间传遍时，火车也就开动了。大家挤在一个车厢里举行了临时的追悼会。几只口琴奏起了哀乐，大家不禁都热泪盈眶，缓缓地低下了头，震荡的车响声也压不过哭泣的声音。但随着也就有人用鲁迅先生的名言"真的猛士敢于直面惨淡的人生，敢于正视淋漓的鲜血"，来抹去了大家的眼泪，悲泣变成了壮烈的救亡歌声，随着疾驰的火车飘散在广阔的原野。

我们到了西安，那里正在准备大规模的追悼。我特地走到城郊十里外的花圃里，选购了鲜花，并急忙赶制了花圈。我想：鲁迅先生是非常爱好艺术的，纸扎铺里的花圈他一定不会喜欢，甚至感到不快。但自己制成的花圈，手艺也实在不大高明，如果鲁迅先生真的看见，也一定会要笑我的。但又想：这些自然的花朵，总比纸扎的花圈要自然生动得多，于是我好似对于鲁迅先生略尽了一点忠诚，又稍稍感到安心了。

今年是鲁迅先生逝世的二十周年。但鲁迅先生在中国人民的心中是永生的，鲁迅先生的精神将随着中国人民的胜利，越来越大地发着灿烂的光辉。

中国青年的导师，我们党的最亲密的战友，鲁迅先生永垂不朽！

写于一九五六年

原载《中国青年》1956年第20期

鲁迅的德行

许寿裳

鲁迅自己不承认是教育家或青年的导师，然而他的言满天下，尊重创造和奋斗，并且主张扩充文化，指导青年的生活，这些都是合于教育的；他的行为人范，刻苦耐劳，认真周密，赤诚爱国，情愿自作牺牲，这些又是合于教育的。正惟其自己不承认是教师，这才够得上称为真正的教师。他就学在仙台医学专校的时候，伦理学的成绩例在优等，从此可知他的涵养德性，有本有源，他的判断事物的价值，有根有据。我常常说：他不但于说明科学攻习有素，且于轨范科学如伦理学美学之类也研究极深。客观方面既说明事实的所以然，主观方面又能判断其价值的所在。以之运用于创作，每有双管齐下之妙。举例言之，他利用了医学知识写《狂人日记》，而归结于羞恶是非的判断，说："有了四千年吃人履历的我，当初虽然不知道，现在明白，难见真的人！"此非有得于伦理学的修养，明白善恶的价值判断，何能达到这种境地呢！

鲁迅作品中，未尝明言道德，而处处见其德性的流露。他的伟大，不但在创作上可以见到，即在其起居状况，琐屑言行之中，也可见得伟大的模范。现在略略的举出鲁迅的德行的特点：

> 追忆鲁迅

第一是诚爱。 他的创作,即以其诚爱为核心的人格表现。例如《一件小事》(《呐喊》),他描写车夫扶着一个车把摔倒的花白头发的女人,走向巡警分驻所去的时候,突然感到这车夫人格的伟大,说:

> 我这时突然感到一种异样的感觉,觉得他满身灰尘的后影,刹时高大了,而且愈走愈大,须仰视才见。而且他对于我,渐渐的又几乎变成一种威压,甚而至于要榨出皮袍下面藏着的"小"来。
>
> …………
>
> 这事到了现在,还是时时记起。我因此也时时熬了苦痛,努力的要想到我自己。几年来的文治武力,在我早如幼少时候所读过的"子曰诗云"一般,背不上半句了。独有这一件小事,却总是浮在我眼前,有时反更分明,教我惭愧,催我自新,并且增长我的勇气和希望。

第二是勤劳。 鲁迅发愤写作,每每忘昼夜,忘寒暑,甚而至于忘食,民国十六年,我和他同住在中山大学中一间最中央而最高大的处所,通称"大钟楼"的时候,亲见他彻宵写作,《铸剑》一篇,便在这时修改誊正的,虽则注明"一九二六年十月作"。后来同居在白云楼的时候,也亲见"他的住室,阳光侵入到大半间……可是他能在两窗之间的壁下,伏案写稿,手不停挥:修订和重钞《小约翰》的译稿;编订《朝花夕拾》,作后记,绘插图;又编录《唐宋传奇集》"。(拙著《鲁迅的生活》)景宋有云:"他不自己承认有天才,又说:'那里有天才,我是把别人喝咖啡的工夫都用在工作上的。'他实在是不断学习,不断努力。"(《〈鲁迅全集〉编校后记》)

第三是坚贞。 鲁迅的战斗精神坚韧无比,他常常说:"无论爱什么——饭,异性,国,民族,人类,等等——只有纠缠如毒蛇,执着如怨鬼,二六时中,没有已时者有望。"(《华盖集·杂感》)又说:"对于旧社会和旧势力的斗争,必须坚决,持久不断,而且注重实力。旧社会的根柢原是非常坚固的,新运动非有更大的力不能动摇它什么。并且旧社会还有它使新势力妥协的好办法,但它自己是决不妥协的。""我们急于要造出大群的新的战士,但同时,在文学战线上的人还要'韧'。所谓韧,就是不要像前清做八股文的'敲门砖'似的办法。"(《二心集·对于左翼作家联盟的意见》)鲁迅是一位为民请命,拼命硬干的人,民国十九年春,忽负密令通缉的罪名,相识的人都劝他暂避。鲁迅答道:"不要紧的,如果是真的要捉,就不会下通缉令了。就是说有点讨厌,别给我开口——是那么一回事。"俯仰无怍,处处泰然。所以他的身子虽在围攻禁锢之中,而始终奋斗,决不屈服,虽则因为肺结核的病而至垂死的时候,还是不肯小休,"要赶快做"。弥留的前夕,还是握管如恒。真真实践了二十三岁所作《自题小像》的"我以我血荐轩辕"的诗句!

第四是谦虚。 鲁迅不自己承认有天才,对于自己的作品,总是"自视欿然",所以始终有进步的。举个例罢。一九二七年,瑞典人S对于中国新文学,甚感兴趣,欲托人选译鲁迅作品,送给"管理诺贝尔文学奖金委员会",S以为极有希望的,托人征

求鲁迅的同意时,他却答道不愿:

……请你转致半农先生,我感谢他的好意,为我,为中国。但我很抱歉,我不愿如此。

诺贝尔赏金,梁启超自然不配,我也不配,要拿这钱,还欠努力。世界上比我好的作家何限,他们得不到。你看我译的那本《小约翰》,我那里做得出来,然而这作者就没有得到。

…………

我觉得中国实在还没有可得诺贝尔赏金的人,瑞典最好是不要理我们,谁也不给。倘因为黄色脸皮人,格外优待从宽,反足以长中国人的虚荣心,以为真可与别国大作家比肩了,结果将很坏。(《鲁迅书简·答台静农》)

此外,鲁迅的节约,整洁,负责任,富友谊以及为大众服务……美德举不胜举,都足为国民的模范。景宋的《鲁迅的日常生活》,《鲁迅和青年们》,等等,记述得甚为详赡。足供参考。伟哉鲁迅!中华民族之魂!

一九三六年十月

怀亡友鲁迅

许寿裳

"旧朋云散尽,余亦等轻尘!"这是鲁迅哭范爱农的诗句,不料现在我在哭鲁迅了!怀念"平生风谊兼师友",我早该写点东西了!可是总不能动手,挥泪成文,在我是无此本领的。日前有《益世报》记者来要我关于鲁迅的文字,屡辞不获,匆匆写了一短篇,题曰《我所认识的鲁迅》,聊以塞责,未能抒怀。现在《新苗》又快要付印,就献给这一篇:先叙回忆,次述其致死之由,最后则略及其生平和著作。

一 三十五年的回忆

三十五年来,对于鲁迅学术研究的邃深和人格修养的伟大,我是始终佩服的。一九〇二年夏,我往东京留学,他也是这一年由南京矿路学堂毕业派往的,比我早到若干日,我们在弘文学院同修日语,却是不同班(我在浙江班,他在江南班)。他此后的略历如下:

一九〇二年——一九〇四年夏 弘文学院预备日语

一九〇四年秋——一九〇六年春　入仙台医学专门学校

一九〇六年春——一九〇九年春　在东京研究文学兼习德文、俄文

一九〇九年春——一九一〇年夏　归国，在杭州任浙江两级师范学堂生理学及化学教员

一九一〇年秋——一九一一年冬　在绍兴，任中学堂教务长，师范学校校长

一九一二年春——一九二六年夏　一九一二年春任南京教育部部员，同年夏部迁北京任科长佥事，一九二〇年起兼任北京大学、师范大学、女子师范大学讲师

一九二六年秋冬　任厦门大学教授

一九二七年春夏　在广州任中山大学教授兼教务长

一九二七年秋——一九三六年十月十九日　在上海专事著译

自一九〇二年秋至一九二七年夏，整整二十五年中，除了他在仙台，绍兴，厦门合计三年余，我在南昌（一九一七年冬——一九二〇年底）三年外，晨夕相见者近二十年，相知之深有如兄弟。一九二七年广州别后，他蛰居上海，我奔走南北，晤见虽稀，音问不绝。

鲁迅在弘文时，课余喜欢看哲学文学的书。他对我常常谈到三个相联的问题：一、怎样才是理想的人性？二、中国国民性中最缺乏的是什么？三、它的病根何在？这可见当时他的思想已经超出于常人。后来，他又谈到志愿学医，要从科学入手，达到解

决这三个问题的境界。我从此就非常钦佩：以一个矿学毕业的人，理想如此高远，而下手工夫又如此切实，真不是肤浅凡庸之辈所能梦见的。学医以后，成绩又非常之好，为教师们所器重。可是到了第二学年春假的时候，他照例回到东京，忽而"转变"了。

"我退学了。"他对我说。

"为什么？"我听了出惊问道，心中有点怀疑他的见异思迁。"你不是学得正有兴趣么？为什么要中断……"

"是的，"他踌躇一下，终于说，"我决计要学文艺了。中国的呆子，坏呆子，岂是医学所能治疗的么？"

我们相对一苦笑，因为呆子坏呆子这两大类，本是我们日常谈话的资料。《呐喊·自序》文里写这"转变"的经过很详细。

> ……有一回，我竟在画片上忽然会见我久违的许多中国人了，一个绑在中间，许多站在左右，一样是强壮的体格，而显出麻木的神情。据解说，则绑着的是替俄国做了军事上的侦探，正要被日军砍下头颅来示众，而围着的便是来赏鉴这示众的盛举的人们。
>
> 这一学年没有完毕，我已经到了东京了，因为从那一回以后，我便觉得医学并非一件紧要事，凡是愚弱的国民，即使体格如何健全，如何茁壮，也只能做毫无意义的示众的材料和看客，病死多少是不必以为不幸的。所以我们的第一要著，是在改变他们的精神，而善于改变精神的是，我那时以为当然要推文艺，于是想提倡文艺运动了。

他对于这文艺运动——也就是对于国民性劣点的研究,揭发,攻击,肃清,终身不懈,三十年如一日,真可谓"鞠躬尽瘁,死而后已",这是使我始终钦佩的原因之一。

我们今年晤面四回,他都是在病中,而以七月二十七日一回,病体的情形比较最佳,确乎已经是转危为安了。谈话半天,他留我晚饭,赠我一册病中"手自经营",刚才装订完成的《凯绥·珂勒惠支版画选集》,并于卷端手题小文:

> 印造此书,自去年至今年,自病前至病后,手自经营,才得成就,持赠季市一册,以为纪念耳。

到了九时,我要去上京沪夜车了,握着这版画集告别,又忻喜,又惆怅,他还问我几时再回南,并且送我下楼出门,万不料这竟就是他题字赠我的最后一册,万不料"这一去,竟就是我和他相见的末一回,竟就是我们的永诀"。

二　致死之由

鲁迅所患的是肺病,而且是可怕的肺结核,虽经医师给了好几回警告,他却不以为意,也没有转告别人,谁都知道肺病是必须安心调养的,何况他自己是懂得医学的,但是他竟不能这样做!本年四月五日给我一信,其中有云:

> 我在上月初骤病,气喘几不能支,注射而止,卧床

> 数日始起，近虽已似复原，但因译著事烦，终极困顿。
> 倘能优游半载，当稍健，然亦安可得哉？

并不说明肺病，我又疏忽糊涂，以为不过是感冒之类，所以回信只劝他节劳调摄。五月底我往上海，看见他气喘未痊，神色极惫，瘦削不成样子，才知道这病势严重，极为担心，便劝他务必排遣一切，好好地疗养半年，他很以为然，说："我从前总是为人多，为己少，此后要想专心休养了。"六月初，景宋来信云病体已转危为安，到七月一日，我再晤面，确乎已渐恢复。医师劝他转地疗养，我便竭力怂恿，回家后还去信催问动身日期。他七月十七日复信有云：

> 三日惠示早到，弟病虽似向愈，而热尚时起时伏，所以一时未能旅行。现仍注射，当继续八日或十五日，至尔时始可定行止，故何时行与何处去，目下初未计及也。

又九月二十五日信云：

> 贱恙时作时止，毕竟如何，殊不可测，只得听之。

病势拖久，原是极可忧虑之事。他九月五日所作的一篇《死》（《中流》一卷二期），中间有记述 D 医师诊断的一段，很可注意：

> ……大约实在是日子太久,病象太险了的缘故罢,几个朋友暗自协商定局,请了美国的D医师来诊察了。他是在上海的唯一的欧洲的肺病专家,经过打诊,听诊之后,虽然誉我为最能抵抗疾病的典型的中国人,然而也宣告了我的就要灭亡;并且说,倘是欧洲人,则在五年前已经死掉。这判决使善感的朋友们下泪。我也没有请他开方,因为我想,他的医学从欧洲学来,一定没有学过给死了五年的病人开方的法子。

再检视两年前他的手札,如云:"从月初起,天天发热,不能久坐,盖疲劳之故,四五天以前已渐愈矣。上海多琐事,亦殊非好住处也。"(一九三四年十一月二十七日)又云:"弟因感冒,害及肠胃,又不能优游,遂至颓惫多日,幸近已向愈,胃口亦渐开,不日当可复原。"(十二月九日)话虽如此,其实病根都在肺部,偶因感冒或过劳而加剧罢了。所可悲痛的是始终不能优游,直到临死的前日,还不能不工作如故,而且"要赶快做"。呜呼鲁迅!不幸而有此病,带病奋斗,所向无敌,而终于躺倒不起者,我看至少有三个原因:

(一)心境的寂寞

呐喊冲锋了三十年,百战疮痍,还是醒不了沉沉的大梦,扫不清千年淤积的秽坑。所谓右的固然靠不住,自命为左的也未必靠得住,青年们又何尝都靠得住。试读他的"两间余一卒,荷戟独仿徨"(《集外集·题仿徨》),"惯于长夜过春时"(《南腔北调集·为了忘却的记念》），就可想见其内心含着无限的痛苦！又读他去年的一首《残秋偶作》：

> 曾惊秋肃临天下，敢遣春温上笔端。
> 尘海苍茫沉百感，金凤萧瑟走千官。
> 老归大泽菰蒲尽，梦坠空云齿发寒。
> 竦听荒鸡偏阒寂，起看星斗正阑干。

俯仰身世，无地可栖，是何等的悲凉孤寂！

（二）精力的剥削

他的生命是整个献给我们中华民族的，"我以我血荐轩辕"这句诗可说是实践到底，毫无愧色的。可是我们的同胞没有让他能够好好地整个儿贡献，倒是重重剥削，各各窝分，有许多人都争着挖取它的精神的一分。有些书店老板借它以牟利，有些青年作家借它以成名。还有，他的生前和死后，版权毫无保障，翻版或偷印本层出不穷，单是一本《南腔北调集》，改头换面的就不知道有若干种。自政府以至人民，自亲朋以至社会，有谁曾经保护过他点什么，赠给过他点什么？毕生所受的只有压迫，禁锢，围攻，榨取。……譬如一池清水，这个也汲取，那个也汲取，既没有养活的源头，自然容易枯掉。

（三）经济的窘迫

他的生活只靠版税和卖稿两种收入，所有仰事俯畜，旁助朋友,以及购买印行图书等费尽出于此。但是版税苦于收不起,卖稿也很费力,只看那《死》中的一句云:"假使我现在已经是鬼,在阳间又有好子孙,那么,又何必零星卖稿,或向北新书局去算账呢……"便可窥见他的隐痛了。在日本,虽有几个杂志社很欢迎他的文章,酬金也颇优,只是他不愿意多写,必待屡次被催,实在到了情不可却的时候,才写出一点寄去,因为他自己知道文章里免不了讽刺友邦。例如《我要骗人》的末尾有云:

> 写着这样的文章,也不是怎么舒服的心地。要说的话多得很,但得等候"中日亲善"更加增进的时光。不久之后,恐怕那"亲善"的程度,竟会到在我们中国,认为排日即国贼——因为说是共产党利用了排日的口号,使中国灭亡的缘故——而到处的断头台上,都闪烁着太阳的圆圈的罢,但即使到了这样子,也还不是披沥真实的心的时光。

我到后来才明白:他大病中之所以不请D医开方,大病后之所以不转地疗养,"何时行与何处去"始终踌躇着,多半是为了这经济的压迫。

三 生平和著作

鲁迅的人格和作品的伟大稍有识者都已知道,原无须多说。至于他之所以伟大,究竟本原何在?依我看,就在他的冷静和热烈双方都彻底。冷静则气宇深稳,明察万物;热烈则中心博爱,自任以天下之重。其实这二者是交相为用的。经过热烈的冷静,才是真冷静,也就是智;经过冷静的热烈,才是真热烈,也就是仁。鲁迅是仁智双修的人。唯其智,所以顾视清高,观察深刻,能够揭破社会的黑暗,抉发民族的劣根性,这非有真冷静不能办到的;唯其仁,所以他的用心,全部照顾到那愁苦可怜的劳动社会的生活,描写得极其逼真,而且灵动有力。他的一支笔,从表面看,有时好像是冷冰冰的,而其实是藏着极大的同情,字中有泪的。这非有真热烈不能办到的。欲明此意,只将《呐喊》中的《阿Q正传》和《彷徨》中的《祝福》两篇,比照对看便知。

鲁迅又是言行一致的人。他的二百万言以上的创作,任取一篇,固然都可以看出伟大的人格的反映,而他的五十六年的全生活,为民族的生存而奋斗,至死不屈,也就是一篇天地间的至文——一篇可泣可歌光明正大的至文,这仁智双修言行一致八个字,乃是鲁迅之所以为鲁迅!

有人以为鲁迅多怒,好骂是一个缺点,骂他者和被骂者都不是他的敌手,实在不值得费这许多光阴,化这许多气力去对付,所谓"割鸡焉用牛刀"。殊不知这正是鲁迅的伟大之处。他看准了缺点,就要愤怒,就要攻击,甚而至于要轻蔑。他的最近作《半夏小集》里有这样的话:

> 琪罗编辑圣·蒲孚的遗稿,名其一部为《我的毒》(Mes Poisons);我从日译本上,看见了这样的一条:
> "明言着轻蔑什么人,并不是十足的轻蔑。惟沉默

是最高的轻蔑。——我在这里说,也是多余的。"

诚然,"无毒不丈夫",形诸笔墨,却还不过是小毒。最高的轻蔑是无言,而且连眼珠也不转过去。

我从来不曾看到鲁迅有谩骂,倒是只看见他的慎重。他的骂人是极有分寸,适如其分,连用字都非常谨严,仿佛戥子秤过似的。所谓"以直报怨","即以其人之道,还治其人之身"。

他的慎重,我在此只举一个例,就可以概见其余。当一九二五年初,《京报副刊》征求"青年必读书",有许多人大开书目,陆续发表,连我也未能免俗,他呢?只写了十四个大字,叫做:

从来没有留心过,所以现在说不出。

后面有附注(见《华盖集》)。可见自命为青年的导师的,不见得胜任愉快,而他的谨慎工夫,则真可为青年的领导。

又有人以为鲁迅多疑,这是确的,他曾经有自白,例如《关于杨君袭来事件的辩正》(《集外集》)其一有云:

现在我对于我那记事后半篇中神经过敏的推断这几段,应该注销。但以为那记事却还可以存在:这是意外地发露了人对人——至少是他对我和我对他——互相猜疑的真面目了。

又其二有云:

今天接到一封信和一篇文稿，是杨君的朋友，也是我的学生作的，真挚而悲哀，使我看了很觉得惨然，自己感到太易于猜疑，太易于愤怒。他已经陷入这样的境地了，我还可以不赶紧来消除我那对于他的误解么？

然而旧社会上，另一方面的下劣凶残，每每有出于他的猜疑之外的，这又从何说起呢！例如《记念刘和珍君》(《华盖集续编》)所云：

……我向来是不惮以最坏的恶意来推测中国人的，然而我还不料，也不信竟会下劣凶残到这地步。

又有人以为鲁迅长于世故，却又有人以为他不通世故，其实都不尽然，只是与时宜不合罢了。他在《世故三昧》(《南腔北调集》)里说得很明白：

……待到他们又在谈着这事的时候，我便说出我的所见来，而不料大家竟笑容尽敛，不欢而散了，此后不和我谈天者两三月。我事后才悟到打断了他们的兴致，是不应该的。

这种使人扫兴的事，那些更"'深于世故'而避开了'世'不谈"者决不会做，而鲁迅热情难遏，偏要"说出"，是知其不可而为之。

总之，鲁迅是伟大的。竟不幸而孤寂穷苦以终，是谁之过欤！是谁之过欤！

然而，我确信将来他是愈远愈伟大的。现在就引用他的《战士和苍蝇》(《华盖集》)中的几句话作为结束罢：

> Schopenhauer说过这样的话：要估定人的伟大，则精神上的大和体格上的大，那法则完全相反。后者距离愈远即愈小，前者却见得愈大。
>
> ……
>
> 有缺点的战士终竟是战士，完美的苍蝇也终竟不过是苍蝇。

一九三六年十一月八日鲁迅逝世后十九日

附 记

自鲁迅逝世后，各方纪念文字看得不少，个人觉得许季上先生的一首挽诗，最足以显示鲁迅的真精神，附录于此，以申同契。

哭周豫才兄

许 丹

惊闻重译传殒死[①]，

[①] 十月十九日夜，见月文晚报载兄死讯，述垂死前情况至为凄切，不忍再读。(原编注)

坐看中原失此人。
两纪交情成逝水,
一生襟抱向谁陈。
于今欲杀缘无罪①,
异世当知仰大仁②。
岂独延陵能挂剑,
相期姑射出埃尘。

---

① 子项子路相与言曰:"杀夫子者无罪,藉夫子者不禁。"(原编注)
② 兄慈仁恻怛,心如赤子,而世人不省,伐树削迹,阨之至死。(原编注)

▶ 追忆鲁迅

鲁迅的生活

许寿裳

　　鲁迅是预言家,是诗人,是战士。我在《怀亡友鲁迅》文中说过,"他的五十六年全生活是一篇天地间的至文",也就是一篇我们中华民族的杰作。这样伟大的一生决不是短时间所能说尽的,不过随便谈谈,得个大概罢了。

　　在开讲之前,我要问诸位一声,诸位大概在中学时代,甚而至于在小学时代已经读过了鲁迅的作品。读了之后,在没有会见他或者没有见过他的照相之前,那时诸位的想象中,鲁迅是怎样一个人?这种回忆,对于鲁迅的认识上是很有帮助的。我的一位朋友的女儿,十余年前,在孔德学校小学班已经读了鲁迅的作品,有一天,听说鲁迅来访她的父亲了,她便高兴之极,跳跃出去看,只觉得他的帽子边上似乎有花纹,很特别。等到挂上帽架,她仰着头仔细一望,原来不过是破裂的痕迹。后来,她对父亲说:"周老伯的样子很奇怪。我当初想他一定是着西装,皮鞋,头发分得很光亮的。他的文章是这样漂亮,他的服装为什么这样不讲究呢?"

　　再讲一个近时的故事:这见于日本内山完造的《鲁迅先生》文中,用对话体记着,有一天,鲁迅照常穿着粗朴的蓝布长衫,廉价的橡皮底的中国鞋,到大马路 Cathy Hotal 去看一个英国人。

"可是,据说房间在七层楼,我就马上去搭电梯。那晓得司机的装着不理会的脸孔,我以为也许有谁要来罢,就这么等着。可是谁也没有来,于是我就催促他说'到七层楼',一催,那司机的家伙便重新把我的神气从头顶到脚尖骨溜骨溜地再打量一道,于是乎说'走出去!'终于被赶出了电梯。"

"那才怪呢!后来先生怎么呢?"

"没有办法,我便上扶梯到七层楼:于是乎碰见了目的的人,谈了两小时光景的话,回来的时候,那英国人送我到电梯上。恰巧,停下来的正是刚才的那一部电梯。英国人非常殷勤,所以这次没有赶出我,不,不是的,那个司机非常窘呢。——哈哈哈……"(《译文》二卷三期,日本原文见《改造》十八卷十二号)

关于鲁迅容貌的印象:我在此引一个英国人的话,颇觉简而得要,这见于 H.E.Shadick 的《对鲁迅的景仰》文中。他是燕大英文学系主任教授,不曾会见过鲁迅,只是从照相上观察,说道:

在我的面前呈现着一张脸,从耸立的头发到他的有力的颚骨,无处不洋溢出坚决和刚毅。一种坦然之貌,惟有是完美的诚恳的人才具备的。前额之下,双眼是尖锐的,而又是忧郁的。眼睛和嘴都呈露出他的仁慈心和深切的同情，一抹胡须却好象把他的仁慈掩盖过去。

这些特质同样地表现在他的作品中，在他的生命里……（原文见《燕大周刊丛书》之一，《纪念中国文化巨人鲁迅》）

鲁迅的生活状况可分为七个时期：（一）幼年在家时期，一—十七岁；（二）江南矿路学堂时期，十八—二十一岁；（三）日本留学时期，二十二—二十九岁；（四）杭州绍兴教书时期，二十九—三十一岁；（五）北京工作时期，三十二—四十六岁；（六）厦门广州教书时期，四十六—四十七岁；（七）上海工作时期，四十七—五十六岁。

一、幼年在家时期

一至十七岁，预备时期（一八八一——一八九七）。这期的时代背景最大的有甲午中日之战。

鲁迅的幼年生活有他的回忆录——《旧事重提》，后改名为《朝花夕拾》——可供参考，现在略举几个特点如下：

（一）好看戏

（甲）五猖会。（见《朝花夕拾》）是一件罕逢的盛事，在七岁时候，正当高兴之际，突然受了打击，他的父亲要他读熟《鉴略》数十行，背不出不准去，后来虽然背出，不遗一字，却已弄到兴趣索然。

（乙）社戏。（见《呐喊》）

（丙）夜戏，目连戏。（见《朝花夕拾·无常》）

（丁）女吊。（见《中流》三期）绍兴有两种特色的鬼：一种是表现对于死的无可奈何，而且随随便便的"无常"，一种便是"女吊"，也叫作"吊神"，是带复仇性的，比别的一切鬼魂更美，更强的鬼魂。鲁迅临死前二日——十月十七日下午在日本作家鹿地亘的寓所，也谈到这"女吊"，这可称鲁迅的最后谈话。（日本池田幸子有一篇《最后一天的鲁迅》记及此事，见日本杂志《文艺》四卷十二号。）

（戊）胡氏祠堂看戏。这点在他的著作里是没有谈到，我从他的母亲那里听来的：在十余岁时候，胡家祠堂里演戏，他事先已经看好了一个地方——远处的石凳。不料临时为母亲所阻止，终于哭了执意要去看，至则大门已关，不得进去。后来知道这一天，因为看客太多，挤得石凳断了，摔下来，竟有被压断胫骨的。他之不得其门而入，幸哉幸哉！他幼年爱好看戏，至于如此，可是后来厌恶旧剧了。

（二）好绘画

（甲）描画。用一种荆川纸，蒙在小说的绣像上一个个描下来，像习字时候的影写一样。……最成片段的是《荡寇志》和《西游记》的绣像，都有一大本。（见《朝花夕拾·从百草园到三味书屋》）

（乙）搜集图画。（见《朝花夕拾·阿长与〈山海经〉

〈二十四孝图〉》）这和他后来中年的搜集，研究汉画像，晚年的提倡版画，有密切的关系。

（三）不受骗

（甲）不听衍太太的摆布。（见《朝花夕拾·琐记》）

（乙）对于《二十四孝图》的怀疑。"其中最使我不解，甚至于发生反感的，是'老莱娱亲'和'郭巨埋儿'两件事。（见《朝花夕拾·二十四孝图》）这样从小就有独到之见，和上述的艺术兴趣，可见他在此时期，天才的萌芽已经显露出来了。

二、江南矿路学堂时期

十八至二十一岁（一八九八——一九〇一）。这期的国家大事有戊戌变法和庚子义和团之役。

他的学堂生活从此开始，起初考入水师学堂，后才改入矿路学堂，《朝花夕拾》里有一篇《琐记》是可参考的。此外，还有几件事：

（一）爱看小说

新小说购阅不少。对于功课从不温习，也无须温习，而每逢月考，大考，名列第一者什居其八。

（二）好骑马

往往由马上坠落，皮破血流，却不以为意，常说："落马一次,即增一次进步。"

(三)不喜交际

至于苦学的情况,如以八元旅费上南京,夹裤过冬,凡上下轮船总是坐独轮车,一边搁行李,一边坐人。

三、日本留学时期

二十二至二十九岁,修养时期(一九〇二——九〇九夏)。这期的大事是俄兵占领奉天,日俄开战;革命思潮起于全国,和他个人关系较切的有章太炎师的下狱,徐锡麟,秋瑾的被杀等。

这留学时期又可分为三个小段:(一)东京弘文学院时期,(二)仙台医学专门学校时期,(三)东京研究文学时期。

(一)东京弘文学院时期(一九〇二——九〇四夏)

此时,我初次和他相识,他在课余爱读哲学文学的书以及常常和我谈国民性问题,这已见于拙著《怀亡友鲁迅》,兹不赘述。他曾为《浙江潮》撰文,有《斯巴达之魂》,《说鈤》等(见《集外集》),鈤即镭也。

(二)仙台医专时期(一九〇四——九〇六春)

他学医的动机:(一)恨中医耽误了他的父亲的病。(二)确知日本明治维新是大半发端于西医的事实。以上两点,参阅《呐喊》序文和《朝花夕拾·父亲的病》便知。但是据我所知,除此以外，还对于一件具体的事实起了弘愿，也可以说是一种痴想，就是：（三）救济中国女子的小脚，要想解放那些所谓"三寸金莲"，使恢复到天足模样。后来，实地经过了人体解剖，悟到已断的筋骨没有法子可想。这样由热望而苦心研究，终至于断念绝望，使他对于缠足女子的同情，比普通人特别来得大，更由绝望而愤怒，痛恨赵宋以后历代摧残女子者的无心肝，所以他的著作里写到小脚都是字中含泪的。例如：

（1）见了绣花的弓鞋就摇头。（《朝花夕拾·范爱农》）

（2）"至于缠足，更要算在土人的装饰法中，第一等的新发明了。……可是他们还能走路，还能做事；他们终是未达一间，想不到缠足这好法子。……世上有如此不知肉体上的苦痛的女人，以及如此以残酷为乐，丑恶为美的男子，真是奇事怪事。"（《热风·随感录四十二》）

（3）小姑娘六斤新近裹脚，"在土场上一瘸一拐的往来"。（《呐喊·风波》）

（4）讨厌的"豆腐西施"，"两手搭在髀间，没有系裙，张着两脚，正象一个画图仪器里细脚伶仃的圆规"。（《呐喊·故乡》）

（5）爱姑的"两只钩刀样的脚"。（《彷徨·离婚》）

（6）"……女人的脚尤其是一个铁证，不小则已，小则必求其三寸，宁可走不成路，摇摇摆摆。"（《南腔北调集·由中国女人的脚，推定中国人之非中庸，又由此推定孔夫子有胃病》）

他的感触多端，从此着重在国民性劣点的研究了。可见《呐喊》序文所载，在微生物学讲义的影片里，忽然看到咱们中国人的将被斩，就要退学，决意提倡文艺运动，这影片不过是一种刺激,并不是惟一的刺激。

(三)东京研究文学时期(一九〇六——九〇九夏)

一九〇二年的夏天,留日学生的人数还不过二三百,后来"速成班"日见增多,人数达到二万,真是浩浩荡荡,他们所习的科目不外乎法政,警察,农,工,商,医,陆军,教育等,学文艺的简直没有,据说学了文学将来是要饿死的。

然而鲁迅就从此致力于文艺运动,至死不懈。

此时,他首先绍介欧洲新文艺思潮,尤其是弱小民族,被压迫民族的革命文学。有两件事应该提到的:(一)拟办杂志《新生》,(二)译域外小说。这两件事说来颇长,好在他令弟知堂(作人)所作的《关于鲁迅(二)》(《宇宙风》三十期)文中已经叙明,我不必重复详说,只略略有所补充而已。《新生》虽然没有办成,可是书面的图案以及插图等等,记得是统统预备好了,一事不苟的;连它的西文译名,也不肯随俗用现代外国语,而必须用拉丁文目 Vita Nuova。后来,鲁迅为《河南》杂志撰《文化偏至论》,《摩罗诗力说》,绍介英国的摆伦,德国的尼采,索宾霍尔,瑙威的易卜生,及俄国波兰匈加利的诗人等。《域外小说集》初印本的书面也是很优美的,图案是希腊的艺术,题字是篆文《或外小说人》,纸质甚佳,毛边不切。

大家都知道《新青年》杂志是新文化运动——文学革命,思想革命——的急先锋。它的民七,一月号,胡适之的《归国杂感》,说调查上海最通行的英文书籍,"都是和现在欧美的新思想毫无关系的,怪不得我后来问起一位有名的英文教习,竟连

Bernard Shaw 的名字也不曾听见过，不要说 Tsheckhov 和 Andrejev 了，我想这都是现在一班教会学堂出身的英文教习的罪过"。殊不知周氏兄弟在民七的前十年，早已开始译 Tsheekboy 和 Andrejev 的短篇小说了。

鲁迅实在是绍介和翻译欧洲新文艺的第一个人。

总之，他在游学时期，用心研究人性和国民性问题，养成了冷静而又冷静的头脑。惟其爱国家爱民族的心愈热烈，所以观察得愈冷静。这好比一个医道高明的医师，遇到了平生最亲爱的人，患着极度危险的痼疾，当仁不让，见义勇为，一心要把他治好。试问这个医师在这时候，是否极度冷静地诊察，还是蹦蹦跳跳，叫嚣不止呢？这冷静是他的作品所以深刻的根本原因。

四、杭州绍兴教书时期

二十九至三十一岁（一九〇九夏——一九一一冬）。这时期的大事是辛亥革命。

民元前三年夏，他因为要负担家庭的费用，不得不归国做事了。在杭州任两级师范学堂生理和化学教员一整年，在绍兴任中学堂教务长一年余，革命以后，任师范学校校长几个月。

在两级师范教化学的时候，有过这样的一件事："他在教室试验轻气的燃烧，因为忘记携带火柴了，故于出去时告学生勿动收好了的轻气瓶，以免混入空气，在燃烧时炸裂。但是取火柴回来一点火，居然爆发了；等到手里的血溅满了白的西装硬袖和点名簿时，他发见前两行只留着空位：这里的学生，想来是趁他出去时放进空气之后移下去的,都避在后面了。"所以孙春台(福熙)的《我所见于〈示众〉者》里说:"鲁迅先生是人道主义者,他想尽量的爱人;然而他受人欺侮,而且因为爱人而受人欺侮。倘若他不爱人,不给人以轻气瓶中混入空气,燃烧时就要爆裂的智识,他不至于炸破手。……"(民十五,五月。《京报副刊》)

五、北平工作时期

三十二至四十六岁(民元—十五年秋,即一九一二—一九二六秋)。这期的大事,国内有民元中华民国成立,民四日本"二十一条"的威胁及洪宪称帝,民六张勋复辟运动,民十四孙中山先生逝世及上海五卅惨案,民十五北京"三·一八"惨案及国民革命军北伐;国外有世界大战。

元年一月,临时政府成立于南京,鲁迅应教育总长蔡孑民先生之招,到部办事,公余老是钞沈下贤的集子。一日,曾偕我同董恂士(鸿祎)去访驻防旗营的残址,只见已经成了一片瓦砾场,偶尔剩着几间破屋,门窗全缺,情状是很可怜,使他记起了从前在矿路学堂读书的时候,骑马过此,不甘心受旗人的欺侮,扬鞭穷追,以致坠马的故事。

同年五月,到北京,住绍兴会馆,先在藤花馆,后在古槐书屋,这便是相传在槐树上缢死过一个女人,从此多年没有人要住的。八年移居八道湾,十二年迁寓砖塔胡同,十三年移入宫门口西三条新屋。

在北京工作十五年,其间又可分为前后两段,以《新青年》

> 追忆鲁迅

撰文（民国七年）为界，前者重在辑录研究，后者重在创作。

前期住在会馆，散值的工作是：（一）钞古碑，（二）辑故书，这二事可参考知堂的《关于鲁迅》（《宇宙风》二九期）。（三）读佛经，鲁迅的信仰是科学，不是宗教，他说佛教和孔教一样，都已经死亡，永不会复活了。所以他对于佛经，只作人类思想史的材料看，藉此研究其人生观罢了。别人读了佛经，就趋于消极，而他独不然。

至于他的创作短篇小说，开始在民国七年四月，发表在同年五月号的《新青年》，正值五四运动的前一年。其第一篇曰《狂人日记》，才用"鲁迅"作笔名，"从此以后，便一发而不可收"，他的创作力好像长江大河，滚滚不绝。这是鲁迅生活上的一个大发展，也是中国文学史上应该大书特书的一章。因为从此，文学革命才有了永不磨灭的伟绩，国语文学才有了不朽的划时代的杰作，而且使他成为我们中国思想界的先知，民族解放上最勇敢的战士。现在时间有限，我只就《狂人日记》和《阿Q正传》两篇作个举例的说明而已。

《狂人日记》是借了精神迫害狂者来猛烈地掊击礼教的。据鲁迅自己说："因那时的认为'表现的深切和格式的特别'，颇激动了一部份青年读者的心。然而这激动，却是向来怠慢了绍介欧洲大陆文学的缘故。一八三四年顷，俄国的果戈理（N. Gogol）就已经写了《狂人日记》……但后起的《狂人日记》意在暴露家族制度和礼教的弊害，却比果戈理的忧愤深广，也不如尼采的超人的渺茫。"（参阅《中国新文学大系·小说二集导言》）这是实实在在的话，试问读到篇中所云：

> 我翻开历史一查,这历史没有年代,歪歪斜斜的每叶上都写着"仁义道德"几个字。我横竖睡不着,仔细看了半夜,才从字缝里看出字来,满本都写着两个字是"吃人"!

又云:

> 有了四千年吃人履历的我,当初虽然不知道,现在明白,难见真的人!

有谁不感到礼教的迫害,有谁不想奋起而来攻击呢?他的其余作品有好多篇仿佛可作这《狂人日记》的说明,《祝福》便是一个例子。《祝福》的惨事,不惨在狼吃了"阿毛",而惨在礼教吃了"祥林嫂"。

我那时在南昌,读到《狂人日记》就非常感动,觉得这很像周豫才的手笔,而署名却是姓鲁,天下岂有第二个豫才乎?于是写信去问他,果然回信来说确是"拙作",而且那同一册里有署名"唐俟"的新诗也是他作的。到了九年的年底,我们见面谈到这事,他说:"因为《新青年》编辑者不愿意有别号一般的署名,我从前用过'迅行'的别号是你所知道的,所以临时命名如此:理由是(一)母亲姓鲁,(二)周鲁是同姓之国,(三)取愚鲁而迅速之意。""至于唐俟呢?"他答道:"哦!因为陈师曾(衡恪)那时送我一方石章,并问刻作何字,我想了一想,对他说'你叫做槐堂,我就叫俟堂罢'。"我听到这里,就明白了这"俟"字的涵义。那时部里的长官某很想挤掉鲁迅,他就安静地等着,所谓"君子居易以俟命"也。把"俟堂"两个字颠倒过来,"堂"和"唐"两个字同声可以互易,于是成名曰"唐俟",周,鲁,唐,又都是同姓之国也。可见他无论何时没有忘记破坏偶像的意思。

《阿Q正传》的署名是"巴人",取"下里巴人",并不高雅的意思。(《华盖集续编·〈阿Q正传〉的成因》)大家都知道这是一篇讽刺小说,在描写中国民族的魂灵。知堂在十一年三月十九日《晨报副刊》上说过:"阿Q这人是中国一切的谱——新名词称作'传统'——的结晶,没有自己的意志而以社会的因袭的惯例为其意志的人,所以在实社会里是不存在而又到处存在的。……(他)承受了恶梦似的四千年来的经验所造成的一切'谱'上的规则,包含对于生命幸福名誉道德各种意见,提炼精粹,凝为个体,所以实在是一幅中国人品性的'混合照相',其中写中国人的缺乏求生意志,不知尊重生命,尤为痛切,因为我相信这是中国人的最大的病根。"(仲密:《自己的园地》八。后来印成单行本的时候,这一篇未见收入。)

《阿Q正传》发表于民国十年十二月,到现今是整整的十五年了。我每次读到它,总感觉一种深刻和严肃,并且觉得在鲁迅的其余作品中,有许多处似乎可当作这篇的注解或说明来读,因为描写阿Q的劣性仿佛便是描写民族的劣性故也。现在随便举出几点,彼此参照,便可了然,例如:

(一)自大

阿Q和别人口角的时候,间或瞪着眼睛道:"我们先前——

比你阔的多啦！你算是什么东西！"这宛然是以"中国地大物博，开化最早，道德天下第一"自负的国粹派的口吻，鲁迅所时常指摘的："他们自己毫无特别才能，可以夸示于人，所以把这国拿来做个影子；他们把国里的习惯制度抬得很高，赞美的了不得；他们的国粹，既然这样有荣光，他们自然也有荣光了！"（《热风》十八，十九两页）

（二）卑怯

阿Q"发起怒来，估量了对手，口讷的他便骂，气力小的他便打……"试读《随感录四十八》有云："中国人对于异族，历来只有两样称呼：一样是禽兽，一样是圣上。从没有称他朋友，说他也同我们一样的。"（《热风》四三页）还有《通讯》云："先生（旭生）的信上说：惰性表现的形式不一，而最普通的，第一就是听天任命，第二就是中庸。我以为这两种态度的根柢，怕不可仅以惰性了之，其实乃是卑怯。遇见强者，不敢反抗，便以'中庸'这些话来粉饰，聊以自慰。所以中国人倘有权力，看见别人奈何他不得，或者有'多数'作他护符的时候，多是凶残横恣，宛然一个暴君，做事并不中庸；待到满口'中庸'时，乃是势力已失，早非'中庸'不可的时候了。一到全败，则又有'命运'来做话柄，纵为奴隶，也处之泰然，但又无往而不合于圣道。这些现象，实在可以使中国人败亡，无论有没有外敌。要救正这些，也只好先行发露各样的劣点，撕下那好看的假面具来。"（《华盖集》二二页）还有，《忽然想到（七）》有云："……可惜中国人但对于羊显凶兽相，而对于凶兽则显羊相，所以即使显着

凶兽相,也还是卑怯的国民。这样下去,一定要完结的。……"(《华盖集》五七,五八两页)

(三)善变——投机,迎合取巧

阿Q本来是深恶革命的,后来却也有些神往,想"革命也好罢……"试读《忽然想到(四)》里的话:"……其实这些人是一类,都是伶俐人,也都明白,中国虽完,自己的精神是不会苦的,——因为都能变出合式的态度来。倘有不信,请看清朝的汉人所做的颂扬武功的文章去,开口'大兵',闭口'我军',你能料得到被这'大兵','我军'所败的就是汉人的么?你将以为汉人带了兵将别的一种什么野蛮腐败民族歼灭了。然而这一流人是永远胜利的,大约也将永久存在。在中国,惟他们最适于生存,而他们生存着的时候,中国便永远免不掉反复着先前的命运。"(《华盖集》十二,十三两页)还有《算账》里说:"……我每遇到学者谈起清代的学术时,总不免同时想:'扬州十日','嘉定三屠'这些小事情,不提也好罢,但失去全国的土地,大家十足做了二百五十年奴隶,却换得这几页光荣的学术史……"(《花边文学》七九页)

(四)自欺——精神上的胜利法

阿Q在形式上打败了之后,有种种妙法以自慰:或者算被儿子打了,或者说自己虫豸好不好,或者简直自己打两个嘴巴,就立刻心满意足了。这类自欺欺人,别设骗局的方法,在士大夫之间也何尝没有?"……有时遇到彰明的史实,瞒不下,如关羽岳飞的被杀,便只好别设骗局了。一是前世已造夙因,如岳飞;一是死后使他成神,如关羽。定命不可逃,成神的善报更满人意,所以杀人者不足责,被杀者也不足悲,冥冥中自有安排,使他们各得其所,正不必别人来费力。中国人的不敢正视各方面,用瞒和骗,造出奇妙的逃路来,而自以为正路。在这路上,就证明着国民性的怯弱,懒惰,而又巧滑。一天一天的满足着,即一天一天的堕落着,但却又觉得日见其光荣。在事实上,亡国一次,即添加几个殉难的忠臣,后来每不想光复旧物,而只去赞美那几个忠臣;遭劫一次,即造成一群不辱的烈女,事过之后,也每每不思惩凶,自卫,却只顾歌咏那一群烈女。仿佛亡国遭劫的事,反而给中国人发挥'两间正气'的机会,增高价值,即在此一举,应该一任其至,不足忧悲似的。自然,此上也无可为,因为我们已经藉死人获得最上的光荣了。沪汉烈士的追悼会中,活的人们在一块很可景仰的高大的木主下互相打骂,也就是和我们的先辈走着同一的路。……"(《坟·论睁了眼看》)此外,描写着的劣性还很多,限于时间,不及备举了。

十五年"三·一八"惨案后,四月奉军进京,有通缉名单的传言,我和鲁迅及其他相识十余人,避居D医院的一间堆积房里若干日,鲁迅在这样流离颠沛之中,还是不断地写文章,《朝花夕拾》里的《二十四孝图》,《五猖会》,《无常》,都是这时的作品。

这期的重要创作,已经结集者有:

小　说:《呐喊》,《彷徨》

论　文:《坟》

讲　义:《中国小说史略》

散文诗:《野草》

回忆文:《朝花夕拾》(前半部)

杂感集:《热风》,《华盖集》,《华盖集续编》

六、厦门广州教书时期

四十六,四十七岁(十五年秋至十六年秋,即一九二六——一九二七)。时代背景是宁汉分裂,国民党清党运动。

这时期虽很短,只有一年,可是鲁迅感触多端,不很开口,"抱着梦幻而来,一遇实际,便被从梦境放逐了,不过剩下些索漠"。因之,生活极不安定,宿舍屡有更变。在厦门四个月,因为"不合时宜",搬来搬去,终于被供在图书馆楼上的一间屋子里,虽对着春秋早暮景象不同的山光海气也不甚感动。所不能忘怀的,倒是一道城墙,据说是郑成功的遗迹。"一想到除了台湾,这厦门乃是满人入关以后我们中国的最后亡的地方,委实觉得可悲可喜。"(《华盖集续编》二二二页)到广州后,起初他和我同住在中山大学中最中央而最高的处所,通称"大钟楼",后来搬出学校,租了白云楼的一组,仍旧合居。"……我这楼外却不同:满天炎热的阳光,时而如绳的暴雨;前面的小港中是十几只蜑户的船,一船一家,一家一世界,谈笑哭骂,具有大都市中的悲欢。也仿佛觉得不知那里有青春的生命沦亡,或者正被杀戮,或者正在呻吟,或者正在'经营腐烂事业'和作这事业的材料。然而我却渐渐知道这虽然沉默的都市中,还有我的生命存在,纵已节节败退,我实未尝沦亡。"(《小约翰·引言》)诸位请读《两地书》,及《三闲集》里的《怎么写》,《在钟楼上》两篇,便可以知道那时期他的生活的大略。

我不知道他在厦门大学担任什么科目，至于在中山大学，则任文学论和中国文学史等，因为选修文学论的学生人数太多，以至上课时间排在晚上，教室用大礼堂。这期的著作如下：

回忆文：《朝花夕拾》（后半部）

杂感集：《华盖集续编的续编》（附在《华盖集续编》之后），《而已集》

通　讯：《两地书》（一部分。与景宋合著）

讲　义：《中国文学史》（未完）

七、上海工作时期

四十七至五十六岁（十六年秋—二十五年十月十九日，即一九二七—一九三六）。国家大事有十七年的北伐成功及"五三"济南事件，二十年"九·一八"后东四省的沦亡，二十一年"一·二八"上海之战。

这十年之间，国难的严重，日甚一日，鲁迅对于帝国主义的侵略，国内政治的不上轨道，上海文坛的浅薄空虚，一点也不肯放松，挺身而出，"奋笔弹射，无所避回"，于是身在围攻，禁锢之中，而气不稍馁，始终奋斗，决不屈服。这时期可以称为短评时期。他的短评，都像短兵相接，篇篇是诗，精悍无比。不识者奚落他，称之为"杂感家"，殊不知这正是他的战士生活的特色。他不想做什么领袖，也没有"藏之名山"的意思，以为一切应时的文字，应该任其消灭的。《热风》序文里说得好："……几个朋友却以为现状和那时并没有大两样,也还可以存留,给我编辑起来了。这正是我所悲哀的。我以为凡对于时弊的攻击,文字须与时弊同时灭亡,因为这正如白血轮之酿成疮疖一般,倘非自身也被排除,则当它的生命的存留中,也即证明着病菌尚在。"所以他的十多本杂感集大都是应时而作,只要时弊快快去掉,则他的文字本来愿意欢欢喜喜地消灭。

上海不是个好住处,不说别的,单是空中的煤灰和邻居的无线电收音,已经够使他心烦气闷了。他常对我说,颇想离开上海,仍回北平,因为有北平图书馆可以利用,愿意将未完的中国文学史全部写成。它的大纲早已成竹在胸,分章是《思无邪》,《诸子》,《离骚与反离骚》,《药与酒》……他的观察史实,总是比别人深一层,能发别人所未发,所以每章都有独到的见解。我们试读《而已集》里那篇《魏晋风度及文章与药及酒之关系》,便可窥见一斑。这是他的《中国文学史》的一段,思想很新颖,议论很透辟,将一千六百年前人物的真相发露出来,成了完全和旧说不同的样子。我正盼望这部大著作能够早日观成,不料他竟赍志以殁,连腹稿也同埋地下,这是无可弥补的大损失!

近年来,他写文章之外,更致力于大众艺术和大众语文。前者是提倡版画,因其好玩,简便,而且有用,认为正合于现代中国的一种艺术。他个人首先搜集了许多件英,俄,德,法,日本的名刻,有时借给别人去展览,有时用玻璃版翻印出来,如《士敏土之图》,《凯绥·珂勒惠支版画选集》,使艺术学徒有所观摩。一面,在上海创办木刻速修讲习会,从招生以至每日的口译,都由他一个人担任的,这个艺术现在已经很有进步,可以说风行全国了。后者是鼓吹大众语,因为汉字和大众是势不两立的。他说:"现在能够实行的,我以为(一)制定罗马字拼音(赵元任的太繁,用不来的);(二)做更浅显的白话文,采用较普通的方言,姑且算是向大众语去的作品,至于思想,那不消说,该是'进步'的;(三)仍要支持欧化文法,当作一种后备。"(《论大众语》)

本期的重要著作,列举如下:

杂感集:《三闲集》

同上:《二心集》

同上:《伪自由书》(一名《不三不四集》)

同上:《南腔北调集》

同上:《准风月谈》

同上:《花边文学》

小说:《故事新编》

杂文:《集外集》,《二集》,《末编》

通讯:《两地书》(与景宋合著)

此外,近年散见于各种杂志的文章,不曾由他自己结集起来,否则一定又添了一个有趣的书名。有一本题作《一九三五年——一九三六年鲁迅杂文集》,在他逝世后的一个月——十一月印行的,编次甚乱而销行甚广,决不是他自己编订的东西,前面既无序文,书尾也不贴板花。自从他一去世,投机取巧的市侩,东钞西撮,纷纷出书,什么鲁迅自述啦,鲁迅杂感集啦,鲁迅讽刺文集啦,鲁迅最后遗著啦,陈列在书摊上,五花八门,指不胜屈。更有无耻之徒,冒名取利者,将别人的作品,换一个临时封面,公然题作"鲁迅著",例如《活力》,《归家》等等,尤其可恶。请诸位千万注意，别去上当！

以上所谈，只关于他的创作方面，至于翻译，已经印行的不下三十种，工作也极其认真，字字忠实，不肯丝毫苟且，并且善能达出原文的神情，这也是译界中不可多得的珍宝。

总之，鲁迅无论求学，做事，待人，交友，都是用真诚和挚爱的态度，始终如一，凡是和他接近过的人一定会感觉到的。他的勤苦耐劳，孜孜不倦，真可以忘食，忘寒暑，忘昼夜。在广州住白云楼的时候，天气炎热，他的住室，阳光侵入到大半间，别人手上摇着扇子，尚且流汗，可是他能在两窗之间的壁下，伏案写稿，手不停挥：修订和重钞《小约翰》的译稿；编订《朝花夕拾》，作后记，绘插图；又编录《唐宋传奇集》等等。蛰居上海以后，为生活费的关系，勤劳更甚。书案前一坐下，便是工作；工作倦了，坐到案旁的一张藤躺椅上，看看报，或是谈谈天，便算休息。生平游览极少，酬应最怕，大抵可辞则辞。衣服是布制的；鞋当初是皮的，十余年来是胶皮底帆布面的；卧床向用板床，近十年来才改。写字始终用毛笔。除了多吸烟卷而外，一无嗜好。他至死保持着质朴的学生时代的生活。

他的真挚，我不用说别的，就在游戏文字里，也是不失常度，试读《我的失恋》，便可知道。这本来是打油诗，其中所云："爱人赠我百蝶巾；回她什么：猫头鹰"，"爱人赠我双燕图；回她什么：冰糖壶卢"，"爱人赠我金表索；回她什么：发汗药"，"爱人赠我玫瑰花；回她什么：赤练蛇"（《野草》十一至十四页），似乎是信口胡诌了，其实不然。要晓得猫头鹰，发汗药之类，的确是他自己所心爱的或是所常用的物品，并没有一点做作。

他的富于友爱，也是常人所不能及的，最肯帮人的忙，济人的急，尤其是对于青年，体贴无微不至。但是竟还有人说他脾气大，不易相处，这是我所百思不解的。

他这样地牺牲了个人生前的幸福，努力为民族的生存和进步而奋斗，患肺结核而至于医师多次警告了，还是不肯休息，而且"要赶快做"，真是实践了他三十五年前所做的"我以我血荐轩辕"的诗句！

我说过，鲁迅之所以伟大，就在他的冷静和热烈双方都澈底。现在话已说多了，就引用他的《自嘲》诗中的两句作为今天谈话的总括罢：

横眉冷对千夫指；
俯首甘为孺子牛。

上句表冷静，下句表热烈。关于上句，请参阅"我的确时时解剖别人，然而更多的是更无情面地解剖我自己，发表一点，酷爱温暖的人物已经觉得冷酷了，如果全露出我的血肉来，末路正不知要到怎样"（《坟·写在〈坟〉后面》）。下句请参阅"救救孩子"（《狂人日记》的末句），"自己背着因袭的重担，肩住了黑暗的闸门，放他们到宽阔光明的地方去"（《坟·我们现在怎样做父亲》）。又景宋的哀诗所引用的："我好像一只牛，吃的是草，挤出的是奶。"即使在《自嘲》中，也可以看出他的伟大来。

一九三六年十二月十七日

> 追忆鲁迅

回忆鲁迅

许寿裳

鲁迅先生是我的畏友,他的学问道德,"吾无间然"。自一九〇二年在东京开始相识,至一九三六他逝世为止,我们时常见面,经过了三十五年间的交谊。今年当他逝世八周年纪念,略写一点回忆如下:

一 改造社会思想的伟大

一九〇二年我和鲁迅同在东京弘文学院预备日语,却是不同班,也不同自修室,他首先来看我,初见时谈些什么,现在已经记不清了。有一天,谈到历史上中国人的生命太不值钱,尤其是做异族奴隶的时候,我们相对凄然。从此以后,我们就更加接近,见面时每每谈中国民族性的缺点。因为身在异国,刺激多端,……我们又常常谈着三个相联的问题:(一)怎样才是理想的人性?(二)中国民族中最缺乏的是什么?(三)它的病根何在?对于(一),因为古今中外哲人所孜孜追求的,其说浩瀚,我们尽可择善而从,并不多说。对于(二)的探索,当时我们觉得我们民族最缺乏的东西是诚和爱,——换句话说:便是深中了诈伪无耻和猜疑相贼的毛病。口号只管很好听，标语和宣言只管很好看，书本上只管说得冠冕堂皇，天花乱坠：但按之实际，却完全不是这回事。至于（三）的症结，当然要在历史上去探究，因缘虽多，而两次奴于异族，认为是最大最深的病根。做奴隶的人还有什么地方可以说诚说爱呢？……唯一的救济方法是革命。我们两人聚谈每每忘了时刻。我从此就佩服他的理想之高超，着眼点之远大。他后来所以决心学医以及毅然弃医而学文学，都是由此出发的。我爱读他的那篇小说《兔和猫》（《呐喊》），因为两条小生命（兔）失踪了，生物史上不着一点痕迹，推论开去，说到槐树下的鸽子毛呀，路上轧死的小狗呀，夏夜苍蝇的吱吱的叫声呀，于是归结到造物实在将生命造得太滥了，毁得太滥了。这里，我认为很可以看出他的思想的伟大。

二 事物价值判断的正确

鲁迅学医的动机有好几个，据他自己说，第一，恨得中医耽误了他的父亲的病；第二，确知日本明治维新是大半发端于西医的事实。但是据我所知，还有第三个：救济中国女子的小脚。又据孙伏园先生说，还有第四个：由于少年时代牙痛的难受。这也是确的，不是他那篇《从胡须说到牙齿》（《坟》）里便提到这件故事吗？鲁迅当初学矿，后来学医，对于说明科学，如地质学，矿物学，化学，物理学，生理学，解剖学，病理学，细菌学，自然是根底很厚。不但此也，他对于规范科学也研究极深。他在医学校里不是伦理学的成绩得了最优等吗？这一点，我觉得大可注意的。他的口里虽然不讲什么道德，而于善恶是非之辨，却是最致力的。惟其如此，他对于一切事物，客观方面既能说明事实之所以然，主观方面又能判断其价值之所在。以之运用于创作，每有双管齐下之妙。举例来说：他利用了医学的知识写《狂人日记》，而归结善恶是非的判断，他道："有了四千年吃人履历的我，当初虽然不知道，现在明白，难见真的人！"又利用了茀罗伊特学说写《补天》，说明女娲氏创造力的伟大和美妙，而归结到判断其自我牺牲精神的彻底，说道："伊的以自己用尽了自己一切的躯壳，便在这中间（太阳和月亮）躺倒，而且不再呼吸了。"这不是对于规范科学素有修养，明白了真善美的价值判断，那里能够到这地步呢？我们要知人论世，要驳倒别人而自立于不败之地，都非有这种修养不可。鲁迅有了这种修养，所以无论在谈话上或写作上，他都不肯形容过火，也不肯捏造新奇。处处以事实做根据，而又加以价值的判断，并不仅仅以文艺技巧见长而已。

三　读书趣味的浓厚

鲁迅在东京研究文艺的时候，兼从章太炎师习文字学，从俄国革命党习俄文，又在外国语学校习德文，我都和他在一起。他生平极少游览，留东七年，我记得只有两次和他一同观赏上野的樱花，还是为了到南江堂买书之便。其余便是同访神田一带的旧书铺，同登银座丸善书店的书楼。他读书的趣味很浓厚，决不像多数人的专看教科书；购书的方面也很广，每从书店归来，钱袋空空，相对苦笑，说一声"又穷落了！"这种由于爱好而读书，丝毫没有名利之念。我们试读《而已集·读书杂谈》，他劝学生"看看本分以外的书，即课外的书，不要只将课内的书抱住"。又在《小约翰·引言》中，他描写旧书铺的掌柜，仿佛是据网的蜘蛛，专待飞虫，自述"逡巡而入，去看一通，到底是买几本，弄得很觉得怀里有些空虚"。以后在杭州教书之暇，喜欢采集和研究植物标本，北京办公之暇，喜欢搜集和研究古碑拓片等等，都是为科学而科学，为艺术而艺术。这是鲁迅读书治学的态度。

以上三点，是鲁迅特长的一部分。此外，长处尚多，兹姑从略。

另说一点他的轶事罢。他从仙台回东京，中途下车去瞻仰凭吊朱舜水遗迹的故事，我在序王冶秋先生所著《民元前的鲁迅先生》文中已经说过，此处不拟复述。有一次，他从东京出发往仙台，付了人力车资，买了火车票之后，囊中只剩银币两角和铜板两枚了。因为火车一夜就到，他的学费公使馆已经直寄学校留交了，他便大胆买了两角钱的香烟塞在衣袋里，粮草既足，扬长登车。不料车到某站，许多乘客一拥而上，车中已无坐位，鲁迅看见有一个老妇人上来，便照例起立让坐。这位妇人因此感激，谢了又谢，从此开始攀谈，并且送给他一大包咸煎饼。他大嚼一通，便觉得有点口渴，到了一站，便唤买茶，但是立刻记起囊中的情形了，只好对卖茶人支吾一声而止。可是已经被老妇人听见，以为他是赶不及买，所以一到第二站，她急忙代为唤茶，鲁迅只好推托说现在不要了。于是由她买了一壶送给他，他就毫不客气，一饮而尽。鲁迅做事，不论大小，总带一点不加瞻顾，勇往直前的冒险意味。

再来一个罢，一九一八年，我在南昌，不幸有"臼炊之梦"。鲁迅远道寄信来慰唁，大意是说嫂夫人初到南昌，便闻噩耗，世兄们固然不幸，但我以为儿童们倘有慈母，或是幸福，然若幼而失母，却也并非完全的不幸，他们也许倒成为更加勇猛，更无挂碍的人。其言极有理致，但是也只有鲁迅能够写出这样措辞的唁信。

一九四四年十月

原载《新华日报》1944 年 10 月 25 日

鲁迅的精神

许寿裳

抗战到底是鲁迅毕生的精神。他常常说:"在青年,须是有不平而不悲观,常抗战而亦自卫,……"(《两地书(四)》)又说:"血债必须用同物偿还。拖欠得越久,就要付更大的利息!"《华盖集续编·无花的蔷薇之二》)又说:"富有反抗性,蕴有力量的民族;因为叫苦没用,他便觉悟起来,由哀音而变为怒吼。……他要反抗,他要复仇。"(《而已集·革命时代的文学》)又在抗日战争开始的前一年,他临死时,还说:"因为现在中国最大的问题,人人所共的问题,是民族生存的问题。……中国的唯一的出路,是全国一致对日的民族革命战争。"(《且介亭杂文末编·论现在我们的文学运动》)到现今,抗战胜利后一年,他的逝世已经十周年了,台湾文化协进会来信征文,指定的题目是《鲁迅的精神》,觉得义不容辞,便写出下面的几点意见:

鲁迅作品的精神,一句话说,便是战斗精神,这是为大众而战,是有计划的韧战,一口咬住不放的。这种精神洋溢在他的创作中。他的创作可分为二类:一是小说,即《呐喊》,《彷徨》,《故事新编》(历史小说),《野草》(散文诗),《朝花夕拾》(回忆文)等。二是短评及杂文,即《坟》(一部分),《热风》,《华盖集》和《华盖集续编》,《而已集》,《三闲集》,《二心集》,《伪自由书》,《南腔北调集》,《准风月谈》,《花边文学》,《且介亭杂文》(共三集),《集外集》和《集外集拾遗》(一部分)等。

  鲁迅的小说,以抨击旧礼教,暴露社会的黑暗,鞭策旧中国病态的国民性,对劳苦大众的同情是其特点。例如《阿Q正传》(《呐喊》)是一篇讽刺小说,鲁迅提炼了中国民族传统中的病态方面,创造出这个阿Q典型。阿Q的劣性,仿佛就代表国民性的若干面,足以使人反省,他对于阿Q的劣性像"精神胜利法"等等,当然寄以憎恶,施以攻击,然而憎恶攻击之中,还含着同情。因为阿Q本身是一个无知无告的人,承受了数千年封建制度的压迫,一直被士大夫赵太爷之流残害榨取,以至于赤贫如洗,无复人形。鲁迅对于那些阿Q像赵太爷之流,更加满怀敌意,毫不宽恕。他利用了阿Q以诅咒旧社会,利用了阿Q以衬托士大夫中的阿Q以及人世的冷酷,而对于阿Q的偶露天真,反觉有点可爱了。又如《祝福》(《彷徨》),描写一个旧社会中的女性牺牲者,极其深刻,使知人世的惨事,不惨在狼吃阿毛,而惨在礼教吃祥林嫂。攻击的力量是何等威猛!又如《故事新编》中的《铸剑》,取材于《列异传》(《古小说钩沉》),是一篇最富于复仇精神和战斗精神的小说,表现得虎掷龙拿,有声有色,英姿活跃,可以使人们看了奋然而起,此外,如《理水》,《非攻》,在描写大禹,墨子的伟大的精神中,有他自己的面影存在。至于《野草》,可说是鲁迅的哲学。其中,《死火》乃其冷藏情热的象征;《复仇》乃其誓尝惨苦的模范;《过客》和《这样的战士》,更显然作长期抗战的预告呢!

鲁迅的短评及杂文，以锋利深刻明快之笔，快镜似的反映社会政治的日常事变，攻击一切黑暗的势力，指示着光明社会的道路——这特殊的战斗文体，是鲁迅所发明的，贡献于中国新文学至为宝贵。分量之多，占其创作的大部分。任举一例，如《论雷峰塔的倒掉》(《坟》)，运用了妇孺皆知的传说白蛇姑娘和法海和尚，指出压迫制度的不会长久，而压迫者法海和尚的躲入蟹壳不能出头，倒是永远的，这样巧妙的艺术，使读者仿佛受到催眠，不能不俯于真理之前（参阅茅盾著《研究和学习鲁迅》）。

鲁迅的战斗精神，分析起来，实在方面很多，有道德的，有科学的，有艺术的，等等，现在略说如下：

（一）道德的 鲁迅表面上并不讲道德，而其人格的修养首重道德，因之他的创作，即以其仁爱为核心的人格的表现。例如《兔和猫》(《呐喊》)因为两个小白兔忽然失踪了，接着有一大串的话：

> 但自此之后，我总觉得凄凉。夜半在灯下坐着想，那两条小性命，竟是人不知鬼不觉的早在不知什么时候丧失了，生物史上不着一些痕迹，并S也不叫一声。我于是记起旧事来，先前我住在会馆里，清早起身，只见大槐树下一片散乱的鸽子毛，这明明是膏于鹰吻的了，上午长班来一打扫，便什么都不见，谁知道曾有一个生命断送在这里呢？我又曾路过西四牌楼，看见一匹小狗被马车轧得快死，待回来时，什么也不见了，搬掉了罢，过往行人憧憧的走着，谁知道曾有一个生命断送在

> 这里呢？夏夜，窗外面，常听到苍蝇的悠长的吱吱的叫声，这一定是给蝇虎咬住了，然而我向来无所容心于其间，而别人并且不听到……

正义也是仁爱的一面，鲁迅的创作也重正义的表现。例如《论"费厄泼赖"应该缓行》(《坟》)，说革命先烈不主张除恶务尽，徒使恶人得以伺机反噬，"……咬死了许多革命人，中国又一天一天沉入黑暗里，……这就因为先烈的好心，对于鬼蜮的慈悲，使它们繁殖起来，而此后的明白青年，为反抗黑暗计，也就要花费更多的气力和生命"。这样摘发纵恶当作宽容，一味姑息下去的祸患，真是"义形于色"。

（二）科学的　鲁迅深慨多数国民之缺乏科学的修养，以致是非不明，善恶颠倒，所以他的创作中竭力提倡真正的科学。现在引几节于下，以见一斑：

> 现在有一班好讲鬼话的人，最恨科学，因为科学能教道理明白，能教人思路清楚，不许鬼混，所以自然而然的成了讲鬼话的人的对头。……据我看来，要救治这"几至国亡种灭"的中国，那种"孔圣人张天师传言由山东来"的方法，是全不对症的，只有这鬼话的对头的科学！——不是皮毛的真正科学！(《热风·随感录三十三》)

> ……到别国已在人工造雨的时候，我们却还是拜

蛇，迎神。(《花边文学·汉字和拉丁化》)

鲁迅又为青年的读物计，提倡通俗的科学杂志，他说：

单为在校的青年计，可看的书报实在太缺乏了，我觉得至少还该有一种通俗的科学杂志，要浅显而且有趣的。可惜中国现在的科学家不大做文章，有做的，也过于高深，于是就很枯燥。现在要Blem的讲动物生活，Fabre的讲昆虫故事似的有趣，并且插许多图画的；但这非有一个大书店担任即不能印。至于作文者，我以为只要科学家肯放低手眼，再看看文艺书，就够了。(《华盖集·通讯（二）》)

（三）艺术的 鲁迅鉴于国民趣味的低下，所以他的创作中，竭力提倡艺术，有云：

美术家固然须有精熟的技工，但尤须有进步的思想与高尚的人格。他的制作，表面上是一张画或一个雕像，其实是他的思想与人格的表现。令我们看了，不但欢喜赏玩，尤能发生感动，造成精神上的影响。

我们所要求的美术家，是能引路的先觉，不是"公民团"的首领。我们所要求的美术品，是表记中国民族知能最高点的样本，不是水平线以下的思想的平均分数。(《热风·随感录四十三》)

鲁迅倡导艺术，其实际上的工作范围也很广。一，搜集并印行中国近代的木刻。二，介绍外国进步作家的版画。三，奖掖中国青年木刻家。总之，鲁迅熟于中国艺术史，明其何者当取，何者当舍，又博采外国的良规，其目的在创造新时代的民族艺术。他曾用了卢那卡尔斯基的话："一切有生命的，真正地美的艺术，在其本质上都是斗争的。倘若它不是斗争的，倘若它是疲倦的，没有喜悦的，颓废的，那么我们要把它当作疾病，当作这个或别个阶级底生活上的解体和衰灭底 monument 反映，把它否定了"来鼓励青年艺术家，使中国的艺术，尤其是木刻能够欣欣向荣。他最后精印了《凯绥·珂勒惠支版画选集》，引用了德国霍普德曼（Gerhart Hauptmann）和法国罗曼·罗兰（Romain Rolland）的话如下：

> ……一九二七年为她的六十岁纪念，霍普德曼那时还是一个战斗的作家，给她书简道："你的无声的描线，侵入心髓，如一种惨苦的呼声：希腊和罗马时候都没有听到过的呼声。"法国罗曼·罗兰（Romain Rolland）则说："凯绥·珂勒惠支的作品是现代德国的最伟大的诗歌，它照出穷人与平民的困苦和悲痛。这有丈夫气概的妇人，用了阴郁和纤秾的同情，把这些收在她的眼中，她的慈母的腕里了。这是做了牺牲的人民的沉默的声音。"（《且介亭杂文末编·〈凯绥·珂勒惠支版画选集〉序目》）

凯绥·珂勒惠支的作品实在伟大，鲁迅精印的选集实可宝贵，他说："只要一翻这集子，就知道她以深广的慈母之爱，为一切被侮辱和损害者悲哀，抗议，愤怒，斗争；所取的题材大抵是困苦，饥饿，流离，疾病，死亡，然而也有呼号，挣扎，联合和奋起。"（见同上）

其他方面尚多，姑且从略。总之，鲁迅为反对不真，不善，不美而毕生努力奋斗，以期臻于真善美的境界，虽遭过种种压迫和艰困，至死不屈。《摩罗诗力说》所云："……不为顺世和乐之音，动吭一呼，闻者兴起，争天拒俗，而精神复深感后世人心，绵延至于无已。"这话可以移用，作为鲁迅的战斗精神的写照！

鲁迅的创作，国际间多有译本，苏联翻译尤盛，日本在战前已经出版了《大鲁迅全集》共七大册。

蔡元培先生序《鲁迅全集》，有云："他的感想之丰富，观察之深刻，意境之隽永，字句之正确，他人所苦思力索而不易得当的，他就很自然的写出来，这是何等天才！又是何等学力！"又云："综观鲁迅先生全集，虽亦有几种工作，与越缦先生相类似的；但方面较多，蹊径独辟，为后学开示无数法门，所以鄙人敢以新文学开山目之。"蔡先生这话真是至言。

一九四六年九月三十日

鲁迅和青年

许寿裳

鲁迅是青年的导师,五四运动的骁将,中国新文艺的开山者。他的丰功伟绩,到今日几乎已经有口皆碑,不必多说了。但是他自己并不承认是青年的导师,正惟其如此,所以为青年们所信服,他的著述为青年们所爱诵。他说导师是无用的,要青年们自己联合起来,向前迈进。他的爱护青年,奖掖青年,并不仅对个人,而是为整个民族,因为一切希望不能不寄托在青年。他看到旧习惯的积重难改,新文化的徒有虚名,只嫌自己力量不够,不能不寄希望于第二代国民,即使他们有态度不当的,他总是忍耐着;他们有思想错误的,他也从不灰心,一生孜孜为社会服务。景宋说得好:"辛勤的农夫,会因为孺子弃饭满地而不耕作的吗?先生就是这样的。"他又指示着青年生存的重点,生命的道路,而且主张国民性必须改革。

鲁迅在那篇《导师》(《华盖集》)上说:

> 近来很通行说青年;开口青年,闭口也是青年。但青年又何能一概而论?有醒着的,有睡着的,有昏着的,有躺着的,有玩着的,此外还多。但是,自然也有

要前进的。

…………

有些青年似乎也觉悟了，我记得《京报副刊》征求青年必读书时，曾有一位发过牢骚，终于说：只有自己可靠！我现在还想斗胆转一句，虽然有些杀风景，就是：自己也未必可靠的。

…………

或者还是知道自己之不甚可靠者，倒较为可靠罢。青年又何须寻那挂着金字招牌的导师呢？不如寻朋友，联合起来，同向着似乎可以生存的方向走。你们所多的是生力，遇见深林，可以辟成平地的，遇见旷野，可以栽种树木的，遇见沙漠，可以开掘井泉的。问什么荆棘塞途的老路，寻什么乌烟瘴气的鸟导师！

鲁迅指示生存的要点，以为青年目下的当务之急，是："一要生存，二要温饱，三要发展。苟有阻碍这前途者，无论是古是今，是人是鬼，是《三坟》《五典》，百宋千元，天球河图，金人玉佛，祖传丸散，秘制膏丹，全都踏倒它。"言之郑重痛切。现在就《北京通讯》(《华盖集》)中选引一段如下：

……我只可以说出我为别人设计的话，说是：一要生存，二要温饱，三要发展。有敢来阻碍这三事者，无论是谁，我们都反抗他！扑灭他！

可是还得附加几句话以免误解，就是：我之所谓生存,并不是苟活;所谓温饱,并不是奢侈;所谓发展,也不是放纵。

…………

……(古训)教人不要动。不动,失错当然就较少了。……我以为人类要向上,即发展起见,应该活动,活动而有若干失错,也不要紧。惟独半死半生的苟活是全盘失错的。

鲁迅常说:"不满是向上的车轮,能够载着不自满的人类,向人道前进。"又说:"不平还是改造的引线,但必须先改造了自己,再改造社会,改造世界;万不可单是不平。至于愤恨,却几乎全无用处。"总之,先要改造自己,努力前进,他有一篇《生命的路》(《热风》),现在摘引几句如下:

生命的路是进步的,总是沿着无限的精神三角形的斜面向上走,什么都阻止他不得。

……无论什么黑暗来防范思潮,什么悲惨来袭击社会,什么罪恶来亵渎人道,人类渴仰完全的潜力,总是踏了这些铁蒺藜向前进。

什么是路?就是从没路的地方践踏出来的,从只有荆棘的地方开辟出来的。

鲁迅常说国民性必须改造,否则招牌虽换,货色照旧,口号虽新,革命必无成功。革命者只有前进,义无反顾的。他在

《〈出了象牙之塔〉后记》一文中说道:"历史是过去的陈迹,国民性可改造于将来,在改革者的眼里,已往和目前的东西是等于无物的。"

以上这些话,是很适切很需要的。

再就鲁迅对于青年个人的指示来说,也都是非常周到深刻,而且不加客气的。我们随便举几封信看看,便可了然。例如给木刻家李雾城的信,说:"做一件事无论大小,倘无恒心,是很不好的。而看一切太难,固然能使人无成,但若看得太容易,也能使事情无结果。我曾经看过MK社的展览会,新近又见了无名木刻社的《木刻集》(那书上有我的序,不过给我看的画,和现在所印者不同),觉得有一种共通的缺点,就是并非因为了木刻,所以来开会,出书,倒是因为要开会,出书,所以赶紧大家来刻木刻,所以草率,幼稚的作品,也难免都拿来充数。非有耐心,是克服不了这缺点的……"(《鲁迅书简》)又另一封给雾城的,说:"三日的信并木刻一幅,今天收到了,这一幅构图很稳妥,浪费的刀也几乎没有。但我觉得烟囱太多了一点,平常的工厂恐怕没有这许多;又,《汽笛响了》,那是开工的时候,为什么烟囱上没有烟呢?又,刻劳动者而头小臂粗,务须十分留心,勿使看者有'畸形'之感,一有,便成为讽刺他只有暴力而无智识了。但这一幅里还不至此,现在不过偶然想起,顺便说说而已。"(见景宋的《鲁迅和青年们》文中所引)这观察是何等锐敏而深刻,这措辞是何等婉转而周到!

又如写给一位本不相识的儿童颜黎民的两封信,他要书就给他书,要照片就给他照片,有所询问就详详细细地答复他。现在只抄一段，以概其余。

> 说起桃花来，我在上海也看见了。……至于看桃花的名所，是龙华，也有屠场，我有好几个青年朋友就死在那里面，所以我是不去的。我的信如果要发表，且有发表的地方，我可以同意。我们不是没有说什么不能告人的话么？如果有，既然说了，就不怕发表。末了，我要通知你一件你疏忽了的地方。你把自己的名字涂改了，会写错自己名字的人是很少的，所以这是告诉了我所署的是假名。还有，我看你是看了《妇女生活》里的一篇《关于小孩子》的，是不是？（《鲁迅书简》）

这态度是何等真挚而严正，措辞是何等亲切而周详！

本省台湾在没有光复以前，鲁迅也和海内的革命志士一样，对于台湾，尤其对于台湾的青年从不忘怀的。他赞美他们的赞助中国革命，自然也渴望着台湾的革命，这是不言而喻的，现在摘引几句于下：

> 还记得去年夏天住在北京的时候，遇见张我权君，听到他说过这样意思的话："中国人似乎都忘记了台湾了，谁也不提起。"他是一个台湾的青年。
>
> 我当时就象受了创痛似的，有点苦楚；但口上却道："不。那倒不至于的。只因为本国太破烂，内忧外患，非常之多。自顾不暇了，所以只能将台湾这些事情

暂且放下。……"

但正在困苦中的台湾的青年,却并不将中国的事情暂且放下。他们常希望中国的改革……总想尽些力量,于中国的现在和将来有所裨益,即使是自己还在做学生。(《而已集·写在〈劳动问题〉之前》)

总之,鲁迅的处事接物,一切都以诚爱为核心的人格的表现。他爱护青年,青年也爱护他。现值逝世十周年纪念之日,全国青年,正不知若何悲痛和感念呢!大哉鲁迅!真是青年的导师!

三十五年十月十四日

▶追忆鲁迅

鲁迅的人格和思想

许寿裳

鲁迅是青年的导师,他的书不但为现代这一代的青年们所爱读,我相信也将为第二代第三代……青年们所爱读。鲁迅又是民族的文化斗士,他暴露了民族性的缺点,揭发了历来的暗黑,为大众人民开光明自由之路,独自个首先冲锋突击。鲁迅又是世界的文化斗士,他的书已经为世界第一流文学家们所推许,例如法国罗曼·罗兰见了《阿Q正传》便称赞道:"这是世界的。里面许多讥讽语言,我永远也不会忘记阿Q那副忧愁的面孔。"他的书国际间这样驰名,苏联的翻译尤其盛行,单是《阿Q正传》便有好几种译本。日本也盛行,在鲁迅逝世后不到半年,就出版了《大鲁迅全集》七大册。日本人本来是器小自慢的,独对于鲁迅作品的伟大,居然俯首承认,说是在日本作家中竟没有一个人可以匹敌的。依佐藤春夫氏所说,鲁迅占有左列四个作家的优点,可以列为算式如下:

鲁迅=长谷川+二叶亭+森鸥外+幸田露伴。

依林达夫氏所说,则为:

鲁迅＝森鸥外＋长谷川＋二叶亭＋夏目漱石。

小田狱夫氏推尊鲁迅尤至。

鲁迅的作品这样伟大，其原因何在？我敢说，这是由于他的人格的伟大。说到他的人格，我们就得首先注意于各方面：他的学问的幅员是极其广博的，不但于说明科学研究有素，于规范科学也涵养甚深，他学医的时候，伦理学的成绩有八十三分。他的日常生活是朴素的，始终维持着学生时代的生活。他的政治识见是特别优越，欧美政治家多不能与之相比，因为他观察社会实在来得深刻。他的体力又是很强壮的。有人或许要问，他体力强壮，何以会患肺结核而死呢？这是因为经济的压迫，环境的艰困，工作的繁重，助人的慷慨，弄得积劳过度的缘故。他病重的时候，史沫特莱女士带了在上海唯一的西洋肺病专家D医师去诊，他称赞鲁迅是最能够抵抗疾病的典型的中国人，但宣告已经无希望，这要是在欧美人，那早在五年以前死亡的了。因之，鲁迅没有请他开方，因为想他的医学从欧洲学来，一定没有学过给死了五年的病人开方的法子。即此一端，便可证明鲁迅的体力之强。

现在说到他的人格的伟大和圣洁，可以从种种方面来看：

一是真诚。 鲁迅无论在求学，在做事，或在写文章，都是处处认真，字字忠实，不肯有丝毫的苟且，不肯有一点马马虎虎，所以他说："我的确时时解剖别人，然而更多的是更无情面地解剖我自己……"（《坟·写在〈坟〉后面》）他痛恨"中国人的不敢正视各方面，用瞒和骗，造出奇妙的逃路来，而自以为正路。在这路上,就证明着国民性的怯弱,懒惰,而又巧滑。一天一天的满足着,即一天一天的堕落着……"(《坟·论睁了眼看》)这个真诚,是他的人格的核心之一,也就是作品所以深刻的原因之一。

二是挚爱。 鲁迅最富于情爱。他对于祖国对于民族的挚爱,是跟着研究人性和国民性问题的深切而越加热烈,可是他的观察和抉发病根却越来得冷静,"这好比一个医道高明的医师,遇到了平生最亲爱的人,患着极度危险的痼疾,当仁不让,见义勇为,一心要把他治好。试问这个医师在这时候,是否极度冷静地诊察,还是蹦蹦跳跳,叫嚣不止呢?"(拙著《鲁迅的生活》)他对于友人,尤其对于青年,爱护无所不至,不但是物质上多所资助,便是精神上也肯拼命服务,替他们看稿,改稿,介绍稿子,校对稿子,希望能出几个有造之才。他说:

> ……我在过去的近十年中,费去的力气实在也并不少,即使校对别人的译著,也真一个字一个字的看下去,决不肯随便放过,敷衍作者和读者,并且毫不怀着有所利用的意思。(《三闲集·鲁迅译书书目》)

鲁迅这样替人用力确乎不虚,因此成名的颇不乏人,固然也有吃力不讨好的,或是受骗的,鲁迅却泰然说道:"我不能因为一个人做了贼,就疑心一切的人。"这是多么伟大!这个挚爱是他人格的核心,也就是作品所以伟大的原因。

三是坚贞。 鲁迅要想造出大群的新的战士,在文学战线上的必须"韧",他自己便是一个"韧"战的模范。他是一个为民请命,拼命硬干的人,民国十九年春,忽负密令通缉的罪名,相识的人都劝他暂避,而鲁迅处之泰然,有云:"……故且深自韬晦,冀延余年,倘举朝文武,仍不相容,会当相偕以泛海,或相率而授命耳。"(《鲁迅书简·复李秉中函》)他虽身在围攻禁锢之中,毫无畏缩,而坚韧奋斗,始终不屈。他的上海寓屋是在越界筑路的北四川路,即那时所谓"半租界"。所以他的最后的杂文集,题名曰《且介亭杂文集》,且介者,租界两字之各半也。他虽因肺结核而至垂死的时候,还是不肯小休,不肯出国去作转地疗养,"要赶快做"。弥留的前夕,还是握管如恒。这种为民族,为后代的自我牺牲精神,真是实践了他自己的诗句"俯首甘为孺子牛",我们只有俯首佩服!

四是勤劳。 鲁迅发愤著译的时候,我亲眼看见他每每忘昼夜,忘寒暑,甚而至于忘食。景宋在《鲁迅全集》的《死魂灵》中,有着两段的话:

> 我从《死魂灵》想起他艰苦的工作:全桌面铺满了书本,专诚而又认真地,沉湛于中的,一心致志在翻译。有时因了原本字汇的丰美,在中国的方块字里面,找不出适当的句子来,其窘迫于产生的情况,真不下于科学者的发明。
>
> 当《死魂灵》第二部第三章翻译完了时,正是一九三六年的五月十五日。其始先生熬住了身体的虚弱,一直支撑着做工。等到翻译得以告一段落的晚上,

> 他抱着做下了一件如心的事之后似的，轻松的叹一口气说：休息一下吧！不过觉得人不大好。我就劝告早些医治，后来竟病倒了。（《全集》卷二十，页六〇五）

鲁迅工作的认真，刻苦，从来不肯丝毫偷懒。他译《死魂灵》第二部第三章中有一句"近乎刚刚出浴的眉提希的威奴斯的位置"，注云："威奴斯是罗马神话上的美和爱欲的女神，至今还存留着当时的好几种雕像。'眉提希的威奴斯'（Venus de Medici）为克莱阿美纳斯（Cleomenes）所雕刻，一手当胸，一手置胸腹之间。"鲁迅为了要说明这姿势，曾费了很多的金钱和力气，才得查明。曹靖华的《从翻译工作看鲁迅先生》文中有云：

> ……他知道眉提希的威奴斯，为克莱阿美纳斯所雕刻，但他没有见过雕刻的图像，不知出浴者的姿势，于是东翻西查，却偏觅不得，又买了日本新出的《美术百科全书》来查，依然没有，后来化了更多的力气，才查到注明出来。

此外，鲁迅的谦逊，节约，整洁，负责任，富友谊，以及为大众为儿童服务等等，都证明着他的人格的伟大，够得上做国民的模范。

至于鲁迅的思想，其本质是人道主义，其方法是战斗的现实主义。他生在国家民族最困厄的时代，内在者重重腐朽，外来者着着侵凌，他的敌忾心发为怒吼，来和那封建势力及帝国主义相搏斗，三十年如一日，全集二十大册，都是战斗精神的业绩。生平所最努力追求阐扬者，在"最理想的人性"，所以对于一切摧残或毒害"最理想的人性"的发展者——一切片面的不合理的制度文物莫不施以猛烈的无情的抨击。《狂人日记》中，首先提出"吃人"的礼教，来揭示其新的人生观和社会观（参阅茅盾著《最理想的人性》）。

鲁迅的思想，虽跟着时代的迁移，大有进展，由进化论而至新唯物论，由个人主义而至集体主义，但有为其一贯的线索者在，这就是战斗的现实主义。其思想方法，不是从抽象的理论出发，而是从具体的事实出发的，在现实生活中得其结论。他目睹了父亲重病，服了种种奇特的汤药而终于死掉，便悟到中医的骗人；目睹了身体苗壮而神情麻木的中国人，将要被日军斩首示众，觉得人们的愚昧，无药可医，乃毅然弃医而习文艺；鉴于两个小白兔的失踪，生物史上不着一点痕迹，便感到生命的成就和毁坏实在太滥（《呐喊·兔和猫》）；鉴于人力车夫扶助一个老女人，及其自我牺牲的精神，便悟到人类之有希望（《呐喊·一件小事》）；鉴于汉字学习的艰难，全国文盲多的可怕，便大声疾呼地说：汉字和大众势不两立，必须改造，用新文字；看穿了孔教的专为统治者们和侵略者们所利用，而毅然说现在中国人民，于孔子并无关系，并不亲密。

因之，鲁迅的著作中，充满着战斗精神，创造精神，以及为劳苦大众请命的精神。

先说他的战斗精神。上面已经略略提过，因为他对于事物，是非分明，爱憎彻底，发为战斗，所向披靡。常说文人，"不但要以热烈的憎,向'异己'者进攻,还得以热烈的憎,向'死的说教者'抗战。在现在这'可怜'的时代,能杀才能生,能憎才能爱,能生与爱,才能文"(《且介亭杂文二集·七论"文人相轻"——两伤》)。如果要举例,如《故事新编·铸剑》,《野草·这样的战士》便是。

次说创造精神。创造精神是美的,战斗精神是力的,这二者互相关联:美者必有力,力者必有美。所以上面所举的《铸剑》,《这样的战士》,也就是壮美的代表。鲁迅是诗人,他的著作都充满着美的创造精神,散文诗《野草》不待说,就是其余也篇篇皆诗,尤其是短评,不但体裁风格,变化无穷,内容又无不精练而锋利,深刻而明快,匕首似的刺入深际,又快镜似的反映社会政治的日常事变,使它毫无遁形,这些都是绝好的诗。有人说鲁迅没有长篇小说是件憾事,其实他是有三篇腹稿的,其中一篇是《杨贵妃》。他对于唐明皇和杨贵妃的性格,对于盛唐的时代背景,以及宫室服饰,用具等等,统统考证研究得很详细。他的写法,曾经说给我听过,系起于明皇被刺的一刹那间,从此倒回上去,把他的生平一幕一幕似的映出来。他说明皇和贵妃间的爱情早已衰歇了,不然何以会有七夕夜半,两人秘誓愿世世为夫妇的情形呢?在爱情浓烈的时候,那里会想到来世呢?他的知人论世,总是比别人深刻一层。这些腹稿,终于因为国难的严重,政治的腐败,生活的不安定,没有余暇把它写出,转而至于写那些匕首似的短评了。

最后说到为劳苦大众请命的精神。鲁迅在《我怎么做起小说来》文中说:"所以我的取材,多采自病态社会的不幸的人们中,意思是在揭出病苦，引起疗救的注意。"又在《英译本〈短篇小说选集〉自序》文中说："使我能够间或和许多农民相亲近，逐渐知道他们是毕生受着压迫，很多苦痛……后来看到一些外国的小说，尤其是俄国，波兰和巴尔干诸小国的，才明白了世界上也有这许多和我们的劳苦大众同一运命的人，而有些作家正在为此而呼号，而战斗。而历来所见的农村之类的景况，也更加分明地再现于眼前。偶然得到一个可写文章的机会，便将所谓上层社会的堕落和下层社会的不幸，陆续用短篇小说的形式发表出来了。"鲁迅这些自述，完全真确，《阿Q正传》便是一个代表作。他映写了辛亥革命前夜的时代背景，农村的破产，失业，饥饿，榨取者和被榨取者的斗争，土豪劣绅对于革命的厌恶，贪官污吏对于革命的投机，以及阿Q及周围的人民对于革命的憧憬和模糊的认识，再穿插着革命的不彻底及其妥协精神，封建社会的崩溃。总之把所谓上层社会的堕落和下层社会的不幸，完全发表出来了，宜乎识者看了这篇写实作品，认为世界的了。

以上略述鲁迅的著作。

我们中华民族是伟大的。因为首出了鲁迅这样有伟大人格和伟大思想的人物，足够增长我们民族的自信力了。我们要学习鲁迅！我们要学习鲁迅！

三十五年十月二十九日

片段的记述

许广平

鲁迅先生平常举动和谈话,有许多精到的地方,我想:随时把可记录的摘写出来,久而久之,把这种材料选择编辑一下,或者也可使人对于他的文字有更清楚的了解。可惜记录了不几天,他就病了。病中一直没有功夫继续记下他的谈话,所以这一片段,是很不完备的。而且初意满以为编辑成帙时,可以由他校正,想不到会要在现时的情况下发表,那么,不妥之处,自然应当由我负责了。

五月八日

晚间我拿起笔来预备写些字,他问我写什么,我把意思告诉了。他表示不愿意,这我懂得的:他以为不值得如此做。但歇一下他又说:"要写,就坏处也得写。"

他处置自己的时间,与其说是为我的,无宁说是为人。只要对于别人的希望可以满足,有时就是极不认识者的通信,他也并不看重自己的精神而置之不理,如一些名流们一样。虽然仍有许多人觉得他的信欠详细或竟不复,因而招致无聊的不了解的讥刺函件，使他痛心。

他自己的文稿也不爱惜，每一书出版，亲笔稿即行弃掉。有时见我把弃掉的保存起来，另一回我就见他把原稿撕碎，又更加以讽刺，说没有这么多的地方好放。其实有许多不大要紧的书，倒堆在那里，区区文稿会没有地方放？不过他不愿意保留起来就是了。曾经有一次他的《表》的原稿给卖油炸鬼的人拿来包油炸鬼给买客，刚好那张稿子落在一个朋友手里，我听见好像身上受了刀割那么痛伤我的心，然而我时常眼巴巴地看他把原稿弄掉，我歪不过他。唉！

今天上午吴先生亲自把《死魂灵百图》精装本送来。是那么精致的一本图，我们看了都很觉满意。照目前社会情形，尤其书业情形，是很难做的：购买力薄弱，智识程度低下。但他是不管的，为了读者。虽然有时印刷些讲究的书籍，因而也有人讥笑他。他的深意却另外存在着，他说："我的印好书，是有将来的，别人不注意将来，所以就没有把现在的东西好好保存起来，留给将来的人做粮食的心意。那里是为的满足我自己。"

每一种新出版物到手时的高兴，是没法子形容的。吴先生一走，就兴匆匆地一本一本包起来，要使得朋友们赶快收到。这种替人设想的一种无我心情，我是时常体会到的。他的精神感动了我，自然不由得我也在旁给拿包裹纸哪，绳哪，浆糊哪等等，共同把书包扎起来，眼看着一包包的书摆在案头，这才靠在躺椅上发出满足的微笑，有时且计算朋友们收到的日子。

这种包裹捆扎的琐事，虽是委之别人比较自己省力，然而他是不肯的。非如此做他不觉得满意。并且时常说："做这种事就是我的休息。"真的,他从没有好好休息过,总是手、口、脑轮流的使用。每当嘴谈天时,手算休息了;执笔写字时,手脑并用,口休息了;此外,斜靠在躺椅上,不是在看书就是在那里构思。有时我想:他磨练成机器一样了。别人看得实在太苦了,而他并不在意。自然修理机器也是第一要紧的事,否则要损失它的生产力的,但至今没有好好地修理一下,真令人难过。

五月十日

下午黎先生来,谈起有些刊物要求老作家每期投稿之类。他以为:

(一)每种刊物应有其个性,不必雷同。目前各种刊物,总是这几个人投稿,是不好的。

(二)新产生一刊物,由老作家稍为帮助一下,三两期后,便能自己办起来,像《译文》初时情形一样,那是对的。如果每期都需要帮助,好像背着一个人走钢架,不但走不动,而且会有使背的人跌下的危险。

(三)办刊物应多量吸收新作家,范围要放大,不可老在几个人身上,否则要拖死的。

晚间和C先生谈话,说起"中国将来如要往好的方面走,必须老的烧掉,从灰烬里产生新的萌芽出来",更加重说:"老的非烧掉不可。"他是对于旧的渣滓毫不爱惜地割弃的,这是他执着不放松的确信。他太爱新生的进步产物,同时更太讨厌旧有的污秽。

他又说:"中国人所谓没有出路,不是替大多数人着想,他是为自己没有出路而嚷嚷。譬如杨邨人等之找出路就是这样。"

谈到中国的党员和日本党员之不同处,他说:"日本因政府压力过大,做文学的人许多都变了。他们虽则表面似变,但在思想信仰上如故,不过文章上表示缄默而已。中国则不然,他们多要做反叛的文字,乱骂一通。"

五月十一日

同 C 先生谈起中国人的极端性,他说:"中国人对于某人的观察,因其偶有错误,缺点,就把他的一切言语行动全盘推翻,譬如有人找出高尔基一点'坏处',就连高氏全部著作都不看。又如吴稚晖不坐人力车,走路,于是崇拜他,反而把他的另外行为,比损害一个人的体力更不止的一切,都可抹杀。又如孙传芳晚年吃素,人们就把他的杀人凶暴,都给以原谅了。"

讲起小孩子的难对付。他(小孩)知识稍为有一点,首先问:天上面有什么东西?若说空气。再说空气之外有什么东西……看见了桃子,问那里来的?说核种出来的。又问没有核的时候,最早最早,桃子是什么东西生出来的?第一个是哲学问题,第二个是物种原始论。这种题目到如今还答不出来,而小孩子首先注意到。怪不得野蛮人要归之于神,大概是无可解答时的答复呀。

他以为中国人写文章较别国难,因中国文字实在太不够用。所以写作时几乎个个字在创造起来。如果要照文法第几条,那是不可能的，要自己做出新的文法来。外国字则每个字有单独意义，中国是分不出来的，有时加上形容字，也觉得不妥当。

对于中国人做事情的没有持久性，他也很不以为然的。他说："中国没有肯下死功夫的人。无论什么事，如果继续搜集材料，积之十年，总可成一学者。即如最简便而微小的旧有花纸之收集，也可以观测一时的风向习惯，和社会情形的一般。"

他本身拿文学做武器，和一切恶势力奋斗。可是他时常感慨于文学力量的薄弱，不切实，他希望文学从实生活中产生出来，所以对人谈到这问题，他就说："文学以后不能算它职业。——教书吃饭例外，专门学者例外——科学家……无论什么人，于自己职业之外，对文学有趣味，工作剩下来的时光，把从实际得来的写出来，各人经验不同，表现的当然五花八门。可是向来一般人对于科学算学……不愿意努力的，都投向文学这一条路来，或美术上来，这是很不对的。不过这种情形是畸形的。而近来女工，劳动者，每一篇文章出来，容易引人注意，因为他们的生活充实，自然有一种力量存在着。"

谈到在上海做文章的人，他有一个很有趣的比譬。他说："海上文人，各有各的本领，我们不可轻看他。你看见他表面上笑嘻嘻，一动也不动，静得很，一点真意也得不出来。我时常想：他们好像非洲 Jungle 里的动物，矮树林里，看过去极平常，毫不可怕。可是如果真接触到时，就各有各的本领。"

原载《中流》第 1 卷第 5 期，1936 年 11 月 5 日

最后的一天

许广平

今年的一整个夏天，正是鲁迅先生被病缠绕得透不过气来的时光，许多爱护他的人，都为了这个消息着急。然而病状有些好起来了。在那个时候，他说出一个梦：他走出去，看见两旁埋伏着两个人，打算给他攻击。他想：你们要当着我生病的时候攻击我吗？不要紧！我身边还有匕首呢，投出去掷在敌人身上。

梦后不久，病更减轻了。一切恶的征候都逐渐消灭了。他可以稍稍散步些时，可以有力气拔出身边的匕首投向敌人，——用笔端冲倒一切，——还可以看看电影，生活生活。我们战胜"死神"，在讴歌，在欢愉。生的欣喜布在每一个友朋的心坎中，每一个惠临的爱护他的人的颜面上。

他仍然可以工作，和病前一样。他与我们同在一起奋斗，向一切恶势力。

直至十七日的上午，他还续写《因太炎先生而想起的二三事》（以前有《关于太炎先生二三事》）一文，似尚未发表一文的中段。（他没有料到这是最后的工作，他原稿压在桌子上，预备稍缓再执笔）午后，他愿意出去散步，我因有些事在楼下，见他穿好了袍子下扶梯。那时外面正有些风，但他已决心外出，衣服穿好之后，是很难劝止的。不过我姑且留难他，我说："衣裳穿够了吗？"他探手摩摩，里面穿了绒线背心。说："够了。"我又说："车钱带了没有？"他理也不理就自己走去了。

回来天已不早了，随便谈谈，傍晚时建人先生也来了。精神甚好，谈至十一时，建人先生才走。

到十二时，我急急整理卧具。催促他，警告他，时候不早了。他靠在躺椅上，说："我再抽一支烟，你先睡吧。"

等他到床上来，看看钟，已经一时了。二时他曾起来小解，人还好好的。再睡下，三时半，见他坐起来，我也坐起来。细察他呼吸有些异常，似气喘初发的样子。后来继以咳呛，咳嗽困难，兼之气喘更加厉害。他告诉我："两点起来过就觉睡眠不好，做恶梦。"那时正在深夜，请医生是不方便的，而且这回气喘是第三次了，也不觉得比前二次厉害。为了减轻痛苦起见，我把自己购置在家里的"忽苏尔"气喘药拿出来看：说明书上病肺的也可以服，心脏性气喘也可以服。并且说明急病每隔一二时可连服三次，所以三点四十分，我给他服药一包。至五点四十分，服第三次药，但病态并不见减轻。

从三时半病势急变起，他就不能安寝，连斜靠休息也不可能。终夜屈曲着身子，双手抱腿而坐。那种苦状，我看了难过极了。在精神上虽然我分担他的病苦，但在肉体上，是他独自担受一切的磨难。他的心脏跳动得很快，咚咚的声响，我在旁也听得十分清澈。那时天正在放亮，我见他拿左手按右手的脉门。脉跳得太快了，他是晓得的。

他叫我早上七点钟去托内山先生打电话请医生。我等到六点钟就匆匆地盥洗起来，六点半左右就预备去。他坐到写字桌前，要了纸笔，带起眼镜预备写便条。我见他气喘太苦了，我要求不要写了，由我亲口托请内山先生好了。他不答应。无论什么事他都不肯马虎的。就是在最困苦的关头，他也支撑起来，仍旧执笔，但是写不成字，勉强写起来，每个字改正又改正。写至中途，我又要求不要写了。其余的由我口说好了。他听了很不高兴，放下笔，叹一口气，又拿起笔来续写，许久才凑成了那条子。那最后执笔的可珍贵的遗墨，现时由他的最好的老友留作纪念了。

清晨书店还没有开门，走到内山先生的寓所前，先生已走出来了，匆匆的托了他打电话，我就急急地回家了。

不久内山先生也亲自到来，亲手给他药吃，并且替他按摩背脊很久。他告诉内山先生说苦得很，我们听了都非常难受。

须藤医生来了，给他注射。那时双足冰冷，医生命给他热水袋暖脚，再包裹起来。两手指甲发紫色大约是血压变态的缘故。我见医生很注意看他的手指，心想这回是很不平常而更严重了。但仍然坐在写字桌前椅子上。

后来换到躺椅上坐。八点多钟日报（十八日）到了。他问我："报上有什么事体？"我说："没有什么，只有《译文》的广告。"我知道他要晓得更多些，我又说："你的翻译《死魂灵》登出来了，在头一篇上。《作家》和《中流》的广告还没有。"

我为什么提起《作家》和《中流》呢？这也是他的脾气。在往常，晚间撕日历时，如果有什么和他有关系的书出版时——但敌人骂他的文章，他倒不急于要看，——他就爱提起："明天什么书的广告要出来了。"他怀着自己印好了一本好书出版时一样的欢情，熬至第二天早晨，等待报纸到手，就急急地披览。如果报纸到得迟些，或者报纸上没有照预定的登出广告，那么，他很失望。虚拟出种种变故，直至广告出来或刊物到手才放心。

当我告诉他《译文》广告出来了，《死魂灵》也登出了，别的也连带知道，我以为可以使他安心了。然而不！他说："报纸把我，眼镜拿来。"我把那有广告的一张报给他，他一面喘息一面细看《译文》广告，看了好久才放下。原来他是在关心别人的文字，虽然在这样的苦恼状况底下，他还记挂着别人。这，我没有了解他，我不配崇仰他。这是他最后一次和文字接触，也是他最后一次和大众接触。那一颗可爱可敬的心呀！让他埋葬在大家伙的心之深处罢。

在躺椅上仍旧不能靠下来，我拿一张小桌子垫起枕头给他伏着，还是在那里喘息。医生又给他注射，但病状并不轻减，后来躺到床上了。

中午吃了大半杯牛奶，一直在那里喘息不止，见了医生似乎也在诉苦。

六点钟左右看护妇来了，给他注射和吸入酸素，氧气。

七点半钟我送牛奶给他，他说："不要吃。"过了些时，他又问："是不是牛奶来了？"我说："来了。"他说："给我吃一些。"饮了小半杯就不要了。其实是吃不下去，不过他恐怕太衰弱了支持不住，所以才勉强吃的。到此刻为止，我推测他还是希望好起来。他并不希望轻易放下他的奋斗力的。

晚饭后，内山先生通知我：（内山先生为他的病从早上忙至夜里，一天没有停止。）希望建人先生来。我说："日里我问过他，要不要见见建人先生，他说不要。所以没有来。"内山先生说："还是请他来好。"后来建人先生来了。

喘息一直使他苦恼，连说话也不方便。看护和我在旁照料，给他揩汗。腿以上不时地出汗，腿以下是冰冷的。用两个热水袋温他。每隔两小时注强心针，另外吸入氧气。

十二点那一次注射后，我怕看护熬一夜受不住，我叫她困一下，到两点钟注射时叫醒她。这时由我看护他，给他揩汗。不过汗有些粘冷，不像平常。揩他手，他就紧握我的手，而且好几次如此。陪在旁边，他就说："时候不早了，你也可以睡了。"我说："我不瞌睡。"为了使他满意，我就对面的斜靠在床脚上。好几次，他抬起头来看我，我也照样看他。有时我还陪笑地告诉他病似乎轻松些了。但他不说什么又躺下了。也许这时他有什么预感吗？他没有说。我是没有想到问。后来连揩手汗时，他紧握我的手，我也没有勇气紧握回他了。我怕刺激他难过，我装做不知道。轻轻地放松他的手，给他盖好棉被。后来回想：我不知道，应不应该也紧握他的手，甚至紧紧地拥抱住他。在死神的手里把我的敬爱的人夺回来。如今是迟了！死神奏凯歌了。我那追不回的后悔呀。

从十二时至四时，中间饮过三次茶，起来解一次小手。人似乎有些烦躁，有好多次推开棉被，我们怕他受冷，连忙盖好。他一刻又推开，看护没法子，大约告诉他心脏十分贫弱，不可乱动，他往后就不大推开了。

五时，喘息看来似乎轻减，然而看护妇不等到六时就又给他注射,心想情形必不大好。同时她叫我托人请医生,那时内山先生的店员终夜在客室守候,(内山先生和他的店员,这回是全体动员。营救鲁迅先生的急病的。)我匆匆嘱托他,建人先生也到楼上,看见他已头稍朝内,呼吸轻微了。连打了几针也不见好转。

他们要我呼唤他,我千呼百唤也不见他应一声。天是那么黑暗,黎明之前的乌黑呀,把他卷走了。黑暗是那么大的力量,连战斗了几十年的他也抵抗不住。医生说:过了这一夜,再过了明天,没有危险了。他就来不及等待到明天,那光明的白昼呀。而黑夜,那可诅咒的黑夜,我现在天天睁着眼睛瞪它,我将诅咒它直到我的末日来临。

十一月五日,记于先生死后的二星期又四天。

原载《作家》第 2 卷第 2 期,1936 年 11 月 15 日

元旦忆感

许广平

向来,我们无所谓元旦,也无所谓节日的。就是自己的生日,我们也不大想到庆祝,总是随随便便的度过了。

今天是一九三六年最末的一天,不知怎地我总觉得心里面有一件事情似的不痛快,无名的杂念随着一天的光阴起落着,好似风车的叶片,转了下去,随即又升腾起来。

现时耳边轰响着鞭炮断续的声音,旧的记忆刺激着我;往年,到这一天的末夜,他,人们所追怀的鲁迅先生在做什么?他在整理一年的日记,把它包藏起来。再,就是把朋友惠赠或自购的日历挂起来。之后,不做什么工作,在躺椅上休息着吸烟,于是鲁迅先生刻板地,简单地口头统计一下:"今年做了些什么呢?明年要做些什么呢?"几乎每年如此。待统计出那一年的工作成绩不多时,他是万分不自在的,如此将更增加他新年后不断工作的努力。他北京书斋兼卧室的小房间里,有一副自集《离骚》的对联:"望崦嵫而勿迫。恐鹈鴂之先鸣。"就是用作座右的箴言的一种提示了。

此刻,我来粗粗地替鲁迅先生统计一下他一九三六年到十月为止的工作罢。这年出版的书有:《故事新编》、《药用植物》、

《死魂灵百图》、珂勒惠支的《版画选集》和《苏联版画集》。编校成书的有《海上述林》上下卷。编好的有《苏联作家七人集》，还有两本《且介亭杂文》收集好了。此外零星文章和在计划的工作，一时数不清的也不少。大约平均的计算，每个月可有一本书出版而强。而且这里面，在本年三月间他就生病了，一直没有好起来，中间暑天的时候，还大病至不能执笔。虽然如此，但从上面的工作看起来，在他十个月中，除掉了八个月的卧病的时间外，是不能相信一个人会做出这么些工作的。总会疑心是非人力之所能的罢！然而他，我亲自就看见他这样一丝不苟地脚踏实地地做着。回念昔者，追想来兹，无怪我今天的情感压抑不下了。恐怕读者至此，也有同我一样的感想罢。

记得鲁迅先生讲起基洛夫说年轻人要希望看看将来。但他说："我不是这样的，我是要战斗，到死才完了。但未死之前，且不管将来，先非扑死你不可。"

他对付敌人，对付自己的工作，都是拿这种精神贯彻了的。

因为要战斗，要工作，要多活几年，给恨他的人们不舒服些，所以平常他对于自己的身体并不是绝对轻视的。我们知道他从小有着胃病。有些医生断定他的肺病是在一直从前，二十多年前就有了的。还有些医生奇怪他的肺坏到这个样子，还能够做这许多的工作，活这么长的年限，以为一定有很巧妙的方法卫生的。其实，据他自己推测，大约一则以前生活小心，未曾生过大病；二则不肯随便糟蹋身体，如狂饮滥游之类的不规则生活。然而终于不治了。或者知道病入膏肓，无法挽救，索性在有限的光阴中，加紧工作，因而对工作和病体，都采取战斗式的罢。我时常替他到医生处取药，或因事外出，回来后，多晓得他曾偷偷地做工，而在我的预定回家时间前停止。使一面达到自己目的，一面免我责劝，这样的精神是可怕的，而且后来连病中预计的夜间休息也不大做得到，拿起笔来了。我说，你不是夜里不打算做事了吗？他说，做一些些。后来就连睡眠的时间也延迟了。一个战士的爱惜身躯，是如同爱惜子弹一样的，然而勇敢的战士当负伤时，却是仍然力疾起来，不惜最后的极力掷出手榴弹。

他晓得自己的性情和遭遇，同我谈话时曾经说到："我其实是知识阶级分子中最末的一个，而又是最顽强的。我没有照着同阶层的人们的意志去做，反而时常向他们挑战，所以旧的知识分子如此恨我。"

话虽如此，那些同阶层的人们尽管恨他，骂他，同时因为他的不断努力的工作，博得了超乎名誉的社会信仰，在另一种场合里。就会有这样的事情。有一天，某大书局的要人做寿的征文信送来了之后，他感慨地说了："我的社会关系太复杂了。比如这封信。看似很简单，而其实包含有我的地位，声望和各方面的情况等等，才会有这样的信到来。这，是我积了多年的精力，物力，苦心所致的，所以即此一端，就看出我这个人的社会关系太复杂了。"

是的，有些人们是恨他的；但有时，又忘不了他。

一九三六年十二月末夜十二时

原载《中流》第 1 卷第 9 期，1937 年 1 月 15 日

我 怕

许广平

每当夜里,我就不敢走到我们昔日的卧室里去。即因事要走进去,也急急地把事情办了走出来。

我是疑心有幽灵么?胆子小么?一直从前,我有一个好朋友死去,我就热烈地希望有幽灵,可以和生前一样来往。

然而现在,我当夜里,就不敢走进我们昔日的卧室里去。

我怕那明晃晃的灯光,把每一个角度的印象都浮显出来。

靠门的方桌子。那桌布上面的许多书,每一本,每一堆,每一叠,都经过他的手摩挲。大的书应该怎样搁,小的书应该怎样放。他都有一定的处置。书堆上还有那一匣散开的线装书,中间夹了许多值得注意的签条,我怕看它,我没有正视它的勇气。

书堆下面,拿掉了桌布,那旧式的红漆木桌子,是他生病前特地从别的地方搬来的。为的好方便他,省些力气,在房间里取点炉火温暖,吃起饭来舒服些。这里也曾招待了不少次朋友同吃。我怕看见这桌子,想起了一切的一切。我是多么脆弱呀!唉,没有本领的人。

那衣橱,仍旧挂着那最后出门的一件破旧黑哔叽的袍子。那我们二人挂衣服的橱柜呀,我不晓得为什么觉得也空空洞洞,好似我的心头一样！安放他夜饭后时常喜欢吃些糖果点心的那衣橱的另一角呀！我怕看到它。它会招引我他要东西吃时的神气。他叫我"忘记我。"这叫我如何忘记起？难道这些经过就真是烟云一般消散，捉也捉不住！

哭是弱者的行径，是他不愿意看的，然而写到这里我禁制不住了……

尤其是那藤躺椅。破了的椅子，我私心打算等搬了家（如果他不死，我们是预备在十月廿五以前搬家的）时偷偷地买一张西式棉软的来。已经买来了，多花些钱他也不再响了。这计划我没有能够实现。直到现在作为他花费了大部光阴的休息所在，还是这破藤椅子。岂真是没福消受比较舒适的物质生活呢？还是我的错失呢？我没有法子再去问他，这疑问将埋葬在我的心坎里，直至与我生而俱去。

藤躺椅左方的镜台，那安放他新收到的书报杂志的一角，是准备随手取阅的方便的。也安放他最后服用的药品食物。还有他喜欢的《夏娃木刻图》，和苏俄木刻展览会闭幕后苏俄大使送的那一张木刻女像。这张像，本来是他选购的，后来作为赠品托史沫特莱女士带来的时候，史女士曾问他为什么选这一张？他说："这一张是代表一种新的，以前所没有过的女性姿态，同时刻者的刀触，全黑与全白，也是大胆的独创。"

右方，靠在藤躺椅可以鉴赏着的一缸"苏州鱼"，是夏天病重的辰光，内山先生特地送来的，共十尾。在病中，看看那鱼的活泼姿态，给与他不少的欢喜。那缸，为了对于鱼的爱重，——对于送鱼的那朋友的好意的爱重——他特地从远地方亲自购买捧回来的。那晶莹的鱼缸呀！我见着它，想到和他一同铺沙，灌水，安放水草，再把鱼慢慢放下去。他顾虑到缸面水苔铺密了，致妨碍了鱼的呼吸空气，就时常亲手把它去掉。现在鱼的呼吸好好的，还是那么活泼泼游泳。而那朝夕亲爱它的人，那么爱护它的，倒停止了呼吸……鱼假使也有灵魂，恐怕它的泪要和缸里的水一样深罢。然而我，既不是鱼，也没有停止了呼吸。我走人房中，无名的空虚袭击我，我只觉得一切和我都生疏了。这不是我常日境遇，这情景我不熟识！我那房中是要有他存在的。他却去了……这房间我滞留不住。

昨夜（六日）我做了一个梦：他要我做杏仁糕给他吃。又特别嘱咐我：杏仁粉可到东洋店里去买，——其实东洋店没有这粉的——我答应了。并且我也想到，光是杏仁粉是做不来糕的，要添加米粉，糖要精致，还可添些鸡蛋，牛奶。我很高兴，因为他平时不大肯想出些什么，要我做给他吃的。我正要着手做，可恶的另一世界把我唤醒。我受到实现计划被打破时的痛苦。假如是十几世纪的头脑，我还可以勉强做出糕点来，供在灵前，希望他的"魂兮归来"，享受一切。然而我明明看着他没有了知觉，我不相信有天堂。所以这一点点的安慰也使我做不到！没法填补的缺憾呀！

还是回到现实去吧。那书桌，他到上海以来消磨了十年光阴的书桌；桌上那未完成的稿子，那日用的文具，和每天不离的香烟用具，茶杯之类，都摆在眼前了，一堆堆的书札，什物，哪一件不是经过他的手泽呢。那个办公用的桌灯，是一个前进的老朋友，节衣缩食特地买好送来的。说是不伤害眼力，便于夜里写作，尤其预约他能在这亮光之下，好好地写出一本东西来。而现在，一切都不可能了！当桌上的灯亮起来时，使我想起日常他的生活的大部分所在。夜里，周遭被黑暗所吞噬，不过偶然一两声狗吠或叫卖的声音，孩子却睡熟了。这时候，一灯存前，他，据案写作；我则旁坐阅读书报或做手工。倦了，大家放下工作，饮些茶，谈点天，或者吃些零食。彼此欣然，觉得是一天中的黄金时代，不胜满足了。有时他正忙于工作或翻译，那么，一桌子都被他铺满了书，就连我放一些东西的地位都没有了。嗜好的茶也不大记得吃了，即使倒出在杯子里，放在旁边也给冷掉了。也不晓得倦，更不引起闲吃的心情了。左手拿着烟，右手执了笔，聚精会神地工作，其紧张程度是可怕的，不等到相当机会是不肯歇手的。所以，我以为消耗他的生命最厉害的就在这种辰光。然而，一切作家的生命，不都是这样地耗掉了的吗？

有时，夜饭过后，并不忙着工作，我们就欢喜不开电灯，在那里休息，尤其在夏季，差不多天天如此。窗外的路灯相隔不远，映射到室里来的光度颇够探视一切，在这微明之下，另有一番风趣。也许就是他所称道的"惯于长夜度春时"罢。是的，他时常不做什么的时候是高兴让那电灯熄掉的，遇到月夜，那月光和室外的灯光交映着来临，他，就时常欢喜说一句："今天月亮真好呀。"他的称赞月亮，似乎在厦门写文章自比于黑夜之后。但是，以后的月亮，只能跑到他墓前，发出凄清的寒光，却没有法子和他见面了！

原载《热风》第 1 卷第 1 期，1937 年 1 月 1 日

▶追忆鲁迅

关于鲁迅先生的病中日记和宋庆龄先生的来信

许广平

鲁迅先生于去年三月间气喘患病,之后并没有多大休养,仍旧继续工作。除最主要的给《死魂灵》第二部翻译之外,就在三月十日,为了白莽的《孩儿塔》有人写信来索序,也"便力疾写了一点短文"。

自后仍然支撑住那骨瘦如柴的身体,照样写作。那大众所熟知的《写于深夜里》,《三月的租界》,《"出关"的"关"》都是四月里写的。

到了五月的前半月,还是在那里翻译《死魂灵》第二部,不过已经极度表现出支持不下去的样子了。我劝他休息,找医生看,同时好几位美国友人,亲自带了鲜花来看他,又替宋庆龄先生带来茶叶,糖食多种,代致探候之意。这时先生自己行走食息,还可敷衍,终于表面领受了许多热情友好的盛意,而实际仍不肯毅然舍脱一切而易地休养,仍贯彻其一年前拒绝那些爱护他的友人,劝他往南欧的意见。他说:环境瞬息万变,他不应独自远行,还应该留在国内做工病也可就地医治的。

到五月半,实在支持不下了,才去看医生,那时的日记,就是我抄在上面的了。

从五月十八日以后,已经病状并不轻减,看热度可知。但日记中生活仍不改常态,并且急于排好《述林》,把样本整理好,仍须亲自送往内山先生处托其寄东京付印,自然我也请求过代劳,但是他说:"还有许多细节须要面谈的。"而径自力疾去接洽了。他对于《述林》,不辞劳苦地抄、排、编、校、设计务求其精。待有成时,很宽怀的说:"这一本书,中国没有这样的讲究的出过,虽则是纪念'何苦'——瞿氏别名——其实也是纪念我。"我觉得这句话总似乎不大悦耳,虽然我并不迷信什么征兆之类,但是我终于表示了一句:"为什么?"大约我说话的神气不大宁静之故罢,他立刻解释地说:"一面给逝者纪念,同时也纪念我的许多精神用在这里。"

我们再看他病更深时继续的日记——其中所说的"注射",乃是用"荷尔蒙"一类的东西,每天注射的。但是人倒更难看了,成天靠着藤躺椅,不言不食,随便什么东西,勉强呷一两口就不要了。这就是所谓"无欲望状态"的时期罢。铁青的肉色,一动也不愿动,看了真叫人难受。记得二十八日胡风先生来时,我就偷偷把我的焦念告诉他,托他向内山先生研究一下病情。二十九那天,须藤先生来给他注射强心针时,其情状更不佳,无论牛奶、橘子水等通通不要食,真是危急万状的样子,但他仍然每天支持住不断他的日记。

说也奇怪,自从强心剂一针之后,有了转机了,食东西也有少少味道了。然而接近些的朋友,总不大放心,大家互商之后,由史沫德黎女士请了一位医生来,医生先诊断说已经无可设法,后来经史女士再三恳商，才说最好赶紧入医院，医三个星期，然后离开上海养病一年，什么也不做。当时史女士即请先生决断一下，但是他说："现在已好些了。"终于不相信自己病状危急，答应考虑之后再回复离沪及入医院事。

六月开头的几天，较之上月末五六天算是稍为好转些了，但是周围的朋友陆续有信来问病。其中更感谢宋庆龄先生的好意，扶病写信来探问，并以自己为例，劝其早日入院医治，"因为中国需要你，革命需要你！"我现在把宋先生的信抄录出来，以示这位具有伟大的同情，处处为中国革命爱惜人才的宋先生的恳挚。

宋先生那么恳切的一封信，同样不能变动他的心，他觉得若果"中国需要你，革命需要你"，就更不应该自己轻易舍去。另外的一个致命伤，就是他向来不晓得休息和娱乐，一提起医院的静静躺倒，不言不动，不看书，不思想，不写作，凡这些，就无异于坐牢，更不如其死，这样坚强的意志的人，肺病实在不适宜于他。此外较小的原因，自然也在打算养病费的巨大而迟疑，虽然我再三解说了，有生命才能生发生活费，然而他的意志总是那么坚定，许多朋友都觉得想尽方法，终于没奈何，仍由他在寓所医病。五日以后，即连日记也不能继续了。感谢一些朋友，指示我要镇静，否则不能支持自己的，所以后来一直我留心把自己坚强起来，尽我应尽的职务，在先生面前能够克制不引起伤感。

七月一日起，先生果然按日写日记了，直至十月十八日为止。而且七月就开始写了一篇《捷克译本》的序。自此继续写作，九月成绩超于八月，十月亦有好几篇，虽然文章的命题和内容有些可怕，如《死》《女吊》等，但横溢奔放，仍不减平素泼辣之气，孰料转瞬之间，一病不起！值兹一周，回忆昔者，如在目前，对于中国，革命需要的先生，舍我们而长逝了，不过遗教仍存，先生有时自己也想到，说："其实我也无须多说了，我的三十年工作，和三十多本写作文字，足够说明一切了。"我们要看见活的先生吗？请从他的著作中去体认，去实行吧。

促鲁迅先生就医信

周同志：

方才得到你病得很厉害的消息，十分耽心你的病状！我恨不能立刻来看看你，但我割治盲肠炎的伤口，至今尚未复原，仍不能够起床行走，迫得写这封信给你。

我恳求你立刻入医院医治！因为你延迟一天，便是说你的生命增加了一天的危险！！你的生命，并不是你个人的，而是属于中国和中国革命的！！！为着中国和革命的前途，你有保存、珍重你身体的必要，因为中国需要你，革命需要你！！！

一个病人，往往是不自知自己的病状的，当我得盲肠炎的时候，因我厌恶入病院，竟拖延了数月之久，直至不能不割治之时，才迫着入院了，然而，这已是很危险的时期，而且因此，还多住了六个星期的时间，假如我是早进去了，两星期便可以全愈出院的。因此，我万分盼望你接受为你耽忧着，感觉着极度不安的朋友们的恳求，马上入医院医治。假如你是怕在院内得不着消息，周太太可以住院陪你，不断的供给你外面的消息等等……

我希望你不会漠视爱你的朋友们的忧虑而拒绝我们的恳求！！！祝你痊安

宋庆龄　六月五日

原载《宇宙风》第 50 期，1937 年 11 月 1 日

鲁迅和青年们（节选）

许广平

十二　青年的吸铁石来了

一九二六年八月，先生往厦门大学任教职。如果不是和段章之流大斗，致列于几十位被捕者之林，和另外的原因，大约未必会离开北平的。北平已经住了十五年了，可以静下来研究学问，有好图书馆，这是先生时常所怀念的。政治的压迫，个人生活的出发，驱使着他。尤其是没有半年可以支持的生活费，一旦遇到打击，那是很危险的。我们约好：希望在比较清明的情境之下，分头苦干两年，一方面为人，一方面自己也稍可支持，不至于饿着肚皮战斗，减低了锐气。然而厦门大学的实际，并不如先生去时所想象。一般连伙食也时常需要自己动手，在特别优待的借口下，几乎处处被人作弄。对学校设施。先生又深深感到难有所作为。幸而他好像是青年的吸铁石，自他到后，厦门大学研究文艺之风盛行起来了，冷清清的大房间里时常有学生的足迹不断来往。就在他离校之际，还引起青年的觉悟，改革学校运动于是发生。虽则不久平息，但是跟着他同往广州的青年，也不在少数。其间有一位姓谢的,是湖南人,以前且曾做过教员,人很活动,文学造诣也相当的深。他到广东不久,就离去了,似乎是回到他的故乡去的,但去后信息杳然,他好像是个做社会运动的人物,先生几乎时常记念着他,且疑心他已被黑暗卷去。这真像一个谜。如今,却须我为他祝福了。如果他还在人间,那么,总应该和我们一同肩起这大时代的艰难的工作吧!另有一位厦大来的。那就是人们曾经谈起过的那位"义子"。从厦门到广州,一直追随在先生左右,在旁人看来,怕没有不当他是先生的忠实信徒的。他很能体谅先生的忙碌。除因事或领取学费等来到先生跟前稍坐一刻,其余总是不大向先生吵扰。他真是那么一个洁身自好的青年呢。

十三　故事的开始

　　记得我们旅居于上海后不久,一天,大雨连天,由旅馆茶役送来了一封信。正是那位学生的,他通知他已经到沪,人地生疏,急待照料,先生立刻和他的三弟冒着大雨上旅馆去。那是一家用堂皇名字招徕旅客而又颇不名符其实的旅馆。从船上移至旅馆仅有一些简单行李,可是那旅馆除开了一笔行李费之外,又横七竖八地不知开些什么帐目,半天功夫要花二十余元的开销。那学生的经济本不宽裕,先生早已晓得。如果在这种类似敲竹杠的地方多停留下来,这一切费用义不容辞将要由先生张罗。为人也是为己,先生就急忙忙把他们接到景云里的寓所来了。

十四　故事的演进

　　开了门，先生带来了三位远客，其一是从厦门跟到广东，此刻到上海来的学生，另外还有一男一女，很年轻，都像不满二十岁。据说是兄妹。起先似乎听说那兄妹俩家里很有钱，打算来沪读书。后来又听说那妹妹是那青年的爱人，为逃避家里的父母主婚，跟他一同出走。那妹妹的胞兄呢，则看透家里重男轻女的风习，如果女儿单独出走，怕会置之不理，但儿子也一同出走，就一定要设法追寻了。所以兄妹一同出来。这计划很周到，可惜的是一天天过去，没听见家里的表示，反而把先生当作家长了，供给膳宿，津贴零用，一切由先生负担。先生住在楼上，楼下就让给他们住。每逢步下扶梯，则书声琅琅，不绝于耳。但稍一走远，则又戛然中止。久而久之，先生才悟到这书声是读给他听的，后来就怕敢出入了。继之他们又要求读书，要先生供给这三个人的学费。先生说："我赋闲在家，给书店做点杂务，那能有这大力量呢？"这是实在情形。先生离京时就欠上一身的债，好容易把厦门大学的薪水给偿还。从厦门到广州又带了一批学生，旅费之类，也借用不少。在广州做了不到半年的工，就又失业了。原先我们预备做两年工的计划，既限于事实所迫，只得中途放弃。及至沪上，一切生活，俱未入于轨道，平添三个人的生活，已非先生力所能支了，那还说得到供给学费。后来那学生把他的文章送来，请先生介绍发表。但文章太过幼稚，实在不能送出去，没能满足他的心愿。又请托找事，但有什么事情好设法呢?先生也是失业住在家里,又不认识达官阔人,富商大贾,平时来往的,都没有这力量,就是认识三两家书店,偶然介绍点稿子,也往往要自己也有稿子陪去,才能成功,说不到找事情了。于万不得已的情形下,先生跟某书店说定,让他去做个练习生,再由先生每月拿出三十元,托书店转一转手给他,算是薪水。先生满以为如此则对书店也不为难,对这青年也可以得一学习机会。总以为这一份苦心,他是能够接受的,谁知通知他以后,他竟说:"我不去。"是嫌薪水少,还是嫌工作低微呢?我们不晓得。但他怕还不知道这是特别设法,才能如此通融办理,在上海是学徒三年义务期满出师,也不过数元一月呢。

十五　送往迎来

那时创造社诸君子正在围剿先生,先生也正在应战。一天,那学生突然来对先生说:"他们因为我住在你这里,连把我都看不起了。"这叫先生怎么办法,他们能够不住在这里,能够有法子生活,先生又何必苦苦地挽留呢,真个是"实逼处此"。

后来那女孩子的哥哥要回乡了,理由是家里既不寄款来,且回去筹措,坚定地非走不可。但要走,先须有旅费,这责任又落在先生身上了。可是那位"哥哥"走不多时,又有远客来了,这回是那学生的哥哥。出身是木匠,来找事做。先生纵使交游广阔,接待这一类远客,怕还是初次。这如何动手?但既来了,第一是食住总得给他安排。楼下已经住了那学生和他的爱人,没法再搭床位,只好为他另在附近租间房子。饭食呢,自然不再为他另开"火仓",顺便在家里腾出一份,托他送去。这总该可以了的罢,可是结果还是不成。拿饭篮不体面!仿佛还须先生亲自送去似的,没有法子,又要托人代劳了。这样繁琐的人事纠缠,使得先生困恼万分。好容易托建人先生辗转请托,总算给那木匠哥哥找到了事,以为总可以吐一口气,解决了吧,结果又不成,不欢喜去。那么再住下去。住下去,厌倦了,木匠哥哥要回乡了,再由先生来筹旅费。

十六　原来是"儿子"

这回剩下学生和他的爱人了,已经来了好几个月,他的爱人已能和别人稍微谈几句普通话,才从她的口中得知:那青年学生原来是来给先生做"儿子"的,她呢,不消说是媳妇儿了。他们满以为来享福,那里知道会这样。而先生竟一点也不晓得这个中原委,没好好地招待这现成的家族,弄得"怨气腾腾","烦言啧啧",从这看来,先生真也太不会做人了。

在看透了对先生已无可希望,不能享福之后,"儿子"告辞要回去了。一天的晚上,他来同先生磋商:要两个人回去的旅费。先生想:这里到汕头,转到×县,至多一百元就足够了罢,然而不成。他说:"我们是卖了田地出来的,现在回去,要生活,还得买田地,你得给我××元。"这个数目,先生实在做不到的,还是忍住气和他磋商罢。"我没有这许多钱,而且,你想想看,我负了债筹钱给你买田地,这可说得过去?"他可也回答得干脆:"错是不错,不过你总比我好想法,筹借的地方也比我多,你一定得给我筹××款子才可以。"说来说去,他还坚持这数目,自然咯,他是来做儿子的,儿子同老子要钱,律以"为儿孙做牛马"的义务,先生是无论如何不应拒却的。可惜先生不知道这就是儿子!而且先生实际的困迫他那能了解?老实说,自他们来后,起居服用,再加以送往迎来,整批整批的路费筹措,已经觉得非常吃力了。但先生从来脾气是有苦自家知,一声不响的,而人们却以为他已成富翁,如果这虚名也可以卖钱,或者先生会是富翁罢,然而卖虚名的就不是先生,所以到头来往往弄成不谅解,不欢而散。那"儿子"终于也不满所欲气匆匆地走了。几年以后,"儿子"突然从广州来了封信。大意说:"原来你还没有倒掉,那么,再来帮助我吧。"这使我们猛然的想到,当初他的回去,怕为的是避免被牵连了倒掉吧。

谁说先生老于"世故",我只觉得他是"其愚不可及"。世界上竟有这样的呆子吗?可是这呆气,先生却十分珍贵着。他总是说:"我不能因为一个人做了贼,就疑心一切的人!"

十七 另一个学生

从厦门来的另一个学生——我就在这里称他是 A[①] 吧——来见先生了。他说:"上海学校没有好的,打算自己研究,读点书,不在乎文凭,愿意在先生旁边住,家里也可以放心,否则我父亲不会允许的。"于是就住在附近了。另外陆续来了他的朋友——柔

---

① 系指王方仁。(原编注)

石和又一位也是厦门来的学生——我就称他为B[①]，他们三个人住一幢房子，早晚搭饭同吃。时常见面，谈起文化界的寂寞，出版界的欠充实，A就提议大家来出点书，他说，他哥哥开教育用品之类的店，可以赊点纸，或者还可向拍卖行买些便宜货，用不着大本钱。而且他哥哥的店，也可以代卖书籍，省得另开门面，有批发的，他也可以代收帐，很靠得住。大家同意了，用朝花社名义出了种周刊，印些近代木刻画选，也出些近代小说集，颇有点基础了。选木刻，制图，选材料等，离不了先生的苦心经营。而跑腿往来于印刷局等苦差使，则往往落到柔石身上。资本是A、B、柔石、先生四人出的，但因经费不足（每人数百元），又不便叫学生们多负担，于是把我也算作一股。其中最失败的是《近代木刻选集》之类的木刻印本。纸张是A经手的，从他哥哥的店里或拍卖而来，各种纸都有，很多是粗糙的，不宜于印图。而且油墨也恶劣，往往把细的线条遮抹掉，有时墨太浓，反映出闪光，很不好看，然而还有读者。书和刊物，渐渐被人注意了，那时的A似乎别有所忙，时常往来于上海、宁波之间，有时急待他接洽什么，总老等他不来，责任几乎全落到柔石一个人身上。他很愿尽力，无奈那位A的哥哥店里的关系，柔石去接洽总弄不恰当，结果诸多棘手。卖出去的书，据说一个钱也收不回，几次的添本钱，柔石甚至一面跑印刷所，一面赶译书卖钱去充股本，有时真太来不及了，先生就转借些给他。总计起来，大约先生和我及借给柔石的，至少占股本之半。这时A对于译书事忽然不热心了，颇有

[①] 系指崔真吾。（原编注）

十问九不理的样子。在某天,他宣布不能继续了,他哥哥的店不肯再代设法,书也多卖不出去,后来就把剩下的书由柔石托别的书店去卖,款不但收不到,还要每人筹款填亏空。先生担负了巨额的损失之后,得到朝花社遗留下来的黄色包书纸一束,从此关门大吉。先生想替青年们打下一个文学园地的基础,终成泡影,而先生也在这整整的一年中赞去不少精力了。

十八　同情者

和朝花社差不多同时,还有一个××书局[1],主持的是C君[2]。记得他头一次来见的时候,说明他的姊姊是在北平做社会活动遇害的,家里很困难,想印些书,请先生帮忙。为正义,为文化指导,为同情心驱使,于是先生又有所忙了,义务地写稿,经常给刊物帮忙。C君人很精明。有一回大感叹于经费困难,不易支持之后,由他负责,向先生筹借了五百元,仍然未能打开僵局,又关门了。随后C君离开了上海,这书店的股东是谁,没有一个人能够知道。

十九　忠厚待人

对于某某书店[3],先生和它的历史关系最为深厚。先生为它

---

[1] 系春潮书局。(原编注)
[2] 系指张友松。(原编注)
[3] 系北新书局。(原编注)

尽力，为它打定了良好基础，总不想使它受到损害。创办者原也是个青年[①]，赖几位朋友之助，才打出这天下来。其时做新文化事业的真可说凤毛麟角，而出版的书，又很受读者欢迎，像这样有历史基础的书店，先生不愿意随便给它打击。在别人看来，先生对它仿佛有点偏私。记得在厦门、广州时，曾有另一书店托人和先生磋商，许以优待条件，要先生把在某某书店发行的全部著作移出，交给那家书店出版，先生也未为所动。其后到沪，复为它编辑两种刊物[②]，替它另一刊物[③]长期译稿。先生所编的刊物，一种是同人性质的，没有稿费，一切是尽义务。另一种由先生编校，每月不过由我们拿回少数校对费，其实大半还是尽义务的。其间征稿、还稿、写回信、校稿等，先生全部精神几乎用在这里了。又初到沪上，正人事纷繁，先生且病（到沪大病一场）且工作，无时或息，并无对书店有疏懒之意。且正在围剿中，许多人以为他就要没落了，聪明的人，都远远地离开。又兼那时出教科书的风气甚盛，谁个书店不想赚钱？风帆一转，文学书就置之脑后了，先生以为这是大大的失着。如果它坚持早先立场，倒是一个为文化服务最纯洁令人敬佩的书店。然所以转帆之故，又归因于在沪之扩大组织，变店铺为家庭，外间给以批评为"胡涂"。然"胡涂"者，不精明之反也，水清则无鱼，太精明的店，也同样难以合作。先生所以时常说："某某书店乱七八糟，真气人，

[①] 这青年系李小峰。（原编注）
[②] 这两种刊物是《语丝》和《奔流》。（原编注）
[③] 这刊物系《北新》半月刊。（原编注）

许多人固然受了他胡涂之累,可是他也时常胡里胡涂地吃人家的亏(如几次封门)。比起精明的来,不无可爱之处。"的确,先生仍不无有些偏爱,或甚至溺爱的,每当他封门受压迫时,先生从不肯在这时期去索一回版税。然而他自己呢,每越遇压迫袭来,则收入之路越穷。胡涂者,自然也有精明之处,亡命之徒,还能出头露面向法庭控诉吗?那是不足为虑的。先生往常总不断指导我,说我太率直,不懂事。甚至有时发恼,质问我一个人将怎样生活?固然,在他庇护之下,我是暖室中之小草,丝毫受不到风吹雪暴。可是我一个人在北方读书时,自己也生活了十年之久,不是还好好地活下去吗?有时我因此不禁偷笑!至于他,到处陪小心扶助别人,也难免吃力不讨好,会招徕莫名其妙的怨怼,或无故的绝交,这在先生,又将何以自解呢。

二十　编者态度

先生每编一种刊物,即留心发见投稿者中间可造之才,不惜奖掖备至,稍可录用,无不从宽。其后投稿较多,或觉少进境,也许会受到严厉的批评,以致为人不满。但这怕就是和青年来往难得持久之故吧。先生初到沪时编《奔流》《语丝》。投来的稿子,真是缤纷万状:有写了一次即不愿复看一遍,叫先生细改的;有翻译而错误很多,不能登载,致招怨尤的;有一稿油印多份,分投各刊物的;有字甚小,模糊难辨的;自然还有不少稍加修改,即可采用的。这些,如果是那原文先生能自己对照的,多给改正。其为从英文译来,遇有疑难,亦必多方向人打听,修改妥善。或长短诗，音韵、体裁、结构、思想俱优，则必多方设法登载，凡是先生手编刊物，读者怕很少不满意的吧。

二十一 "鲁迅派"

这时有人①从东京寄稿来，且时和先生通信，先生也照例复信、看稿。信与稿一多，即成立友谊。有时蝇头小字，连篇累牍的写着信，费去先生大半天功夫。可惜这些信现时我没有借到一封。我知道在那些信中可算是知无不谈，谈无不尽，天下治乱，个人生活，都历述无遗了。有时信中飞来一张当票，先生也会亲自带往北平替他取赎，再小心翼翼地给送到他的家里。孙伏园先生说过：先生给他再四打铺盖，比之于耶稣为门徒洗脚。其实不但对门徒，对未见过面的朋友，先生也一样必忠至敬地尽力服务的。后来这位朋友回到中国来了，希望先生为他向北平教育界谋点事做，这在先生当然愿意尽力的。于是写介绍信以外，并亲自面恳。事情颇有眉目了，突然，一个风声传来，说他是鲁迅派，不能容他插足。鲁迅居然有"派"，放这风声的北平教界中的某权威，实在是最懂得鲁迅精神的。

自然这位东京朋友的饭碗是立刻打破了。他转来上海，从此和先生过往甚密。不幸先生因加入"自由大同盟""左联"等而遭遇了严重的压迫。那位东京朋友，虽然也是其中的一分子，但拂去衣上的尘沙，依然是翩翩年少，将"危险"的责任一推到别

---

① 这人系韩侍桁。（原编注）

人的身上,自己也就从"为鲁迅带坏的圈中"爬了出去,飞黄腾达起来了。这是好的。先生也从不愿因自己之故而连累别人呢!

二十二 谜

还有一位思想家兼诗人①的,时常在刊物中出现,也时常到寓所来请教翻译的文字,谈得投机了,也就一同吃饭。他曾为了爱人的病需要物质援助而又不要给爱人知道。先生满足了这希望,且恪守了约言。忽然,有一天他的另一位至友②来向先生借款,且举前事为例。其时先生正因迫压,预备出走避难,困于经济,苦无以应。这使这位"诗人的至友"不免怨言,而诗人从此也绝迹不至了。而后来几经碰面,也不招呼,这可见绝交的决绝了。

传说,早先拳师,授术弟子,必留一套自用,以免自己被弟子袭击。诗人自和先生交往已久,仿佛颇偷了些先生的拳经,决绝以后,他竟应用起来,朝向先生脸上打来。例如先生早预备翻译一本什么书③,被他晓得,他就赶速译出付印,以为如此可断先生生路。但先生看这种做法,不免有些好笑,仍照预定译出。先生本常说过:"中国之大,一种书有三四个译本也不要紧。要紧的是译得要忠实,不欺骗读者。"所以那诗人虽然对先生用了

---

① 这人系杨骚。(原编注)
② 这人系林语堂侄。(原编注)
③ 这书系指《十月》。(原编注)

拳经，但终究经不起读者眼睛的鉴别。没落与兴起，是决难侥幸的。自从先生死后，那诗人忽然又在追悼文中备致哀忱，忘交谊于生日，洒清泪于死后，人间何世，我实在不能理解这矛盾的现象。

二十三　通缉来源的滑稽

先生是负了密令通缉的罪名，带到坟墓里去的。说来自然滑稽，但电痛心。首先呈请通缉的，是××省党部①。而主其事者则为×××②。先生是生长在那一省份的，这一来，则是他自己的故乡最先把他斥逐了。为了这一纸文书，使先生从此自弃于故乡，也使故乡负斥逐先生之恶名。先生何罪？曰："通缉堕落文人鲁迅。""堕落"而已。堕落有罪，则市井之徒皆得而诛。堕落文人而有罪，则文网之禁过苛。至于先生是否为堕落文人，稍有常识者，怕只有嗤之以鼻吧！此其所以为滑稽也。

但这事不是没有缘故的，正和先生编刊物有关，当先生初到上海主编《语丝》的时候，有署名××的一位青年，投文指责他们学校的黑幕，意在促使反省。凡有志于改革的，先生总尽力援助，所以把它刊登在《语丝》上了。这一反响真不算小，原来某校③毕业生，革命以后多成显贵，×××就是其中之一。挟

---

① 系指国民党浙江省党部。（原编注）
② 系指许绍棣。（原编注）
③ 系复旦大学。（原编注）

私嫌予心,诛天下人以称快,本是"老爷们"的拿手好戏,何况一个鲁迅。自由大同盟的事一起,借故追因,呈清通缉,通缉而又批准,那是非常自然的了。先生遭此厄运,气愤填胸,发为文辞,白亦激越。然被压迫者的呼声,正是国家民族的心声,先生岂徒为一己的私愤?

二十四　意见相左

这位不识的投稿青年①,嗣后也时送稿来,先生或见或不见,随后终于到德国留学了。他天赋极高,旧学甚博,能作古诗、短评,能翻译,钦慕尼采,颇效其风度。留学时,常和先生通信,请益人事得失。先生也常托他买木刻书籍。同时也搜罗些中国画本寄去,托他转送德国朋友。兴之所至,这位青年仿佛也学起木刻来了。然而结果似无所成。回国以后,他带来些大书箱,寄存在我们寓所里。他有一次,为找积木送给海婴,偶然开箱则先生托他转给德国朋友的中国画本,赫然尚存行箧。据说,那些画太好了,不忍送出去;不怕携带困难,终于给带回来了。而先生特意到书坊寻选,辛苦寄出,冀于彼邦人士有足观摩,此意遂归虚耗。先生于叹息之余,终不明白那青年用意所在。

他在上海行踪甚秘,住处也无人知道。时或一来寓所,但有事时总是我们没有法去寻的。也因为这样的青年朋友不少,所以并不怪异。那时,《申报·自由谈》已加改革,由黎烈文先生

---

① 这青年系徐诗荃。(原编注)

担任编辑,先生时常为它写些短稿。他也时常寄稿给先生,托先生介绍。有时就给送到《自由谈》去。但条件很奇特:不能将原稿寄出发表。据问他什么缘故,却说他仿佛觉得处处有人在监视他,稍一不慎,即有丧身之虞。这么一来,先生只好设法给他抄录副稿寄去。起头先生是嘱我抄的,抄好之后,先生附一函寄给编者,有云:"有一友人,无派而不属于任何翼,能作短评,颇似尼采,今为绍介三则,倘能用,当能续作,但必仍由我转也。"(一九三四,一月二十四夜,给黎烈文先生信。)后来这位青年研究佛理起来,每见先生,也多道及。先生初亦淡然置之。其后因为他对先生颇有所讽劝,以为先生如能参禅悟道,即可少争闲气,于是意见渐渐相左了。先生岂不知佛经,但他并不愿出家。在最危难的国度里,以佛学麻醉自己的灵魂,希图置身世外,痛痒不关,这岂先生所能忍?不但出家,即出国也未被先生所许,他不能恝置这古老的祖国,他要同被压迫的同胞一同生活,一同奋斗。那位青年虽未必逃禅,但已经参禅了,而且先生观察他既久,知之更谂,颇觉其无一当意,而自处复老气横秋,殊少青年凌厉之态。先生觉得这样的人,是未可亲近了。来时也常婉辞不见。但仍一面替他介绍文章。一九三四年三月四日夜,给黎烈文先生信云:"此公稿二篇呈上,颇有佛气,但《自由淡》本不拘一格,或无妨乎?"可是我们自己工作有时很忙,如果我没有功夫,那么先生也得替他抄好寄去。但这对他还是不满意。有一次,他竟要求每篇换一个抄写者。我们是躲起来,不大交际的,那里来这许多抄写者。这命令实在难于办到,而且连我也未必有功夫专门为他抄写文章。先生很懂得人情,偶然叫我做些事,也斟酌情形才开口，见到我忙了，他也会来帮我一手，所以他自己更不大肯差遣人。如今我们都要腾出功夫来做抄写工作，而且做了还不合意，这有什么法子呢？先生的精神就是这样多方面被磨掉的。后来他的稿子越来越多，让它积压太久又不大好，没有法子，请《自由谈》编者设法了："'此公'脾气颇不平常，不许我以原稿径寄，其实又有什么关系，而今则需人抄录，既费力，又费时，忙时殊以为苦。不知馆中有人抄写否？倘有，则以抄本付排，而以原稿还我，我又可以还'此公'。此后即不必我抄，但以原稿寄出，稍可省事矣。如何？便中希示及。"

二十五　为社会造材

那么先生为什么这样不辞劳苦，愿为他"抄录"呢？这因为凡有可造之才，不忍其埋没；且其人颇深世故，能言人所未言；孑然介立，还不失其纯洁。若或稍加移易，积极为人。即社会的栋梁，故不惜辛勤设法，并非特有所私。但因其文时多不平之语，或问略带讽刺，人又疑是先生所执笔。在同年四月间，先生有给《自由谈》黎烈文先生函云："'此公'盖甚雄于文，今日送来短评十篇，今先寄二分之一，余当续寄；但颇善忘，必欲我索回原稿，故希先生于排印后，陆续见还，俾我得以交代为幸。""其实，'此公'文体，与我殊不同，思想亦不一致，而×公××，又疑是拙作，闻在《时事新报》（？）上讲冷话，自以为善嗅，而又不确，此其所以为吧儿狗欤。"文章发表愈多，研究好奇的也多，如果真是先生一个人，诚然"思想亦不一致"。但先生并不做统制思想的工作，自己尽管有所不同，而他人另有所见，也未便埋没，故仍予介绍文稿，此种苦衷，就是作者恐怕也甚不了解的吧。编辑者也终于弄不明白，好像还来打听，先生回信告诉："'此公'是先生之同乡，年未'而立'，看文章，虽若世故颇深，实则多从书本或推想而得，于实际上之各种困难，亲历者不多。对于投稿之偶有删改，已曾加以解释，想不至有所误解也。"

二十六　最后一面

文稿尽在为他介绍，但他来访的次数渐渐减少了，因为先生不大和他多所谈论。即有所谈，也觉到微妙地相左。如此陪客，确也很苦，况且后来先生身体多病，又没有许多时候接见。这时我的处境就很为难，客来总得先由我招待，接见与否，则禀承先生之意。如果不打算见，我是很难为之说辞的，因为我晓得他的脾气，强见会不欢而散。最后一次，"此公"来了，我告以先生病不见客，他一句不说就走了。一刹那买一束鲜花直冲到楼上，令我来不及拦阻，他终于进来了。先生似理不理地躺在藤躺椅上，这时我真无地自容，对先生，对来客，没有能够打开这僵局。谁知这又是最后一次的相见呢。他敬爱先生，先生是晓得的。见面时无话可谈，原是思想的距离太远：先生于他，已力穷无可解劝，这是先生方面的苦处。这苦处，明知说了出来未必有效，就只好哑默无声，绝不敷衍。这是先生的坦率。然如真能了解先生，豁然贯通，无所执迷，则先生亦必能和他友好如故。先生死后，停在殡仪馆的小房间里的大清早，我遇到他，他悲怆万分。他告诉我先生给他的许多信，可以集成厚厚的一本，希望将来能够印出来。现在，这位青年的友人，也不知走到那里去了。他保存着的书信，不知有没有遗失在烽火之中。我们祷祝他的前途！并希望他善体先生通信中的拳拳至意。

二十七　相当限度

先生无论对任何人，绝不出难题目给他做。他清楚某方面的长处，同时也明白某部分的短处。譬如某某社①，先生和青年一同努力，一同计划出书，甚至有时设法代筹印刷费，诚或有之。然彼此之间，仍保存相当限度，不能以此而叫先生强人所难也。某某社的成立，主持的几位，大都是同乡而又同学，他们友谊甚深，其中只有一位是不同省份的。先生在那社里，也是异省人，他们当然没有话说，但不能因先生而对一切人随便，这是某某社一向脾气，先生是了解的。所以那时另外有几个人要求先生对某某社如何如何，先生也不能作左右袒，只好听其自然。结果另一部分青年不满，向先生进攻了。

二十八　原稿

某某社②之认真不苟，每个人多洁身自好（除却有一个做

---

① 系指未名社。（原编注）
② 系指未名社。（原编注）

官的不算），这一切是先生所信服的。至于虽勤谨而气魄甚少，不能有大作为，则为先生所惜。他们的认真，举一例便可知道。先生平常原稿寄出，即多不过问底稿之如何保存。此次先生逝世，该社李君[①]把他积存的《小约翰》《朝花夕拾》等六七种原稿，毫不污损地装订起来见赠。我们想想，这三数位青年，一面在求学，一面在做译著、校对、出书等繁忙工作，仍留心保存先生手迹，一点一滴地抄出副稿付印。以视别人，把先生原稿随便丢弃，终于落到包油条的境遇，对于一代文化宗匠之敬爱与歧视，在这里可以窥测了。自然，我们不能希望人人把先生当孔夫子一样的敬重，他也一样的拿稿费换米饭，书店对于作家的平等待遇，本不足怪。可是某某社的苦心，则更是难能可感了。

二十九　一位朋友

和某某社[②]保持相当友谊，曾在北平旁听过先生讲书的青年F[③]，后来在闸北和先生住在同里，而对门即见，每天夜饭后，他在晒台一看，如果先生处没有客人，他就过来谈天。他为人颇硬气，主见甚深，很活动，也很用功，研究社会科学，时向先生质疑问难，甚为相得。后来在左联等处，他也时露头角，

---

① 系指李霁野。（原编注）
② 系指未名社。（原编注）
③ 这青年系冯雪峰。（原编注）

对先生感情很好，但对解决社会进步的热忱更深，自奉很刻苦，早晚奔走，辄不辞劳。曾有一时住在我们比邻，他大约每天下午十时才能回家，时常见他的太太手抱小孩在门外伫候，饿久了，小孩手拿干面包充饥。他不管家里人的心焦，非到相当时间不回，回来饭后已十一时了。敲门声响，他来了，一来就忙得很，《萌芽》《十字街头》《前哨》等刊物的封面、内容……固然要和先生商讨，要先生帮忙。甚至题目也常是他出好指定，非做不可的。有时接受了，有时则加以拒绝，走出了，往往在晨二三时，然后先生再打起精神，做预约好的工作，直到东方发亮，还不能休息。这工作多超过先生个人能力以上，接近的人进忠告了。先生说："有什么法子呢？人手又少，无可推委。至于他，人很质直，是浙东人的老脾气，没有法子。他对我的态度，站在政治立场上，他是对的。"先生是这样谦虚，接待一个赋有正义感的青年。这青年有过多的热血，有勇猛的锐气，几乎样样事都想来一下，行不通了，立刻改变，重新再做，从来好像没见他灰心过。有时听听他们谈话，觉得真有趣。F说："先生，你可以这样这样的做。"先生说："不行，这样我办不到。"F又说："先生，你可以做那样。"先生说："似乎也不大好。"F说："先生，你就试试看吧。"先生说："姑且试试也可以。"于是韧的比赛，F目的达到了。对庄严工作努力的人们，为了整个未来的光明，连自己的生命也置之度外的，先生除了尽其力所能及之外，还有什么需要坚持？这时候见到的先生，在青年跟前，不是以导师出现，正像一位很要好，意气极相投的挚友一般。

三十　爱护战士

××先生①从东洋回来了，添一支生力军，多么可喜呢！那时候，压迫并不稍宽，××先生当即被注意了。先生和他以前在某文学团体里②本有友情，这回手挽手地做民族解放运动工作，在艰难环境之下，是极可珍视的。先生也常留心自己的奄忽，留心继起的有人，所以凡具殷望的，无不竭诚拥护，不遗余力。有时遇有国外友人，询及中国知识界的前驱，先生必举××先生、××青年等以告，总不肯自专自是，且时常挂念及××先生的身体太弱，还不及他自己。如今先生不幸逝去二周年了，希望××先生为国珍摄，努力前途。或对××先生颇有异议时，先生辄不惜唇焦舌敝，再三晓说："对外对内，急需人才，正宜互相爱护，不可减轻实力，为识者笑而仇者快。"现在则团结益坚，先生当可瞑瞑了。

三十一　倡导木刻

木刻之在中国流行，不能不归于先生的号召，其始朝花社出《木刻选集》五册，使社会一新耳目，《奔流》等刊物亦时予介绍，一时风起云涌，几乎每种刊物，非有木刻不显进步了。先生

---

① 系指茅盾。（原编注）
② 系指文学研究会。（原编注）

又举行过几次木刻展览会，开办过夏期木刻讲演会，一时人才辈出，大有可观。其最露头角的，如罗清桢、陈铁耕、李桦、陈烟桥（即李雾城）、赖少其、张慧等先生，俱能自成一格，前途无量。可惜人体构图，多欠正确，为美中不足，是则先生所时常道及并惋惜的。而比较成功的木刻家，以及习木刻者的籍贯，多为粤人，先生常以为异。我以为民风之故。粤民得一风气，即往迎头赶上，故革命者亦多粤人，先生似颇首肯。

先生对于美术向极留心，在北平时，常见他案上放有不少外国美术书，供随便翻阅。一问起他总说："那是消遣的时候看看的。"他是怎样利用每一刻的光阴！就是从消闲中也得教育之益，无怪他和木刻朋友通信时，观察之精确，句句说出来都是内行话。如一九三四〔年〕写给张慧先生的信云："蒙赐函及木刻，甚感。拜观各幅，部分尽有佳处，但以全体而言，却均不免有未能一律者。如《乞丐》，树及狗皆与全图不相称，且又不见道路，以致难云完全。弟非画家，不敢妄说，惟以意度之，木刻当亦与绘画无异，基本仍在素描，且画面必须统一也。"先生的率直批评，博得青年们的正义拥护，投函寄木刻请批评的，大有应接不暇之势。张先生再寄木刻来，先生又报之书云："顷收到十八日信并木刻三幅，甚感谢。上月二十八日的信，也收到的。先生知道我并非美术批评家，所以要我一一指出好坏来，我实在没有这本领。闻广州新近有一个木刻家团体，大家互相切磋，先生何不和他们研究研究呢？""就大体而论，中国的木刻家，大抵有两个共通的缺点：一，人物总刻不好，常常错；二，是避重就轻，如先生所作的《船夫》，我就见了类似的作法好几张，因为只见人，不见船，构图比较的容易，而单刻一点屋顶、屋脊，其实是也有这倾向的。先生先前的作品上，还有颓废色彩，和所作的诗一致，但这回却没有。"同年给木刻家李雾城先生函云："三日的信并木刻一幅，今天收到了。这一幅构图很稳妥。浪费的刀也几乎没有。但我觉得烟囱太多了一点，平常的工厂恐怕没有这许多；又《汽笛响了》，那是开工的时候，为什么烟囱上没有烟呢？又，刻劳动者而头小臂粗，务须十分留心，勿使看者有'畸形'之感，一有，便成为讽刺他只有暴力而无知识了。但这一幅里还不至此，现在不过偶然想起。顺便说说而已。"这观察多么周到、深刻。像这样的通讯，每个木刻家寄赠作品来时，先生都一样的给以正确的批评的。而木刻青年对先生爱护之诚，并不因交往深浅而异，在他们沉痛的哀感，在他们踊跃的每人都极力把保存的遗札寄来之充分，我是多么感动到震抖。我想：最好能够把先生每封批评木刻的信，插以原图，刊印出来，不是很好的木刻示范吗？曾经把这意思贡献给某书局，大约制图费过巨罢，没有成功。但是我总以为值得一做的，我时常想念到这样做或者不是没有意义的。鲁迅先生说："希望在将来！"木刻是有将来的前途的。

三十二　先生与出版界

先生对文学有爱好的，帮助他们出些书，有关系的书店真不少。从北新、未名社、朝花社、春潮书局、大江书店以至《译文》《作家》《中流》《海燕》《奴隶丛书》等，到如今，虽然北新仍健在，而从事文学运动之锐气已消，其余则又先后消灭，真令人有风流云散之感。尤以未名社一向对出版业是那么认真，精选，卓有信用，乃忽停顿，为先生所可惜不置。又因同情被压迫者之故，先生不惜助之者，如联华书局。主持人某君①，本为某书局②职员，多年做工，月入不过数金，要求先生给他一二本书出版，以济困急。乃以《南腔北调集》《准风月谈》等与之。又陆续以瞿秋白（用乐雯笔名）编校的《萧伯纳在上海》，和他（用易嘉笔名）译的《解放了的董·吉诃德》，及曹靖华译的《不走正路的安德伦》等与之；有时且为之垫付排工等费。因其困迫，不但先生自己不肯开口讨版税（只在后来病时及先生死后陆续收些版税），就是替朋友介绍的也是约在半年前曹先生才收到版税二十元。先生宁可自己过刻苦生活，而从井救人，绝口不肯言穷，愈是困难，愈是如此。而人们还有计划地造他的谣，说他逃难时也把账目带走。其实就算有账目罢！资本家的账目，还不是他自己有数？而先生的朋友，也从来不因先生介绍出书收不到版税，过问一下，这种相知，相信，相互了解，是超物质的。

三十三　误解

先生不但帮朋友出书，也帮朋友的儿子送入医院医病。有

---

① 系指费慎祥。（原编注）
② 系指北新书局。（原编注）

一位南京回学,后来在教育部同事的张君[①],他的儿子患病,好几个医院都说严重,找到先生,他立刻托朋友介绍入一医院,自己时常去探病,替他们付出千多元的医药费。出院之后,又替他们请全院的医生吃饭,表示谢意。他的慷慨,真叫人奇怪。有时人们以平常上海洋场心理推测先生:以为先生能那样替人花钱,一定是个富翁了。谁知先生却用钱之所要用,什么留底都不存了。还有一位老朋友,是老革命党,留学时的老同学[②],他们在上海相见了。先生不会对一切朋友隐藏什么,这位老友自然也晓得先生肯随便拿钱给人。有一天,这位老友来了,向先生借支五百元,说明不久就还。先生以忠厚待人,决不疑心有他,立刻向别人转借给他。因为是老友,相互之间,自然相信得过,别人也相信他们,把千余元的存折,连图章托他去取五百。谁知这一来真是天晓得!变了"黄鹤"了。他写信去催,图章寄回来了,折子已被于没,……从此一概不理。后来从另外的朋友处听到,那位老友在说:"人家说他收卢布,恐怕是真的罢!"卢布,是共产党的,人人可得而用之,无怪这位老友,敢于这么做了。然而这是他亲眼看见先生从别人那里借来的。造谣者的心理,却原来为自己的丑行找遮盖,此外还有什么!先生死了,那"债主"也曾写信去讨,他可连信也不回,尽管在乡下做他体面的绅士!以儿子的缘故。接收到继承的遗产十几万的封翁。对朋友是这样的。先生的血绞出来的金钱,如果用

---

① 系指张邦华。(原编注)
② 系指陈子英。(原编注)

在这样的人的身上，那真是有点冤枉了。

三十四　为社会服务

不管先生如何以物质济人之困，而被接济的还说这东西来路不清，这是很使他痛心的。在他的著作里也曾说过，用了妓女卖身的钱，还骂妓女卑污。……先生指的就是这批人。至于先生以精神帮助青年，那更不必说了，逐字逐页地批改文稿，逐字逐句地校勘译稿，几乎费去先生半生功夫。大病稍愈的时候，许多函稿送来了，说："听说你的病好些了，该可以替我看些稿，介绍出去了罢？"有时寄来的稿字是那么小，复写的铅笔字是那么模糊，先生就夹心衬一张硬白纸，一看三叹，终于也给整本看完了。在他的遗物中，有人①拿初版的书请先生修改，先生不知什么时候已经给改好了。死后我遇到作者，告诉他："先生给你的书改好了。"他说："让他去罢，我不打算印了。"他的悼文是那么沉痛，一见到遗容就那么嚎啕大哭，而先生千辛万苦给改过的书，曾不值一顾，我一想到先生一点点磨去的生命，真是欲哭无泪！然而这是少数人，这是我的小。以先生伟大的人格，数十年所遇的朋友，生前死后，了解他的几乎无间敌友。先生的工作，求其尽心，而从不想到对方的态度。他认为他的工作不是对个人是为社会服务。辛勤的农夫，会因为孺子弃饭满地而不耕作的吗？先生就是这样的。

---

① 系指王志之。（原编注）

三十五　好好地替中国做点事

人们的判断力是正确的,对先生的爱护就是一个明证。殡葬之际,无间阶级老幼,同声悲哭,这就是先生苦难一生的判词。当苏联木刻开展览会于八仙桥青年会时,先生莅临了。一切的观众,一切的眼光,随着先生亦步亦趋,有拿展览目录请先生题字的,先生就把带在手边的《引玉集》签了字给他们了。这时候先生多么兴奋,多么感慨。他时常说:"我要好好地替中国做点事,才对得起你。"他真是为我吗?一切如我的青年,如我一样殷注先生的青年,先生知道应该怎样感动,怎样益加奋发。太奋发了,我心伤痛。我说:"门徒害夫子。"先生谦虚,不肯承认这话。

三十六　多几个呆子

先生爱一切人,爱一切有专长之人,就是肯印书的人[①],他也极力夸奖鼓励,他说:"他是老实的,还肯印书。"又说:"在唯利是图的社会里,多几个呆子是好的。"先生自己亦明知是呆子而时常做去。他说:"青年多几个像我一样做的,中国就好得多。不是这样了。"自他死后,继他这样做去的仿佛已大有其人,先生如果还健在,一定很安慰的罢。

原载《文艺阵地》第 2 卷第 1 期,1938 年 10 月 16 日

[①] 系指郑振铎。(原编注)

▶追忆鲁迅

青年人与鲁迅

许广平

　　小朋友：鲁迅先生死了整整的二周年了。我知道，你们和我一样的记得他。因为在他死的时候，许多许多小朋友挟着书包到殡仪馆去公祭，有的哭了，有的徘徊不忍离去；甚至有些人说，比死了自己爸爸还要伤心。出殡那天，好几里远的路，小朋友也一个个走去送葬，排成一条长阵，一路唱歌，唱到入墓，唱到回去，喉咙都哑了，没有一些勉强，个个人不自觉地要这样做。而且这样做了自己还似乎不大满意，没能够尽量发挥心头的悲哀。这声音，到如今，时常好像还在我的耳朵边，每逢有人唱到那个调子时，我心头就不禁乱跳。这是从来没有过的，有谁死了博得你们像对鲁迅先生的哀痛呢？你们最明白不过了，因为他也一样地爱你们。

　　他自己年纪小的时候，没有你们现在的幸福：有许多增加知识、适合儿童看的刊物，像现在的《少年读物》哪，少年丛书之类，他没有。很可怜，只宝贝着一部古里古怪的《山海经》。他要看图画，没有现在的《儿童画报》，只不过从表兄那里借来一册《荡寇志》的绣像，买了些"毛太纸"来，一张张的影描。（见知堂《关于鲁迅》）

这些自己经历过的苦处他总记住，时常提起，不像一些大人们自己成长了就忘记了小孩时代了。他时时刻刻在留心，而且自己努力去做。他的几本翻译如《爱罗先珂童话集》《桃色的云》《小约翰》《小彼得》《表》《俄罗斯的童话》等，都是小朋友很值得一读的。尤其《小约翰》和《表》，是他最卖力气翻译，认为很有修养，教育意义的。《小彼得》那本书，原来是他拿来教我学日文的，每天学过就叫我试试翻译。意思是懂了，就总是翻不妥当，改而又改，因为还是他的心血多，已经是他的译品了。在试译的时候，他也说："开手就让你翻译童话，却很有些不相宜的地方。"而且这小小的一部书。如果懂得原文的拿来比较一下，就晓得他是怎样地费了力气，一面译一面他老是说："唉，这本书实在不容易翻。"也可以见得：就是这样小小的一本童话，他也一样的认真，绝没有骗骗孩子的心思。所以现在就收在全集里。

提起学日文，他先把《ニール河ノ草》① 教我读，后来加入一部口语文法，每天一小时，无论怎样忙，也不肯停止的。第三本才是《小彼得》，第四本是简单的社会科学书，刚开头，读不下去了，共总不过一年。不是他不肯教，是我怀孕了海婴好几个月，精神支不住刻苦用功了，到现在想起还可惜。他的学外国语方法是要口耳并用的。闲起来，日常简单对语他就用日文教，又教我用日文答。太熟识了，时常不免窘起来，问答也学不好了，愈怕错就越会错。在他那里学至毕了业的学生，自己也料不到，

---

① 指《尼罗河的草》。（原编注）

这回学日文不行了，连丁等的也不如。

鲁迅先生的希望在将来，就是孩子的一代，所以他对一切年青人都爱护的。在北平青年学生请愿，被打，被杀了，先生就不顾一切写文章抗议。当局压迫他了，跑到厦门去教书。看见厦门学校许多不满意，又跑到广州去。那里又捉青年去杀了，他向学校当局请设法，未获如愿，立刻辞职了，跑到上海来。他怕见青年牺牲，但如果认为应当反抗时，他就教人用质直的方法对付。

他以为中国的难以进步，就是容易忘记。小孩子的时候挨打了，自己心里痛恨，到大起来，做了爸爸，又打起自己的小孩来了。做学生时，非常清高纯洁，骂人贪污卖国，到自己掌握政权时，贪污卖国比别人更厉害，更精到，因为用了科学的方法，这是他所最痛恨的。

不过科学并不是没有用的。他给颜黎民先生的信说："先前的文学青年，往往厌恶数学，理化，史地，生物学，以为这些都无足重轻，后来变成连常识也没有，研究文学固然不明白，自己做起文章来也胡涂，所以我希望你们不要放开科学。一味钻在文学里。"他的话很不错。就是文学，像他造诣的深，学识的博，文章的所向无敌，就是处处随手拿科学的方法，解剖，分析，综合，证明的。

他很欢喜孩子，自己没有小孩子的时候，别人的孩子病得厉害，他就帮忙值夜，孩子的病重起来，医生说："不大有希望了。"他这时科学者的态度来了，忍痛说："医不好就不要叫孩子多吃苦罢。"经不起孩子的母亲再三恳请，在病孩的硬了的肉上打一针，意外地渐渐活起来了。人们说："他黑心，想害死那孩子。"事实摆在面前，先生有什么话可辩呢？这回是吃了相信科学的亏了。

他欢喜青年，不论识与不识，写信去请教他，没有不详详细细地回覆的，他每星期的光阴，用在写回信大约有两天。他在上海，躲起来，不能被允许去教书，去演讲，去和青年们接触，因此时常感到寂寞，烦躁不安。有敲门声了，他就赶紧伏在窗口看看，是不是他的人客。一面躲藏，一面希望有人来。知道这天不会有客来，或忍熬不住了，嘱我有人来，去通知他，就跑出去内山书店谈天了。许多青年知道他时常到内山书店，往往在店里等他，到店里瞻望他。有人通知他风声紧了，劝他不要出门，但是，内山书店还是一样的去。就是有人告密了也去。他内心寂寞，他要和青年在一起，寂寞驱使他冒一切危难，同时千万的危害之矢向他射来。他自己知道，朋友也替他耽心，就这样的临死前一天还出来访友。

在北平，他自己没有孩子，到店里看见有些玩具真好，欢喜了，买下来了。怎么办？一只不算小的假马，后来拿去送给朋友的儿子了。他书柜的抽斗里，偶然一抽开来，真有意思，小小的磁水桶，磁蟾蜍等等一大批。有的是放牙签的，有的是装清水写字用的，我们那里肯放过；一，二，三，抢。大家不客气动手了，五六个人竞赛，结果我抢到了一半，有些朋友得不到，几乎哭起来了。"太难为情，分她些罢！"有人在劝了。一时慈悲，给了。到如今，我只剩得一只绿色蟾蜍，一只紫色水桶，一只黄色喇叭花形的牙签筒，心肠太软了，现在想起都可惜。

还有一件可惜的事：在鲁迅先生北平寓所的园子里捉到两只

小刺猬,他的母亲珍重爱护地养起来了。我们去到也拿出来玩,两只手一去碰它,缩做一团了,大大的毛栗子,那么圆滚滚的可爱相。走起来,那么细手细脚的,大家都欢喜逗这小动物。不知怎么一来它逃脱了,无论怎样也找不着。偶然看见一个小小的洞,人们说:"一定是逃到这里了,因为它喜欢钻洞。"有一天,落雨了,我撑着伞到了鲁迅先生寓所。后来他给我写信,里面附了一张图,一只小刺猬拿着伞走,真神气。出北平时这张图还保存着,后来找来找去也没有,记得从广州到上海,书箱在香港被检查的大敲竹杠而又乱翻了一通,都散乱在外了,(先生也时常记起这张图,希望能够发见它。)不知是否这时失掉。如果还有,那就不让他手写的"无常"专美了。

先生喜欢吃糖,但是经济不充,——不,他对自己刻苦——时常买一种三四角钱一磅的质地轻松的来吃。这种糖因为低廉,淀粉多,不大甜,手碰它就好像碰着石灰一样。我很反对,叫它乌贼糖,因为质地似乌贼鱼的骨。有一天,先生忽然把稿费买了一大批咖啡糖,留待请客。我们一批学生到了,每人一包:一大块扁平的,里面隔开许多方格。在上海,这东西大家毫不希奇,但那时的北平,外国货很贵的,先生得钱也真不容易,他有时还在举债度日,肯买这些糖请客,真可宝贵。一个朋友竞争起来了,她迟到,疑心人家比她多得些,同别人抢起糖来,洒得满泥地都是糖,又不便拾起来吃,这样艰难苦心买来的糖,那样子糟蹋掉,看看先生脸,脸孔真不好过。

小朋友,你们有到过北平的吗?北平的春天真可爱呢!气候交春了,本来冷冰冰的世界,骤然暖起来,昨天是棉袍,今天可以是单衣；昨天树木还是稀疏的枝条，今天吐绿抽芽了；压不住心头的活跃。这时，骑驴游春的青年，到处都是。然而我们还在上课，我们受不住！

鲁迅先生授课时很认真，不过绝不会随便骂学生，这一层我们很有把握。在有一天，新的讲义还没有印出来，正预备讲书时，姑且和他闹一下罢，如果成功，有得玩了。课室前排的几个人最爱捣乱："周先生，天气真好哪！"先生不理。"周先生，树枝吐芽哪！"还是不理。"周先生，课堂空气没有外面好哪！"先生笑了笑。"书听不下去哪！""那么下课！""不要下课，要去参观。""还没有到快毕业的时候呢，不可以的。""提前办理不可以吗。""到什么地方去？""随便先生指定罢！""你们是不是全体都去？"测验是否少数人捣乱，全体起立，大家都笑了："先生，一致通过。"先生想了想，在黑板上写出"历史博物馆"几个字，又告诉我们在午门——是皇宫的一部，——自己分头去，在那里聚齐。大家都去了。原来这个博物馆是教育部直辖的，不大能够走进去，那时先生在教育部社会科当佥事，所以那面的管事人都很客气的招待我们参观各种的陈列：有大鲸鱼的全副骨骼，各种标本，和古时用的石刀石斧，泥人，泥屋，有从外国飞到中国来的飞机，赠送给了政府，也保存在一间大房子里。有各种铜器，有一个而且是鲁迅先生用周豫才名捐出的。其他平常看不到的东西真不少，胜过我们读多少书，因为有先生随处给我们很简明的指示。现在，这博物馆的东西不知有没有先保存一部分运到南边去，还是通通仍留在北地？回想起我们能够去参观，真是幸运。

海婴出世了，先生十分欢喜他，每逢朋友到就抱给他们看。

生后十六天,就照相给他母亲寄去。夜里,十二时以前,照管海婴是我负责,十二时后,先生每天必从书房兼客室的客堂间跑到楼上来,抱着海婴在房里一面走一面唱催眠歌,或陪着弄玩具给他看,至二时才睡。为的是不令我太劳苦,致影响小孩的乳量不足。他处处都替别人设想,自己辛苦是不管的。回想起来,我和海婴,真教他操不小的心,尤其生病的时候,他的焦躁,坐立不安,眠食失常,真令他吃苦。有时叹一口气,说:"唉!没有法子,自己养的。"这句话不是懊悔,是真有"俯首甘为孺子牛"的心情的。但在我,看到他的《中国小说史略》日译本序中云:"但光阴如驶,近来却连一妻一子,也将为累,至于收集书籍之类,更成为身外的长物了"时,总不禁悲从中来,有徒唤奈何之感的呀。

原载上海《少年读物》1938 年 10 月 16 日

鲁迅先生与海婴

许广平

一

鲁迅先生的生平,承蒙许多知己朋友的督教,要我写些什么出来,——随便什么都好。每逢听到这,我是不胜其惭恐之至的。

论时间,我和他相处不过十多年,真如白驹之过隙,短短的一刹那而已。譬如一朵花,我碰到他的时候正在盛开但同时也正一点点走向凋零,其间的哀乐休戚,真是那样的骤忽,不可捉摸,这在我确是一种不可挽回的哀痛,倘为了纪念他,为了对这一位中国甚至世界的文豪,思想领导者追怀一切,贡献一些从我这方面观察所得,那是义不容辞的。无奈一执起笔,就踟蹰惶恐:会不会因为我那无意中的疏误,或下笔时辞句的不妥,使人们对于他的了解因之歪曲,或反而模糊了呢。果如此,则诚不如无书!而且医师从来不给自己人诊治疾病,怕的是太关切太熟悉,易为感情先入之见所蒙蔽,这大概不是无理的吧,站在太关切熟习上的我,对于他,能否趋重于理智的观察,这是不敢自信的;那么我的记载也只能作研究鲁迅的人们的一种参考,依然是我自己的鲁迅观罢了。

我自己之于他，与其说是夫妇的关系来的深切，倒不如说不自觉地还时刻保持着一种师生之谊。这说法，在我以为是更妥切的。我自己不明白为什么如此，总时常提出来询问他："我为什么总觉得你还像是我的先生，你有没有这种感觉？"他总是笑笑的说："你这傻孩子！"

现在我是明白了，因为他太伟大，他的崇高，时常引起我不期然的景仰，他也亲切、慈蔼，和他接近较多的朋友一定觉得的。他是具有潜在的吸引力，能够令人不知不觉总想和他多汰留一下。他也热爱人们，稍微谈得来的朋友，总被他挽留长谈。他的光和热力，就像太阳的吸引万物，万物的欢迎太阳一样。所以，再进一步说，我下意识的时常觉得他是我的先生，还是不切当的，我那里配做他的学生。以我那浅薄无知，——那愚骏，那无所贡献于社会的生命，应该是在太阳之下消灭的。然而应该消灭的倒还顽健，而我们所爱戴的却已消灭，我因此时常诅咒自己的存在，时常痛恨自己的愚骏，没有在他生前尽我最大的力量，向他学习，从消灭之路把他领回来。因着我的活，更加添我的痛苦。

关于结婚请酒，鲁迅先生曾有一个诙谐的卓见，他说："人们做事，总是做了才通知别人。譬如养了小孩，满月了才请吃喜酒，这是不错的。却是为什么，两性还没有同居，就先请吃结婚酒呢？这是否算是贿赂，请了客就不会反对。"

我们什么时候都没有特别请过客。方便了，就和朋友一起聚会一下。海婴生下来了，每个朋友来到，他总抱给他们看，有时小孩子在楼上睡熟了，也会叫人抱他下来的。他平常对海婴的欢喜爱惜，总会不期然地和朋友谈到他的一切。

一九二九年九月二十五夜，鲁迅先生因为工作过度之后有些发热，但是仍然照常工作。到睡的时候已经不算早，他刚睡熟不久，正是二十六晨三时，那腹中的小生命不安静起来了。有规律地阵痛，预示了他的将要"来到人间"。我忍耐着痛楚，咬住牙齿不使他惊醒，直至上午十时才告诉他，事情是再不能拖延下去了，冒着发热，他同我去办妥住医院的一切手续。

从护士的口通知他马上要产生了，预备好了小床、浴盆、热水；一次又一次，除了回家吃饭，他没有片刻离开过我。二十六一整夜，他扶着我那过度疲劳支持不住而还要支持起来的一条腿，而另一条腿，被另一个看护扶着。不，那看护是把她的头枕着我的腿在困觉，使我更加困苦的支持着腿，在每次摇她一下之后，她动了动又困熟了，我没有力气再叫她醒。

九月二十七大清早，经过了二十七八小时的阵痛，狼狈不堪的我，看到医生来了，觉得似乎有些严重，但是他们的话都听不懂。决定之后，由他那轻松的解决问题之后的爽快，安慰似地告诉我："不要紧，拿出来就好了。"

钳子由医生的手，把小孩的头拔出来，如同在地母的怀抱中拔去一棵大树。这像那树根一条条紧抓住地母的神经，从彼此的神经中切断开来的难受。终于赤红的小身体出来了，呱呱的哭声向这人间报了到。之后，鲁迅先生带着欣慰的口吻说："是男的，怪不得这样可恶！"

但从这一刻起，他把父亲的爱给与了他。后来从他告诉我，才晓得孩子如果不是在医院里待产，也许活不过来。在钳出之前,他的心音,听起来只有十六下,已经逐渐减少下去了。而且濒死前的污便也早已下来,真是千钧一发的了。当医生看到我难产的情形的时候,是曾经征询过他的意见:"留小孩还是留大人?"他不待思索地说:"留大人。"这倒使两条生命终于都得保存下来了。也许在他以为这孩子是意外的收获,为了他生命的不幸的遭难,然而却又倔强,就更值得宝爱了罢。

随着而需要解决的是小孩的给养问题。照医生的意思,是希望雇一位乳母,大约诊断后料定是母乳不足的了,再三的催促,而且善意的劝告,说是住在医院找奶娘验身体更为方便些。但是鲁迅先生一定不同意,定规要自己来照料。可是我们两个人既没有育儿的经验,而别人的经验他也未必一定相信,最认为可靠的,除了医生的话之外,就请教于育儿法之类的书籍。这么一来,真是闹了许多笑话,而又吃足了苦头。首先是哺乳的时间,按照书上是每二小时一次,每次若干分钟。有的说是每次五分钟,有的说是每次哺一只奶,留一只第二次,交换哺乳,较为丰足。然而人究竟不是机器,不会这样规律化的。小孩也真难对付:有时吃了几口就睡熟了,推也推不醒;有时他醒了,未到时间也不许吃,一任他啼哭。而自己呢,起先不等到两小时就觉得奶涨潮了,毛巾也几乎湿透。如是之后,再到喂奶时,已经是低潮期了,还是让小孩饿了肚皮照时间吃,于是就时常发觉小嘴巴左转右动,做出觅吃状态。这使我不安起来,和他研究一下,他说瘦些不要紧,没有病就好了。到了两个多月,患些感冒,去看医生,量了量体重,医生说这不对,孩子的重量只够两三个星期的;于是研究生活状况,由医生教我们在新鲜牛奶里面加粥汤、滋养糖等,分量照月份增加;这之后,才逐渐肥胖起来。其次是洗浴,在医院时,每天由护士小姐抱来抱去,怎样洗浴,我们从未参观过。待到十二天后回到家里,我稍稍能够起床了,于是两人商量给孩子洗浴。他真是特别小心,不许用未曾开过的水,更不愿意假手别人。在一只小面盆里,盛了半盆温水,由我托住小孩的身体,由他来洗。水既不大热,经过空气一吹,小孩受冷到面孔发青,小身体发抖,我们也狼狈不堪,草草了事。但小孩立刻有了反应,发寒热感冒了。好容易医好之后,从此就几十天不敢给他洗浴。而且因为几次伤风,天气逐渐冷了,又怕他再感冒,连打开他的衣服都不敢了。据鲁迅先生的意思,叫我每小时看一次孩子的尿布。他总算学过医的,我自然不好反对,但结果小屁股被湿污所浸而脱皮了。没法子只得又去看医生。由医生介绍看护每天来给小孩洗浴,这才知道应该把小孩卧在温水里,并且在水中放有温度表,时常留心水的冷下去,再添热水。这样,小孩在水里就一声也不响,看来像蛮舒服的样子。以后就每天如此。

　　看护小姐也时常提议叫我们自己学习自己动手。但是我们吓怕了,有点气馁。鲁迅先生说:"还是让她洗罢,我们洗病了。不是还要花更多的钱吗?我多写两篇文章就好了。"以后,小孩还是每天请看护洗浴,一直洗到他七个多月。这是我应当惭愧的,对于育儿实在没有研究,弄到自己不知如何是好。他也和我一样过于当心,反而处处吃力不讨好。如果我多少懂些看护以及照料小孩的常识,总可以贡献一点意见;就因为自己不懂,没有理由纠正他的过分当心,就是别人看来,我们养小孩也不是在养,而是给自己吃苦头。本来做女学生如果教授育儿法,在"五四"之后的女青年是认为不大适合的。就算听过些儿童心理学,那是预备做教师用的,和养小孩不生关系,因之我急时抱佛脚来看育儿法也来不及了。所以我想,结了婚的女性,总有做母亲的一天,最好还是有这样的研究所或指导所。对于小孩,那惠福真不浅呢。

二

女人除了在进行恋爱的时候享受异性的体贴温存之外,到了做母亲,如果是合理的丈夫,看到自己爱人为生产所受到的磨难,没有不加倍同情、爱惜的。这时候的体贴温存,也是女人最幸福的生活的再现。但这风味稍不同于初恋时,那时是比较生疏,女性多少矜持着的。一到做了母亲,躺在床上,身体一点点在复原起来,眼前看到一个竭尽忠诚的男人在旁照料她的生活服食,起居一切,就会把不久前生产的苦痛看作是幸福,是足以回味,真是苦尽甘来的满心舒畅的一日。

那时我们的寓所在北四川路东横浜路景云里。从寓所到福民医院不过百数十步,在小孩生下来之后,鲁迅先生每天至少有两三次到医院里来,有时还领着一批批的朋友来慰问,而且带便或特意手里总拿些食用物品给我,每当静静坐下来之后,更欢喜慈祥地看着小孩的脸孔,承认是很像他自己。却又谦虚地在表示:"我没有他漂亮。"这句称赞,是很满意的,后来也一直的时常提起。

在小孩子出世的第二天，他非常高兴地走到医院的房间里，手里捧着一盘小巧玲珑的松树，翠绿，苍劲，孤傲，沉郁，有似他的个性，轻轻地放在我床边的小桌子上。以前他赠送过我许多的东西，都是书，和赠送其他朋友一样。这回他才算很费心想到给我买些花来了，但也并非送那悦目的有香有色的花朵，而是针叶像刺一样的松树，也可见他小小的好尚了。

十月一日的早晨，往常这时候鲁迅先生多未起床的，但是自从小孩生下来之后，每天九时左右他就来了。很优闲地谈话，问到我有没有想起给他起个名字，我说没有。他说："想倒想起两个字，你看怎样？因为是在上海生的，是个婴儿，就叫他海婴。这名字读起来颇悦耳，字也通俗，但却绝不会雷同。译成外国名字也简便，而且古时候的男人也有用婴字的。如果他大起来不高兴这个名字，自己随便改过也可以，横竖我也是自己在另起名字的，这个暂时用用也还好。"他是这样不肯自专自是，对我和小孩。我自然十分佩叹于他的精细周到，同意了的。从此这就算是孩子的命名了。

然而海婴的名字多是在朋友面前才叫出的。依照上海人的习惯，不知谁何，也许是从护士小姐的口里叫起的罢，"弟弟，弟弟"，就成了他日常的称呼。不过他还有许多小名，那是我们私下叫的。譬如林语堂先生似乎有一篇文章写过鲁迅先生在中国的难能可贵，誉之为"白象"。因为象多是灰色，遇到一只白的，就为一些国家所宝贵珍视了。这个典故，我曾经偷用过，叫他是"小白象"，在《两地书》中的替以外国字称呼的其中之一就是。这时他拿来赠送海婴，叫他"小红象"。

十二天之后，得到医生的允许，我们可以回家了。自然多住几天更好，在他心里是希望我多休息几天的。不过他不时的奔走于医院与寓所之间，我晓得他静不下来工作，不大妥当，于是回去了。走到楼上卧室里，哈！清洁齐整，床边也一样摆起小桌子，桌子上安放些茶杯、硼酸水之类的常用品，此外更有一盘精致的松树。每一件家具，尽可能地排换过位置，比较以前我在的时候调整得多了。平时他从不留心过问这些琐碎的，现在安排起来也很合式，给我一种惊奇和满心的喜悦，默颂那爱力的伟大。

他更是一个好父亲。每天工作，他搬到楼下去，把客堂的会客所改为书房，在工作的时候他可以静心，更可以免得在小孩跟前轻手轻脚，不自如，和怕用烟熏了小孩不好。在会客的时候，也省得吵闹我的休养。但一到夜里十二时，他必然上楼，自动地担任到二时的值班而十二时以前的数小时，就由女丁招呼，以便我能得充分休息。二时后至六时，才是我的值夜，每天如此，留心海婴的服食眠息。大约鲁迅先生值班的时候多是他睡足之后罢，总时常见他抱着他坐在床口，手里搬弄一些香烟盒盏之类，弄出锵锵的响声，引得小孩高兴了，小身子就立在他大腿上乱跳。倦了，他也有别的方法，把海婴横困在他的两只弯起来的手弯上，在小房间里从门口走到窗前，再来回走着，唱那平平仄仄平平仄的诗歌调子：

　　小红，小象，小红象，
　　小象，红红，小象红；
　　小象，小红，小红象，

小红，小象，小红红。

有时又改口唱仄仄平平平仄仄调：

吱咕，吱咕，吱咕咕呀！
吱咕，吱咕，吱吱咕。
吱咕，吱咕，……吱咕咕，
吱咕，吱咕，吱咕咕。

一遍又一遍，十遍二十遍地，孩子在他两手造成的小摇篮里安静地睡熟了。有时听见他也很吃力，但是总不肯变换他的定规，好像那雄鸽，为了哺喂小雏，就是嘴角被啄破也不肯放开它的责任似的，他是尽了很大的力量，尽在努力分担那在可能范围里尽些为父之责的了。

最怕的是小孩子生病，本来提心吊胆在招呼他，如果一看到发热伤风就会影响他的工作。在日记里，不是时常提起海婴的病吗？遇到了真使他几乎"眠食俱废"，至少也得坐立不安，精神格外兴奋。后来小孩大到几岁，也还是如此。除了自己带着看医生之外，白天，小孩病了，一定多放在我们旁边，到了夜里，才交给佣人照应，一定也由我们不时到她们卧室去打听。小孩有些咳嗽，不管在另一间房子或另一层楼，最先听到的是他。为了省得他操心，我每每忍耐着不理会，但是他更敏感，时常叫我留心听，督促我去看，有时听错了也会的，不过被他猜中的机会更多。遇着我睡熟了，如果不是咳得太厉害，他总是不叫醒我，自己去留心照料的。一个孩子他就费这许多心血，无怪他在日译《〈中国小说史略〉序》里说："一妻一子也将为累了。"的确是的，他时常说：有了我和海婴的牵累，使他做事的胆子比较小，时常有更多的顾虑。不过我是不大明白的，莫非他在上海晚年的生活，比以前更稳当些吗？或者只是在遇到风声不大好，他比较地肯躲起来一下罢。在我是担心他意外或意中地遇难，对于这，我们有时也起少许的波澜。每逢遇到他应友人邀请外出而没有依时回来，那我在家中遭遇的煎熬，凡是个中生活的人都体会得到的罢。尤其是这种操心，不能向在左右的人们说出，而在夜里，虽然绝不愿意想到什么万一的意外，却是首先总会想到这，甚至在脑中描出一件意外：一个人浴血躺在地上，但我是安坐在家里，让血在沸腾着，焦躁的对着灯儿，等待那人不来，坐也不是，睡也不是，看书也不是，做事也不是的时候，真是闻足音则喜，竖起耳朵，在听到那钥匙触到门锁的响声，就赶紧去开电灯，把满心的疑虑变成自觉是多余的庸人自扰了。这时，一面喜悦的埋怨声，一面抱歉的在说明。像闪电的瞬息，遇到了，在互相拥抱的欢慰的眼光中。

如果不是时常念兹在兹地想到工作，鲁迅先生也许会成天陪着小海婴玩的。即使工作很忙，每天至少有两个预定的时间必定是和海婴在一起。这就是两餐之后，女工在用膳时，一面为了不使小孩打扰她们吃饭的便利，一面借此饭后休息的时间，海婴和我们一同在房里。有时鲁迅是欢喜饭后吃少许糖果或饼干点心之类的，他会拣几块放在桌子角上，自己慢慢地吃。海婴跑来了，第一眼看见先冲到他跟前，毫不客气地抢光，有时还嫌不够。如果还有,当然再拿些出来给补充,若是一点也没有了,吃了他的也并不怎样,反而似乎很心甘情愿的。这时鲁迅先生多是靠在藤躺椅上,海婴不是和他挤着一张椅子在并排躺下,就更喜欢骑马式地坐在他的身上,边吃边谈天,许多幼稚的问题就总爱提出来:

"爸爸,侬是谁养出来的呢?"

"是我的爸爸、妈妈养出来的。"

"侬的爸爸、妈妈是谁养出来的?"

"是爸爸、妈妈的爸爸、妈妈的养出来的。"

"爸爸、妈妈的爸爸妈妈,一直从前,最早的时候,人人是那里来的?"

这样子追寻到物种原始来了。告诉他是从子——单细胞——来的,但是海婴还要问:

"没有子的时候,所有的东西都从什么地方来的?"

这问题不是几句话可以了,而且也不是五六岁的幼小心灵所能了解,在盘问了许久之后,回答不清了,就只好说:

"等你大一点读书了,先生会告诉你。"

有时觉得在一张藤椅子上两个人挤着太不舒服,就会到眠床上去,尤其夏天夜里息了电灯,这时海婴夹在两个人当中,听讲故事。高兴了,他会两面转来转去地吻我们,而且很公平地轮流吻着。在有一天的夜里,大约是鲁迅先生还没有生病的前一年,照例的躺在床上,海婴发问了:

"爸爸,人人是那能死脱的呢?"

"是老了,生病医不好死了的。"

"是不是依先死,妈妈第二,我最后呢?"

"是的。"

"那么依死了这些书那能办呢?"

"送给你好吗?要不要呢?"

"不过这许多书那能看得完呢?如果有些我不要看的怎么办呢?"

"那么你随便送给别人好吗?"

"好的。"

"爸爸,你如果死了,那些衣裳怎么办呢?"

"留给你大起来穿好吗?"

"好的。"

就这样子,谈笑而道之的。听的时候,觉得小孩的过于深谋远虑,以为说笑话般的,小孩子的问话,不料不久就像成了豫立的遗嘱而实现了。

鲁迅反对小学教师的鞭打儿童,但有时对海婴也会加以体罚,那是遇到他太执拗顽皮,说不清的时候。但直至他死。也不过寥寥可数的不多几次。要打的时候,他总是临时抓起几张报纸,卷成一个圆筒,照海婴身上轻轻打去,但样子是严肃的,海婴赶快就喊:

"爸爸,我下回不敢了。"

这时做父亲的看到儿子的楚楚可怜之状,心软下来,面纹也放宽了。跟着这宽容,小孩子最会体察得到,立刻胆子大了,过来抢住那卷纸筒问:

"看看这里面有什么东西?"

他是要研究纸里面包藏些什么东西用来打他。看到是空的，这种研究的迫切心情，引得鲁迅先生笑起来了。紧跟着父子之间的融融洽洽的聚会。海婴会比较地小心拘谨一些时。

在别的时候，海婴也会来一个发表意见的机会，他说：

"我做爸爸的时候不要打儿子的。"

"如果坏得很，你怎么办呢？"鲁迅问。

"好好地教伊，买点东西给他吃。"

鲁迅笑了，他以为他自己最爱孩子，但是他儿子的意见比他更和善，能够送东西给不听话的孩子来做感化工作，这不是近于耶稣的打了右脸再送左脸去的忍耐吗？实际却未必能真做得到罢。

我也会打海婴的。小孩子最聪明不过，他看到女工们的迁就他会格外泼辣；看到我怕他吵闹，尤其在鲁迅睡熟或做工的时候，他会更吵些。或者也许是我更神经过敏些，这就引起我的禁制和他的反抗，以至于打。但做父亲的，打完之后，小孩走开可以不理，做母亲的，遇到的机会一多，看到小孩的被打后惶惑之状可掬，有时是不自知其过犯的，能不心回意转，给以慈爱的抚慰吗？这样子，母子之间的威严总不会建立起来。有时连鲁迅先生也不会了解这，他总觉得他对付小孩是对的。也真晦气，海婴对于我虽不怕，但对于他的打却怕，有时候问他：

"爸爸打你痛不痛？"

"不痛。"

"打起来怕不怕？"

"怕的。"

"妈妈打你怕不怕？"

"不怕。"

在有一次我责备他之后向鲁迅先生谈起，我说，每次在责骂过海婴之后，他总是要我加以抚慰才算了事的呢。鲁迅先生很率然地说：

"那里只是海婴这样呢？"

我才像彻悟过来似地说：

"啊！原来你也是要这样的吗？我晓得了。你无意中说出心底的秘密来了。"

这可见他的性情和小孩子多么像，人们说的"赤子心肠"，正可以给他做天真的写照。其实我并不会怎样责骂过他，只是两个人相处惯了，大大小小、内内外外的不平、委郁，丛集到他的身上，在正没好气的时候，如果我再一言不慎，这火山立刻会爆发，而且熔岩就在浇到我头顶上来。的确，如果不是我温静地相慰，是不易了事的呢。

有些时候我也很为难，譬如在饭后的其他时间，海婴也会走到房里来的，以他特别对海婴的慈爱，和小孩的善于揣测成人，自然走到比较欢喜他的人跟前，而欢欣亲切地跑到他面前了。他能板起脸孔叫他出去吗？不能的，就是在最忙，也会放下笔来敷衍几句，然后再叫我领他去玩。有一回，他的稿纸正写到一半，海婴来了，看到他还未放下笔，出乎意外地，突然，他的小手在笔头上一拍，纸上立刻一大块墨，他虽则爱惜他的心血铸出来的东西，但并不像发怒，放下笔，说："晤，你真可恶。"海婴飞快地逃开了。

我是经常在旁的,除了有事情走开之外;尤其海婴来了,就是他和他玩,我也要陪在旁边,到小孩六七岁还如此。这不是他的命令,而是我自动的认为要这样做才好。女工是更不了解他的脾气和小孩的心情的,小孩在我们房间,女工来了也会不知所措。在写字台上,海婴欢喜立在椅子上拿起笔来乱涂。鲁迅是很珍惜一切用具,不肯随便抛弃小小一张纸,即使是包裹东西回来的纸张,也必摊平摺好积存起来。包扎的绳子也一样,一束一束地卷好,放起,遇到需要的时候应用。但对于海婴索取纸张时,就是他最欢喜的,给他乱涂,也是满心愿意的。有时倒反而是我可惜起来了,我以为小孩子无知,应该晓谕,不好随便糟蹋。但他更珍惜儿童时代求得的心情,以他小时候的经验,教训过他,总多方给他满足。我不便过分制止他对小孩的依顺,然而因此海婴也许到如今有时还不大会爱惜物件。

在他身边玩得看看差不多的时候了,我会提议叫海婴走开,省得误了他做工,遇着他高兴,会说:

"不要紧的,让他多玩一歇罢。"

或者说:

"他玩得正高兴,不肯走的,让他在那里,横竖我不做什么。"

那么我要察言观色,看看他是否急要做事,再看海婴是否到了适可而止的机会;如果错过了机会,或者不晓得他在忙于工作,或者以为他们父子间正欢畅地谈天,不好蓦然叫开,等之又等,才由他开口叫海婴到别处玩的时候,等他去后,也许会感慨地说:

"把小孩交给我领了几个钟头了。"

在同小孩玩的时候他是高兴的，我又不敢打断他们兴致——再把小孩叫开，但是走后他马上又珍惜时间的浪费，他是这样的克制着，为了和爱子周旋都觉得太过长久了。这更使得我在彷徨无主中度着日常的生活。

不过自从有了海婴，我们的生活比较复杂讲究些了，第一是用人方面，以前两个人是没有请人的，衣服的洗净和房屋打扫，是每天托建人先生的女工来一次，再早晚给我们拿些开水来，煮茶是我自己动手的，到了吃饭时候，来通知了，我们就到建人先生的住房里，五六个人一同吃。四五样普通的小菜，吃到后来不大有了，也还是对付着，至多不过偶然买些叉烧之类助助餐。这种生活，比较起一般小家庭还要简单，差不多如是者有二年之久。海婴生下之后，首先尿布每天要洗许多次，再要帮忙照料小孩，非添一个人不可，于是才雇了一位女工。

第二是住室方面，总是拣最风凉的给小孩睡。冬天，也生起火炉来了，海婴卧室一只，鲁迅也叨光有一只。不过火炉之于海婴，总不能算是"恩物"。前面说过，我的值夜是从二时到晨六时，六时一到，马上去叫醒女工，一面给海婴喂奶，一面让女工去把楼下鲁迅的书室生起火，然后叫女工在下面招呼孩子，让我可以再歇息一会儿，照例到早上九时才再喂奶。那里晓得我们的苦心，给女工通通推到河里去了，房间生了火炉，热度颇高，在晨间的低温之下，她就经常抱着小孩开了临街的小窗和男朋友聊天，可怜这初生至六七个月的婴孩，在半冷半热中受着磨炼。抵抗不住了，就时常伤风，但我们那里料想得到？待到小孩七个月，我们搬家了，才把她谢绝，之后，才有人说到如此这般的情形。

一九三〇年三月，鲁迅因参加"自由大同盟""左翼作家联盟"等集会，国民党浙江省党部同时也呈请通缉，鲁迅第一次避难在外，寄寓在内山先生家里的假三层楼上。每隔三两天，我抱了海婴去探望一次，这时海婴已经有半岁了，很肥胖可爱。为了避难在外，使他不能够每天看见他的爱子，相见了，在这种环境中，心情是相当说不出的难受。到了海婴六足月的一天，他还冒着侦缉者的嗅觉之下，走出来同海婴到照相馆去拍照，这时海婴还不会站立，由他蹲在桌子后面扶持住，才成一张立像。

压迫的波澜似乎有些低下，重又回转寓所。但寓所位在闸北，随时有可能被拘捕的一个极恶劣环境之下，迫使我们另觅新居于北四川路，杂在全是外国人住居的洋房里。刚刚安顿不久，就遇到一九三一年一月的柔石被逮事件，他和冯铿都曾经到过我们住所，而且传出来的消息，也从柔石探问过鲁迅，这直接的追求，可能无辜被逮的。只是他一个人出走也不大妥当，我们在患难中也不能共生死在一处吗？还是把我们留在原处实在不好，这回是三个人连同女工一位，租了一间外国旅馆，住下来了。这时海婴不过一岁零三个月，刚学走路，在窄窄的一小间房里，较暖好的大床、让给海婴和女工睡，我们是在靠门口的一张比较小的床上。避难是不能带书籍和写作的工具，更难得有写作的心情的，除了烤烤火，和同住的邻客谈谈天之外，唯一的慰藉，就恐怕是海婴的天真，博得他几许的欢笑。

然而举家避难，负担实在不轻，所以后来简直对于时常传来的危机,是由他去了。而且海婴也逐渐长大,会找爸爸,同了他去,也会说出在什么地方,不使父子相见,事实也难做得到,因而就不管三七二十一地听其自然了。最后的一次避难,在一九三三年八月,那是因为两位熟识的朋友被捕之故,但已经不大像避难,白天仍然回到家里,只是夜饭后住在外面就是了。

一九三二年的"一·二八"炮火在将次停止的时候,夹住在难民堆中的海婴,染了疹子,为了清静和取暖的方便,鲁迅急忙向旅店找到两间房子住了十天。疹子退净,我们就搬回北四川路寓所,因着生活的动荡,女工的告退,战后物质购置的困难,劳瘁之后,三个人都先后生病了。海婴是疹后赤痢,接连几个月都没有好,每天下痢许多次,急起来,就抱着下在白洋磁罐上,每次的便痢,鲁迅一定要亲自看过,是否好些了,看完之后,就自己去倒在抽水马桶内,劝他交给女工,他是不大肯的,是否怕不当心传染开去呢?有时因了龌龊而加以劝告,但他的答覆是:"医生眼里的清洁,不是看表面,是看有否消毒过,平常人所说的龌龊是靠不住的。"这种不问大小亲力亲为的态度,有些朋友暗地批评他太过分心了。但不晓得他一向是自己动手惯,自然会有这样的脾气。而况对于他的爱子,他能不留心吗?平时海婴生病了,生病期中的粪便,一定要留给他看过才可以倒去,比较严重的赤痢,自然更不放心了。他是深晓得医学上的从粪便诊察病情的,既然如此留心小孩的生病,照料和陪着去看病等的繁琐任务之下,因之每次海婴生病,就是给他的一种重累,甚至也妨害到写作,这是我所看了不忍的。如果再多添几个小孩,真会把他累死。

每年至少有一次,在海婴生日那天,我们留给他作为纪念的礼物,就是同他到照相馆去拍照,有时是他单独拍,有时是三个人同拍,值得纪念的照相有三张,一张是海婴半周岁时,鲁迅先生特从逃难处走到外面,一同到照相馆,由他蹲着,以双手支持海婴的立像,另一张是他五十岁,海婴周岁时,他抱着海婴照了之后,亲自题了两句诗:"海婴与鲁迅,一岁与五十。"他题好之后,自己说:"这两句译成外国文,读起来也很好的。"再一张是在海婴四周岁时,冒着暗沉沉的将要暴雨的天气,我们跑到上海最有名的一家外国照相馆去了。如果是迷信,这一天真像预示我们的否运到来,走到照相馆的门口,不久就是决了堤一样的大雨从天上倒下来,几乎连回家也不容易。以后就更没有三个人一同拍过照了。而这一张,就是流传在外面最容易见到的。另外的礼物,有时也买些糖果、点心、玩具做赠品。在临到海婴六周岁,他逝世的前一年,就更加郑重地做了一次生日,先是带着到大光明去看电影,出来又到南京路的新雅晚餐,在海婴是满高兴的,他也为他的高兴而高兴。但总排遣不掉他那种急迫的情绪,有时会忽然呆起来,或坐立不安,急于要回家照常工作之状可掬。

至于他自己的生日,活着的时候,我们共同生活以来,每年这一天,我多少总预备些他喜欢吃的菜肴之类,算作庆祝。

今天在执笔的时候,正是阴历的八月初三日,很巧合的,是鲁迅先生的,也是我母亲的生日,母亲死得很早,生日怎样做,我已经不记得了,但死了之后,每年这一天,家里一定做些菜,烧点纸钱,祭奠一番。自他逝世之后,也度过了两次生辰了,固然我没有做过菜来祭奠,连到坟头去走一趟纪念一下也不可能!

就是买些鲜花贡献在照片跟前也没有做。不是忘记，不是俭省，而是我心头的迷惘，只要蓦然想到他，随着忆念，我会突然地禁不住下泪。这无可补偿的损失，尤其对于我，没有任何物质上的动作可以弥补，或慰藉一下的。至如无论什么举动，加之于他，我总觉得不称意。想到今天他活着时候，我的欣快，彼此间的融洽，是给我现在更深刻的痛苦的对照，直到永远。

实在因为体力之故，在马路上海婴多由我带领，或抱在手里。如果在这时候，我手里拿的东西，他一定抢过来自己拿，也是一种分担责任之意罢。遇到坐在车子里，总是叫海婴在当中，两旁的我们，由他招呼着，一定要把脚拦阻住，有时更加用手扶持，防他跌倒。一句话，小孩在他旁边任何时候，都是用全副精神留心着他的起居动定的，太费神了，往往在走开之后，这才舒一口气。如其夹坐在我们当中的海婴指东画西地鉴赏马路，提出疑问，他就会和我作会心的一笑，对海婴真是"象忧亦忧，象喜亦喜"，把人家兄弟之爱易作父子之爱的。

在炎夏的夜里，晚餐之后照例是海婴在我们旁边，遇到他高兴了，会约同出去散步，或者到朋友那里闲坐。更多的机会是到内山书店，这时海婴首先把放在书架旁的梯子抢到手，一定爬到顶层，睥睨一切，自得之至。然后从内山先生那里得到糖果点心或书籍之类，时常是满载而归的。有一天，照例散步回来，至附近吃过冰结淋之后，海婴还不肯回家，而且对坐汽车有特别兴趣，他也就特从其好，三个人坐着车子，由北四川路底向江湾兜风，一直开到体育会才转回来。那里路宽人静，真是畅所欲行，在上海的特坐汽车兜风，这算是唯一的一次闲情逸致，也可以说是有了海婴之后生活的变化,以前我们整天是书呆子,那里想到会去兜风的呢。

从前这书呆子的他,除了到书店去,其他的什物店是头也不回地走过的。有了海婴之后,他到稍远的地方,一定要到大公司的玩具摊上,留心给小孩拣选玩具。最欢喜买回来的,是那用丝线旋紧再放下来急转的洋铁做的一种陀螺。点心罐头之类有时也会买来。遇到朋友请吃点心,倘使新出品,他会留起一两件带回,尤其到外面时间比较长久了,海婴就会说:"爸爸还不回来,一定有好东西带来的罢。"所以他一回来,在门口等待的他,一定夺取他手中的包裹检查一下,要是投其所好呢,就欢跃而去。如果带来的是书,失望了,他一定抱歉而又预期答应好,须一定给他买。为了这新的需要,迫使他不能专注意于书,别的店铺也留心到了。

对于孩子的性教育,他是极平凡的,就是绝对没有神秘性。赤裸的身体,在洗浴的时候,是并不禁止海婴的走出走进的。实体的观察,实物的研究,遇有疑问,随时解答,见惯了双亲,也就对于一切人体都了解,没有什么惊奇了。他时常谈到中国留学生跑到日本的男女共浴场所,往往不敢跑出水面,给日本女人见笑的故事,作为没有习惯训练所致的资料。这也正足以针对中国一些士大夫阶级的绅士们,满口道学,而偶尔见到异性极普通的用物,也会涉遐想的讽刺,这种变态心理的亟须矫正,必须从孩子时代开始。

普通知识的灌输,他并不斤斤于书本的研究。随时随地常以的晓谕譬解,便中有时对于电影的教育,也在娱乐中采得学识的一种办法,他是尽着机会做的。他自己对旧式的背诵似乎很深恶痛绝。对一般学校的教育的制度也未必满意。如果他较年轻,有了孩子,我想也许自己给以教育的。可惜海婴生下之后,人事的匆促,他未能照顾到他的求学方面。然而在现时的学校,读到大学毕业,甚至留学回来,是否个个都成器了呢?还是疑问。因此孩子入校读书情形,可以说在他是并不怎样注意的,而且他自己所学和所用的也并不一致,还是自修要紧,在他想来或者如此。看看海婴,的确在他旁边,时常问东问西的,增加不少常识。

到了现在十足岁了,离他死已三周年了,海婴还不过读到小学的三年级,有些常识,却超过五六年级的儿童所晓得的。但海婴并不满足,他时常说起:"爸爸如果现在还没有死多好,我有许多许多不明白的都可以问问他。"我听了除了惭愧自己的学力低浅而外,对孩子是没法填补这缺憾的了,然而社会像海底的宝藏一样繁复、灿烂、深潜、可喜、可怖,我将把孩子推到这人海茫茫中,叫他自己去学习。"只要他自己学好,父母的好坏是不在乎的。中国社会向来只看本人的成就,所谓英雄不问出处,父母是没有多大关系的。"有时谈到孩子的将来,鲁迅先生往往就这样说。他没有一处不是从现实着想,实社会是一个什么样的,他可以算是拿到这秘密的锁钥了。因之我也不是打算把海婴送到海里一让他给淹没。他应该训练自己,他的周围要有有形无形的泅泳衣来自卫,有透视镜来观察一切,知道怎样抵抗,怎样生存,怎样发展,怎样建设。鲁迅先生活的时候,给予他的教育是:顺其自然,极力不多给他打击,甚或不愿多拂逆他的喜爱,除非在极不能容忍,极不合理的某一程度之内。他自己生长于大家庭中，一切戕贼儿童天真的待遇，受得最深，记得最真，绝对不肯让第二代的孩子再尝到他所受的一切。尤其是普通所谓礼仪，把小孩子教成木头人一样，见了人都不敢声响的拘拘为仁，他是绝不肯令海婴如此。要他"敢说、敢笑、敢骂、敢打"。如果我们错了，海婴来反驳，他是笑笑地领受的。因此，海婴直到如今，和普通小孩在一起，总觉得他太好动，太好研究一切，太不像守规矩的样子，就这样罢，我们的孩子。

原载上海《鲁迅风》1939年第18、19期

▶追忆鲁迅

鲁迅先生的晚年

许广平

这里所谓晚年是指的先生全部生活的最后十年间。也就是说：从四十六岁至五十六岁。依照一般欧美人士的看法，四五十还是壮年，正是事业开展的时代，并不能算是走到末年。在鲁迅自己，也是这样想念着的。所以他仍然朝气蓬勃，奋发有为，凌厉之气，真是不可一世。看看他这一期的工作，也正担当得起这种自负。而一些同时代比他年纪较轻的人有时尽管讥笑他似乎不服老，却未必像他一样拚着死来工作。很不幸的，他竟病死了，在他是成为晚年的五十六岁的值得我们纪念的一年。

这一期的生活，有几点大略说起来和以前的数十年表面上是不大相同的，虽然质的方面是仍然一贯着。

一　开始度避难的生活

向来以学者兼官吏的姿态安静地生活着的，自从一九二六年，因"三·一八"惨杀案后，被列在当局屠戮者的点名册之内，从三月至五月因消息的时张时弛，避了三次不同的住处了。最后终于感到压迫的加紧，不易容身而到厦门。在广州，身历了一九二七年的大革命,被血吓得目瞪口呆而去。到沪之后,又以参加"自由大同盟""民权保障同盟会""左联"等而几次三番地东逃西避,但只是变换居处,并不肯离开上海,屹然从事战斗的使命。

二 被限制于笔墨生涯

如上所说,他曾经做了十五年之久的教育部官吏,又兼任了十多年教师生活。到了一九二六年在厦门,似乎稍偏重于教学。一九二七年在广州,任中山大学文学系兼教务主任,也是以学校生活做主体的,不过这只是极短的时间。大部分的生活,从到了上海之后,曾经到过几个地方讲演,以及担任过劳动大学的教课数次,因为他尖锐的词锋,似质朴而具有潜在的煽动力的感人的演说,惊动而且触怒了一些敌视者们,毅然密令各学校不得请他去讲演,除了偶尔的机会,突击一下的演讲之外。这一期他不能如以前一样的经常能在讲堂上灌溉一般青年以正确的理论的粮食了。这是很可惜的,他在讲堂上的感动力,并不亚于他的文章,凡是直接听过他讲演的人一定都会觉得到。这是一个重大的损失,在我们,对于他,就只能被限于笔墨,来传达他对社会的意见,和青年们相见了。

三 更坚决地做实践的战士

鲁迅无疑地被承认为一位思想上的战士了,我们从他的《呐喊》起，反封建，反旧礼教等等，以至反正人君子的伪善，反帝，反法西斯，反侵略，一步紧似一步，战线由无物之阵至大敌当前，从枪口对内转而对外，从少数而至多数，从比较旁观而直接参与，不但用了笔，更实际参加团体活动，遵守一切纪律，不屈不挠地埋头苦干下去。

四　鲁迅译著共五十余种

而在一九二六至三六年出版的，不下四十种。也就是说，他十年间的成就，超过他全生涯，约占到五分之四，这一个可惊的数目，在他生命史上诚然是最光辉的一环了，这是从量的方面说。再检讨这大量的生产，从质的方面看，是否粗制滥造品呢？绝对不是的，其中有最富切中时弊，改革社会意见的杂感短评；最适合社会精神粮食的社会科学理论的翻译，以及新时代儿童读物的介绍和特具卓见的古代及近代木刻的推荐；每一发动，都有确定不移的良好效果。到如今，他逝世三周年了，似乎遥远也瞬忽的时光，也许有忘记的了罢！然而到处响着和他相同的呼声，到处走着和他一同的步伐的人们，敢说不是少数的。这些人们，没有从他受到什么约束。在他活的时候，他也许没有想到这潜在力的深且远，而到现在萌芽出来，枝叶荣长了，越是多年生长的乔木，它的茁发，被人觉察得到的程度愈迟。

最伟大的建筑，它的基础是需要特别加倍打桩的稳固，才载得起这一重量的。在中国，这一大片地基上，要从几千年来的积弱，半封建的余毒，和几十年来的被侵略，半殖民地的魔手之下，建筑起民族自由，解放的合乎现代社会的国家，这建塔者的任务，第一块的基石，鲁迅奠起来了，很稳固地扎住了，遗留给我们的未完责任，凡相信鲁迅的人们，一定知道用什么方法，很快地把这一建筑赶紧完成。

原载上海《文艺新闻》（半月刊）第 3 期，1939 年 10 月 19 日

鲁迅先生的日常生活
——起居习惯及饮食嗜好等

许广平

我所认识的鲁迅先生,只不过占其全生涯的五分之一强,比较起许多他的老朋友,还是知道得不算多,写起来未必能周到。不过承好些朋友的督促,以为研究这时代的中国思想者,就是一饮一食,也不可少资参考的。为了义不容辞的责任,就拿起笔来了。然而每回谈到关于他的一切,却使我伤恸,时常眼睛被水蒸气蒙住了,以致搁起笔来。我愿意追述他,又怕追述他,更怕追述得歪曲了,丧失了我对于他的敬意。我诚然做过他的门徒,但离了学生生活之后,还是一样敬重的我的导师,我将能怎样描写我心中所愿意说的话?

"囚首垢面而谈诗书"。这是古人的一句成语,拿来转赠给鲁迅先生,是很恰当的。我推测他的所以"囚首垢面"不是故意惊世骇俗,老实说,还是浮奢之风,不期引起他的不重皮相,不以外貌评衡一般事态,对人如此,对自己也一样。

做学生的时候,我曾正如一般顽童,边听讲边把这位满身补钉,不,满天星斗,一团漆黑,长发直竖的先生速写起来。我更很快就研究他的为什么？后来比较熟识了，我问他是不是：特意做成这样的"保护色"，使人家不注意？他好像默认地笑了，这时我以为探寻到什么似的喜悦，给我猜中了罢。

其实，沉迷于自己的理想生活的人们，对于物质的注意是很相反的。有谁见过那些发明家，至沉浸于学问的研求时，还时刻想到他的生活。拿表当做鸡蛋煮，和为了医学上的研究，甚至把有害生命的细菌也吞到自己肚子里做实际试验的精神贯注，不顾一切的人，不是也听到过的吗？所以鲁迅的一种寒伧之状，正不足为奇的。

另外的原因，他对于衣服极不讲究，也许是一种反感使然。据他自己说，小的时候，家人叫他穿新衣，又怕新衣弄污，势必时常监视警告，于是坐立都不自由了，是一件最不舒服的事。因此他宁可穿得坏些，布制的更好。方便的时候，譬如吃完点心糖果之类，他手边如果没有揩布，也可以很随便地往身上一揩。初到上海的时候，穿久了的蓝布夹袄破了，我买到蓝色的毛葛换做一件。做好之后，他无论如何不肯穿上身，说是滑溜溜不舒服的。没有法子，这件衣服转赠别人，从此不敢做这一类质地的衣料。直到他最后的一年，身体瘦弱得很，经不起重压，特做一件丝绵的棕色湖绉长袍，但是穿不到几次，就变成临终穿在身上的尸衣，这恐怕是成人以后最讲究的一件了。

他对于幼年穿新衣的不自由，给予深刻的印象，所以对于海婴的衣着也一样，穿了之后，是不愿意叫他当心的。如果他的小手也揩在身上，那算是和父亲学样，满不在乎的，可怜就是我在旁边看到的不舒服，也不好干涉，这时完全孤立了。

孔子的"栖栖遑遑",是为的周游列国,想做官来达到他改革社会的理想。而鲁迅也终日"栖栖遑遑"地"席不暇暖",却为的是人手少,要急着做的事情正多。他以一当百还嫌不够,时常说:"中国多几个像我一样的傻子就好了。""有一百个,中国不是这样了。"所以一面自己加紧工作,一面寻求精神的战士。

有些青年是那么热切地登门求教。在北平。我所见到的他的寓所,是时常川流不息地一批去了又来一批,甚至错过了吃饭的时间来陪客的。自然这其中也许有些不过是来听听他的幽默谈话,博得轻松的一笑而去。这当然对于他是一种损害,但更不乏至诚至正地来求教。他绝不忍为了宝爱自己的光阴而拒却过。有时谈兴正浓,他反而会留你多坐一会。诚挚而又沉潜,久之意气相投,和他共鸣的精神战士,以他做轴心,而放散到四面八方的不知凡几。

因为工作繁忙和来客的不限制,鲁迅生活是起居无时的。大概在北平时平均每天到夜里十一—十二时始客散。之后,如果没有什么急待准备的工作,稍稍休息,看看书,二时左右就入睡了。他并不以睡眠而以工作做主体,譬如倦了。倒在床上睡三两小时,衣裳不脱,甚至盖被不用。就这样,像兵士伏在战壕休息一下一样,又像北平话的"打一个盹",翻个身醒了,抽一支烟,起来泡杯浓清茶,有糖果点心呢,也许多少吃些,又写作了。《野草》,大部分是在这个时候产生出来的。

有时写兴正浓,放不下笔,直至东方发白,是常有的事。在《彷徨》中的《伤逝》,他是一口气写成功的。劝他休息,他就说:"写小说是不能够休息的,过了一夜。那个创造人脾气也许会两样，写出来就不像预料的一样，甚至会相反的了。"又说："写文章的人，生活是无法调整的，我真佩服外国作家的定出时间来，到时候了，立刻停笔做别的事，我却没有这本领。"

但是他的脾气也并非一成不变。在上海，头发也不那么长了，衣服也不一定补钉了，差不多的时候也肯抽出时间做清洁运动了。他并不过分孤行己意，有时也体谅到和他一同生活的别人。尤其留心的是不要因为他而使别人多受苦。所以，他很能觉察到我的疲倦，会催促快去休息，更抱歉他的不断工作的匆忙没有多聚谈的机会，每每赎罪似地在我睡前陪几分钟。临到我要睡下了，他总是说："我陪你抽一支烟好吗？""好的。"那么他会躺在旁边，很从容地谈些国家大事或友朋往来，或小孩子与家务，或文坛情形，谈得起劲，他就要求说："我再抽一支烟好吗？"同意了他会谈得更高兴，但不争气的多是我，没有振作精神领受他的谈话，有时当作是催眠歌般不到一支烟完了，立刻睡熟了。他这时会轻轻地走开，自己去做他急待动笔的译作。

偶然也会例外，那是因为我不加检点地不知什么时候说了话，使他听到不以为然了。或者恰巧他自己有什么不痛快，在白天，人事纷繁，和友朋来往，是毫不觉得，但到夜里，两人相对的时候，他就沉默，沉默到要死。最厉害的时候，会茶烟也不吃，像大病一样，一切不闻不应，那时候我真痛苦万状。为了我的过失吗？打我骂我都可以，为什么弄到无言！如果真是轻蔑之极了，那我们可以走开，不是谁都没有勉强过谁吗？我不是伤痛我自己的遭遇，而是焦急他的自弃。他不高兴时，会半夜里喝许多酒，在我看不到的时候。更会像野兽的奶汁所喂养大的莱漠斯一样（用何凝先生的譬语），跑到空地去躺下。至少或者正如他自己所说，像受伤了的羊，跑到草地去舔干自己的伤口，走到没有人的空地方蹲着或睡倒。这些情形，我见过不止一次，我能这时候把他丢下不理吗？有一次夜饭之后，睡到黑黑的凉台地上，给三四岁的海婴寻到了，也一声不响地并排睡下，我不禁转悲为笑，而他这时倒爬起身来了。他决不是故意和我过不去，他时常说："我们的感情算好的。"我明白他的天真。他对一切人可以不在意，但对爱人或者会更苛求。后来看到海婴的对我时常多方刁难，更懂得了为什么对最关切的人如此相待。受到社会上许多磨难的他，一有感触，会千百倍于常人的看法的。我同情他，但不知此时如何自处，向他发怒吗？那不是我所能够。向他讨饶吗？有时实在莫名其妙，而且自尊心是每个人都有的，我不知道要饶什么。抑郁，怅惘，彷徨，真想痛哭一场，然而这是弱者的行径，不愿意。就这样，沉默对沉默，至多不过一天半天，慢慢雨散云消，阳光出来了。他会解释似地说："我这个人脾气真不好。""因为你是先生，我多少让你些，如果是年龄相仿的对手，我不会这样的。"这是我的答话。但他马上会说："这我知道。"

他处理他的书籍文具，似乎是比生命还着重，看看他的衣身，是不会想到这样一个相反的对照的。比如书龌龊了，急起来他会把衣袖去揩拭，手不干净，也一定洗好才翻看。书架的书，是非常之整齐，一切的文具用品，是他经手的，都有一定的位置，不许放乱。他常说："东西要有一定的位置，拿起来便当，譬如医药瓶子，换了地方，药剂师是会犯配错药的危险的。"他处理用品，就像药房的整然有序，无论怎样忙，写完字之后，一定把桌面收理好,然后才做剐的事。他的抽屉,也一样的有秩序,是不愿意人搬弄的。在北京时,他小小的寝室,经常也是会客室,怕人家随手翻乱他的书,所以爱好欣赏些的,总是藏在较不注意的地方。他更不愿意借书给人,除非万不得已,遇到来借,倒不如另买一本赠送较妥。有时送给他的丛书,为了急于把同类的包藏起来,就是我预备看时也会嫌等得太久而包起的。曹禺先生的《日出》,我就没有看完,给划然中止,好像电影正开到一半停止住了的不舒服。但是如果海婴来抢他看开的书,或翻弄他的图画书,他却从来阻止过,至多叫我在旁边帮忙照料,让他看完才收好。他对于幼小者的同情,不肯拂逆他的意志,无论在什么时候都一样,甚至对于他酷爱的书也如此。

　　他对于书的看重,我没有见过第二个人像他这样。比如人家送他的《小说月报》《东方杂志》等的定期刊物,他看完了之后,总是每五六册做一包,扎好,写上书名和第几期至第几期,以便检查。凡是他包过的书,那方正紧凑,拆开之后,我是再也不能照样包好的。他不但包得好,对于扎的绳子也很留意,如果是好些的书,或线装本,扎时一定拣那些有浆质棉线做的绳子,免得扎的地方日久留一条线痕。就是这扁平的棉绳,扎时也要摊平,线头的结,一定要打在书的边缘,省得将来压着一个结的痕迹。有时人们送给他的定期刊物如《文学》之类,偶然收到一本装订不大齐正的,他一定另外托人再买一本较好的换过。自己印好的书,也首先拣出两部,包好起来。这爱惜的书,我很对不起,自他死后,未能好好地整理妥存起来,不免有些污损的了。

　　对于线装书,他也能够拆散修理,装订完好。像《北平笺谱》的线装之外，更布包角头，遇有缺叶时，都是他自己拆添完善，和原来一样齐正。而且订的双线也一定使他平行，绝不肯让其绞缠一起。有时对于太旧的古书，两头都被尘埃染黑了，他也会一手紧压，一手用浮水石把他磨干净，使之焕然一新。

洋装书如果是时常用到的，他就先包一张书皮，省得龌龊。送给我的好些新书，他更欢喜把蜡光纸给包一张封面。在北平，有时到他那里，他会把四五本自己写作和别人的著作，每本都用雪白的纸包好见赠，接到手真不知如何从心底感谢呢。

他不但书包装得好，信封也做得好，大约一些老朋友还记得收到过他亲手做的信封的。在北平时，常常看见他把寄来的比较大而质厚的信封翻转面，更有时是把一张长方纸做成一只信封，非常之齐整匀称，绝不歪斜，大小异形，用一定的方法、技巧，纯熟而又敏捷，一下子做出一批来了。既能把包裹纸改成信封，真所谓化无用为有用，更于他那时的经济条件适合。但我还不了解他的苦心，反而向他恶作剧似地讽刺，把觅到的纸张都叠起来请他做信封。然而他何必多作辩解呢，只笑一笑，就是了。想起来都难过，我太肤浅，类似这样的捣乱真可恶。

说到废纸做信封，我更忆起他日常生活之一的惜物。每于包裹的东西拆开之后，不但纸张摊平，放好，留待应用，而且更把绳子卷好，集在一起，豫备要用的时候，可以选择其长短粗细，适当地用。自然这些无关大体的琐屑细微之极的枝叶问题，或者是毫不足道的。在一些大人先生们或洋博士之流，何尝会把这戋戋放在眼里。而他则正惟其如此，日积月累地，随时随地可省则省，留有用的金钱，做些于人于社会有益的事。不然，不管他如何大心助人，以区区收入，再不处之俭省，怎能做到他当时所愿做的呢。

　　有些地方他却不愿意节省，例如住房子。我们初到上海，不过两个人，平常租一层楼就够用了，而他却要独幢的三层楼，宁可让它空出些地方来，比较舒服。虽然女工倒是不用。吃的东西虽随便，但隔夜的菜是不大欢喜吃的，只有火腿他还爱吃，豫备出来不一定一餐用完，那么连用几次也可以。素的菜蔬他是不大吃的，鱼也懒得吃，因为细骨头多，时间不经济，也觉得把时间用在这种地方是可惜的。照例日常以鱼肉菜蔬做主体，但这里已经有一大部分不爱用了。爱用的还有辣椒，说起来也有一段可悲的生活在里两。据他时常说起的是：当他领受他母亲的八块钱到南京求学，到了之后，款就用完了。入学之后，再没有多余的钱可以给他做御寒的棉衣，而冬天来了，砭人肌骨的寒威，是那么严酷。没有法子，就开始吃辣椒取热，以至成了习惯，进而变为嗜好，因之更是损害到胃的健康的要素之一。糖也欢喜吃，但是总爱买三四角钱一磅的廉价品。在北平时，东城有一家法国点心铺，算是那时首屈一指的了，很难得的机会，他才从收到的有限的稿费里买两块钱蛋糕来吃，而且也欢喜请我们。有时我怪问他为什么刚才不拿出来请客，他却叹息地说："你不晓得的，有些少爷真难弄，吃了有时反而会说我阔气，经常吃这样点心，不会相信我是偶然的。"这可见他的随处小心，一面我也疑心到他的过虑。但事实是：有时他知道某一位的艰困，请他们吃便饭，结果会说是他用酒食贿赂的呢，有的人就能够这样出奇，也难怪他的过虑。即使如此过虑，也还不免于谤毁的到来，所以有时他的举动,如果不是在社会上身受到多方的经验,是不大容易了解的,至少我自己觉得越过一天越加深地了解他。

人们对于他的饮酒,因为是绍兴人,有些论敌甚至画出很大的酒坛旁边就是他。其实他并不至于像刘伶一样,如果有职务要做,他第一个守时刻,绝不多饮的。他的尊人很爱吃酒,吃后时常会发酒脾气,这个印象给他很深刻,所以饮到差不多的时候,他自己就紧缩起来,无论如何劝进是无效的。但是在不高兴的时候,也会放任多饮些,例如在厦门大学,看到办教育的当局对资本家捧场,甚至认出钱办学校的人好像是父亲,教职员就像儿子的怪论,真使他气愤难平,当场给予打击。同时也豪饮起来,大约有些醉了,回到寝室,靠在躺椅上,抽着烟睡熟了,醒转来觉得热烘烘的,一看眼前一团火,身上腹部的棉袍被香烟头引着了,救熄之后,烧了七八寸直径的一大块。后来我晓得了,就作为一个根据,不放心他一个人独自跑到别的地方。

茶饮得很多的,而且一定要清茶。在北平时,他独用一只有盖的旧式茶杯,每饮一次泡一次。很浓,是我们用起来觉得有苦味的。还可以再泡一次。到了上海,改用小壶泡茶,但是稍久之后,茶的香气会失去的,如果不是工作太忙,没有时间细细品茶,他就会要求另换一壶。等到新鲜的茶来了,恰到好处的时候,他一面称赏,一面就劝我也饮一杯,因此我也学会吃浓茶了。

他更爱吸烟,每天总在五十支左右。工作越忙,越是手不停烟,这时候一半吸掉,一半是烧掉的。在北平和章士钊之流的正人君子斗争,医生曾经通知过他,服药同时吸烟病不会好的,我们几个学生那时就经常做监视的工作，结果仍然未能停止，从此之后，只不过劝告减少而已。他用的烟是廉价品，遇到朋友送些好的，也不肯独用，一定分赠些给别人，共同欣赏。黑猫牌的香烟他最爱好，可惜价钱贵，难得买来吸。还有一种似香烟粗细，用烟叶做成的廉价品，吸起来似雪茄烟气味，他也爱好，但气味不好，我不欢喜，他也就不买了。偶然也吸雪茄烟，似乎并不很爱。烟灰缸却一定要深而且大，放些水，省得灰随风乱飞。烟嘴是在上海以后才经常用的，又俭省，吸到半寸长，手都拿不住才弃掉，如果那些拾香烟头的遇到他，一定没有好处，因为那一部分已经给烟油弄潮湿，不好再用了。

记不清有谁说过：鲁迅的生活，是精神胜于物质。的确的，他日常起来迟了，多在十一时许，那么午饭就吃不下了，这样一起床就开始工作，有时直至吃夜饭才用膳，也不过两三种饭菜，半杯薄酒而已。想起来确是我的罪过，不会好好地注意他的营养，到后来，好像灯油耗尽，那火光还能支持吗？

我很直白地把他的生活写出来，但并不希望我们的文坛志士因热爱他而全盘模仿。譬如因为我是他的学生，有朋友看到我对于他的一切，恰好他的爱人也是学生，于是很神气地说："我是你的先生，我应该教你，你应当像某某一样。"又有一位听到我说过鲁迅不肯借书给人，于是他对他的爱人也如此。这未免太"那个"了。我想该大可不必的，写这篇短文的本意毫不在此。

原载《中苏文化》第 4 卷第 3 期，1939 年 10 月

鲁迅先生与家庭

许广平

孙伏园先生在《哭鲁迅先生》里,曾经这样写过:

> 鲁迅先生的房中总只有床铺、网篮、衣箱、书案这几样东西。万一什么时候要出走,他只要把铺盖一卷,网篮或衣箱任取一样,就是登程的旅客了。他永远在奋斗的途中,从来不梦想什么是较为安适的生活。他虽是处在家庭中,过的生活却完全是一个独身者。

在北平时代鲁迅先生的生活,上面几句话真可以概括无余了。"永远在奋斗的途中",这是我们孙师兄最的确的评语。惟其如此,对于家庭多少较一般人冷淡,奋斗的结果难免牺牲,预料到会牺牲了,还有什么看不透,忍不住,舍不掉的么?一个社会的战士,对于家庭的注意自然相当淡薄,人的精力究竟有限,各方面周到是很难得的。

随手举一个简单的例:我们初到上海的时候,住在景云里的最末一幢房子里。有一天,差不多是深秋,天快暗了,他还在那里迷头迷脑地,聚精会神拿着笔在写不完地尽写尽写。我偶然双手放在他的肩上,打算劝他休息一下,那晓得他笔是放下了,却满脸的不高兴。我那时是很孩子气,满心好意,遇到这么一来,真像在北方极暖的温室骤然走到冰天雪地一样,感觉到气也透不过来地难过。稍后,他给我解释:"写开东西的时候,什么旁的事情是顾不到的,这时最好不理他,甚至吃饭也是多余的事。"这个印象给我是非常之深刻的,从此处处更加小心,听其自然了。但是在我们的生活里,他总勉强着自己,从来没有因为写作忙急而不和我在一起吃饭的,也可见他尽可能地在将就别人。

在北平,他房子的一部像倒放的品字,他就在倒下的口字中作为卧室兼书室,三个口字当中的地方,在北角放着他们日常用的吃饭桌椅,西北角是一只木橱,西面放一衣架和柳条箱,经常打开着,这里放些他日用的衬衣裤,什么时候高兴换了,就自己去拿。东南角还摆一只面盆架、水桶,要洗面了,也是自己随便什么时候都方便的。后来在上海,因为工作的忙迫,这些琐碎的照料随时我可以效劳了,他就时常向人感叹似地说:"现在换件衣服也不晓得向什么地方拿了。"

我曾经遇到过一位旧时代的官僚亲戚,他每回到家里来,就像一只猫走到一个鼠丛里一样,立刻声息全无。偶不小心,就听到训斥的告诫说:"我是掌舵的,船怎样走要依我。你们是坐船的,没有我不行,你们不许做声!"坐船的人会能过问或配懂得开船的吗?这真是专制家长的自白。我有时跑到他的家里探望一下,遇到的时候,也是坐他船的了,一样的不好做声,然而心里却十二分的不舒服。鲁迅先生却相反,不但不像掌舵,倒像坐船的,一任我们意思。自己能动手的就做,没有空我帮他也可以,但绝不勉强,总要看我的能力而定。对于女工,从来是没有呼喊责备过一声的。遇到我不在家,要泡茶了,就自己捧着茶壶走下楼梯,到厨房去,自己动手烧水也可以,如果不是女工见到接过来代劳的话。就是这样的,尽自己动手,绝对不肯从楼上高声喊叫人来的。

在家庭里,有三样东西是他最恨的:猫,蟑螂,苍蝇。在《朝花夕拾·狗·猫·鼠》里,说明他的仇猫,"在十岁上下的时候,……吃了我饲养着的可爱的小小的隐鼠"。到后来,他书桌旁那玻璃缸养着的十尾"苏州鱼",忽然短少了,没有尸体,周围也看不到跳出的痕迹。几次的疑案,忽然在一天夜饭后回到房里,电灯一亮,一只猫从玻璃缸旁窜逃,于是疑团顿息似地,见到猫就赶去打。有时我先睡熟了,听到楼下客堂冲击的声响,莫名其妙地赶紧跑下去一看,原来关起门窗,他拿着棒在打猫,猫南北地跳,朝着两头的窗,是困兽,却不善斗。他则追奔逐北地两头跟着去打,见到我来了,也招呼加入战线,如果不是偶然的机会给它得间脱逃,准会死在乱棒之下的。蟑螂是夜里才出来,要消灭它,这时候比较便当;苍蝇呢,夜里却喜欢钉在屋顶上,最便于扑灭。这两种动物栖息的大本营却是厨房,在最多的时候,是夜静,他往往拿着杀虫喷射药水,跑到厨房,骤然开亮电灯,朝着见到的蟑螂喷射。苍蝇夜里不大会动的,就留在找不着蟑螂之后,扒到桌子上向天花板喷,每天数十只,积久了数目也很可观的。这样一方面除害,一方面在他也算是最活用肢体运动的机会了。他为什么对这两种小动物如此仇恨呢,苍蝇是传染病的媒介,消灭它不用多说。至于蟑螂,却最是他的对头,他爱书如命，是人所尽知的，他说："蟑螂最可恶，什么书都吃。撒了些污，又给书都弄脏了。身子又扁又滑，逃得真快。随便什么缝子都钻得进去，真可恶。"所以一见到，正是仇人眼里格外分明，就立刻脱了一只鞋子握在手里，连忙地打，逃了就赤着一只脚去追，追的机会一多，来不及洗脚，黑着脚底的事就时常有了。这种绝不放过的态度，如果不是了解他对于书的爱护，一定要批评是徒费精神的，然而这正是他彻头彻尾毫不宽容之处。

家庭经济是公开的。日常生活用度的支出，他绝不过问，而且也不要看见记账，柴米油盐地算来算去是他最听不惯的。这也不错，大家相信得过就是了，还要什么记录？而他的买书账自己是记下来的，当他想要买《四部丛刊》之类做文学史的准备材料时，曾经为了要花去几百块钱而游移不定了好久，还是我劝了才决定买的。至于我自己衣着的不讲究等，是一面不愿意和他做太相反的对比，更不愿意在不必要的地方花去他绞脑汁换来的金钱，而他却时常笑笑地说："看你这样落拓，去买一些新的来吧！"我说："要讲究，你这点钱不够我花呢。"彼此一笑也就罢了。

原载《上海妇女》第 3 卷第 9 期，1939 年 10 月 20 日

▶追忆鲁迅

鲁迅先生的娱乐

许广平

在北平或更早期的鲁迅先生,他是怎样娱乐的,我不大清楚。只晓得也独自去看电影,但是一定不怎么多,因为那时的学校和教育部都是欠薪,他一直负债,到将离开北平的时候。比较做得到的娱乐是到中央公园去,有时是去个半天,但是在那里做什么?我不知道,也许到公园里的图书馆罢,不过一定不会赶人多的热闹场所,那是可以决定的。

倘若说:环境可以移人,或者这环境的确没有什么可资消遣,稍息一下疲劳的话,则有时的从俗一下是未始不可的。在广州,我们也时常到专门的茶室去吃茶点,那些点心真精致,小巧,并不太饱,茶又清香,都很合口味。而生活除了教书之外,着实单调,遇到朋友,就不期然地也会相约去饮茶了。

初到上海的时候,他经常给《北新月刊》写稿及译《近代美术思潮论》,自己又编《奔流》和《语丝》,后来《语丝》请柔石先生代劳,他就给朝花社计划一切出版事业:除了选择译稿的材料,计划书面装帧,或自己执笔之外,做锌版也是要他选材料,跑制版所的。有些制版所因为他的生意相当忙,而且样子又质素,认为是跑街之流的人物,特别给他一个九折。他意外地得到的优遇，有时为了顺便，就会多做几个锌版预存起来，总计大大小小的不下一千多个，都是他自掏腰包，自去奔走得来的，现在却不晓得流向什么地方，无从查究了。

他外表的质素，在另一个地方，也被优待着，那就是福民医院。因为日语的流畅，许多朋友看病都请他同去任翻译，这些地方是有求必应，从不拒绝的，于是医院里面原雇的译员以为是来抢生意了，对他是面子客气，心里却不大乐意的。而那帐房先生呢，看到病人有自己雇用的译员，看作是阔人了，价钱格外不便宜。这情形好久才知道，因此我们自己在看病的时候，也并不上算，倒是吃他那翻译员资格的苦头，待到晓得了之后，给他作为谈助之资的笑柄好些时。

工作的过分忙碌，是没有余暇想到娱乐的。在初到上海的时候，看到别人的急急忙忙赶去看电影，有时恰巧鲁迅先生去访问不遇怅然而返的时候，他往往会含着迷惘不解的疑问说出一句："为什么这样欢喜去看电影呢？"

那时他所去看的地方是书店，或图画展览会。有一次，到南京路去看一位外国人炭笔或铅笔画的中国题材的图画，很新颖别致，他买了两三幅回来，预备做印书时的插图。但偶然也去看电影，却不多，比较多的时候，是后来的几年。

开初我们看电影，也是坐在"正厅"的位置的。后来因为再三的避难，怕杂在人丛中时常遇到识与不识，善意或恶意的难堪的研究，索性每次看电影都跑到"花楼"上去了。同样的理由，我们一同出去的时候也很少是坐电车的，黄包车尤其绝对不肯坐，因为遇着意外逃躲不方便，要不是步行，比较远的就坐汽车。这是他尽可能地戒备了,却并没有因此不出去。正相反,愈是空气紧,他愈是在家里坐不住,几乎每天都到外面走一次,这个脾气,也许可以说是人类的冒险性,不甘压迫性罢。譬如平常人,在家里十天八天不出去是很不足为奇的,但到被拘留了片刻,就羡慕起外面走过的人们,甚至冒了生命的危险走去求得到自由的人们也不少。鲁迅先生那时的心情也许如此的罢,愈是压迫,愈要出去,宁可多花费些,坐汽车,坐"花楼"。

如果作为挥霍或浪费的话,鲁迅先生一生最奢华的生活怕是:坐汽车,看电影。

而一些书店老板,或迎合老板讨好的人们,在纷纷互相告语,说:"鲁迅真阔气,出入汽车,时常看电影。"他们自以为"给予"了鲁迅若干版税,每月从百谣传,扩张为几千,上万,再拿鲁迅的实生活证明他们的恩惠和宽容,而不问他们拿着著作人辛勤的血汗所得,来作自己一切活动的基础,甚而悖入悖出地各自竞相攘夺,而独对于著作人拿他自己所应得的权利,自己自由支配到仅有的娱乐上,却期期然以为不可。希望他至好像老僧入定般不眠不食,光是做工才觉满意似地,甚至死后看到他的日记,时常写也看电影,也失望了,以为鲁迅的生活应该更苦些才是,意思仿佛很不应该似的。我们从这里看到社会对于他的残酷冷遇,而对于一些从文人转到做官了,做书贩的人们,倒从不说一句话,而看看电影,却义形于色了,这真是叫做"岂有此理"。

我是不忍也不肯劝阻,有时他提议去看电影,却总是首先赞成的。真是人生几何?他苦磨了一世,历尽饥寒交迫,穷愁潦倒到头发白了,去看看电影,来苏息一下,苏息之后,加倍工作的补偿，所贡献于社会的，难道不能说是好成绩，难道这也算是越分之举？老实说：他不但看电影，而且每次的座位都是最高价的呢，如果这也合该给一些不满意的人们做材料，我现在就更老实说出来罢，他的意思是：看电影是要高高兴兴，不是去寻不痛快的，如果坐到看不清楚的远角落里，倒不如不去了。所以我们多是坐在楼上的第一排，除非人满了，是很少坐到别处去的。另外一点小原因我想是，总和我一起去，我是多少有些近视的，为了方便我，更为了我的满足而引为满足，他一定这样做。这样做了他更高兴，所以我也为了他的高兴而愿意依从他，从没有拒却过。这是我们间的私事了，但也可见他虽则娱乐之微，也不全凭一己的成见。另外还有一个原因，就是他不愿意费许多时间去空等，普通座位，容易客满，早去竞争，他是不肯的，只得花较大的价钱坐对号位子了。

　　看过的电影很多，有时甚至接连的去，任何影院，不管远近，我们都到的，着重在片子，因为汽车走得便捷，没有什么困难。他选择片子并不苛刻，是多少带着到实地参观的情绪去的，譬如北极爱斯基摩的实生活映演，非洲内地情形的片子等等，是当作看风土记的心情去的，因为自己总不见得会到那些地方去。侦探片子如陈查礼的探案，也几乎每映必去，那是因为这一位主角的模拟中国人颇有酷肖之处，而材料的穿插也还不讨厌之故。历史的片子，可以和各国史实相印证，还可以看到那一时代活的社会相，也是欢喜去看的。击剑之类的片子，如《三剑客》等，偶然也去看，但并不十分追求。五彩卡通集及彩色片，虽然没甚意义，却是也可以窥见艺术家的心灵的表现，是把人事和动物联系起来,也架空,也颇合理想,是很值得看的。滑稽片如劳莱哈台的《从军乐》《玩意世界》,以及贾波林的《城市之光》,都还好。有时一些儿童片是为了带海婴而去看的,结果他看了也蛮高兴,他是随时都保存着天真的童心的。《仲夏夜之梦》,刚开映于国泰时,真是口碑载道。场场客满,甚至我们信了宣传,特意跑去,也买不到票子,再赶看下一场,然而结果却使他失望,虽然有些新奇,似乎别开生面,却并不能说好的意义在那里。代表时代的新事物如《科学怪人》之类,也曾经去看,而且有时虽不十分满意也看完续集,不过总不见得怎样佩服。似乎有一张片子,名字记不清楚了,或者是《未来世界》罢,房子通是水晶状透明的,电梯可以通到天顶那么远,但是眼底一览无余了,使人类生活复入于太单调化,也许不见得有什么好处呢。战争片子或航海、航空演习片,也喜欢去看,原因觉得自己未必亲自参战,或难得机会去看实际的飞机、兵舰之类罢。至于苏联片子,是每张都不肯错过的,比较上最使他满意的了。最后看的一次《复仇艳遇》,是在他逝世的前十天去看的,最令他快意,遇到朋友就介绍,是永不能忘怀的一次,也是他最大慰藉,最深喜爱,最足纪念的临死前的快意了。国产影片,在广州看过《诗人挖目记》,使他几乎不能终场而去。那时的国产片子,的确还幼稚,保持着不少文明戏作风,难以和欧美片竞争。实在也难得合意的选材。从此之后,对于国产片无论如何劝不动他的兴趣。后来《姊妹花》之类轰动一时的片子,他也绝对不肯去看了。

晚间,小孩子睡静了,客人也没有,工作也比较放得下的时候,像突击一下似的,叫一辆车子,我们就会很快地溜到影院里坐下来。我们多是穿的不大注目的深色朴素衣衫,在影院里极力不往周围观看,或回头研究;因为我们不须研究别人,同时别人看不出是我们更好。有时也会约朋友一起去,多起来是七八个人一道。有些时候,如果时间早,就会弯些路,走到建人先生家里,约他们同去的。有一回,向茅盾先生要求,借他的儿子一下,茅盾先生莫名其妙地答应了,之后说明是请他儿子看电影。他们也住在大陆新村,隔得不远,他的小孩正每天发热休养在家,鲁迅同情他儿子的沉闷地养病,特别约他出去。那时茅盾先生的儿子大约已经有十二岁了,但是走在路上他还不放心,一定要拖着他,弄得那十二岁的孩子窘了。他回去对他的母亲似乎诉说他的疑惑,为什么这样大还要人拖呢,他平常到学校里读书,早已是自己走来走去,没有接送的了。

他有时娱乐,更欢喜和别人一同领受这仅有的娱乐机会。

更阔气的一次看电影,在一九三五年,时间似乎是初秋,由一位熟朋友通知:有一个地方请看电影,家属也可以同去,是晚上七时到那里。同去的人,有茅盾先生,来约的时候,刚巧黎烈文先生也在我家,于是带着海婴,五个人坐在预备好的汽车,开到一个停车处,遇到宋庆龄先生和史沫特黎女士,再一同转弯抹角了一通,然后停在一个大厦的前面。走了进去,出来招待的是苏联大使夫妇和驻沪领事,先是开映电影,《夏伯阳》那一张片子在电影院还没有开映之前先看到了。房间的结构很精致。座位十多个,正好看得清楚,招待的人还随时加以口头解释,有几位讲得一口流畅的北平话,所以言语上也还方便。看完电影,差不多九时了。正要告辞,却被招待到另一个修整的房间里,盛宴款待，却是还不过算作点心而已。席上各式名酒，每人酒杯大小有六七只之多，鱼的种类很多，光是鱼子，除了普通见到红色的之外，还有一种黑色的，据说最名贵。点心也真多，其实各种各式的菜更多，末了各种难得的水果和茶，可可，真是应接不暇。可惜那一天我们都吃了饭去，鲁迅先生又正发热，吃不下多少，但在他，恐怕是毕生最讲究的宴会了。这时苏联国内一般物质生活还未十分完善，然而就在这一宴会的招待上，可见人们所想到革命后的苏联，以为满脚泥污的人们，走到豪华的所在的万不适称的不相符合。正相反，他们在一切周旋上都很能体会得到，席间并且特别开起在苏联新获奖的《渔光曲》以娱宾客。后来大家都到下临苏州河的凉台上乘凉，这时集中的谈话就是邀请鲁迅先生到苏联观光。旁边赞助最力的是史沫特黎女士等。他们已经看到他憔悴的颜容，不堪重压的躯体，为了中国，希望这一位哲人多活些时，善意真可感激。在鲁迅先生自己呢，经过长久的考虑，第一，他以为那时正在迫压最严重，许多敢说敢行的人。都先后消沉，消灭，或者不能公开做他们应做的工作，自己这时还有一支笔可用，不能洁身远去。第二，他自己检讨，对社会人类的贡献，还不值得要友邦如此优待，万一回来之后仍是和未出国前一样的做不出什么，是很对不起的，一定要做出什么来呢，环境是否可能也难说。第三，照他自己耿介的脾气，旅费之类是自己出最好，自己既然没有这能力，处处仰仗别人，就是给一般造谣者的机会，不是并不一动，就已经说他拿卢布吗？固然为了谣言而气馁，鲁迅不至于如此的乏。不过自量权利义务不相当，他惭愧，因而绝不肯孟浪，还不如仍旧住在中国随时做些于人有益于己安心的工作。这结论,他坚决执行到死。中间不断的几次三番,直接间接的有朋友劝他出国,还是没有实行。但有一次在苏联似乎是开世界作家大会,中国方面预备鲁迅和茅盾先生出席的,后因时间匆促,临时他又患病,不能成行。如果真个动身了,以苏联医学的进步,设备的完善,或能消灭他一九三六年的大病致死于事前,然而这是回想的事了,当时也许骤然吸着新鲜空气,使肺量不胜容纳也难说的。总之,那次苏联领事馆为了他们不方便在大庭广众中出现而特别举行的招待,是给予他很深刻的感动和良好的印象的。

原载《文艺阵地》第 4 卷第 1 期,1939 年 11 月 1 日

鲁迅先生的写作生活

许广平

一个作家对于他的写作生活是严肃的,如其这位作家是认真地对他的工作忠实的话。随随便便一挥而就的态度,不是一个好的作家所应有的。至少,他应该很谨慎地从事他的工作,我对于鲁迅,所见到的就是这样。

他是时常被许多识与不识的人们邀请写稿的。在被限定的时间已经很急促,没有功夫多加思索的余裕,或者他自己正在没有预算到的中间,一定要临时赶交文稿,那么,他宁可找些短篇来翻译,却绝不肯潦草从事,许多的短篇译文,大约就是这样来的。然而在未动笔之先,选择材料之际,是很经过一番苦心的,甚至为了没有适当的材料,连找几天,看了几许的原作,也是常有的事。到这时候,他会感慨地说:"唉,翻书也不容易。"为了这方面的苦恼,所以他是时常留心买新书的,遇到有可以做翻译的准备的材料时,他就有时先买妥在那里。

约一九三三至三四年,在遭遇到无比的压迫的时候,文章不能用鲁迅两个字投稿,因为检查者看到会没有理由地就给抽掉。已经出版多时了的,逢到邮递的检查时,也会因为封面是红色而被禁止通递,如《呐喊》就是。一些书店,也在这个时候停止支付版税，他们是最聪明不过的，讲什么良心！落井下石是中国的老成语。然而人总得生活，不能束手待毙的，因此他曾经想翻译法布尔的《昆虫记》，他以为这部著作值得介绍，虽然太偏于文学些了，还是一部伟大的作品，对于科学的贡献，对于中国人学问的增进都很有帮助的。不晓得为什么到如今似乎还只有简单的节录给儿童作读物的片段译出。他把那部《昆虫记》陆续买来了，约好建人先生替他担任校正，并托他向某大书局[①]接洽，预定每月交出若干译稿，把收入来维持那半地下生活的支撑。然而也没有成为事实，只留得未译的原书作纪念品而已。从这里我们又可以看出鲁迅当时虽然志在谋解决生活，仍不忘记读者方面的需要，并不是只为自己着想，做那投机事业一样，专门投读者所好，迎合观众心情的轻松读物取材的。

至于创作，更是加倍的当心的，就算三五百字的短评，也不是摊开纸就动手。那张躺椅，是他构造思维的好所在，那早晚饭前饭后的休息，就是他一语不发，在躺椅上先把所要写的大纲起腹稿的时候。每每文债愈多，腹稿愈忙，饭前饭后脑筋愈不得休息，更影响到他的胃纳不佳，食欲不振，这都是互有关系的。就这样磨掉了他的生命。

他有一本短评《花边文学》，是因为有些文豪讥讽他的短文而得优厚的稿费，特别借编者的用花边围绕而作双关解释的。但是鲁迅自己知道他的短评产生也不容易，他说："人家说这些短文就值得如许花边，殊不知我这些文章虽然短，是绞了许多脑

---

① 指上海商务印书馆。（原编注）

汁，把他锻炼成极精锐的一击，又看过了许多书，这些购置参考书的物力，和自己的精力加起来，是并不随便的。"这几句话，就可以了解他一切执笔行文的经过。

在预备写比较长一些的文章，或者如《伪自由书》《准风月谈》的后记，几乎是头也不回，连夜编写完成的万言书。当他准备动笔写比较长文的时候，他会很委婉地劝我先睡，等我睡了之后，可以静心一意地写作。因为几十年的孤灯独对。潜心工作的习惯，忽然有个人在旁走动，多少是觉得打扰的。我原也不过这样了解，只当作是他的脾气，姑且听之而已。到现在，自己工作起来，也一定要等待到更深人静，然后才觉得一心一意不被外物纷扰，没有做到那一步，是不晓得那些人的苦的，我现在更了解他，可惜就是不能在这时告诉他我的了解了！但是一切写文章的人大约多是如此的罢，如果文人也算有职业，这职业实也不下于夜班生活的工友。

到了早晨六时左右，经过了一夜写作完成之后，有时他会把我叫醒，给他泡茶，在饮茶的时候，很高兴地叫我先看他的文章。每次文章写完尽给我先看的，偶然贡献些修改的字句或意见，他也绝不孤行己意，很愿意地把它涂改的。或者预备些东西吃，有时午夜也曾这样要求，如果能够再有半杯酒，更觉满意。但是有什么好预备的呢！最方便的，就是鸡蛋炒饭，放些葱，蛋是要炒得老的，照绍兴农家的吃法，这种蛋炒饭他最喜欢。他欢喜吃硬的东西，饭炒起来也是要焦硬些，软绵绵的有些不大爱吃，好像丝绸的衣服不爱穿一样，他是彻头彻尾从内至外都是农民化的。譬如生黄瓜、脆花生、砂炒豆之类，对于他也还是爱好品。

　　他对写作的修养是很注意的，闲空的大部分都用在看书，更多的是外国书。除了社会科学的书是细细地阅读之外，普通杂志，他只是选几篇或一部分看看就完了。国内出版的杂志，不过翻翻就算了，如果没有什么好作品，是不肯浪费许多光阴的。有时寄来了，拆开之后，看看目录就算了。我拿过来看，也会劝告似地说："不如拿这些功夫做别的事。"对于报纸，也不过花费十来分钟略略过目一下就完了，有时见到我总在看报，他偶然也会不奈烦地说："这有什么好看的呢？"他虽然这样马虎地过目，但是过了几天忽然要找某一材料，叫我向旧报翻时，我往往久翻不到，还是由他指示我约在某天某一个角头处找，这才找到。可见他处理学问的经济，而我是白费了，等于没有看过。他不承认有天才，然而这不是天才之异乎寻常吗？他说：他也是用功得来的。这明明是告诉人以他的天才还是一样的要用功，要善于用功。

　　别人批评他的文章，他或看或不看，却是不赞成依照批评而改变自己意志的。骂他的文章，就是寄到手头，他却未必就看，总把它堆在一旁，等到用作材料的时候才去翻它，这时是比较客观的研究了，人家以为他暴跳十丈高，其实更多的是炉火纯青的时候。

原载《文艺新潮》第 2 卷第 1 期，1939 年 11 月 1 日

追忆鲁迅

鲁迅先生的私生活

许广平

　　简单一句,鲁迅先生的私生活是平民化的。并不是说,他不会去看电影,吃大菜,坐汽车,……这些他都来得,不过总比较偶然。大部分的生活,他生活的个性,是平民化的。

　　燕窝、银耳等等的贵族食品,除了赴宴会难得的机会吃到之外,他是以为那些东西的价值和营养并不相称,实质上,并不如一般人所看重是含有贵重营养素的,因此他反对。还有一种食品他最恨,那就是"莲子羹"。绍兴人的老例,过新年做媳妇的是要拿莲子羹奉献给一切亲属的朋友,因之媳妇儿就只会做这一手。这些毫无意义的陋习,传统的恶例,使他见了"莲子羹"就摇头。因之绝对不要吃。有时起来迟了,或者因事耽搁了用膳的时间,他愿意简单地吃碗蛋炒饭。"蟹壳黄"之类的烧饼,更是他爱好品,也时常买一些来客吃。嫩的黄爪,也是他当水果吃的嗜好品,他爱那爽脆夹些泥土气味的农民食物。他欢喜吃新鲜的东西,不赞成绍兴人的醃菜、干菜、鱼干等等的制品。他说:"醃制和干菜的东西,都是代表农村产品,而罐头之类,是外来的文明,却是工业品。中国大部分保存食物的方法,还没有脱出农业时代。"但是,他对于绍兴的臭豆腐,臭千张(豆腐的薄片)

等，这些臭东西却又爱吃的，而且我也学会了。

衣服他是绝对要穿布制的，破的补一大块也一样地穿出来。帽也破旧，他自己也承认，"破帽遮颜过闹市"。所以弄成这样子，并不是标奇立异，经济关系是一大原因。谁不愿意穿得体面些，受人尊敬呢？但是假如两餐不饱而衣履簇新，专讲究门面，他没有这样傻的。为了衣着的随便，于是乎在十里洋场的第二小巴黎的上海，他到医院给朋友当翻译，医院里面的人就当他是吃翻译饭的，大敲其病人的竹杠；到印刷所接洽印件，或到制版公司去制锌版，人家当他是商店里的跑街或伙计；到外国人的公寓去拜访，电梯司机人就当他是Boy，不准他乘电梯，要他一步一步跑到九层的楼上。这些待遇，他并不恼怒，却时常一仍故态，把它当作笑话的资料。

在学生时代，他最高兴回忆到的是十多岁在南京，大约那时学生和警察的制服相仿，而又都是吃的官饷罢，每逢他们走到外面，路见不平出来干涉的时候，警察总是站在学生这一面的。后来见到学生们请愿的时候，警察把学生当敌人一样看待，真使鲁迅感慨之至，这也是"一代不如一代吧！"那时他最得意的是骑马，据他说程度还不错，敢和旗人子弟竞赛（满清旗人子弟是以善于骑射自豪，对于汉人善骑马的不很满意）。有一回就因竞赛而吃旗人暗算（他们把腿搁到马颈上，很快地走过来，用马鞍来迅速地刮别人的腿脚，有时甚至可以刮断的）。几乎跌下马来。也有些小的有趣轶事，他们几个同学时常走到野外，看见路旁人家的一位"小家碧玉"，大约还相当表致吧，大家就徘徊不忍遽去，弄到人家的母亲出来质问，这才散去。但他们却并不屈服，仍然要去，而且邀着更多的同学去，走到她跟前了，大家一齐把头转到相反的一面，表示不屑看之意，那位母亲又不舒服了，叫他们不要别转头，于是结束这事件的是胜利。他也好奇心胜，会注意人们所忽略的，有一回至南京看到墙上贴有一个纸印类似广告的茶壶，接连的看到不止两次，他就沿着茶壶嘴的方向走，每逢到十字路口，茶壶就像示路碑似地安放在那里，照着这指示，愈走愈远，愈远愈荒僻，有些可怕，不敢再寻究竟了。过后细想，他以为一定是秘密组织者的符号，如果孟浪走到，是很危险的。

从南京回绍兴去省亲，通常坐的"长江船"，做学生时的他。经济并不充裕，铺盖行李，照例是自己拿，绝对不肯花些小钱，叫脚夫代劳的。走到船舱里，一向的积习是有人先到，一件破衣，一条绳子，或一支担杆，各占一个床位。他一任那些强横者的恐吓，决不肯出钱来买床位，宁可守住行李，坐在行李上装打盹，毫不理睬。等到船快开了，那些强横者赶他也不动，到最后，强横者没法子只好拿着绳，担和衣服，愤愤而去。任凭他从容地拣选最好的床位，打开铺盖，写写意意地休息，这里他也利用"韧"的战略，他始终不畏强暴地和恶势力争斗，从做学生起就如此的。

在旅途上，他的生活比平常更好。大约这时只好不执笔写字，暂时可以休息，所以路上食量比较在家好，而且也不晕船。如果能够利用旅行来调剂他的生活，对于身心一定都有益处，可惜他生性既不好动，就是愿意动也没法子打破上海生活时期天罗地网似地密重重的密令通缉，因之到了临死前，还没法离沪休养去。但这我们现在只有象迷信者似的归之于"定命论"了,用什么更好的解释呢?他的行李,在出门前是自己检点,预备甚至卷铺盖捆绳子,都是自己动手,都捆得坚实,紧凑,齐整,像他的包扎书籍一样,最后两次的回平省亲,年纪虽然大了,也还是如此,贴身的随员,一来就被簇拥着,样样有人代劳动的大人物,不是他梦想到的。亲力亲为,无分大细,也不骄,也不馁,对阔人是这付面孔,对穷人,村妇,小孩也是这付面孔。一九三一年,避难住在旅馆的时候,有一位叫老杨的听差,当他是老教书先生,天天围炉子谈天,叫他写家书,简直不晓得他是鲁迅,这就是十足的鲁迅。

原载上海《现实》(月刊)第 1 卷第 6 期,1939 年 11 月 15 日

鲁迅与中国木刻运动

许广平

执起笔来就觉得一种凑巧,当鲁迅先生到沪不久,开始提倡木刻时,第一次介绍印刷品于读者之前的就是《近代木刻选集》。那时正是一九二九年一月,距离现在——一九三九——刚刚十周年,在历史家的眼光中,这短短的十周年算得什么呢?就是一个人,生长到十周岁了,像海婴现时一样大,中什么用?然而木刻界,中国的木刻家,成绩却很有可观。在鲁迅先生一九三四年十月给沈振黄先生的信,对于第一次由各木刻研究者所出的集体创作的推荐中,曾经称许为:

> 这一本《木刻纪程》,其实是收集了近二年中所得的木刻印成的,比起历史较久的油画之类来,成绩的确不算坏。

离开《木刻纪程》出版到如今已是五年了。距发动木刻至今,已有十年。今后必更枝叶扶疏,成木成林,森森郁郁发展起来。追怀已往的经过,就记忆所及的略述一二,以供艺术界的参考。

一　搜集版画和出版木刻书

鲁迅先生向来爱好美术，对于艺术书籍，尤其时常关心，欢喜购置浏览，一有些周转灵便，就赶紧托人把马克和法郎，寄到在德国留学的徐诗荃先生和在法国研究的季志仁先生那里，托其寻搜版画。虽则他自己总在谦逊着不懂得艺术，一旦谈起来，却会比许多"大师"们内行，精通，试看他介绍木刻书的小引和给木刻研究者的通讯，便是很好的铁证。

大约是编《奔流》之故罢，当一九二八年的时候，他编书的脾气是很特殊的，不但封面欢喜更换，使得和书的内容配合，如托尔斯泰专号，那封面就不但有书名，而且还加上照片。内容方面，也爱多加插图，凡是他手编的书如《奔流》，以及《译文》，都显现出这一特色。而插图之丰富，编排之调和，间或在刊物中每篇文稿的前后插些寸来大小的图样，都是他的爱好。即在现时研究起来，上述刊物拿到手头，没有人不觉得满意的。然而因之成本太大，老板们逐渐觉到为难了。也是事实。他自己却又没有如许资本自办刊物，因之往往很有未展怀抱之慨，这在鲁迅先生自己，是常引以为憾的。

就因为编《奔流》时需要很丰富的插图，却没有地方可借。虽则偶然可以托建人先生向"东方图书馆"借到一二，但不敢拿去制版，恐怕污损了没法送还。有些人的性情又难逆料，当鲁迅先生自己去到制版所的时候，有一回告诉他们腐蚀的时间多少，印起图来才算恰到好处，对于怎样的纸张适于印图等，那位负责人不但对于那一张图纸,用了视觉不够,还添上触觉,以手抚摩;还是研究不清,陡然把那图纸用手撕毁一角,来研究它的质地,这么一来,这张图被毁了。又有一次,印连史纸的《梅斐尔德〈士敏土〉之图》,书印好了,就是原图不见拿来。托人再三去催,好容易送来了,已经把那大幅的散张版画,很潦草地订作一本,而且把周嗣边缘也切去不少,约存原图三分之二,据说他们以为书出来了,原图就不必要,应该"落下来"了。鲁迅先生一面惋惜那原图的肢体不全,一面诧异于有些中国印刷界的特殊举措,所以凡是作图,能够找到外国店家更好,或者自己奔走,甚至为了制图而购置双份图书的时候也时常有。因此之故,托商务印书馆向外国带书,许多英国的木刻,内中大约不少是这样带来的。原先不过志在给《奔流》预备找插图而搜求的新书,因了所见一多,引起爱好,更大事购置。于是一九二九年的《近代木刻选集(一)》以全部介绍英国作家作品,和中国艺术界见面了。

这时朝华社的几位朋友是早晚两餐即能相见,每次在一同吃饭之后,一定就借饭后的休息来讨论出版事务,最热心而又傻子似地埋头苦干的柔石先生,听到鲁迅先生说中国信笺也是木刻之一时,他为好奇心所驱使,径然把中国信笺寄了一些到欧洲去,意外地也会收到回信及木刻,大家就更欢天喜地。这时真有点沉迷于版画,分头去搜寻,寻到了一些欣赏的画片,总多方设法介绍出来。有时也会到别发洋行之流的外国书店去找出一些来。正在引起注意的时候是不会轻易放过的,因此除了英国之外,又留心到别的国度,在《近代木刻选集(二)》里面,就介绍了法、俄、美、日等国的作家。

因了一种认识，觉得木刻不但局限于书籍的插图而已，在艺术界所赋的使命很大，这留待下面再详说。惟其觉得使命之大，就更有借助他山之意。幸而到了一九三〇年左右，有了更好的机会，在法国的有陈学昭女士和季志仁先生等，曾经费了不少的时间替先生找木刻书，例如 LES ARTISTES DUOLIVRE（书籍插画家）是偶然夹在木刻书中带到了三两本，引起先生的爱好，赶紧写信托他们继续买来，后来觉得已出的几本没有搜到，很是可惜，再托他们到旧书店去找，这就不容易了，因为欧洲出版界日新月异，出过了的，有时真有无处去寻之慨，好容易费了季先生不少的精神和时间，终于给找齐了，现在计保存的是从第一——第二十三本，每数册合包一札，记出书名，还是先生的手泽呢。

德国木刻是托徐诗荃先生代买来的，那时徐先生正留学彼邦，特为找寻木刻而引起学习兴趣，自己还选了这一科目去学习，所以他寄来的木刻图本，大抵是经过他的名师指导，很内行的精选得来。在一九三五年一月给唐诃先生的信中曾经提起过：

> 德国版画，我早有二百余张，其中名作家之作亦不少，曾想选出其中之木刻六十幅，仿《引玉集》式付印，而原作皆大幅（大抵横约 28cm，直 40cm），缩小可惜，印得大一点，则成本太贵，印不起，所以一直搁到现在的。但我想，也只得缩小，所以今年也许印出来。

结果出了一本最后的木刻，德国凯绥·珂勒惠支女士的版画选集。那已经是大病之后的七月间，在近百度的暑热中，我和先生一同在地席上一页页地排次序，衬夹层，成为病中的纪念出品了。有时寄来的图，简直不像木刻，优美到栩栩欲活的彩色蝴蝶，先生特镶了镜框挂在举目可见的寝室兼书室的墙壁上。徐先生兴致很好，有时旁及剪纸，也偶有一二寄到，先生也把它特配一镜框，放在桌上。

收集苏联木刻，是因了找《铁流》插图（参看《引玉集·后记》），托旅居莫斯科的曹靖华先生去搜寻。得来之后，只要寄些中国纸去作代价就好。于是先生特自跑到纸店，买来各种宣纸及抄更纸等，托了朋友带去。之后。又寄回不少木刻来。又寄纸去表示答谢。有一次是托史沫特黎女士带的。从木刻里面，见到新社会的水闸，工厂，伟大的建筑，伟大的新事业，及伟大的艺术，藉无须书面说明的图片反映出来了。艺术不限于雕虫小技，而是描绘当前的历史现实，如《铁流》之图，如《毁灭》插图等，给了先生一种新的艺术观，成为苏联木刻的爱好者。自己印的一部《引玉集》，目的是以先进艺术的认真，精密，来针砭中国艺坛的病态，在一九三四年六月间复西谛先生信云：

> 盖中国艺术家，一向喜欢介绍欧洲十九世纪末之怪画，一怪，即便于胡为，于是畸形怪相，遂弥漫于画苑。而别一派，则以为凡革命艺术，都应该大刀阔斧，乱砍乱劈。凶眼睛，大拳头，不然，即是贵族。我这回之印《引玉集》，大半是在供此派诸公之参考的，其中

多少认真，精密，那有仗着"天才"，一挥而就的作品，倘有影响，则幸也。

又曾替良友公司选定麦绥莱勒的《一个人的受难》，麦氏还有三种木刻亦在同店印行，据先生意见。是只可看而不可学；一九三四年四月给张小青先生函中有云：

良友公司所出木刻四种，作者的手腕，是很好的，但我以为学之恐有害，因其作刀法简略，而黑白分明，非基础极好者，不能到此境界，偶一不慎，即流于粗陋也。惟作为参考，则当然无所不可。而开手之际，似以取法于工细平稳者为佳耳。

同年十二月给金肇野先生函云：

良友公司出有麦绥莱勒木刻四种，不知见过没有？但只可以看看，学不得的。

后来又帮助良友公司选了一部《苏联版画选集》，那已经是一九三六年的四月间了。这些苏联版画，被展览于八仙桥青年会，那时先生是潜居着，苏联大使方面深知他的爱好苏联版画，以及介绍之劳，特托人来关照，如果不便公开去观览，是可以另辟时间，特予招待的。但是先生婉谢了，在公展期间的上午去看，并且定购了八幅，除了《水闸》等几张，另外也有为了书的插图而买的。这天他非常之兴奋,看完一遍,就在食堂用膳。后又陪同司徒乔先生等再看了一次,然后回去。待到展览结束之后,先生总像小孩焦念着买来的玩具到手似的。有一天,史沫特黎女士亲自送来了,而且口头带到的好意,是苏联大使把他订购的八幅连同镶好的镜框全送给他了,一个钱也不要。

另外关于中国木刻,和西谛先生合出了一部《北平笺谱》,先生早在一九二九年《近代木刻选集(一)》里就这样说过:

> 中国古人所发明,而现在用以做爆竹和看风水的火药和指南针,传到欧洲,他们就应用在枪炮和航海上,给本师吃了许多亏。还有一件小公案,因为没有害,倒几乎忘却了。那便是木刻。
>
> 虽然还没有十分的确证,但欧洲的木刻,已经很有几个人都说是从中国学去的,其时是十四世纪初,即一三二〇年顷。那先驱者,大约是印着极粗的木版图画的纸牌;这类纸牌,我们至今在乡下还可看见。然而这博徒的道具,却走进欧洲大陆,成了他们文明的利器的印刷术的祖师了。
>
> 木版画恐怕也是这样传去的;……
>
> ……倘为事情所许,我们逐渐来输运罢。木刻的回国,想来决不至于像别两样的给本师吃苦的。

从上面小引所说的,就足够明白先生为什么把木刻运回,又为什么把固有的版画如《北平笺谱》,以及出了一本的《十竹斋笺谱》付印了。然而别有怀抱，站在云里的人们，是不需要查看世间的实际情形的，随便给一个罪名，也算是拖人入水，陪陪自己的污湿。

以上种种，无非说到先生的替中国木刻界尽一些搜集绍介之劳，以备国人参考再造。他自己承认不会创作木刻，只任绍介翻印之类的工作，一九三四年复沈振黄先生函云：

> 这一本《木刻纪程》……都由通信收集，作者与出版者，没有见过面的居多，所以也无从介绍。主持者是一个不会木刻的人，他只管付印。

同年写给李桦先生信亦云：

> ……至于我，创作是不会的，但绍介翻印之类，只要能力所及，也还要干下去。

因着三四年的搜集，相当丰富了，先生的脾气不是当作字画古董来收藏，而是要公之于众的，于是就想到展览方面了。

二 版画展览和教授木刻

除了欧洲及苏联的版画，鲁迅先生又经常定阅日本方面旧式的木刻《浮世绘大成》，新式的《黑与白》，《版画》等。一九三〇年的十月间，先生发起开"版画展览会"于北四川路

"购买组合"第一店楼上,一切会场布置,以及图片的安排,都是煞费苦心的。配合光线,引起美感,固然要紧。而因为当时对于版画的压迫,甚至有以弄版画的人就是共产党来看待的原故(参看《且介亭杂文末编·写于深夜里》三—五段),以至借地方来开画展实在不容易,所以不得不借日本店楼,不得不顾到版画的范围。除了特意安排不少日本版画之外,对于凯绥·珂勒惠支女士的连环版画,富含反抗性的,为了减轻空气的重压,特地把它分散在几个房间。这一次展览会很引起各方注意,至少逐渐唤起文化界对于木刻的认识了。因了这一次的基础,在第二年的八月间,内山书店老板内山完造的弟弟艺术家嘉吉先生来到上海,由先生的敦请,嘉吉先生毅然答应在短短假期来沪的百忙中抽出几天来义务教授学生木刻术,先生亲任翻译。这个青年团体名"一八艺社"。之后,该社更被注意了,谁是这一社的,在学校就被开除,在社会被目为共产党,好些个人因之牺牲了,甚至凡学木刻者都该犯罪似的。当时的青年又太天真,不会相信横祸是怎样来的,甚至封面用马克思像,而内容却并不可怕,因之鲁迅先生不得不去信向一般人提醒了,一九三四年四月给李雾城先生信云:

……更不好的是内容并不怎样有力,却只有一个可怕的外表,先将普通的读者吓退。例如这回无名木刻社的画集,封面上是一张马克思像,有些人就不敢买了。

为了普遍到能够引起一般读书界的注意,看重,把路开拓起来，鲁迅先生甚至主张杂入静物，风景等，在同是给李先生信里很恳切地说到：

> 木刻还未大发展，所以我的意见，现在首先是在引起一般读书界的注意，看重，于是得到赏鉴，采用，就是将那条路开拓起来，路开拓了，那活动力也就增大；如果一下子即将它拉到地底下去，只有几个人来称赞阅看，这实在是自杀政策。我的主张杂入静物，风景，各地方的风俗，街头风景，就是为此。现在的文学也一样，有地方色彩的，倒容易成为世界的，即为别国所注意。打出世界上去，即于中国之活动有利。可惜中国的青年艺术家，大抵不以为然。

这一个细微的缺点，很快就纠正过来了，到现在木刻和一切国民需要起了共鸣，再没有以前的过虑了。

当讲授木刻的时候，也真可怜，中国除了刻图章用的一头尖角一头平角的刻刀之外，几乎什么也没有。木头用那一些，也是没处去买的，除了内山书店有现成的之外，要自己去找寻，刨光。总而言之，一切都没有准备。但木刻刀至少有三数枚大小不一，弯直斜面不同的，才能够适用。

经过一九三二年"一·二八"上海的事变，再兼两三年来的避难等等，惟恐所保存的新旧版画散失，有机会总想法展览的。至一九三三年的十月，假北四川路千爱里开"木刻展览会"。这次的展览比较第一次更丰富了，看到过的没有不留一好印象，先生更兴高采烈,从我们住的大陆新村楼窗上望到隔墙的千爱里川流不息的人群,有时喜不自禁地又从寓所跑到会场中去照料一下呢。

三　对研究木刻的意见

鲁迅先生对于中国的木刻界是一手扶植,爱护备至的。他那些给木刻研究者的一批批通信,似严师,像慈父;真是如闻其声,如见其人,所以许多散处各方的青年,无间远迩,都来请教,他不啻在家里开了一个义务的木刻函授学校,而且是不定期限的,又不时把木刻创作给介绍到刊物上,还极力设法把它介绍到苏联等国展览,更替他们编定《木刻纪程》,自己亲手印出样本拿去付印,以至成书,都不辞劳瘁地用心去干。这精神给一般人印象之深,直至他死了,哭得最伤恸的,是木刻界诸君子,真是有动于中,情不自禁的。现在再把先生的意见撮要摘下,有些不无明日黄花之感,也不妨窥测当时情景于一二的。

1. 木刻为近来新兴艺术,比之油画,更易着手两便于流传。……开手之际,似以取法于工细平稳者为佳耳。(一九三四,四月五日,答张小青)

2. 从展览会和木刻集见到的共通毛病,并非因为有了木刻,所以来开会,出书,倒是因为要开会,出书,所以赶紧大家来刻木刻,所以草率,幼稚的作品,也难

免都拿来充数。非有耐心，是克服不了这缺点的。（同年四月十九日，答李雾城）

3. 木刻还未大发展时，首在引注意，开拓思路，不必做拉到地底下去的自杀政策，杂有静物……地方色彩，倒易成为世界的。（同上）

4. 单是题材好没有用，还要技术；更不好的是内容无力，只有可怕外表。（同上）

5. 访木刻家是无益的，就是已有成绩的木刻家，也还在暗中摸索。（一九三四，十月二十四日，覆沈振黄）

6. 木刻的基础，还是素描。（同上）

7. 必须看看外国名家作品，审察其雕法而已。参考中国旧日的木刻，也一定有益。（同上）

8. 木刻得到客观的支持，要严防它堕落和衰退，尤其是蛀虫，它能使木刻的趣味降低，如新剧之变为开玩笑的"文明戏"一样。（同年，十二月十八夜，答李桦）

关于木展如此盛大，是出于意外的，但这时正须小心，要防一哄而散，要防变相和堕落。（一九三五，一月十八日，覆唐诃）

9. "连环图画"确能于大众有益，但首先要看是怎样的图画，也就是先要看定这画是给那一种人看的，而构图，刻法也不同。立体变成平面的动植物图，村人看不懂，阴影明暗，认为是无故加添龌龊在身旁脸上。现在的木刻，还是对于智识者而作。倘用这刻法于"连环图画"，一般的民众还是看不懂。所以主张刻连环图画，

要多采用旧画法。(同年,六月二十日夜,答赖少其)

以上是对一般研究者适合参考的。对于每一个人寄到的创作,先生总是尽可能地急急作覆,提供他个人的意见,其实大家留意考虑,也是一种很好的参考。现在摘录几个例子如下,由此更可见得先生对艺术的造诣之高深,以及观察的无微不至。

其中的"木目木刻",发音不便,"木目"又是日本话,不易懂,都改为"木面木刻"了。

《应洲的风景》恐不易制版,木板虽只三块,但用锌板,三块却不够,只好做三色版,制版费就要十五六元,而结果仍当与原画不同。

野夫的两幅都好,但我以为不如用《黎明》,因为构图活泼,光暗分明,而且刻法也可作读者参考。

《午息》构图还不算散漫,只可惜那一匹牛,不见得远而太小,且有些像坐着的人了。但全图还有力,可以用的。(一九三四年,十一月九夜,覆吴渤)

擅长木刻的,广东较多,我以为最好的是李桦和罗清桢;张慧颇倾向唯美,我防其会入颓废一流。刘岘(他好像是河南人)近来粗制滥造,没有进步;新波作则不多见。……

先生寄给我的四幅,我不会说谎,据实说,只能算一种练习。其实,木刻的根柢也仍是素描,所以倘若线条和明暗没有十分把握。木刻也刻不好。这四幅中,形象的印象，颇为模胡，就因为这缘故。我看有时候是刻者有意的躲避烦难的，最显著是Gorky的眼睛（他的显得眼睛小，是因为眉棱高）。（一九三四，十二月十八夜，覆金肇野）

先生的木刻的成绩，我以为极好，最好的要推《春郊小景》，足够与日本现代有名的木刻家争先；《即景》是用德国风的试验，也有佳作，如《蝗灾》，《失业者》，《手工业者》；木刻集中好几幅又是新路的探险，我觉得《父子》，《北国风景》，《休息的工人》，《小鸟的运命》，都是很好的。不知道可否由我寄几幅到杂志社去，要他们登载？自然，一经复制，好处是失掉不少的，不过总比没有好；而且我相信自己决不至于绍介到油滑无聊的刊物去。

北京和天津的木刻情形，我不明白，偶然看见几幅，都颇幼稚，好像连素描的基础工夫也没有练习似的。上海也差不多，而且没有团体（也很难有团体），散漫得很，往往刻了一通，不久就不知道那里去了。我所知道的木刻家中，有罗清桢君，还是孳孳不倦。

我深希望先生们的团体，成为支柱和发展版画之中心。

上举各例，不过表示先生对木刻的精细批评，并非对创作家的暴露缺点，而且当然今非昔比，日进无疆，是不必讳其少作的。

四 其他

中国木刻从一九二九年以来都是遭受压迫,越加发荣滋长的。现在则成为花开灿烂,更望加紧警惕,不要走到先生所懔惧的"要严防它的堕落和衰退,或木刻的趣味降低"的路上去才好。

木刻的发起者鲁迅先生,是不会木刻的人,他是希望有坚强的团体,成为支柱和发展的中心的。今年夏间"全木协会"为纪念鲁迅先生逝世三周年而有一"鲁迅木刻展"成立,惜相隔甚远,未能窥测经过情形,然人才集中,群合其力,是无疑的。自惭当时收到通知,而未能稍尽微力,只托刊物介绍而已。研究木刻诸君,生活多艰,但仍安之若素,为艺术而奋斗,虽为"大师"之流所不屑道于开头,而独能排除万难,大有建树,使不屑道者见之低头,失色,直至现在,还及将来,是有它的使命的。要问木刻的目的吗?鲁迅先生一九三五年六月二十九日覆唐英伟先生函云:

> 现在只要有人做一点事,总就另有人拿了大道理来非难的,例如问"木刻的最后目的与价值"就是。这问题之不能答覆,和不能答覆"人的最后目的和价值"一样。但我想:人是进化的长索子上的一个环,木刻和其他的艺术也一样,它在这长路上尽着环子的任务,助成奋斗,向上,美化的诸种行动。至于木刻,人生,宇

宙的最后究竟怎样呢，现在还没有人能够答覆。也许永久，也许灭亡。但我们不能因为"也许灭亡"就不做，正如我们知道人的本身一定要死，却还要吃饭也。

"尽着环子的任务，助成奋斗，向上，美化的诸种行动"，这是木刻界的新使命。完成了它的一天，也就是目的达到的一天。在今年十周年木刻纪念的当中，我木刻界诸君，有不奋然而起，早晚把这几十个字悬之左右，作为箴告，身体力行，为艺术界寻求光明，放一异彩，尽千万分的努力的吗？

原载上海《耕耘》1940年4月

忘记解

许广平

又要到纪念鲁迅先生的时候了,因为今年的十月十九日恰恰是九周年。

许多朋友都要在刊物上登些纪念文字,而且都似乎不约而同地要我写几句话,其实我有什么好写的呢?要纪念,不是大家一样可以来的吗?

不错,记得陶渊明似乎有几句诗:"亲戚或余悲,他人亦已歌。死去不足道,托体同山阿。"每逢读到陶公这诗,总会引起一种凄凉的情感,似乎一个人的死去,还是亲属怀念得长久些似的。然而就鲁迅先生逝世了九周年的今天看起来,每年的纪念,倒并不在亲属而是社会人士更来得热烈,可见陶公之诗,也不尽然适切的了。

我不敢说忘记了他,他的一言一行,已经融和在我的生活里面,占有一个大段的期间,在在都受到影响。在他死后,我对他生活各方面的情形,似乎更能了解。即如日常生活上许多小事情,在他活着的时候,我是并不十分了解的。比方写文章,他总高兴在夜里工作,时常因此失眠,一到白天,又因事务纷繁,没有能好好休息,那时我心里总难免抱怨,为什么一定要夜里工作？白天不是也可以的吗？可是在我自己执笔为文的时候，自然而然地也还是拣选这夜里十时过后，比较静寂的当儿。现在可以说：每逢我在夜里写作，也就引起我回忆他，不由得对于他那艰苦的毕生工作寄予无限凄楚的同情，这是在随着他逝世之后一天天加深起来的。以前，我不愿撒谎，因为自己欠体验，对于他那专在夜里写作实在颇有反感。还有一事，他是很欢迎客人到来的，凡是时常和他接谈的朋友大约不会不相信的罢。当然，我明白他所高兴的，愿意一同去做，那时海婴也还小，往往朋友坐到差不多的时候，鲁迅先生在陪，在挽留，小海婴从旁也在请求吃了饭再去，等待大家答应之后，他才放心去玩；于是我就急忙稍加准备，略添蔬菜，这差不多成为我们例行生活的了。这样，鲁迅先生可以有一个比较长的休息时间，只是谈谈天，我私心窃以为得计，当时鲁迅先生确也称心快意的在和朋友畅叙的。但是当他一送走了朋友之后，又记起工作，时常会感叹夹抱愧似地自言自语："唉！又是一天过去了，什么也没有做，那是不行的，得赶快赶起来！"他那"赶快赶起来"的话语是那么痛自鞭笞自己，那就是他在短短的三十年文学生涯中成就了辉煌的文学工作的真相，而每一想到他那用小跑步走完他的毕生，依从着最初到南京水师学堂学习得来的步伐在走他人生的长途的时候，是一个终身从不复员的征人，毕生荷戈而绝不解甲的一位能征惯斗的战士。

"忘记我，管自己生活。"我知道这是他对我的遗言。足足九周年了。的确也一步步生活过来了。但是，犹如病弱的人会经输过血的一样，身体里已经渗透了别人的一部分血液，就是想忘记，事实是存在着，终于成为不可能的了。如果说我的生活还不够坚强，不够努力，本来说不到可以做些什么事，而竟然有愿意贯彻坚强的意志，努力地工作，想学做些什么事，那都是像病人被输过血似的，浸透了鲁迅先生的指导。但是如今做得的确还不够满意，那真是"忘记了"他，是很不应该的。

固然鲁迅先生好像曾经说过：人们许多经历需要忘记，否则一天天积存起来，成为精神上一份巨大的负荷，往往会压得全身乏力的。但我以为这其间含有选择，像拾荒者一样，检出需要的留下，不可丢弃，来培养自己。如果一天天地把经历忘记了，像水流过去，先还有些水渍，随后干了，就什么也没有了。所以，说是"忘记"，是要含有选择性的。如果那个人的行为合当于这一个人，或这一个社会、一时代，可以拿他的言行来帮助我们立身处世，这也就成为我们自己生活的一部分，不可忘记，不能忘记，永远不会忘记，像一粒种子，发芽，滋长，生根，结实，一直传流开去，成为这一时代的多数生物，我想，这应该是无可置疑的。

原载《上海周报》1945年10月20日

鲁迅先生与香烟

——纪念鲁迅先生逝世九周年

许广平

  凡是和鲁迅先生见面比较多的人,大约第一个印象就是他手里面总有一枝烟拿着,每每和客人谈笑,必定烟雾弥漫。如果自己不是吸烟的,离开之后,被烟熏着过的衣衫,也还留有一些气味,这就是见过鲁迅先生之后的一个确实证据。

  我头一次到他北平寓所访问之后,深刻的印象,也是他对于烟的时刻不停,一枝完了又一枝,不大用着洋火的,那不到半寸的余烟就可以继续引火,那时住屋铺的是砖地,不大怕火,因此满地狼藉着烟灰、烟尾巴,一天过了,察看着地下烟灰、烟尾巴的多少,就可以窥测他上一天在家的时候多呢,还是出外。一直到第二天出外了,然后女工才来打扫,否则除非等他高兴离开那间斗室,或走开到别的房间。

  用烟灰缸和烟嘴是离开北平之后了。在广州,住在中山大学的大钟楼上,满是木板的楼面,应当小心火灾的。我们房间里有一只粗磁痰盂,但是鲁迅先生的习惯,除了后来大病咳嗽之外,平时总不大见他随时吐痰的。所以可以说,痰盂和他不生什么关系，因此处理烟灰，除了痰盂之外，唯一便于随身移动的，自然就是烟灰缸了。

鲁迅先生的俭省有时几乎令人看不过去，例如抽香烟，直至烧手或甚至烧口，真正没法拿了，然后丢掉。广州随处都有象牙制品，差不多两寸左右长的一小段烟嘴，套在香烟上，是很便当的，我买到了送给他，从此就一直在吸烟的时候套上象牙烟嘴，到上海之后，也曾经好几次往大公司添换过。在这里可以见到鲁迅先生的习惯，并不是拘执不变的，在可能的时候可以改变。

他嗜好抽烟，但对于烟的种类并不固定，完全以经济条件做基础。在北平，时常看到他用的是粉红色纸包的一种，名称不记得了，因为自己对于这方面并不引起兴趣。在广州，吸的是起码的一两角一包的十枝装。那时人们生活真富裕，香烟里面比赛着赠画片，《三国》《水浒》《二十四孝》《百美图》等等应有尽有，有时鲁迅先生也爱浏览一下，寻出新样的集起来，但并不自己收藏，还是随手转赠给集画片的青年。到了上海，烟的样色多了，买香烟的差事是由我去办的，就时常带买些新出品来。日子长久了，我们房间的一角，就常有一堆堆的洋铁小长方香烟盒，后来电木圆听子的也有了，于是洋铁小长方空盒、洋铁圆听之外，又多了一种电木制品了。洋铁小长方香烟盒里，比较满意的是 Standard Tobacco Co. 和蓝地有白色埃及人像和牛及狮身人面的一种：The Flower of Macedonia。那时售价不过五角一听，里面就有五十枝。大约一元买一百枝还似乎觉得不大经济，香烟新出品又争相贬价竞售，而鲁迅先生自己又时常说："我吸香烟是不管好丑都可以的,因为虽然吸得多,却是并不吞到肚子里。"所以一百枝装的小长方听子烟,一元可买两盒的,用得更长久了。话虽如此,红色圆听子有一只黑猫图案的香烟,总算是他最爱好的,因为价钱比较高,大约要一块多钱才买到五十枝,不大上算,只是偶然买些用。但是有一次有人送给他十来听"黑猫牌",照理该好好地留着自己用了,却是不然,他拿来分送朋友和兄弟。无怪有人说他自己吸廉价的烟,留着好的请客。其实是有什么拿什么出来一同享受,倒并不是同时分开两种待遇的。纸盒的香烟,时常买"品海牌"是真的,因为他不爱用香烟夹,预备了也不用,宁可带两盒"品海",倒觉便当。所以朋友提起他的吸烟。也注意到这个牌子,其实不过因为从前曾经用过,还好,价钱也低廉,所以比较多用这种了。

　　回想起来,我实在太简单,相信他"并不吞到肚子里"的说法,因为尽是买些廉价品的香烟供给他,这也许日积月累地已在傲慢性杀害他的事业。其他类似的该懊悔的自然也不少,所以如果说许其忏悔,实在也太轻恕了我,其实是经常做那看不见的损害他,倒是真的。我如其没有把经历的一切忘记——实在也怎会忘记呢?——那么在我曾经照料过他的一个时期,确确实实太对不住他了。处处在经济上着想,没有尽最大的力量周到地招呼他。虽然在北平,为了和段、章辈战斗,他生病了。医生忠告他:"如果吸烟,服药是没有效力的。"因此我曾经做过淘气的监督和侦查、禁制工作,后来病总算好起来了,却又亲自给他用劣等香烟来毒害他,这该是我自认无可饶恕的供状。我是个多么恶毒的女人呀,仅只是为了这几文臭钱,而甘愿把他日渐葬送掉了。如果人们惋惜他的死,就首先应该把毒箭射向我才是。

原载《文萃》第 3 期,1945 年 10 月 23 日

在欣慰下纪念

许广平

十月,这伟大人类历史的纪念日,我们的祖国,刚刚在这个月的第一天庆祝了中华人民共和国的成立,而在不到二十天功夫,我们就在这一个簇新的国都来纪念那毕生从事文学革命,以文学这武器进行政治斗争的这位鲁迅先生的逝世十三周年,是感觉无比的欣慰的。

因为鲁迅活着的时候,正是中国人民反帝、反封建的大时代,作为斗争的一员的他,是坚强地站在自己的岗位上,不断给予敌人以无情的打击的。

鲁迅初期的文学运动,开始就是介绍北欧被压迫民族的作品,及其他革命诗人的呼声,而自己亦在"呐喊"着。但从工作的经验上,使他明白了单人匹马,独自奋斗是产生不出很大的效果的。在"荷戟"求索中感到"彷徨",转而寻找"生力军",于是不断和青年接近,努力觅取正确的合作者。因而帮助未名社等的青年们介绍苏联作品,同时自己也阅读马列主义的书籍,早在未离开北京(一九二六年)到厦门去以前,从他的藏书中,我们就看到有如《马克思主义与法理学》《托尔斯泰与马克思》《无产阶级的文化》《无产者文化论》《艺术与无产阶级》《无产阶级艺术论》《文学的战术论》《文学与革命》等的书籍。可以说很早他就已经呼吸着无产阶级理论的教育了。待接触到一九二七年大革命血的实际教训，就更加确定了鲁迅对无产阶级领导的确信，和全心全意在他领导下忠诚奋斗到底！不管敌人给予怎样的压迫，还是勇敢地站起来用口和笔承认自己是左翼作家联盟的一员，无畏地昭示给敌人以左翼作家联盟的斗争工作经过，在《论现在我们的文学运动》就有这些话：

> 左翼作家联盟五六年来领导和战斗过来的，是无产阶级革命文学的运动。这文学运动，一直发展着；到现在更具体底地，更实际斗争底地发展到民族革命战争的大众文学。民族革命战争的大众文学，是无产阶级革命文学的一发展，并且即将在这基础之上，再受着实际战斗生活的培养，开起烂漫的花来罢。……将一切斗争汇合到抗日反汉奸（用现在的事实，是反美帝击溃国民党反动派集团了。——广平注）斗争这总流里去。……将它的责任更加重，更放大，重到和大到要使全民族，不分阶级和党派，一致去对外。这个民族的立场。才真是阶级的立场。

这个阶级的立场，一直是而且至今还是革命文学的指标。鲁迅当时作为一个文学工作者，通过了左翼作家联盟这一机构，全心全意接受中国共产党的领导；在他的文章里，就有如下的表明：

中国目前革命的政党向全国人民所提出的抗日统一战线的政策,我是看见的,我是拥护的,我无条件地加入这战线,那理由就因为我不但是一个作家,而且是一个中国人,所以这政策在我是认为非常正确的。

有了正确的领导之后,鲁迅的一切工作,不再是他自己个人的独自表现,而是在全中国人民都共同一致的大合奏里了。

这大合奏的指挥者是谁呢?无疑地就是今天我们全中国人民拥护的英明领袖毛主席。在鲁迅答托洛斯基派的信里,对托派"斥毛泽东先生们的'各派联合一致抗日'的主张为出卖革命"时,鲁迅驳覆的话是:

那切切实实,足踏在地上,为着现在中国人的生存而流血奋斗者,我得引为同志,是自以为光荣的。

事实证明着中国共产党的政策在毛主席领导之下的正确,以致有今天的成就。在中国人民政治协商会议上毛主席的开幕辞指示给我们:

一百多年以来,我们的先人以不屈不挠的斗争反对内外压迫者,从来没有停止过,……我们团结起来,以人民解放战争和人民大革命打倒了内外压迫者,宣布中华人民共和国的成立了。我们的民族将从此列入爱好和平自由的世界各民族的大家庭,以勇敢而勤劳的姿态工作着,创造自己的文明和幸福,同时也促进世界的和平和自由。我们的民族将再也不是一个被人侮辱的民族了,我们已经站起来了。

在站起来了的时候纪念鲁迅的十二周年,该是多么值得欣快呀!回忆十周年纪念的时候,我曾经写过:"民主自由,我所信赖,必期有成,再行告慰。"现在真是可以告慰的了。在今年七月四日上海文艺界大会里,有一位朋友,亲切地告诉我:"在这个会场里,我们好像有鲁迅先生和我们在一起。"听了这句话,我把几乎快要掉下的泪水收起来了。的确,每逢伟大的场合里,人们就会记起鲁迅,就会觉得他这时应该和我们在一起。然而"只问耕耘,不问收获",这是辛勤的劳动者最高的美德。现在鲁迅即使不和我们在一起了,千千万万同志们所努力的结果,正如毛主席在新的政治协商会议筹备会上所讲的话一样:

中国人民将会看见,中国的命运一经操在人民自己的手里,中国就将如太阳升起在东方那样,以自己的辉煌的光焰普照天地,迅速地荡涤反动政府留下来的污泥浊水,治好战争的创伤,建设起一个崭新的名副其实的人民共和国。

我们欣快于今天在崭新的中华人民共和国来纪念为此战斗过敌人,拥护过这光明的前途的鲁迅先生,则我们更应该庆贺我们由于遵循在中国共产党及中华人民共和国领袖毛主席旗帜之下才获得了这伟大的成果。过去了的让它过去吧！从今年起，在中华人民共和国之下，我们对鲁迅得以尽量纪念、研究，展开批评、学习，使文学遗产、斗争经验可以获得适当的评价，以从事吸收或扬弃了。

原载北京《人民日报》1949年10月19日。选自《欣慰的纪念》，人民文学出版社1951年版

鲁迅的生活

许广平

鲁迅的生活,后期的十多年,我稍为知道一点,现在就把记起来的说一下。

凡认识先生的人,没有不晓得他的特点的。他无论对什么人,都不摆架子,尤其对青年,即使是初次通信和见面,也绝无俨然可畏之状,反觉蔼然可亲。他的谈风,实在可佩,记忆力又好,又善于比方,给他一引一譬,听的人自然心悦诚服。他的口才,不下于他的文章,听过的人大约相信我的话。我有时对他说:"你近十年来不教书是很可惜的,因为教书,直接听教的每班数十人,直接受了熏陶,再出去到社会上,其效力不下于写文章。"他也默认,不过后来因了环境关系,有时连登台说几句话的可能都被剥夺了,这是我们的一种损失。

有一些人,总说他爱发脾气,爱骂人。据我看来,他是最不爱发脾气,最不爱骂人的。以前,他做文章,攻击社会的黑暗面,借了小说的体裁,却不专指某人,所以容易令人不留意。其后,直接批评社会,有时为了批评的真切,简直借某一个人,某一件事来给某一群以掊击,于是这一群与之仇恨,或只攻击某人,而全群起而攻之了。

平常，他一切都很简单，没有特别嗜好。偶尔欢喜搜寻木刻，如果有国外新寄到的，有时可赏玩好几个星期。闲时也看看电影（这是上海旅居以来的事情，以前不的），算是唯一的娱乐了。他选择电影，偏重于大自然的，如野兽片等。儿童片和历史片，他也要看，最讨厌的是带着世纪末气味的堕落无聊片子。对于中国电影，在广州，我们曾经看过一张叫《诗人挖目记》的，内容的荒唐和表演的不进步，使他没有看完就走，以后对于中国片，就没有再看了。苏联影片，以其伟大，看了使人振奋，他差不多一有新片就要去看。最后一次，去年（一九三六年）双十节，在上海大戏院看《复仇艳遇》，使他高兴良久，见朋友就推荐。那张片子中，农奴最后给地主的一击（从前俄国的农奴，实在过着非人生活的待遇的），最使他快意。

他对于未来的憧憬的热切，立刻就产生了他的果决的实践。在北京时，人们对奉、直等军阀不满意，那时在南方革命势力影响下的冯玉祥先生，在西北也颇有整顿，颇有朝气，先生即与之合作，帮忙主编《国民新报》副刊。后来先生即离开生活了十五年的北京，来到南方，先到厦门，后又转到广州。一到广州，先生就说："我们应该同创造社的人联合，对文化有所贡献。"所以到不几天，怀着大量的高兴，就到创造社去访问，刚巧那时北伐正在发展，军事和政治的重心，陆续移向武汉，先生的希望没有能够实现。而广州，在"四一五"之后，突然来了一种紧急的政变。由于政见不同而这一部分青年把另一部分青年逮捕、格杀的事件出现了。先生的希望又幻灭了，他说："以前我以为老的死掉，中国就会好起来，如今看看不然了。"这一个打击，使他对于青年分两种看法。到了上海，为了同情改革者，接受了一个××大学的青年攻击学校腐败的信，登在他所编的《语丝》上，那时大约是一九三〇年。后来在那学校毕业的权贵不满于先生，跟着就在他出生的省，首先呈请通缉"堕落文人鲁迅"，通过了；后来似乎另外又有一个通缉；这使先生不得不直面黑暗而反抗了。同时另一部分被压迫的群众，天天在被送进牢狱，或在送进之前后被毁灭。这其中，有多少具有才能的有为的青年！先生愤激了，于是领导了左翼作家联盟。向黑暗势力反攻。又尽力绍介理论书籍。这个联盟在一九三〇年成立，但先生立刻就过着地下生活。一九三三年，先生和蔡元培、宋庆龄等发起"民权保障同盟会"，未几该会亦被迫停止进行工作，此后先生不能在公众场所讲演；先生的书，时被禁售；先生的行踪，时被探询；再经几次战友的逮捕死难，先生的自由是没有了！

选自《关于鲁迅的生活》，人民文学出版社1954年版

秋白同志和鲁迅相处的时候

许广平

友谊中有共同的思想基础，感情相通，初交就如鱼水相得，这种美好境界，人们通常称道是"一见如故"，我在鲁迅和瞿秋白同志的身上深深体会到这四个字的精髓。鲁迅和瞿秋白一开始相见就真像鱼遇着水，融洽自然。我还记得：那一个清晨，秋白同志、杨之华大姐和他们的房东谢澹如一起来到。先是泛谈一切，但是由于在潜伏的生活里有共同的思想基础，彼此一开始就带着革命的不可屈服的心怀，显出在党的光辉照耀下的无比信心。眼看着他们称心如意地描述彼此的心情和对革命事业的忠诚，觉得这"一见如故"的形容语包含着对革命事业的亲密感。

革命像水，人时刻不能离开水而生活，所以对腐朽的东西需要用水来冲洗。革命又像水的普遍存在，只要人们不怕烦难去寻求。秋白代表了革命。革命正是鲁迅寤寐以求的，一旦遇到了，其无限欢愉之情，就是在旁边的人也分享着一份感受，因为革命并不吝惜给予每一个爱护革命的人。

这时候鲁迅有些苦闷，就是周围有那么些混浊，需要澄清：硬译和文学的阶级性哪，第三种人哪，挂着革命招牌的人哪，等等，不一而足。他们交换了意见，用一个鲁迅习用的符号或别的名义发表了。这是革命的号声、本来无分彼此的。

党了解鲁迅,秋白同志了解鲁迅。作为旧知识分子不断分析解剖自己严于对人的鲁迅,是党所需要的。秋白代表了党的精神,对鲁迅分析,批评,鼓励,写成《〈鲁迅杂感选集〉序言》的精辟论断,以告世人。在动笔之前,秋白同志曾不断向鲁迅探讨研究,分析鲁迅的代表时代的前后变化,广泛披览他的作品,当面询问经过。秋白同志是怎样严肃地对待这个论断!写出之后,鲁迅读了,心折不已。"只是说得太好了,应该坏的地方也多提起些。"这是鲁迅的感动的话,也是党给予鲁迅的鼓励。"党了解我,知道我",鲁迅这样想。

秋白同志那样深刻地了解鲁迅,不是偶然的。他出身于常州旧家庭,就是俗所谓书香子弟。背叛了这个阶级,走向革命,也就是人们批评鲁迅的"二臣",鲁迅自题书名的"二心"。他们心心相印的是这颗叛逆的心,无比伟大的心。秋白同志住在三层阁楼上,或屈居亭子间里,终日看不见阳光照临,这对他的长期肺病是不适宜的。杨大姐经常为这而操心,到我家住下的时候,也曾提及这情况,希望秋白同志有机会多呼吸些新鲜空气。这原是人情之常的关怀同志健康的应有态度;但秋白同志的答复却超乎常人。他说:"我在这种地方还能做点工作,总比牢狱好些。"他就是最能退一步想而具有"坦荡荡"的心怀的人。其实,这就是革命抱负,有无限高贵品质的人都如此的。自己哪怕冒着生命的危险,一想到为着革命还能做点工作,就什么也在其次了。到真不能工作的瞬间,也大无畏地把苦难承担下来,经得起考验,视死如归。这都是那种贯注一切的精神所感召。

革命离不开人情味，每于晚饭之余，秋白同志会轻松地谈到他和杨大姐的恋爱经过，谈到他爱护杨大姐的女儿就同自己亲娘对女儿一样的心情，又由此而对鲁迅"怜子如何不丈夫"的心怀深加体会，起着共鸣。有一回特地托人向百货公司买来英国制的构筑匣（俄文名 КОНСТРУКТОР，是儿童教育玩具，即一匣器材，用以构成模型），内装涂有红绿漆的美丽器材零件一大盒，这原是启发小孩智慧的。他预想到革命后技术的需要，小孩应该有技术知识的教育，他又在盒盖上写明某个零件有几件，共几种，等等，都很详尽。又料到自己随时会有不测，说"留个纪念，让他大起来也知道有个何先生"（"何先生"是他来我家的称呼）。可惜这盒盖已遗失。零件还有若干存在上海纪念馆，作为秋白同志爱护儿童的礼物的实证。

秋白同志对革命的无限忠诚，对人类的无比爱护，对敌人的不容情的挫击，对同志的关怀热爱，不是我的拙笔所能写出一二的。当这光明普照大地，还余一小撮帝国主义分子未消灭的时候，每听到《国际歌》的歌声，就不由得深深忆起秋白同志所日常低徊再三爱唱的这个声音，它犹在耳边缭绕，似呼唤人们继续奋斗前进。

作于 1959 年

原载《语文学习》1959 年 6 月号

鲁迅先生怎样对待写作和编辑工作

许广平

一 鲁迅先生怎样读报，怎样在写作中运用报纸上的材料

在我的印象中，鲁迅先生读报是不费很多时间的，每天报来，看得很快。但是他的记忆力很好，有些他认为是有用的材料，记得很牢。要用的时候，一翻报纸，就能找到。有一次他要我替他找一个报上的材料，我翻遍了报纸都没找到，后来他告诉我到某报的某月某日第几版的角落处去找，果然就找到了。我看报的时间比他多，他不以为然，认为不需要浪费那么多的时间，因为旧社会的报纸，大多是无聊的黄色新闻，或者是国民党的官方消息，不值得花太多的时间。

他在写作中大量运用报上的材料。他也做剪报工作。上海的鲁迅博物馆里，保存着一本剪报集，剪贴得很整齐，每页上还有他亲笔所写报纸名称和日期，这些资料是他从一九二八年到一九三三年期间从上海出版的《申报》《新闻报》《时事新报》及《大晚报》等文艺副刊上剪下来的，内容大都是国民党反动派摧

残进步文化界的消息报道和攻击鲁迅的反动文章。他当时打算运用这些资料写一篇东西的，后来没有写成。

他运用报上材料写东西的本领很大，他常常利用反动报纸的材料作为反面材料。翻翻鲁迅的杂文就很容易发现这一点。比如《伪自由书》《准风月谈》两书的"后记"大部分材料都是报上的，经他一引用，加上三言两语，就有力地打击了敌人。他订的报纸不多，有些报纸是朋友和学生们寄给他的。

二　鲁迅先生怎样做编辑工作

鲁迅参加过编辑工作的刊物，我看到的有《奔流》《语丝》《北新》半月刊等，以后又编辑过《译文》。在这些刊物中，编辑《奔流》是他最感到吃力的了。他尊重读者来稿，不但亲自编，有时还给作者抄写稿件，不但他自己抄，而且还要我帮着抄。他取舍稿件完全从稿件的政治意义出发，该登的让它登出，不怕自己受累。《语丝》常常对时局发点"牢骚"，稿件都是按鲁迅的意见选择的。有一次，复旦大学的一个学生向《语丝》投了一篇稿件，批评复旦大学内部的黑暗。照当时一般编辑的处理，这篇稿就会给压下来，鲁迅却不，因为作者敢于揭发时弊，鲁迅就支持他，把它登出来了。这件事得罪了一些人，后来遭到报复，但鲁迅不怕。

鲁迅为了工作是不计报酬、不计劳累的。《奔流》一个月出一期，虽然是约了两个朋友合编的，但是，实际上担子都落到鲁迅一个人身上。尽管他本身的工作很忙，他仍旧负责到底，勤勤恳恳地编稿。

在编辑工作中，他随时收到稿件随时看，从不积压。翻译的稿件还要尽可能地按原文逐字逐句对照一遍。因为他的英、法文比较差，英文方面的稿件就找周建人，或者是找懂英文的青年学生帮忙看。他在这方面是花过很大的精力的。许多今天有名的翻译家的文章，当时都是经他亲笔改过的，在这方面，他也培养了不少的青年作家。

有些稿件适合登在别的刊物上，他也认真负责地介绍给别的刊物。

鲁迅很尊重作者的劳动，对别人的文章，从不乱加删改。有一次他给曹靖华的信中说："这篇文章我改了几个字，不知道你的意见怎样？"稿件如要作更多修改，他通常是提出意见，请作者自己去改。随便大笔一挥，甚至改变了作者原来的意思，这是鲁迅最为反对的。

在编辑工作中，鲁迅是谦逊的，反对哗众取宠。有这样一件小事：当时，《作家》月刊曾经在目录上刊登过世界文学家的照片，其中也有鲁迅的照片。鲁迅对这一点很不满意。他认为，一个人的工作、生活都应该是朴实的，刊物也应该如此，这样做是不必要的。

他不但认真地做编辑工作，也关心出版工作，随时对出版商提出有关出版方面的意见。出版商不一定听他的话。小节则让步，事关重大，就要积极地交涉了。当时的《奔流》《语丝》《北新》半月刊都是由出版商承印的，国民党反动当局对这些刊物不满意，因为这些刊物提倡新文化。鲁迅为了使这几个刊物能够保持下来，尽过不少的力量。

三　鲁迅先生在写文章以前，通常要作那些准备工作

鲁迅在写一篇稿件以前，常常有一个很长的酝酿时期。有时候遇见朋友，他就会谈起来，说他看到了什么材料，想写个什么东西；有时候也不讲，静静地读书，默默地思索，或者暗自打腹稿。有时候，看起来鲁迅写得很快，但这是日常不断地、多方面的学习、积累的结果，是勤学苦练的结果。他从来不浪费一点一滴的时间，有机会就读书。他几乎是时刻准备着拿起笔来战斗。他常说"把别人喝咖啡的时间都用进去了"，这就是指学习。

他不但读书，也愿意多增加一些感性知识。鲁迅在上海的时候，常常去看电影，在北京他常常到现在的北京剧场去看电影，但是看的次数比在上海的时候要少些。鲁迅对看电影不是单纯为了消遣，而是为了增加感性认识，这也是一种学习。看过电影，鲁迅有时候也利用电影的材料写东西。记得当时，他对反映非洲情况的影片很感兴趣，他很关心非洲人民在比利时、法国等殖民者统治下的苦难生活，了解非洲的丰富的天然资源。他说："非洲我们是不会去的了，能在电影中了解了解也是好的。"此外，鲁迅也很重视从实际中获得知识，如像参观展览会，研究有关动植物的书籍等，尽可能地多去观察和了解。总之，他所汲取的知识是多方面的。

因为有这样的经常积累，再加上记忆力好，脑子里总是储备丰富，无论古今中外，大小题目，他都能应付自如。这是他刻苦

地、勤勤恳恳地工作的结果。他所积累的各种材料，都是经过自己的一番熔化的。

鲁迅在写作前不写提纲，甚至写一些较长的文章也不写提纲；当他拿起笔来的时候，文章已有几分成熟了。他从不临时找材料，有时候也在写作前翻翻书，那是为了证实自己记忆的确切程度。至于材料、构思，那是在下笔以前就已经想好了的。

四　鲁迅先生怎样修改自己的稿件

鲁迅怎样修改自己的稿件，从鲁迅留下的手稿中可以看到一些迹象。从手稿中可以看出，鲁迅的修改多半是个别的字、句子，整段整页的删改是没有的。

他的写作态度很认真，随随便便一挥而就的文章，在他是从来没有过的。他曾说过："多看看，不看到一点就写"，"写不出的时候不硬写"，"写完后至少看两遍，竭力将可有可无的字，句，段删去，毫不可惜"。（见《答北斗杂志社问》）他自己就是这样做的。前面已经提到，他在写文章以前，总是经过深思熟虑，腹稿打好了，就提起笔来，一气呵成，所以初稿往往就是定稿。

鲁迅的手稿一般都写得很整洁，改动得很少，但有时改动一字一句，都经过细心推敲，比如《为了忘却的纪念》这篇文章中有一首诗：

> 惯于长夜过春时，挈妇将雏鬓有丝。
> 梦里依稀慈母泪，城头变幻大王旗。

忍看朋辈成新鬼，怒向刀丛觅小诗。

吟罢低眉无写处，月光如水照缁衣。

诗中首句"惯于长夜过春时"，原来"夜"字后面是"度"字，后来自觉不妥，就改成"过"字了，这一字的推敲是经过相当考虑的。后面"忍看朋辈成新鬼，怒向刀丛觅小诗"两句，在一九三二年七月一日日记上是写的"眼看朋辈成新鬼，怒向刀边觅小诗"，写《为了忘却的纪念》的时候，"眼看"改成了"忍看"，"刀边"改为"刀丛"，虽然两字之差，但是更深刻地表达了鲁迅当时的愤怒心情和对敌人的刻骨仇恨。

又如在《死》这篇文章里，有一句原来是这样写的："大约我们看待生死都有些随随便便，不像欧洲人的认真了。"后来改成："大约我们的生死久已被人们随意处置，认为无足重轻，所以自己也看得随随便便，不像欧洲人那样的认真了。"前者容易被人当作一句平常的话，而后者却明确地表现出它的战斗性和它的深刻的社会意义了。这样的例子，在《鲁迅全集》中是很多的。

五　鲁迅先生怎样对待校勘、校对工作

鲁迅的校勘工作是继承了清代的校勘工作的优良传统的，也就是所谓考证校勘。我们现在到鲁迅博物馆去看，还能够看到鲁迅是怎样整理文学遗产的。尤其是《嵇康集》的校勘工作，他一共抄写了三遍，字写得工工整整。这三次是根据三种不同的版本

校勘的，每当发现某个版本的说法不同的时候，他马上写一个小纸条夹在里边（顺便说说，鲁迅是很注意节约的，一张稿纸只剩下一点边边头头，他都裁下来积存起来，放在桌边，以备随时作夹条用），或者在上面注上眉批。就这样，《嵇康集》反复校勘了好多遍。从这里，我们可以看出，鲁迅整理文学遗产的严肃的态度，也可以看出他对读书又是多么的认真了。

对编排工作，鲁迅也是很认真的。他很注意装潢和美化版面。他编《译文》的时候提倡多登木刻，原因之一是可以美化版面。他希望书里边也最好能有配合人物或情节的插图。另一点是他主张书和杂志不要编排得很挤，字号要大一些，一片密密麻麻的小字，会使读者看了透不过气来。他主张一般的文章开头空五六行的位置，有时在文章的空处加上一点小的图案花样，美化刊物。

鲁迅常常亲自做校对工作。校对中，遇到一行的顶头有标点，他都认真地划到每行的末尾；一张校样，正面看看，还要倒过来看看，这样，字排得正不正，排行是不是歪斜，就很容易发现了。他要求天地头要排得整整齐齐，那个地方空得多，那个地方比较挤，那个地方错落不齐，他都在样子上做出记号，有时用尺划一条直线，以引起排字工友的注意。鲁迅最讨厌的就是把字给排错了，因为一字之差，常常把整个意思弄错了。鲁迅先生去世以后，我曾经替他整理发表了《关于太炎先生二三事》，文章里有一句原文是"令人神旺"，不知是排错了，还是编辑搞错了，印出来成了"令人神往"。"令人神旺"和"令人神往"两者的意思是不同的，这不是鲁迅的原话。鲁迅对这种错误是不满的。

他在编辑工作中,只要有可能,编排校的工作总是自己亲自来做的,以认真负责的态度对待读者。他总认为,一期刊物、一本书出的错误少一点,就对读者的帮助更大一点,自己能做多少,就努力做多少。

六 鲁迅先生怎样对待读者来信和青年作家写给他的稿件

鲁迅日常收到的读者来信是很多的,他几乎是每信必复(少数无聊的信例外),并且尽快地答复,从不积压。他通常是利用茶余饭后的休息时间来写回信,不占工作时间。

对青年作家的稿件他是很认真看的。那时候,一般的人对青年作家是不够关心的。鲁迅不这样,他在这方面是不计时间和精力的。编刊物的时候,遇有不能采用的稿件,他总是及时退给作者;能用的稿件,他就认真地修改。他收到的稿件是各种各样的,有的稿纸很薄,是那种双层软纸,字又写得不清楚,看时很费力,他就垫一张纸在双层稿纸中间,衬着看。有的稿件写的很马虎,并且还附了一句类似这样的话:"我这个稿件写得很乱,写了懒得再看一遍,现在寄给你看看吧!"鲁迅为难地笑了笑,但他还是认真地看下去了。

鲁迅对青年作家的稿件是很尊重的,如果对稿件有些意见,他就注明:有几点意见提供你参考。《勇敢的约翰》的译者孙用,当时是邮政局的一个邮务员,他将《勇敢的约翰》译稿送给鲁迅之后,鲁迅就千方百计地给他介绍出版,跑遍了许多书店,看了人家的许多冷面孔。但是，只要能够帮助青年作家出版一本书，他也就在欣喜中忘掉了辛苦，甚至把自己的工作都丢开了。

七　鲁迅先生有那些良好的写作习惯

　　鲁迅经常是在晚上写作。那时候，我是不赞成这样做的，但到现在，当我自己也写东西的时候，才觉得晚上写作确实要比白天好。夜里很清静，思路不会打乱。在上海，晚上他要写东西的时候，他总催我先去睡觉，我知道他要写东西，也就走开了。他晚上睡得很晚，有时吃一点点心又继续工作了。写作的时候他很注意端正姿势，坐得很直，眼睛和桌子保持一定的距离，十年如一日，所以他没有弯腰驼背的现象。写作中，有时候需要想想再写，他就停笔坐到桌旁的一张躺椅上，抽支烟静思一番，然后再继续写下去。他抽烟很多，写作时右手拿笔，左手拿烟，但常常是忘记抽它，多数是自己烧掉的。

　　最后，我感到鲁迅习惯于写短文章，这是值得学习的。目前有些文章长了些，我看可以写得短一些。

原载《人民日报》1961年3月27—29日

景云深处是吾家

许广平

回忆实是苦恼的事,因为事隔多年,脑海的印象自然就会模糊起来,免不得要做一番研究工作。

我于九月十七日收到上海鲁迅纪念馆的一封信,询问鲁迅在景云里曾住过几处房间,搬过几次场等。纪念馆同人一向积极负责,留心各项有关纪念事迹,严肃细致地考核历史事实,不遗余力。这次既承垂问,不敢潦草塞责。于是一面向各方亲友邻居仔细探听,有无一些唤起记忆、可资参考的材料;更其重要的是向周建人夫妇请教,因为一切经手事项都是烦劳他们的。凑巧九月底我随人大代表团去越南,直至十月中旬才回到北京。当时就看到周建人夫妇在九月三十日从杭州发来的一封信,答复和我的记忆是一致的。这才去掉了一切怀疑。

周建人夫妇的信中是这样说的:"你们第一次住在景云里石库门的朝南房子第二排的最后一幢,与大兴坊接连,是二十三号,第二次住在同一排的第二幢,是十八号;第三次住在同一排的第一幢,是十七号,可是出入在十八号。"

住在景云里的时候,是有一些小小情节可资记忆的。但因事非重要,写回忆录时就略去了。如今既然有人关心,不妨写些出来，聊供研究之助。

一九二七年十月，鲁迅和我初到上海，住在共和旅店内，建人先生天天来陪伴。旅店不是长久居住之处，乃与建人先生商议，拟觅一暂时栖身之所。恰巧建人先生因在商务印书馆作编辑工作，住在宝山路附近的景云里内，那里还有余房可赁。而当时文化人住在此地的如茅盾、叶绍钧（当时一般用此名），还有许多人等，都云集在这里，颇不寂寞。于是我们就在一九二七年的十月八日，从共和旅店迁入景云里第二弄的最末一家二十三号居住了（后来让给柔石等人居住）。

鲁迅在广东遭遇一九二七年的"清党"之后，惊魂甫定，来到了上海，心里是走着瞧，原没有定居下来的念头的，因自厦门到广州，他如处于惊涛骇浪中，原不敢设想久居的。所以购置家具，每人仅止一床、一桌、二椅等便算足备了。没有用工人，吃饭也和建人先生以及他的同事们在一起。

景云里的二十三号前门，紧对着茅盾先生的后门，但我们搬进去时，他已经因国民党的压迫到日本去了。留在他家中的，还有他的母亲和夫人及子女等人，好在叶绍钧先生住在近旁可以照应。再稍远处，还有建人先生等一批长久在商务印书馆的同事，在这许多熟人环绕之中，我们就暂作安身之所了。

不料有一天，忽然砰砰枪声接连不断。我们只好蛰居斗室，听候究竟。事后了解，才晓得有一"肉票"，被关在弄内。后为警察发觉，绑匪企图抵抗，就窜到汽车房的平台上，作居高临下的伏击。在射击时，流弹还打穿二十三号的一扇玻璃窗，圆圆的一个小洞，煞是厉害。结果自然警察得胜，绑匪陈尸阳台，可见当时景云里是鱼龙混杂，各色人等都有的。鲁迅也未能安居，住在景云里二弄末尾二十三号时，隔邻大兴坊，北面直通宝山路，竟夜行人，有唱京戏的，有吵架的，声喧嘈闹，颇以为苦。加之隔邻住户，平时搓麻将的声音，每每于兴发时，把牌重重敲在红木桌面上。静夜深思，被这意外的惊堂木式的敲击声和高声狂笑所纷扰，辄使鲁迅掷笔长叹，无可奈何，尤其可厌的是在夏天，这些高邻要乘凉，而牌兴又大发，于是径直把桌子搬到石库门内，迫使鲁迅竟夜听他们的拍拍之声，真是苦不堪言的了。

自从我们搬到二十三号之后不久，鲁迅又向建人先生建议，两家合伙烧饭，以免和同事们一起诸多不便，一切柴、米、油、盐等杂务，托王蕴如同志的一位亲戚兼管，就在二十三号楼下煮食。我们的后门，紧对着一位鼎鼎大名的奚亚夫，挂有大律师的招牌。他家中有十四五岁的顽童，我们通常走前门，哪里招惹着他们呢？但因早晚在厨房煮饭，并带领建人先生的小孩，因此被顽童无事生非地乘煮食时丢进石头、沙泥，影响到小孩的安全和食物的清洁。鲁迅几经忍耐，才不得已地向之婉言。不料律师家的气焰更甚，顽童在二十三号后门上做那时上海流氓最可鄙的行为：画白粉笔的大乌龟，并向我们的后门撒尿。理论既不生效，控告岂是律师之敌，这时，刚好弄内十八号有空屋，于是在一九二八年九月九日移居到十八号内，并约建人先生全家从一弄原来的住处搬在一起。计从一九二七年十月起，在二十三号共住十一个月。古人云择邻相处，但当时的上海，无论如何择法，也很难达到自己的愿望。这是一段惨痛的回忆。

在十八号，鲁迅和建人先生怡怡相处了五个多月，深感建人先生相助之忧。蕴如同志在上海久居,一切事无大小,俱获她竭诚相助。鲁迅在这个时期,算是和兄弟怡怡相聚、朝夕相处的最快活的日子了。

忽然,听说隔邻十七号又空起来了,鲁迅欢喜它朝南义兼朝东,因为它两面见到太阳,是在弄内的第一家,于是商议结果,又租了下来。当时正在粉刷,并拟在十七——十八号之间,打通一木门,为图两家往来方便。就从十八号出入,正在计划之下,十七号因还没人搬进去,被偷儿乘隙破门守候了一夜,准备来到我家行窃,我们却毫无所知。鲁迅因夜眠甚迟,有时开亮后楼的灯,去烧水煮茶;有时开亭子间的灯,去如厕;这样竟夜之间,陆续不断,四处通明。到了三时以后,鲁迅正在临睡前漱口,偷儿却以为是人起床了,动手不得,大忿之下,撒满楼梯的粪便,失意离去,而我们却安然无恙。事后,鲁迅笑着说:"他对我一点也没有办法,只好撤退了。"

一九二九年二月,鲁迅参加了"自由大同盟",这时我们虽然搬到十七号内,但是风声紧迫,对鲁迅不利。我们在这里虽生育抚养了孩子,然而当孩子半岁,鲁迅的全部牙齿肿痛,陆续拔掉的时候,却避居到内山书店去了。当我们搬到十七号住的时候,厨房是空着不用的,出入活动,一切集中在十八号内。十七号厨房刚好就存放了一大堆木柴,等待干燥时好用。那律师家的顽童,眼见这情景,乘我们的疏忽,没有关上窗户,夜里却偷偷丢进满是煤油浸透的引火纸头,意想引起火灾。次早一看,却幸而熄灭在地,大律师的威焰,可算给我们吃尽苦头了。

因为政治上的压迫,屡次避居,内山先生也为之不安起来。

到一九三〇年五月,才由内山先生介绍,又搬到北四川路楼寓里去。到了"一·二八",日本军国主义者蹂躏了上海,景云里陷入火线中。周建人先生住的房子,他楼上的眠床,直穿炮弹。幸而他躲在楼下,才免于危险。但日本军队如狼似虎地到处捉人,看见了他,就加以拘留,经过鲁迅托内山先生去查询才得放出来和家人相见。可是景云里还拘着不少的人,有一家还有人被打死,有一家灶被毁坏,扔了不少脏东西。景云里当时遭到这样浩劫,是因为在宝山路附近,正是战火绵延的地段,所以现在若去查考旧迹,是否一切如故呢?我是不敢确定了。

至于鲁迅日记所载的门牌号数,可能有笔误。因为我记忆的门的样子和周建人先生他们说的完全一致,和王士菁编的《鲁迅传》也一点不差。想来旧痕还在,不致错误的了。

原载《文汇报》1962 年 11 月 21 日

鲁迅回忆录(节选)

许广平

九 同情妇女

毛主席在《湖南农民运动考察报告》中指出:中国的妇女除了受政权、族权、神权的束缚以外,还要受夫权的束缚。所以在解放区,各级党和政府,一切工作做得好的,都是和男女一齐发动的政策分不开的。但在资产阶级的社会,沿着封建遗习,压迫妇女,使她们为少数人服务。所以在东北刚刚解放的时候,我听到一支极好的歌曲,歌颂共产党的功绩,我极爱它,歌词的头两句就是:"没有共产党,就没有新中国。"那时国歌还没有定出来,每于大会开始,就唱着这个从人民心里倾泄出来的词句。在东北召开的解放后第一次妇女代表大会要我讲话的时候,我也通过自己的体会,首先唱出没有共产党,就没有妇女解放的歌来。事实上,今天人民公社的存在,更是彻底解放全民,连妇女在内的雄辩的证明。

鲁迅一开始执笔,就执着地唤醒人民,尤其为被压迫最甚的农民、妇女、儿童的不合理待遇鸣不平。现在仅举鲁迅对妇女方面的一些著作谈谈他的看法。从1918年的《热风》时代起,几乎每本著作都有关于妇女问题的文章。粗粗翻阅一下，我们就看到有：

《热风》：（1918—1924）
　　《随感录四十》
《呐喊》：（1918—1922）
　　《明天》里面的单四嫂子
《坟》：（1907—1925）
　　《我之节烈观》
　　《娜拉走后怎样》
　　《论雷峰塔的倒掉》
　　《坚壁清野主义》（反对禁止妇女出游，要走解放的路）
　　《寡妇主义》
《华盖集》：（1925）
　　《公理的把戏》（写女师大问题）
　　《这回是"多数"的把戏》（同上）
《华盖集续编》：（1926）
　　《记念刘和珍君》
《彷徨》（1924—1925）
　　《祝福》里的祥林嫂
　　《伤逝》里的子君
　　《离婚》里的爱姑
《而已集》：（1927）

《忧"天乳"》

《三闲集》：(1927—1929)

 《铲共大观》(叙述反动统治者对革命者砍头示众"暴露女尸"借以威吓群众)

《朝花夕拾》：(1926)

 《阿长与山海经》(写一个女工的故事)

《故事新编》：(1922—1935)

 《补天》(女娲的故事)

 《奔月》(嫦娥的故事)

《二心集》：(1930—1931)

 《新的"女将"》(反对专以女人作点缀品)

《集外集》：(1932)

 《〈淑姿的信〉序》

《南腔北调集》：(1932—1933)

 《关于女人》(反对把一切社会罪恶都加在女人头上)

 《关于妇女解放》(为解放思想、经济、社会等而奋斗)

 《上海的少女》(反对早熟风气)

《准风月谈》：(1933)

 《男人的进化》

《花边文学》：(1934)

 《女人未必多说谎》(指出杨贵妃、妲己、褒姒替男人伏罪)

 《论秦理斋夫人事》(论妇女自杀)

《且介亭杂文》：（1934）

  《阿金》

《且介亭杂文二集》：（1935）

  《论人言可畏》

《且介亭杂文末编》：（1936）

  《女吊》

以上所录各篇，集合起来，鲁迅关心妇女、为妇女解放事业提供的具体意见，是很完备的，内容有婚姻、家庭、生活、寡妇、新女性等各个方面的问题。这就可以帮助我们更好地来理解他对妇女问题的态度。

在反对封建高压的《热风》时代，鲁迅在《随感录四十》里写道：

> 爱情是什么东西？我也不知道。……
>
> 但从前没有听到苦闷的叫声。即使苦闷，一叫便错；少的老的，一齐摇头，一齐痛骂。
>
> …………
>
> 可是东方发白，人类向各民族所要的是"人"，——自然也是"人之子"——我们所有的是单是人之子，是儿媳妇与儿媳之夫，不能献出于人类之前。
>
> 可是魔鬼手上，终有漏光的处所，掩不住光明：人之子醒了；他知道了人类间应有爱情；知道了从前一班少的老的所犯的罪恶；于是起了苦闷，张口发出这

叫声。

　　但在女性一方面，本来也没有罪，现在是做了旧习惯的牺牲。我们既然自觉着人类的道德，良心上不肯犯他们少的老的罪，又不能责备异性，也只好陪着做一世牺牲，完结了四千年的旧账。

　　做一世牺牲，是万分可怕的事；……

　　…………

　　……我们要叫到旧账勾消的时候。

　　旧账如何勾消？我说，"完全解放了我们的孩子！"

　　这一段话写在1918年，即在五四运动的前一年，在黑暗的封建社会当中，人民被压制得麻木不堪的时候，鲁迅叫出了几千年封建婚姻下无数男女的悲哀的呼声；但是如何解决这个问题呢，由于黑暗势力的过于浓厚，人民尚未觉醒，所以用他自己的处方来说，"也只好陪着做一世牺牲"，然而，他清楚地知道"做一世牺牲，是万分可怕的事"。他不安于人民忍受这种压迫，那又怎么办呢？于是他只好把希望寄托在下一代的身上，用他自己的话来说，就是"完全解放了我们的孩子"。

　　在五四运动时期，婚姻自主、民主自由的呼声响彻云霄，鲁迅无疑地是赞助这一运动的，但是做为一个清醒的现实主义者，他对这一问题的看法是要更为深刻得多的，他不同于那些单纯的女权主义者浅薄的认为似乎妇女只要有了参政权等等就能解决一切问题，所以在《娜拉走后怎样》一文中，明确地提出了经济权的问题；他也不同于那些具有小资产阶级狂热病的人，感到婚姻不自由就简单地一跑了之，认为必须要有自己的生活，不能坠在男人的衣角后面终其一生。所以在《伤逝》里指出：子君最后的结局，也只有回到她父亲的家里，并且落得悲惨地死去。我们青年当中，今天有一些人因为不了解那个时候（虽然仅仅相隔四十年左右的时间）中国旧的社会制度是什么样子，所以对鲁迅的著作看不懂，这也难怪其然。因为他们在现实生活中没有这种遭遇，所以对这些作品觉得有些隔膜，不易理解。其实，稍有一些年岁的人，在旧社会中稍微生活过几天的人，只要读一读《祝福》和《离婚》，祥林嫂和爱姑的形象，就会使他感到多么熟悉，她们的遭遇，使他感到多么沉重，并且寄予莫大的同情。

鲁迅对妇女问题的看法，到他成为一个马克思主义者以后，就比以前更为成熟了。1931年日本帝国主义者侵占了东北以后，国难严重。当时有一种论调，凡是和女性有关的事情，比如奢侈浪费等等，都成了女人的罪状。鲁迅曾经严正地指出：

> 其实那不是女人的罪状，正是她的可怜。这社会制度把她挤成了各种各式的奴隶，还要把种种罪名加在她头上。

他一针见血地分析说：

> 私有制度的社会，本来把女人也当做私产，当做商品。……把女人看做一种不吉利的动物，……同时又要

她做高等阶级的玩具。

这种不公平、不合理的待遇;就是——

西汉末年,女人的"堕马髻""愁眉啼妆",也说是亡国之兆。

又认为:

其实亡汉的何尝是女人!不过,只要看有人出来唉声叹气的不满意女人的妆束,我们就知道当时统治阶级的情形,大概有些不妙了。

——以上引文均见《南腔北调集》:《关于女人》(此文为鲁迅与瞿秋白同志商量,由秋白同志执笔写成的)

以这样的思想为根据,鲁迅就大胆地站起来替妇女说话,甚至替杨贵妃、妲己、褒姒翻案,指出:几千年来一些史学家为了替专制王朝辩护,说他们的江山,是被几个女人毁掉了的,其实不过是一派谰言。(参看《花边文学》之《女人未必多说谎》)

关于《集外集》里《〈淑姿的信〉序》,有人疑是鲁迅给他的小姨作的,其实不确。乃是一不相识之人名程鼎兴的托费慎祥把淑姿的信送来求作序出版,以表示他怀念之情。从表面看来,是一番好意,但从淑姿的信里细看,他却是一个薄幸郎君,使淑姿赍恨以殁的。鲁迅深为淑姿抱不平。照此线索。复案序文,则全文便迎刃而解了。因是男方要求，鲁迅不便直斥，故隐约其词：以花之失荫而遭寒比，又以女方颇欲振奋，而终于陨颠于实有，来诉说其悲痛。后又述说淑姿抱着美好的梦步向人生，然而来日大难，衔哀不答。忽而得病了，最后以至于死。到"中国韶年，乐生依旧"句则简直痛责程鼎兴了。"则有生人，付之活字。"以生人对活字，不但骈文之工整，臻于上乘，而且运用新文词于古文中，实亦难得。更其具有深意的是印书者的程某，不过一生人耳，实可说与淑姿毫无关系，是种分析，意含双关，透木不止三分了。末二句"分追悼于有情，散余悲于无著"的"分"字、"散"字与"有情"是出书的人可以自慰自地以为无憾，其实是"无著"了也。鲁迅写此文煞费苦心，因费君之请，有不便推却之势，要是别人，也许璧还算了。但既要他写，也还是有分寸的，不能随便让女性受委屈，这是鲁迅万不得已而出此的。写完这篇序文，鲁迅自己亦十分欣赏，说可以交卷了。稍稍了解鲁迅旧文学根底的，都晓得他对于六朝文的研究颇深，这回是因为要痛责程生，以文言文中骈文出之，全篇文字也铿锵入调。我们两人曾一同朗读，所以至今还留有深刻印象。

　　鲁迅随时随地维护妇女权益，对妇女问题可谓关切备至了。但是否凡属妇女，都博得他的同情呢？这却未必。你看他之斥责杨荫榆是多么不容情，他之批驳寡妇主义是多么痛彻透辟！凡这些，无非一个目的，是本着党的精神，对被压迫者都给以援助，对压迫者都给以揭露和打击。《记念刘和珍君》这篇文章，是无情揭露刽子手们的凶残，极力鼓舞继起者的战斗。尤其是刚刚抬起头来的青年妇女，他总是极力称赞，是具有奖掖的深意的。文章末尾，有这样含有教育意义和感人至深的话句：

> 我目睹中国女子的办事，是始于去年的，虽然是少数，但看那干练坚决，百折不回的气概，曾经屡次为之感叹。至于这一回在弹雨中互相救助，虽殒身不恤的事实，则更足为中国女子的勇毅，虽遭阴谋秘计，压抑至数千年，而终于没有消亡的明证了。倘要寻求这一次死伤者对于将来的意义，意义就在此罢。
>
> 苟活者在淡红的血色中，会依稀看见微茫的希望；真的猛士，将更奋然而前行。
>
> ——《华盖集续编》

果然，继"三一八"之后的许多青年运动，前仆后继，风起云涌地席卷而起，他们用不屈不挠的意志，机警沉着的行动，更加奋勇的气概，答复了鲁迅的期望。而在抗日战争和解放战争中，中国青年男女更在共产党和毛主席的直接领导下，为新中国、新社会的成长贡献了他（她）们的力量。放出了他（她）们青春的万丈红光。

鲁迅凡有表现于文字的，从行动中往往也得到实践，他的言论和实践是统一的。他反对婚姻压迫。我们试读一下《离婚》这篇小说，爱姑是个多么聪明伶俐、能干巧辩的青年妇女，但是一碰到"七大人"这一般老爷们，就有理也说不清了。像这类女人的命运，是多么可怜，可怜到任人宰割的程度却想不出对付方法。这沉重的恶势力如果不彻底推翻，中国妇女将个个沉入深渊底下，见不到天日！

鲁迅也曾用他微弱的力量，拯救过一个女人。《鲁迅日记》有这样两句记载：

> 1929 年 10 月 31 日：……夜律师冯步青来，为女佣王阿花事。
>
> 1930 年 1 月 9 日：……夜代女工王阿花付赎身钱百五十元，……

这是怎么一回事呢？原来那时我们有了孩子，希望有一个得力的保姆照顾他，以便我们可以专心去做工作。经同乡介绍，说有一个妇女，正合适。她名叫阿花，我们聘请下来了，工作十分满意。做起事来，又快又好，并且一面唱山歌，哼哼哈哈的，一面又干活，把孩子哄得蛮适意，我们也更重视她的能干。在闲谈家常中，才晓得她被丈夫虐待，毒打，才逃出来工作的。这不就是活生生的妇女受到压迫的典型实例吗？像这样能干的妇女，劳动力又好，而丈夫还不知爱惜，人间不平事，哪有像这样的。那时候，听到忽然有人敲门，或前后门有什么风吹草动，就看见阿花丧魂失魄，好像着了鬼迷一般地不知如何是好，甚至直往楼上窜，如此状态，对小孩是不利的，而且越演越频繁起来了，读者还记得在电影里看到祥林嫂在河边淘米时见了癞痢卫二的那副惊骇不可名状的一幕吧，实大有过之无不及，我们算在跟前重见这真人真事。究竟是一个什么可怕阴影，竟这样惊破了这个女人的胆，就像兔子被猎人追赶下的战战兢兢情况，那楚楚可怜之状，实为同情者所不忍卒视。这风波不止一次地演出来,自然难免被我们知道。上海房子是前门正对别人后门的,有一天,从我们家里看到对面后门厨房里人影绰绰,似有什么事情要发生的样子,我们抱着自扫门前雪的态度,没有理会。但敏感的阿花,面色发白,急匆匆跑到跟前,像大祸临头似地上气不接下气说:"不好了,那死鬼(指她丈夫)就在对门,要是被抢去怎么办?"鲁迅这才留心细看,对门厨房里确有不少人。原来那家也是用的同乡人,阿花的丈夫就有那么长的手脚,从乡下来到上海,想劫回阿花。这创纪录的一幕,演出时必然轰动邻里。而我们的一家,就在这批人指指点点,喊喊喳喳下闹了一大半天。后来还是鲁迅向他们说:有事大家商谈,不要动手动脚的。经这么一说,他们也觉得上海不比乡下,知难而退了。不记得是对方,还是鲁迅方面,找到在她乡间的一位士绅,来调解这一事情,原来一见面之后,才知道那位士绅就是以前在北京大学读书、和鲁迅时常来往的。熟人相见,自然无话不可谈,而况他又知道鲁迅之为人的。但他却说:"阿花的丈夫,原本是想抢人回去的,但既然东家要留下她(据他意思是指鲁迅欢喜要收下她),就听从贴补些银钱,好另行娶一房媳妇便是了。"鲁迅听了大笑,原来有这等误会。但问阿花,一口咬定不愿跟丈夫回去,情愿离婚。因此,就又在乡绅的调解下,言明由鲁迅替她付出了一百五十元的赎身费,以后陆续用工资扣还,这件事就此结束。过不两月,阿花另有所爱,离开我们而去。以后情况就不了解了,总而言之,她是脱离了樊笼,远走高飞,也许不致于再挨打受骂了吧?那时候的社会,有几个人有机会才遇到鲁迅为之解围!而千千万万妇女,因为得不到解放常常以泪洗面。春雷暴响，巨光闪耀，人民的救星中国共产党和毛主席领导人民，解放了全中国，真正彻底解救了妇女，使她们从几千年沉沉欲睡的社会奋起。如果说，中国人民感激党和毛主席，中国妇女更其加倍地感激党和毛主席，因为她们真正得到翻身了。

就拿我个人来说，旧社会的黑影，就像魔掌一样时刻笼罩在头上。一生下来，就被母亲厌恶，要把我送给本家，甚至自贴抚养费也在所不惜。因据迷信说，我要克父母的缘故。父亲因此想着不要我了。生下刚三天就许给人家。那家的父亲是孔教会中人，就这一点，其思想之反动、腐败与顽固可知。我从小随着三个哥哥在私塾读书，就模糊地晓得有"所遇非人"的辞句而对婚姻不满。到十二三岁时，就向家人表示过反抗。那家的人来了，我就冲出去，表白了我自己的不愿意，当着父亲严厉的斥责"出去"声，终于把自己的意思说完才走了出来，那是受了当时旧民主主义的辛亥革命提倡者所办的《平民报》的影响而发作的。平日里每一想到终身大事，就不禁悲从中来。孑然独处，就想好好读书，先把自己底子打好了，明白了事理。就什么事都会应付了。就这样，我从家内，一直跑到外面，凡旧社会给予一个孤女儿的冷遇，都像尝五味子一样无不品尝到了。对于鲁迅，我同情他"陪着做一世牺牲，完结了四千年的旧账"而拼命写作，于寂寞中度过一生的境遇；而又自觉我比他年纪轻些，有幸运解除婚约的痛苦。因我之幸运，更觉他的遭遇不幸而同情起来。这也许是我们根本思想——反抗旧社会——一致的缘故，所以才能结合起来。几十年来，经过无数革命前驱者（包括鲁迅在内）和广大人民的英勇斗争，黑暗的旧社会被彻底推翻了，每一个妇女和中国人民一道得到了真正的解放，这使我们久受压抑、备尝艰辛的老一代人们，其心情之快慰，实难形之笔墨。我要把我的一点一滴，都贡献给亲爱的祖国，把自己的一切，包括生命在内，都无保留地献给党，献给伟大的共产主义事业！这是我唯一的心愿。

十一　瞿秋白与鲁迅

时间一久就忘记了月日，不记得是春末还是夏初光景，真算得是气候宜人，人们游兴正浓的某一天，那是1932年了，通过介绍：说有一位为了革命过着地下生活的人，想乘此大好时光，出来游散一下，见见太阳。但苦于没有适当地方。问起来，才知道是"没有见面的时候就这样亲密的人"——秋白同志，就约定于某日来我家盘桓一整天。

这一天天气特别和煦，似乎天也不负好心人似的。阳光斜射到东窗上的大清早，介绍人就陪同稀有的初次到来的客人莅临了我们的住处。除了秋白同志之外还有杨之华同志。

我们虽则住在北四川路底的电车终点站附近的一个公寓里，离开不远正是虹口公园；但在三楼上。四周都是外国人住着，比较寂静的，正适宜于我们迎接这样一位过着地下生活的革命者。

鲁迅对这一位稀客，款待之如久别重逢有许多话要说的老朋友，又如毫无隔阂的亲人（白区对党内的人都认是亲人看待）骨肉一样，真是至亲相见，不须拘礼的样子。总之，有谁看到过从外面携回几尾鱼儿，忽然放到水池中见了水的洋洋得意之状的吗?那情形就仿佛相似。他们本来就欢喜新生一代的,又兼看到在旁才学会走路不久的婴儿,更加一时满室皆春,生气活泼,平添了会见时的斗趣场面。

我是依稀如见故人般,对秋白同志似曾相识的。回忆起来,时间也许太久了。那还是在女师大做学生的时候,大约那时秋白同志刚刚从苏联回来,女师大请他来讲演的。那时我初到学校不久,讲话的内容全不记得了,总之是对于新社会苏联的报导方面的吧!为什么说似曾相识呢?就是从前见到的是留长头发,长面孔,讲演起来头发掉下来了就往上一扬的神气还深深记得。那时是一位英气勃勃的青年宣传鼓动员的模样,而1932年见到的却是剃光了头,圆面孔,沉着稳重,表示出深思熟虑、炉火纯青了的一位百炼成钢的战士,我几乎认不出他来了。

那天谈得很畅快。鲁迅和秋白同志从日常生活,战争带来的不安定(经过"一·二八"上海战争之后不久),彼此的遭遇,到文学战线上的情况,都一个接一个地滔滔不绝无话不谈,生怕时光过去得太快了似的;又像小海婴见到杨妈妈,立即把自己的玩具献出似的;但鲁迅献出的却是他的著作、思想。两两不同,心情却是一样的。

为了庆贺这一次的会见,虽然秋白同志身体欠佳,也破例小饮些酒,下午彼此也放弃了午睡。还有许多说不完的话要倾心交谈哩,但是夜幕催人,没奈何只得分别了。

从此他们两人除各自工作外,更是两地一线牵(共同的革命意志和情感),真个是海内存知己,神交胜比邻了。在革命战线上相互支援,在文化工作中共同切磋,使他们进一步建立了革命友谊,如关于大众语问题的讨论和关于翻译问题的讨论以及对文化战线上各种反动势力的斗争等等,特别是鲁迅,由于得到秋白同志之助,得到党给与的力量,精神益加奋发,斗志更加昂扬地勇往直前了。

秋白同志精俄、英文,对中国旧文学也素有根底,加以善于运用马列主义理论,能够深刻地观察与分析问题,所以思想透辟,为当时不可多得的杰出人物。鲁迅平凤就尊敬有才能的人,何况是党的领导人。这回相见,又岂能轻易放过。双方各有怀抱,都感觉到初次见面还有什么未尽之言似地希望再一次的会见。那时双方都过着不自由的地下生活,要会见一次,真是颇不容易。但终于打破了重重障碍,克服了许多困难,在同年9月1日那天的早晨,我们带着孩子去拜访了他们,地点就是紫霞路原六十八号三楼的一个房间。这是第二次的见面了,秋白同志坐在他的书桌旁边,看到我们来时,就无限喜悦地站起来表示欢迎。他的书桌,是一张特制的西式木桌,里面有书架可以放文件,下面抽斗也一样,只要把书桌上面的软木板拖下来,就可以像盒子一样,连抽斗也给锁起。据他说,这样一走开,写不完的文件只要一拉下木板就不会被别人乱翻了。做革命工作的人,这种桌子是比较方便的,后来他去苏区时,就把这张桌子搬到我们的住处大陆新村来,至今还保存在那里。当时,他就从桌子里拿出他研究中国语言文字问题的原稿,提出里面有关语文改革和文字发音问题来同客人讨论,并因我是广东人,他又找出几个字来特意令我发音以资对证。他就是这样随时随地关心人民事业,寻找活的资料,丰富自己的知识,订正自己的看法,不倦地、谦虚地进行工作，从任何一个人身上，也不放过机会。就这样，这天上午谈话主题就放在他所写的文字方案的改革上了。后来，又几经改动，誊抄完整，到离开上海时，就成为他比较完妥的著作了。这些著作，他临行前交给鲁迅一份，鲁迅妥慎保存于离寓所不远的旧狄思威路专藏存书的颇为秘密的一个书箱内。里面还存放着一些鲁迅的书籍和柔石等同志的遗著。到鲁迅逝世后，这些存书全部搬到淮海中路淮海坊内。日军占领上海，侵入我家搜查时，感谢一位女工，她勇敢地以身挡住三楼藏书室的门口对日伪军说："三楼租给别人了！"这才使敌人没有去搜查，这些东西才幸免浩劫地得以保存下来，使它们多时埋藏，直到解放以后才如释重负地交到人民手中，成为革命烈士留给我们的珍贵遗物。现在那位女工已经远离开我了，但我每想到横遭惨祸的那一幕情景时，就不由地要想到这位聪明机智、沉着勇敢的女工同志。

秋白同志在鲁迅寓内度过三次避难生活，两次在北四川路底的公寓里，末次是我们住在大陆新村的时候。第一次是在1932年的11月，日期记不清了，只记得鲁迅这时正因母亲生病回到北京去，是由我接待他们的。我还记得：他和杨大姐晚间到来的时候，我因鲁迅不在家，就把我们睡的双人床让出，请他们在鲁迅写作兼卧室的一间朝北大房间里住下。查《鲁迅日记》，他是1932年11月11日动身往北京，同月30日回到上海的。那时，秋白同志来了几天才见到鲁迅回归，则大约是在11月下旬了。在这期间。他和我们在一起，我们简单的家庭平添了一股振奋人心的革命鼓舞力量，是非常之幸运的。加以秋白同志的博学、广游，谈助之资实在不少。这时，看到他们两人谈不完的话语，就像电影胶卷似地连续不断地涌现出来,实在融洽之极。更加以鲁迅对党的关怀,对马列主义的从理论到实际的体会,平时从书本上看到的,现时可以尽量倾泻于秋白同志之前而无须保留了。这是极其难得的机会。一旦给予鲁迅以满足的心情,其感动快慰可知!对文化界的复杂斗争形势,对国民党反动势力的打击,对帝国主义的横暴和"九一八"东北沦亡的哀愁,这时也都在朝夕相见中相互交谈,精心策划。两个同是从旧社会士大夫阶级中背叛过来的"逆子贰臣",在尖锐的对敌斗争中,完全成了为党尽其忠诚、同甘苦共患难的知己了。杨大姐也以革命干部共有的风格,和我们平易相亲,和女工、小孩打成一片,使我们丝毫没有接待生客之感,亲如一家地朝夕相处,使我也学到了许多说不尽的道理。

秋白同志是担任领导工作的,一刻也不能耽误,一到环境许可,他就离开我们而去了。在这次离去之前,曾经有这些东西留着痕迹给我们:

一,1932年12月7日曾给鲁迅写过:

雪意凄其心悯然 江南旧梦已如烟
天寒沽酒长安市 犹折梅花伴醉眠

他在诗后说明是青年时代带有颓唐气息的旧体诗。以他后来的积极进行革命工作,无疑是否定了前期思想的不正确成分的。但我们若从"雪意凄其"之句来看,不仍是对此时此地遭遇压迫的写照吗?而末句说"犹折梅花",则是梅开十月,已属小阳春节气，也即"冬天来了，春天还会远吗"的意思。

二，在同年12月9日，曾以高价托人向某大公司买了一盒玩具，送给我们的孩子。在《鲁迅日记》里是这样写的：

> 12月9日，……下午维宁及其夫人赠海婴积铁成象玩具一合。

当时，他们并不宽裕，鲁迅收下深致不安。但体会到他们爱护儿童，给儿童培植科学建筑知识的好意，就又在这不安中接受了这件礼物。秋白同志在盒盖上写明某个零件有几件，共几种等等，都很详尽。又料到自己随时会有不测，说："留个纪念，让小孩大起来也知道有个何先生（何先生是他来我家时的称呼——作者）！"可惜几经变乱、搬动，这盒盖已经遗失。零件还有若干存在上海鲁迅纪念馆，作为秋白同志预想到革命胜利后必有大规模的建设，因而对下一代必须从小给以技术知识教育的深意的纪念物品来珍贵保存，以便我们的青年一代，从革命先驱者的这一殷切期望中获得建设社会主义和共产主义的力量。

这次避难，到年末之前他们就离去了。因为在我的印象中没有留他们度岁的记忆。这期间，曾经有过几次有人来向秋白同志接洽，但总是让他们自己见面，在一个房间里。我们从不打听来过的是什么人。只记得曾来过一个牧师身分的人，并托鲁迅代买字典，以作自修外国语之用，鲁迅当即照办了。解放后，我见到一些负责同志，他们都说曾到过我们家里，是为找秋白同志去的。但那时为了革命利益，我们自觉地遵守纪律，从不问来人姓名和住址，知道问是不妥的。因此，至今对有些人到过我家总是记不那么清楚了。

第二次避难是在 1933 年 2 月间，这次有两件事情可记。

一，2 月 10 日，《鲁迅日记》有如下记录：

上午复靖华信，附文、它笺。

这说明鲁迅写回信给靖华同志时，秋白同志适在旁边，得有方便附笺寄出。

二，2 月 17 日，亦从《鲁迅日记》中看到：

午后汽车赍蔡先生信来，即乘车赴宋庆龄夫人宅午餐，同席为肖伯纳、伊〔？〕、斯沫特列女士、杨杏佛、林语堂、蔡先生、孙夫人，共七人，饭毕照相二枚。……傍晚归。

归来已傍晚，但刚好秋白夫妇住在这里，难免不把当时情况复述一番。从谈话中鲁迅和秋白同志就觉得：萧到中国来，别的人一概谢绝，见到的人不多，仅这几个人。他们痛感中国报刊报导太慢，萧又离去太快，可能转瞬即把这伟大讽刺作家来华情况从报刊上消失，为此，最好有人收集当天报刊的捧与骂，冷与热，把各方态度的文章剪辑下来，出成一书，以见同是一人，因立场不同则好坏随之而异地写照一番，对出版事业也可以刺激一下。说到这里，兴趣也起来了，当时就说：我们何不亲手来搞一下？于是由我跑到北四川路一带,各大小报摊都细细搜罗一番当天的报纸,果然,各式各样的论调不一而足。于是由鲁迅和秋白同志交换了意见,把需要的材料当即圈定;由杨大姐和我共同剪贴下来,再由他们安排妥贴,连夜编辑,鲁迅写序,用乐雯署名,就在2月里交野草书屋出版,即市面所见《萧伯纳在上海》是也。这书从编、排、校对,以至成书,都可以说一个"快"字,也代表了革命先驱者们的战斗精神,更开辟了由众人合作来编辑一种书籍的优良先例。秋白同志和鲁迅那种说干就干,亲自动手的精神,永远值得我们学习和纪念。

这回住了不久,2月底就又走了。但敌人追踪甚紧,秋白同志担任的工作又相当重要,为敌所忌,搜捕甚急。因此,在短短期间,似乎就搬移了好几个地方。那时情况紧张,每一搬家,就大都什么也不能带走,鲁迅送给秋白同志的许多书都散失了,记得连我送给杨大姐的一件棉旗袍也在一次仓卒搬家时丢掉了。但秋白同志和杨之华大姐,并没有被恶劣的环境所困倒,革命意志和战斗精神却更加旺盛了。在鲁迅方面,常常替他们焦急,往往为之寝食不安。总想对他们加以帮助,使其得到比较适合生滔的环境。1933年在他3月1日的日记中记着:"同内山夫人往东照里看屋。"3月3日又记着:"午后往东照里看屋。"这"屋"(其实只是一个亭子间)似乎是日本人租住的,所以要内山夫人陪去看,由他分出余屋租给中国人,而这人就是秋白同志他们。这比夹住在中国人堆里问长问短,查职业,看家底好得多了。鲁迅也为此稍稍放心,因此满意地租了下来。到3月6日的日记中,鲁迅写着:"下午访维宁,以堇花壹盆赠其夫人。"是含有祝贺新居之意的，这堇花是3月3日内山夫人送来，鲁迅以之"借花敬佛"的。

意气相投的人，见面总不嫌多，路远也觉得近了，真可谓"天涯若比邻"。这回秋白夫妇搬到同属北四川路底的东照里。相隔不远，许多日常生活之需，也就由我代劳，而鲁迅也早晚过从甚密。他们房里布置得俨然家庭模样，鲁迅写的用洛文署名的"人生得一知己足矣，斯世当以同怀视之"的一副对秋白亦即对党的倾注心情，用两句"何瓦琴语"道出其胸怀的对联也挂起来了。到4月11日，我们的家搬到大陆新村之后，就过往更其频繁，有时晚间，秋白同志也来倾谈一番。老实说，我们感觉少不了这样的朋友。这样具有正义感、具有真理的光芒照射着人们的人，我们时刻也不愿离开！有时晚间附近面包店烤好热烘烘的面包时，我们往往趁热送去，借此亲炙一番，看到他们平安无事了，这一天也就睡得更香甜安稳了。

从3月5日写《王道诗话》起，秋白同志因有一时的比较安定的生活，所以在短短时期以内，就写作了许多精美的杂文，计有：

3月7日　　《伸冤》

3月9日　　《曲的解放》

3月14日　　《迎头经》

3月22日　　《出卖灵魂的秘诀》

3月30日　　《最艺术的国家》

4月11日　　《关于女人》

4月11日　　《真假堂·吉诃德》

4月11日　《内外》

4月11日　《透底》

4月24日　《大观园的人才》

以上是用鲁迅名义发表的秋白同志所写的文章，从日期看（文末的日期，都是在写完后秋白同志自己签出的），如果没有丰富的生活知识，深厚的文学修养和高度的理论水平，哪能在短短的时期以内，有如是丰富而精美的文字见之于世？特别是《关于女人》等几篇文章，能在同一天里写作出来，真使人感到秋白同志的革命才华，足令我们人民感到骄傲，令敌人为之丧胆。他为革命文学的威力增加了不少分量。

这些文章，大抵是秋白同志这样创作的：在他和鲁迅见面的时候，就把他想到的腹稿讲出来，经过两人交换意见，有时修改补充或变换内容，然后由他执笔写出。他下笔很迅速，住在我们家里时，每天午饭后至下午二三时为休息时间，我们为了他的身体健康，都不去打扰他。到时候了、他自己开门出来，往往笑吟吟地带着牺牲午睡写好的短文一二篇，给鲁迅来看。鲁迅看后，每每无限惊叹于他的文情并茂的新作是那么精美无伦。而他所写的这些文章，又是那么义正辞严地揭露了敌人的卑鄙无耻行径，足使敌人为之胆寒。这只要一看他在1933年骂那些卖国贼、汉奸、帝国主义的奴才如蒋介石、汪精卫、胡适等辈的文章，是多么一针见血，击中敌人的要害，就知道秋白同志对这一撮国家民族的败类，是洞察得多么仔细，揭露得多么深刻，捂击得多么沉重！

第三次秋白夫妇来我家避难，是在搬出东照里之后的1933年

7月下半月。那次因为机关被敌人发觉,约在深夜二时左右,我们连鲁迅在内都睡下了。忽然听到前面大门(向来出入走后门)不平常的声音敲打得急而且响,必定有什么事情发生了。鲁迅要去开门,我拦住了他以后自己去开,以为如果是敌人来逮捕的话,我先可以抵挡一阵。后来从门内听出声音是秋白同志,这才开门,是他夹着一个小衣包,仓卒走来。他刚刚来了不久,敲后门的声音又迅速而急迫地送到我们耳里,我们想:这次糟了,莫非是敌人跟踪而来?还是由我先下楼去探听动静,这回却是杨大姐不期而遇地带着一个十三四岁的别的同志的小姑娘一同进来,原来是一场虚惊。但东邻住着的日本人和西邻住着的白俄巡捕都开窗探望这不寻常的事件,我们代秋白夫妇担心也不是偶然的了。

革命者为了人民的利益贡献一切,连自己的生命在内。而当时白色恐怖弥漫空际,革命组织被破坏的情况时有发生,甚至日有数起。敌人的网撒得越宽、越密,我们钻网的法子也就越多、越精。新生的事物是不可战胜的,最后胜利必属于革命人民方面,这是肯定不移的。然而,在革命斗争的过程中有些牺牲也是在所难免的,不然怎么叫做革命!秋白同志对这个道理是比谁都清楚的,当其住在东照里亭子间,过着艰苦的生活,并且扶着病体坚持工作时,就连不需钱买的太阳光也照不到,这对有着肺病的瞿秋白同志是很不利的。杨大姐由于对革命、对同志的关怀,不由己地常常希望他能有机会见到阳光。我们当然欢迎他们多来。但秋白同志却很泰然地自慰道:只要想一想革命者随时有入狱的可能,那时什么也不能做,更不用说见到阳光!住在外面无论如何总比里面(入狱)强到百倍不止。这是多么伟大的革命胸怀，多么崇高的革命品格。

1934年1月初，秋白同志离开上海去江西中央革命根据地工作。临行前曾到鲁迅寓所叙别。这一次，鲁迅特别表示惜别之情，自动向我提出要让床铺给秋白同志安睡，自己宁可在地板上临时搭个睡铺，觉得这样才能使自己稍尽无限友情于万一。走后常常挂念秋白同志是否已经到达苏区，常常挂念党所领导的革命事业的胜利。后来突然接到一封从福建的来信，是秋白同志不幸被敌所俘了，起先他冒为医生，还能遮瞒一阵子，他写信来要求接济。但终于被敌人认出来了，他就毫不掩饰，在刑场上高呼"为革命而牺牲，是人生最大的光荣"，慷慨就义，英勇捐躯。

当初鲁迅收到信以后，就极力设法，从各方面筹资营救。1935年7月30日曾致函当时的《译文》编者："Pavlenko作的关于莱芒托夫的小说，急于换几个钱，不知可人三卷一期否？此篇约三万字，插图四幅。"8月9日又驰书《译文》编者："莱芒小说，目的是在速得一点稿费，所以最好是编入三卷一期，至于出单行本与否，倒不要紧。"秋白同志在罗汉岭前就义是6月18日，由于消息的阻塞，鲁迅一时得不到信息，所以在7月30日和8月9日还在设法筹资，但后来得到了确信，知道秋白同志已经为党捐躯，为人民革命事业流尽了他最后的一滴血，所以在9月8日带着无限沉痛的心情写信给《译文》编者说："陈节译的各种，如页数已够，我看不必排进去了，因为已经并不急于要钱。"信内提到的译稿，都是存在鲁迅手中的秋白同志的译作，但因为《译文》三卷一期的要目广告中，已经把《关于莱芒托夫的小说》一文登出来了。鲁迅又考虑还是不要使刊物受到影响，因此9月

16日,又致函《译文》编者云:"如来得及,则《第十三篇关于L的小说》,可以登在最后,因为此稿已经可以无须稿费。"(以上均见《鲁迅书简》:《致黄源信》)秋白同志被俘及逝世以后,鲁迅在很长一个时期内悲痛不已,甚至连执笔写字也振作不起来了,他感到这是自己第一次,也是最后一次地未能完成为亲密战友服务的心愿。他在致曹靖华同志的信中曾经提到:"它事(秋白被俘——作者)极确,上月弟曾得确信,然何能为。这在文化上的损失,真是无可比喻"(见《鲁迅全集》卷十,第79页)。直到1936年他自己临终的前几天,这种悲痛还在袭击他的心灵,10月15日,在和别人的通信中他还这样提到:"《现实》中的论文,……原是属于'难懂'这一类的。但译这类文章,能如史铁儿(秋白同志的笔名—作者)之清楚者,中国尚无第二人,单是为此,就觉得他死得可惜"(见《鲁迅全集》卷十,第304页)。秋白与鲁迅之间,其友情真可谓深厚无与伦比了。

人们因为鲁迅怀念秋白同志惨遭敌人毒害,曾扶病编辑秋白同志译文,托内山先生寄到日本印成了两卷精美的《海上述林》,因而对鲁迅忠于朋友,忠于革命这一品格,给予崇高估价,这当然是对的。但其实,这不止鲁迅一人之力。秋白同志被俘之后,进步的朋友们已有这个愿望。噩耗传来不久,几个秋白同志的友好就暗地集合在郑振铎先生家里,哀悼这位杰出的、不屈的英勇战士的惨遭牺牲。当时就商议给他出书、传布,以教育人民,扩大革命影响。于是几个朋友商议集款,动手工作。关于从排字到打制纸版,归某几个人出资托开明书店办理,其余从编辑、校对、设计封面、装帧、题签、拟定广告及购买纸张、印刷、装订等项工作,则都由鲁迅经办,以便使书籍更臻于完美。出书后照捐款多少作比例赠书一或二部作纪念,人名我已经记不清了。好在上海鲁迅纪念馆存有一张第一卷《海上述林》的送书名单,是鲁迅亲手写下照送的。下卷出书,鲁迅已看不到了,我是依照上卷分送出去的。

所以鲁迅在1935年6月24日和1936年1月5日写给曹靖华的信中说:"它兄文稿,很有几个人要把它集起来,但我们尚未商量。""它嫂(指杨之华同志——作者)已有信来,到了那边了。我们正在为它兄印一译述文字的集子。"(以上两引见《鲁迅全集》卷十,第80页及第83页)

这里先说是"文稿",为什么后来却说只"印一译述文字的集子"呢?原来"商量"的结果,认为创作方面含有思想性、政治性的文字,一时恐怕难得齐全,尽管存在鲁迅手头有较多的文稿,主要是须尊重党的意见,要党来作最后决定,所以就暂定只出翻译以为纪念。鲁迅在他临逝世的前几天,曾在写给别人信中清楚地说道:

> 《述林》是纪念的意义居多,所以竭力保存原样,译名不加统一,原文也不注了,有些错处,我也并不改正——让将来中国的公谟学院来办吧。
> ——《鲁迅全集》卷十,第305页

当时,为了向敌人示威,表示"人给你杀掉了,但作品是杀不掉的",秋白同志的好友便赶印烈士的译述文字,这是十分迫切需要的，但这时鲁迅坚决主张暂时不印烈士关于创作方面的文字，留待党作决定（自己慎密地保存着秋白较多的底稿）。而且就在译述文字中间稍微"有些错处"，自己也不加以"改正"，表示要留给"将来中国的公谟（康谟尼斯，即共产主义——作者）学院来办"，即到革命胜利以后，由党所领导的文化机关去审定烈士的文集。现在，鲁迅的这一愿望终于得到了实现。革命胜利了，友人们"像捏着一团火"似地保存下来的瞿氏著作，已经全由国家出版社编辑出版了。这就不但满足了读者的要求，扩大了革命影响，而且也可以告慰秋白和鲁迅于九泉之下：秋白同志的文稿，已经妥善地交给党和人民，并且早已获得广泛的流传了。

鲁迅不敢私自决定先印创作的态度，充分显示出他对党的尊重，对革命的尊重，对为革命而牺牲者的尊重：一切由"将来中国的公谟学院来办"。就是先印翻译也不加改变，把决定的"权"归给党，哪怕是小小的改动也不例外。写到这里，充分觉得鲁迅服从党的精神，绝对相信党，肯定党领导的革命事业必然在不远的将来获得胜利！一切交给党，听命于党，这就是非党的布尔什维克的鲁迅给后人留下的一个必须遵照的范例。

选自《鲁迅回忆录》专著（下册），北京出版社1999年版